나쓰메 소세키, 문명을 논하다

미요시 유키오 엮음 | 김수희 옮김

AK

일러두기

1. 이 책의 일본 인명과 지명은 국립국어원 외래어 표기법에 따라 표기하였다.

2. 서양 지명 및 서양 인명은 영어 표기를 기준으로 했다.

3. 책 제목은 『』, 잡지나 신문, 영화와 드라마 등은 《 》로 표시하였으며, 이외의 인용, 강조, 생각 등은 따옴표를 사용했다.

4. 이 책의 저본은 『소세키전집漱石全集』 제8권, 11~16권(1985~1986년, 이와나미쇼텐 岩波書店 간행)을 사용했다.

5. 본문 중 방점은 이 책의 편집자 미요시 유키오가 강조한 것이다.

목차

III 부

I 부

현대 일본의 개화
-1911년(메이지 44년) 8월 와카야마和歌山에서의 강연

몹시 덥군요. 날이 이리 더워서야 많은 인원이 모여 연설을 들으시는 게 필시 괴로우실 것으로 여겨집니다. 들은 바에 의하면 어제도 또 다른 강연회가 있었다던데, 비슷한 강연회가 이처럼 계속 이어진다면 제아무리 별일 없을 거라는 보증이 있더라도 역시 다소 지나치다는 느낌이 듭니다. 강연을 들으시는 것 자체가 상당히 힘드실 것 같아서 드리는 말씀입니다. 하지만 연설하는 입장에서도 그리 녹록지 않습니다. 특히 조금 전 저를 소개해주신 마키牧 씨께서 소세키 씨의 강연은 우여곡절의 묘미를 살리고 있다느니 하시며 홍보성 찬사를 보내주셨습니다. 그런 이야기까지 듣고 난 마당인지라 더 어렵군요. 마키 씨 말씀대로 해보려면 그야말로 우여곡절의 묘미의 극치를 보여드리기 위해 곡예라도 해야 할 것 같고, 그

것을 보여드리려고 단상에 오른 것 같은 심정이 듭니다. 혹시라도 우여곡절의 묘미를 살리지 못하면 도저히 여기에서 내려올 수 없을 것 같다는 생각까지 들면서 더욱 난감한 처지에 빠져 버린 상황입니다. 실은 여기에 오기 전, 앞서 나온 마키 씨와 긴히 의논했던 일이 있습니다. 비밀이지만 과감히 털어놓고 말씀드리겠습니다. 사실 대단스러운 비밀도 아니지만, 오늘 강연으로 말씀드릴 것 같으면 정말이지 장시간에 걸쳐 여러분에게 이렇다 하게 드릴 말씀이 없을 것 같아서, 실은 마키 씨에게 어떻게든 조금이나마 시간을 끌어줄 수 있는지 타진해봤습니다. 그러자 마키 씨가 흔쾌히 이야기를 늘리고자 작정하면 얼마든지 늘릴 수 있노라고 당찬 답변을 해주셨고, 그런 믿음직스러운 답변을 듣자마자 순식간에 큰 배라도 발견한 것 같은 감지덕지한 심정이 들면서, 그러시다면 부디 시간을 조금 끌어주십사 미리 부탁을 드려놓았습니다. 그 결과 이야기의 앞머리랄까, 서론이랄까, 제 연설에 대한 짧은 평가를 시도해주신 상황이온데 애당초 이 모든 것이 저의 주문에서 벌어진 일이라 무척이나 감사한 일임이 틀림없으나, 덕분에 더더욱 난감해져 버린 것 또한 명백한 사실입니다. 애당초 그런 한심스러운 의뢰를 굳이 할 정도이기 때문에 우여곡절은커녕, 정면으로 직진하다가 정확하게 끝을 맺어야 할 연설입니다. 올라갔다 내려갔다 하며 구성진 가락의 극치를 보여줄 정도의 재료 따위, 애당초 약으로 쓰려고 해도 없는 처지입니다. 하지만 그렇다고 아무 생각도 없이 연단에 올라온 것도 아니올시다. 어쨌든 이 자리까지 올라온 마당이니 응당 어느 정도 준비는 하고 올라왔을 겁니다. 실은 제가 이곳 와카야마에 오게 된 것은 애초부터 계획이 있었던 것은 아닙니다. 제 편에서 긴키近畿(교토 주변 지역-역주) 지방을 희망하자 신문사 측에서 특별히 와카야마로 정해 주셨기 때문입니다. 덕분에 저는 난생처음 이 지역과 명소를 둘러볼 수 있는 혜택이 생겨 아주 감사했습니다. 그 김에 연설을 한다기보다는, 이번에 이런 강연을 하는 차제에 다마쓰시마玉津島 신사(과거에는 섬이었으며 일본 고유의 정형시인 와카和歌의 신을 모신 신사가 있는 것으로 저명함-역주)나 기미이사紀三井寺(경내에 세 개의 우물이 있는 것으로 유명한 절-역주) 같은 곳을 둘러볼 수 있었습니다. 이런 유적지나 명승지에 빈손으로 찾아볼 수는 없겠지요. 당연히 강연 제목은 이곳으로 출발하기 전 도쿄에서 이미 정해둔 상태입니다.

강연 제목은 '현대 일본의 개화'라는 것입니다. 현대라는 글자는 뒤에 오든 앞으로 갖고 오든 결국 같은 의미라서 '현대 일본의 개화'여도 좋고 '일본 현대의 개화'여도 저로서는 별 상관이 없습니다. '현대'라는 글자가 있고 '일본'이라는 글자가 있고 '개화'라는 글자가 있으며, 그 사이에 '의'라는 글자만 있으면 그만입니다. 아무런 꾸밈없이 그저 '오늘날 일본의 개화'라는 간단한 의미입니다. 그 개화를 어찌해야 하냐고 물어보시면, 실은 제 능력을 뛰어넘는 일이기에 저도 어떻게 할 수가 없어서, 저는 그저 개화에 관한 설명을 하고 나머지는 여러분의 고견에 맡길 작정입니다. 그렇다면 개화를 설명해서 어쩌자는 거냐고 되물으실지도 모르겠으나, 저는 일단 현대 일본의 개화라는 것에 대해 여러분이 제대로 이해하지 못했다고 판단합니다. 제가 그리 생각한다는 말씀을 드리면 실례가 되겠으나, 아무래도 이 점에 대해 일반적인 일본인들이 충분히 이해하고 있지 않은 것처럼 여겨집니다. 실은 저도 그 정도로 제대로 이해하고 있지는 않습니다. 하지만 일단은 여러분보다는 그쪽 방면에 쓸데없이 머리를 쓸 만큼의 여유가 있는 처지라, 이번 기회에 제가 생각하고 있는 바를 여러분에게 말씀드리고 싶다는 것이 이 강연의 핵심 내용입니다. 어차피 여러분이나 저나 모두 일본인입니다. 현대에 태어난 사람들이기 때문에, 과거의 인간도 아니고 미래의 인간도 아닌 이상 실제로 개화의 영향을 받고 있습니다. 현대와 일본과 개화라는 세 가지 단어는 당연히 저희 모두와 떼어놓으려 해도 떼어놓을 수 없는 밀접한 관계에 있습니다. 그런데도 서로 '현대의' '일본의' '개화'에 대해 무관심하거나 제대로 이해하지 못하다면 만사에 지장이 많을 것입니다. 같이 연구도 하고 자신이 이해하고 있는 내용은 상대방과도 공유하는 편이 나으리라고 생각합니다. 다소 학구적인 느낌을 주지만, 일본이니 현대니 하는 특별한 단어에 한정되지 않는 일반적인 '개화'에 대한 고찰부터 시작해볼 필요가 있습니다. 우리가 서로 개화라는 단어를 하루에도 몇 번씩 사용하고 있지만, 애당초 '개화'란 과연 무엇일까요. 깊이 파고들어 보면 지금까지 서로 충분히 이해했다고 생각했던 단어의 의미가 의외로 일치하지 않았거나 미처 생각지도 못하게 막연하고 애매하게 느껴지는 경우가 종종 있기 마련입니다. 그래서 저는 우선 개화의 정의를 명확히 하는 것부터 시작해보고 싶습니다.

물론 정의를 내릴 때는 신중해야 합니다. 까딱 잘못하면 터무니없는 경우가 생길 수 있으니까요. 이런 경우를 일부러 난해하게 표현해보자면, 정의를 내리면 그 정의 때문에 도리어 경직되어버린다는 이야기입니다. 마치 박제라도 된 것처럼 옴짝달싹 못 하게 되지요. 복잡한 특성을 명료하게 통합해 정리할 수 있는 학자의 수완이나 지적 능력에 탄복하지 않을 수 없지만, 그들이 내린 정의를 보면 한편으로는 안타깝기 그지없는 경우가 종종 있습니다. 그런 폐해를 극히 알기 쉽게 한마디로 설명하자면, 살아있는 것을 일부러 네모반듯한 관 속에 밀어 넣어 일부러 융통성을 발휘하지 못하게 만들고 있다는 말이 될 것입니다. 물론 기하학 같은 학문의 경우, 중심에서 원주에 도달하는 거리가 모두 같은 것을 '원'의 정의로 표현합니다. 이런 경우라면 편리한 정의이기 때문에 폐해가 없는 경우라고 할 수 있습니다. 하지만 이것은 현실 생활 속에 실제로 존재하는 둥근 것을 설명하기보다는, 머릿속에 이상적으로 존재하는 '원'을 이렇게 표현하기로 정한 약속일뿐입니다. 때문에, 예로부터 지금에 이르기까지 오로지 이 정의 하나로 끈질기게 통용된 것입니다. 원 이외에도 사각형이나 삼각형이 기하학에 존재하는 한 각각의 정의로 일단 통합할 수 있다면 굳이 이것을 다시 건드릴 필요는 없을지도 모르지만, 불행하게도 현실 속에 실제로 존재하는 원이나 사각형, 삼각형 중에서 과거와 현재와 미래에 걸쳐 절대 변하지 않는 것이 얼마나 있을까요. 매우 소수에 그칠 것입니다. 특히 그 자체에 활동력을 갖춘 상태로 생존하고 있는 존재들에는 항상 다양한 변화가 동반되기 마련입니다. 오늘날의 사각형이 내일의 삼각형이 되지 말라는 법이 없으며, 내일의 삼각형이 훗날 동그랗게 형태가 바뀌지 않을 거라고 단언할 수도 없습니다. 요컨대 기하학처럼 우선 정의가 있고 그 정의를 통해 어떤 대상을 만들어내는 것이 아니라, 먼저 어떤 사물이 있고 그 사물을 설명하기 위해 정의를 만든다면, 당연히 그 사물의 변화를 예측하고 그 의미를 내포한 것이어야 합니다. 만약 그렇지 않으면 그야말로 획일적이라 할 수 있어서 정의로서 충분치 못한 존재가 되어버립니다. 마치 기차가 이쪽으로 쏜살같이 달려오고 있을 때, 즉 운동의 성질이 가장 드러나기 어려운 찰나의 광경을 사진으로 찍은 후 그것이 바로 기차라고 우기며, 모든 기차를 한 장에 다 담아낼 수 있었던 것처럼 과장하는 것이나 마찬가지입니다. 물론 어디에서 보든 틀림없이 기차겠지요. 하지만 기차에서 결코 간과해서는 안 될 '움직임'이라는 것이 이 사진 속에는 표현되어

있지 않습니다. 그러니 실제 기차와는 도저히 비교할 수 없고, 결국 전혀 다르다고 말할 수밖에 없습니다. 여러분께서도 아실 호박이라는 보석이 있지 않습니까. 호박 안에 종종 파리가 들어간 것이 있습니다. 비추어보면 파리가 틀림없지만, 요컨대 움직일 수 없는 파리입니다. 파리가 아니라고는 말할 수 없겠지만 살아있는 파리라고 말할 수도 없습니다. 학자가 내리는 정의는 사진 속의 기차나 호박 안에 갇힌 파리와 마찬가지입니다. 선명히 보이지만 죽었다고 평할 수밖에 없습니다. 제가 그래서 신중해야 한다고 말씀드렸던 것입니다. 요컨대 변화하는 대상에 대해 변화를 허락하지 않을 것처럼 정의를 내려버립니다. 순사를 하얀 옷을 입고 칼을 차고 다니는 존재로 규정해버리면 순사도 결국 감당할 수 없을 것입니다. 퇴근을 해봐야 옷도 못 갈아입겠지요. 이렇게 날이 더운데 계속 검을 차고 있어야 한다면, 가엾기 그지없겠습니다. 기병은 말을 타는 존재라고 정의해봅시다. 이 역시 지당한 정의임이 틀림없지만, 아무리 기병이라도 날이면 날마다 계속해서 말만 타고 다닐 수는 없는 노릇이지 않겠습니까? 잠시 내리고 싶을 때도 있을 테니까요. 이렇게 예를 들어보자면 한이 없으니 이쯤에서 적당히 끊겠습니다. 실은 개화의 정의를 내리겠노라 약조하고 두서없는 말씀을 드리고 있었는데, 어느새 개화는 내팽개쳐버리고 까다로운 정의론에 빠져버려 무척 송구스럽습니다. 하지만 이 정도로 신중히 '개화'가 과연 무엇인지를 통합해 정리해보면, 학자들이 빠지기 쉬운 폐해를 조금은 피할 수 있을 뿐만 아니라, 학문의 긍정적인 측면도 받아들일 수 있다고 생각합니다.

그럼 본격적으로 개화에 관한 이야기로 다시 돌아와 생각해보도록 하겠습니다. 개화라는 것 역시 기차나 파리나 순사, 기병과 마찬가지로 '움직이는' 존재입니다. 따라서 개화의 어떤 한순간을 포착한 후 카메라에 쏙 집어넣어, 이것이 바로 개화라며 치켜들고 다닐 수는 없습니다. 저는 어제 와카노우라和歌の浦(와카야마시에 위치한 유명한 경승지-역주)를 구경했는데, 그곳을 구경한 사람 중에는 '매우 파도가 거친 곳'이라고 말하는 사람이 있습니다. 그런가 하면 '아주 한적한 곳'이라고 말할 사람도 있겠지요. 어느 쪽이 맞는지 알 수가 없습니다. 자세히 들어보니 한쪽은 파도가 매우 거칠 때 그곳에 갔던 것이고, 다른 한쪽은 매우 한적할 때 갔던 것입니다. 그런 차이로 인해 이야기가 이렇게 서로 달랐던 것이지요. 애당초 각자 자

기가 본 그대로를 말했을 뿐이기 때문에 양쪽 모두 거짓말은 아닙니다. 그렇지만 양쪽 모두 사실이라고 할 수도 없습니다. 이런 부류의 정의가 전혀 도움이 안 되는 것은 아니지만, 도움이 되는 동시에 해를 끼치는 경우가 있다는 사실도 명백합니다. 그러므로 개화의 정의도 가능하면 그런 부정적인 측면을 포함하지 않도록 하고 싶은 것이 제 희망 사항입니다. 하지만 그러면 너무 막연해집니다. 애석하게도요. 설령 막연하다 해도 다른 존재와 구별이 가능하다면 그것으로도 족하겠지요. 아까 마키 씨가 소개해주신 것처럼, 나쓰메의 강연은 마치 그의 글처럼, 대문 열고 현관에 들어오기 전까지 진저리가 나버리는 경우가 있다니 참으로 딱한 상황입니다만, 막상 이야기해보니 정말 그 말씀이 사실이었군요. 이제 드디어 현관까지 도착했으니 본격적으로 진정한 정의에 관해 이야기해봅시다.

개화는 '인간 활력 발현의 경로'입니다. 저는 그렇게 말하고 싶군요. 저뿐만 아니라 여러분도 그러시겠지요. 물론 어느 책에 그렇게 적혀있다는 게 아니라 제가 그렇게 말하고 싶다는 이야기일 뿐입니다. 별반 특별한 내용도 아니기에 매우 막연하실 겁니다. 앞서 장황한 말을 늘어놓고, 겨우 이 정도의 정의를 가지고 떠벌리면 여러분을 너무 무시하는 것 같지만, 이 부분부터 명확히 하지 않으면 애매해져 버리기 때문에 어쩔 수 없습니다. 아울러 인간의 활력이 시간적 흐름에 따라 발현하면서 개화의 명확한 형태를 만들어가는 사이에, 저는 근본적으로 성질이 다른 두 종류의 활동을 인정하고 싶습니다. 실은 이미 분명히 인정하고 있습니다.

그중 하나는 '적극적'인 것이고 나머지 하나는 '소극적'인 것입니다. 다소 진부할 수도 있는 해석이라 송구스럽지만, '인간 활력의 발현'이라는 측면에서 '적극적'이라는 단어를 사용하면 세력의 소모를 의미합니다. 나머지 하나는 이와 반대로 세력의 소모를 최대한 막으려는 활동 혹은 궁리이기 때문에 전자와 비교해 '소극적'이라고 표현했습니다. 두 가지의 상호 모순된 활동이 뒤섞여 개화라는 것이 비로소 완성된다는 말이 됩니다. 지금까지의 내용도 여전히 추상적이라 이해가 잘 안 될 수도 있으나, 조금 더 나가다 보면 자연스럽게 명료해질 거라고 믿습니다. 원래 인간의 목숨이나 삶이라고 칭하는 것은 해석에 따라 다양한 의미가 되거나 난해해지기도 합니다. 하지만 결국 앞서 말씀드린 대로 활력의 시현示現이나 진행, 지속이라고 평할 수밖에 없는 이상, 이 활력이 외부의 자극에 어떻게 반응하는지를 상세히 관측하면 우리 인류의 생활 상태도 거의 이해될 수 있습니다. 때문에, 인간 다수의 생활 상태를 모아 과거로부터 오늘에 이른 것이 이른바 개화라는 것임은 새삼 말씀드릴 필요도 없을 것입니다. 한편 우리의 활력이 외부의 자극에 반응하는 방법은, 애당초 자극 자체가 다양하기에 각양각색, 천차만별이라 할 수 있습니다. 이 점은 분명한 사실입니다. 요컨대 자극이 올 때마다 자신의 활력을 최대한 제한하고 절약해서 가능한 한 사용하지 않으려고 하는 방안, 반대로 스스로 자진해서 적당한 자극을 추구할 수 있을 정도로 활력을 소모해 즐거움을 취하는 방식, 이렇게 두 가지로 귀착된다고 생각합니다. 편의상 전자를 '활력 절약의 행동'이라 칭하고 후자를 잠정적으로 '활력 소모의 취향'이라고 부르기로 합시다. 그런데 이 활력 절약의 행동은 어떤 경우에 생길까요. 현대를 사는 우리가 보통 '의무'라는 단어로 형용하는 성질의 자극에 대해 일어나는 행동입니다. 종래의 도덕법과 오늘날의 교육에서는 의무를 다하는 용감한 기상을 매우 장려하는 것처럼 보이지만 이것은 도덕에서의 이야기일 뿐입니다. 도덕적으로 그렇게 해야 하고, 혹은 그렇게 하는 편이 사회적으로 행복할 것이라는 이야기일 뿐입니다. 인간 활력의 시현을 관찰해 그 조직의 경위 하나를 관장하는 거대한 사실을 살펴보면, 아무래도 지금 제가 말씀드린 것처럼 해석할 수밖에 없습니다. 우리도 항상 서로의 의무를 다해야 한다고 생각하고, 의무를 다한 후에는 기분이 매우 좋아집니다. 그러나 그 이면으로 깊이 파고 들어가 다시금 돌아보면, 바라건대 이 의무라는 속박에서 한시바삐 벗어나 자유로워지고 싶다, 다른 사람의 강요로 어쩔 수 없이 하는 일은 가능하면 분량을 압축해 빨리 끝내고 싶다는 근성이 가슴속 어딘가에 끊임없이 맴돌고 있습니다. 그 근성이 다시 말해 활력 절약의 궁리가 되어 개화의 커다란 원동력을 구성합니다.

소극적으로 활력을 절약하려는 분투가 있는 반면, 한편에서는 적극적으로 활력을 자유롭게 곳곳에서 소모하려는 정신이 개화의 나머지 절반을 구성하고 있습니다. 발현 방법 역시 세상이 발전하면 발전할수록 당연히 복잡해집니다. 이것을 극도로 도식화해서 어떤 방면에서 나타나는지 설명할 경우, 우선 흔히 쓰는 말 중에 '도락'이라는 이름이 붙는 자극에 대해 일어난다고 설명하면 가장 이해가 쉬울 것입니다. 도락이라고 말하면 누구나 알고 있습니다. 낚시하거나 당구를 치거나 바둑을 두거나, 혹은 총을 메고 사냥하러 가거나 여러 가지가 있겠지요. 이런 행위들은 하나같이 굳이 누군가가 강요하지 않더라도 기꺼이 자진해서 자신의 활력을 소모하려고 하는 쪽입니다. 나아가 이런 정신이 문학도 되고 과학도 되고 혹은 철학도 되기에 언뜻 보면 매우 까다로울 것 같지만 모두 도락의 발현에 불과합니다.

이 두 가지 정신, 즉 의무의 자극에 대한 반응으로서의 '소극적 활력 절약'과 도락의 자극에 대한 반응으로서의 '적극적 활력 소모'가 나란히 나아가는 과정에서 서로 뒤섞여 변화해, 결국 이 복잡하기 짝이 없는 개화라는 것이 완성되었다고 생각합니다. 그 결과는 실제로 우리가 사는 사회의 실상을 목격하면 단박에 알 수 있습니다. 활력 절약 쪽에서 말하자면 노동을 최소화하고 가능하면 적은 시간에 많은 일을 하려고 궁리합니다. 그 궁리가 쌓이고 쌓여 기차, 기선은 물론 전신, 전화, 자동차 등 대단한 것이 되지요. 조목조목 따지고 들어가면 결국 귀찮은 일을 꺼리는 게으름이 발달시킨 편법에 불과합니다. 이곳 와카야마시에서 와카노우라까지 잠깐 심부름을 다녀오라고 하면 누구나 거절하고 싶을 겁니다. 하지만 부득이하게 꼭 가야만 한다면 최대한 편안히 갔다가 빨리 돌아오고 싶겠지요. 최대한 몸을 덜 사용하면서요. 그래서 인력거라도 필요하게 됩니다. 좀 더 희망 사항을 이야기하라면 자전거가 되겠지요. 그렇다면 한술 더 떠서 기왕이면 전차, 자동차 혹은 비행기로 바뀌지 않을 수 없는 것이 자연의 이치입니다. 이에 반해 전차나 전화 설비가 있더라도 오늘은 그곳까지 굳이 꼭 걸어서 가보고 싶다는 '도락의 마음'이 조장되는 날도 간혹 1년에 두세 번쯤은 있을 수 있습니다. 자기가 좋아서 기꺼이 몸을 써서 피로를 추구합니다. 우리가 매일 하는 '산책'이라는 이름의 사치도, 요컨대 이런 활력 소모의 부류에 속하는 '적극적인 생명 취급방식'의 일부분입니다. 이런 도락의 기질이 강해졌을 때 다녀오라는 명령이 요행히 내려지면 안성맞춤이지만, 전반적으로 그렇게 호락호락 자기 맘대로 되지는 않습니다. 명령을 받을 때는 하필이면 많이 걷고 싶지 않을 때입니다. 따라서 걷지 않고 용무를 다할 궁리를 해야 합니다. 그렇다면 자연히 방문이 우편이 되고, 우편이 전보가 되고, 전보가 다시 전화가 되는 이치입니다. 결국엔 인간이 생존하는 데 필요해서, 반드시 일해야 할 상황에 가능하면 하지 않고도 만족스럽게 살고 싶다는 생각이겠지요. 제멋대로의 소견이라고 해야 할까요. 혹은 그렇게까지 몸이 부서져라 일하며 살면 남는 게 뭐가 있겠느냐는 심정이나, 얕잡아보지 말라고 따지듯 덤벼들며 분발한 결과가 괴물 수준에 이른 뛰어난 도구의 힘으로 변모되었다고 봐도 무방할 것입니다.

가히 괴물 같은 힘에 따라 거리가 줄어들고 시간이 단축되고 수고를 덜 수 있게 되었습니다. 의무적인 노력이 최소한도로 줄었을 뿐만 아니라, 이런 감소 추세가 어디까지 갈지 모르는 사이에 그 반대, 즉 활력 소모라고 명명해둔 '도락 근성' 쪽 역시 한껏 있는 대로 자유분방해져, 이 역시 잠시 잠깐도 쉬지 않고 자연스럽게 발달하면서 끊임없이 전진했던 것입니다. 이 도락 근성의 발달에 대해서도 도덕가들은 당치 않다고 말하겠지요. 그렇지만 그것은 덕의상 문제일 뿐 사실상의 문제가 되지는 않습니다. 사실적 관점에서 말하면 내가 선호하는 곳에서 활력을 소비한다는 발상이나 정신은 항상 쉬지 않고 활동하며 발전하고 있습니다. 애당초 사회가 있기에, 피치 못하게 의무적 활동을 해야 하는 인간도, 만약 그냥 내버려 둔다면 당연히 한없이 자아 본위에 입각할 것입니다.

정신이든 신체든, 자기가 좋아하는 자극에 소비하려고 하는 것은 어쩔 수 없는 결과입니다. 물론 자기가 좋아하는 자극에 반응하고 자유롭게 활력을 소모한다고 해서 꼭 나쁘다고 단정 지을 수는 없습니다. 도락이라고 해도 꼭 여자를 상대로 하는 것만이 도락은 아닐 것입니다. 자기가 좋아하는 행동을 하는 것은 개화가 허락하는 한 모든 방면에 걸친 이야기입니다. 그림이 그리고 싶다면 최대한 그림만 그리려고 합니다. 책을 읽고 싶으면 큰 지장이 없는 한 책만 읽으려고 할 것입니다. 혹은 학문을 좋아한다며 부모 마음도 모른 채 서재에 틀어박혀 날이 갈수록 창백해지는 아들도 있을 수 있습니다. 언뜻 보면 도무지 이해가 안 갑니다. 아버지라면 무리해서 학비를 변통해 졸업시킨 마당인지라, 경제적으로 제 앞가림이라도 하게 만들어 본인은 되도록 빨리 은퇴라도 하고 싶은 심정인데, 아들은 생계를 어떻게 꾸려나갈지는 안중에도 없고 오로지 천지의 진리를 발견하고 싶다는 태평스러운 말만 늘어놓으며 책상에 기대어 잔뜩 얼굴을 찌푸리고 앉아 있는 경우도 있습니다. 부모는 생계를 위한 학업이라고 생각하는 데 반해 자녀는 도락을 위한 학문이라고만 인식하고 있는 거지요. 이런 형국이므로 도락의 활력은 어떤 도덕학자도 막을 수 없습니다. 실제로 그 발현이 세계적으로 어떤 형태로 어떻게 나타나고 있는지는, 치열한 경쟁사회임을 내세우며 그 존재의 권리를 승인하지 않을 정도로 가업에 힘쓰는 사람이라도 조금만 신경을 쓰면 긍정하지 않고는 배겨낼 수 없을 것입니다. 저는 어젯밤 와카노우라에 가서 하룻밤을 보냈는데, 와카노우라에 가보니 '옆으로 기울어진 소나무'(메이지 말기부터 다이쇼 시대의 그림엽서에 보이는 바다 방향으로 쓰러져가는 소나무-역주), 소원을 비는 '권현權現님'(기슈도쇼구紀州東照宮에 모셔진 도쿠가와 이에야스-역주), 기미이사紀三井寺 등 여러 유명한 곳이 있었습니다. 그중에 동양 최고, 해발 200척이라는 엘리베이터가 숙소 뒤편에서 약간 높은 석산 꼭대기로 끊임없이 구경꾼을 오르내리게 하는 것을 발견할 수 있었습니다. 실은 저도 동물원에 갇힌 곰처럼 그 철제 격자 우리 안에 들어가 산 위까지 실려간 사람이올시다. 하지만 그것은 생활상 그다지 필요성이 절실한 장소도 아닐뿐더러 그 정도로 소중한 도구도 아닙니다. 그저 신기할 뿐이지요. 그저 오르락내리락할 뿐입니다. 의심할 여지 없이 도락의 마음이 발현된 대상입니다. 호기심과 광고 욕심에 기인한 것일지도 모르지만, 어쨌든 생계와는 거리가 멉니다. 비록 일례에 불과하지만, 개화가 진행되면서 이런 사치스러운 것들의 숫자가 점점 증가할 것이라는 사실은 누구나 인식할 수 있습니다. 그뿐만 아니라 이런 사치는 날이 갈수록 섬세해집니다. 커다란 원 안에 테두리가 여러 개 있는 깔때기처럼 점점 깊어집니다. 동시에 지금까지 미처 인식하지 못했던 방면으로 점점 발전해 범위가 해마다 넓어질 것입니다.

요컨대 지금 말씀드렸던 두 가지가 서로 뒤엉켜있는 경로, 즉 가능하면 노력을 절약하고 싶다는 희망 사항에서 나온 다양한 발명이나 도구의 힘이라는 방면, 가능하면 자유롭게 맘껏 열정을 사용하고 싶다는 오락 방면, 이것이 '경(날줄)'이 되고 '위(씨줄)'가 되어 한없이 뒤엉켜 현재와 같이 혼란스러운 개화, 그 불가사의한 현상이 나타나게 된 것입니다.

만약 그런 것을 개화라고 친다면 일종의 묘한 패러독스라고 할까요. 우습게 들릴 수도 있으나, 실은 누구든 인정하지 않을 수 없는 현상이 일어납니다. 애당초 어째서 인간이 개화의 흐름에 따라 이상과 같은 두 종류의 활력을 발현하면서 오늘에 이르렀는가 하면 태어나면서부터 그런 경향을 띠고 있다고 답할 수밖에 없습니다. 이것을 역으로 말씀드리면 우리의 오늘이 있는 것은 모두 애당초 이런 경향이 있었기 때문입니다. 더 나아가 말씀드리면 원래대로 그냥 수수방관하고 있으며 끝까지 생존할 수 없기에 순차적으로 계속 떠밀려서 이렇게 발전을 이루어냈다고 말하지 않을 수 없습니다. 과거로부터 몇천 년의 노력과 세월을 들여 마침내 현대의 위치까지 발전해온 것이라면, 이 두 종류의 활력이 상대부터 오늘에 이르는 긴 시간에 궁리에 궁리를 거듭한 결과로 과거보다 생활이 편해져야 합니다. 하지만 실제는 어떨까요? 터놓고 말씀드리면 서로의 삶이 무척이나 괴롭습니다. 옛날 사람에 비해 한 치도 양보할 수 없는 고통 아래에 놓여 살아가고 있다는 자각이 상호 간에 존재합니다. 아니, 개화가 진행되면 진행될수록 경쟁이 더더욱 심화해 더더욱 살기 힘들어지는 것 같습니다. 앞서 나왔던 두 활력이 맹렬히 분투한 결과 개화를 쟁취해낼 수 있었다는 것은 틀림없는 사실입니다. 그러나 이 개화는 전반적으로 생활 정도가 높아졌다는 의미일 뿐 생존의 고통이 비교적 완화되었다는 뜻은 아닙니다. 마치 초등학교 학생이 학업 경생으로 괴로운 것과 대학생이 학문 경쟁으로 괴로운 것이 정도의 차이는 있을지언정 비율로서는 같은 것처럼, 옛날 사람과 오늘날의 인간이 행복의 정도 면에서 얼마나 다를지를 생각하면, 혹은 불행의 정도에서 얼마나 다를지를 생각하면, 활력 소모와 활력 절약 양쪽에서 큰 차이가 있을지도 모르지만, 생존경쟁에서 발생하는 불안이나 노력의 경우, 결코 과거보다 수월해졌다고 할 수 없습니다. 아니, 과거보다 오히려 괴로워졌을지도 모릅니다. 옛날에는 죽느냐 사느냐의 문제로 서로 겨뤘습니다. 그만큼의 노력을 하지 않으면 죽을 수밖에 없었습니다. 어쩔 수 없이 하는 것이었습니다. 그뿐만 아니라 도락의 마음이 있든 없든, 적어도 도락의 길은 아직 열리지 않았기 때문에 각자가 희망하는 방향이나 정도도 매우 미약했습니다. 어쩌다 간혹 제법 멀리까지 가보거나 잠깐 손을 내려놓고 허리를 펴는 것만으로도 만족할 수 있었을 정도였겠지요. 오늘날은 죽느냐 사느냐의 문제는 대개 뛰어넘은 상태입니다. 오히려 과거와 달리 '사느냐 사느냐'가 경쟁의 대상이 되어버렸습니다. 죽느냐 사느냐가 아닌, '사느냐 사느냐'라는 말이지요. 즉 다소 우스운 표현이지만, 어떻게 사느냐 하는 표현으로, A 상태로 사느냐, 혹은 B 상태로 사느냐의 문제로 고심해야 한다는 의미입니다. 활력 절약 쪽에서 예를 들어 이야기하면, 인력거를 끌고 세상을 살아갈까, 혹은 자동차 핸들을 쥐고 살아갈까를 경쟁하는 시대가 된 것입니다. 어느 쪽을 가업으로 선택하든 당연히 목숨에는 별 지장이 없겠지만 양쪽에 드는 노력이 같다고는 말할 수 없습니다. 땀으로 말할 것 같으면 인력거를 끄는 쪽이 훨씬 많이 흘리겠지요. 자동차 기사가 되어 손님을 태우면—물론 자동차를 가질 수 있을 정도면 굳이 손님을 태울 필요도 없겠지만—, 짧은 시간에 먼 곳까지 달릴 수 있습니다. 용을 쓰지 않아도 됩니다. 활력 절약의 결과 편하게 일할 수 있습니다. 그렇다면 자동차가 없는 옛날이라면 몰라도 적어도 발명된 이상, 인력거는 자동차에 질 수밖에 없습니다. 지면 따라잡아야 합니다. 그래서 조금이라도 노력을 절약할 수 있고 우수한 것이 지평선 상에 나타나 여기에 하나의 파란을 일으키면, 마치 일종의 저기압 같은 현상이 개화 안에서 발생해 각 부분의 비례가 유지되고 평균이 회복될 정도까지 계속 동요할 수밖에 없습니다. 이것이 인간의 본질입니다. 적극적 활력의 발현 측면에서 봐도 이런 종류의 파동은 마찬가지입니다. 일례로 지금까지는 시키시마敷島(당시의 담배 브랜드-역자) 따위를 피우면서 잘만 지냈는데 어느 날 갑자기 옆에 있는 사내가 맛이 기가 막힌다는 듯이 이집트 담배를 피워대고 있는 모습을 보노라면, 보는 사람까지 그것을 피우고 싶어집니다. 실제로 피워보아도 그쪽이 훨씬 더 나을 것입니다. 결국 시키시마 따위를 피우는 작자는 인간 축에도 끼지 못한다는 기분이 들면서 서로서로 이집트 담배를 피우려는 경쟁이 생겨납니다. 속된 말로 표현하면 인간이 배가 불러지는 것입니다. 도학자는 윤리적 입장에서 시종일관 사치를 꾸짖습니다. 훌륭한 생각임에 틀림이 없습니다. 하지만 자연의 대세를 거스르는 훈계이기 때문에, 항상 부질없이 끝납니다. 이런 사실은 옛날부터 오늘날까지 인간이 얼마나 사치스러워졌는지를 생각해보면 이해할 수 있는 이야기입니다. 적극적, 소극적 방면의 경쟁이 심화되는 것이 개화의 추세라고 한다면, 우리는 오랜 세월 동안 다양한 궁리를 거듭하고 지혜를 짜내 오늘날까지 발전을 거듭해왔지만, 삶이 우리의 내면에 부여한 심리적 고통을 고려하면, 지금이나 50년 전이나 혹은 100년 전이나 괴로움의 정도에는 별반 차이가 없을지도 모릅니다. 따라서 노력을 절약할 수 있는 수단이 이토록 잘 갖추어진 오늘날에도, 아울러 활력을 자유자재로 사용할 수 있는 오락의 길이 이토록 갖추어진 오늘날에도 생존의 고통은 의외로 절실하며, 어쩌면 '매우'라는 형용사를 응당 사용해야 할 정도일지도 모릅니다. 이토록 노력을 절약할 수 있는 시대에 태어났음에도 그 황송함이 머릿속에 전달되지 않거나 이토록 오락의 종류나 범위가 확대되어도 그 고마움을 전혀 이해할 수 없는 이상, '고통'이라는 단어 앞에 '매우'라는 글자를 덧붙여야 할지도 모르겠습니다. 개화가 낳은 엄청난 패러독스라고 여겨집니다.

이제 일본의 개화라는 문제에 대해 생각해봅시다. 일반적인 개화가 정말 그런 것이라면 일본의 개화도 개화의 일종이므로 그러면 되지 않겠냐는 소리로 이 강연이 끝나버리게 될 것입니다. 하지만 거기에 일종의 특별한 사정이 있어서, 실은 일본의 개화는 그렇지가 않습니다. 어째서 그렇지 않을까요. 그것을 설명하고자 하는 것이 오늘 강연의 핵심입니다. 이렇게 말씀드리니 현관을 올라와 이제야 응접실 부근에 온 것 같은 기분이 들어서 놀라셨겠지요. 하지만 그리 길지는 않습니다. 의외로 깊게 들어가지 않는 강연입니다. 강연을 하는 쪽도 길면 지치기 때문에 가능하면 노력 절약의 법칙에 따라 짧게 마칠 생각이므로 조금만 더 참고 기다려주시길 바랍니다.

현대 일본의 개화는 앞서 언급했던 개화와 어떤 점이

다를까요. 그것이 문제입니다. 만약 한마디로 이 문제를 결정해버리고자 한다면, 저는 이렇게 단정 짓고 싶습니다. 서양의 개화(즉 일반적인 개화)는 내발적이고 현대 일본의 개화는 외발적이라는 것입니다. 여기서 내발적이라고 제가 표현한 까닭은 안에서 자연스럽게 나와 발전한다는 의미입니다. 마치 꽃잎이 펼쳐지듯 저절로 봉우리가 터져서 꽃잎이 밖으로 향하는 것을 말합니다, 반면에 외발적이란 바깥에서 덮친 다른 힘 때문에 어쩔 수 없이 일종의 형식을 취한다는 뜻입니다. 한마디 덧붙여 설명하면 서양의 개화는 '행운유수行雲流水'처럼 자연스럽지만, 메이지유신 이후 외국과 교섭을 한 일본의 개화는 상당히 사정이 다릅니다. 물론 어느 나라든 옆 나라와의 교류가 있는 이상 그 영향을 받는 게 당연하므로 일본도 옛날부터 초연하게 그저 자기만의 활력으로 발전했던 것은 아닙니다. 어떨 때는 삼한, 그리고 어떨 때는 중국, 이렇게 외국 문화의 영향을 받았던 시대도 있겠지만, 오랜 세월을 총괄해 거시적인 관점에서 조망해보면 비교적 내발적인 개화로 발전해왔다고 말할 수 있을 것입니다. 그런데 외국 배의 입항을 금지하고 외국을 배척하는 분위기에서 200년이나 마취 상태에 있다가, 결국 느닷없는 서양 문화의 자극으로 펄떡 튕겨 올랐을 정도입니다. 적어도 이토록 강렬한 영향은 유사 이래 경험해본 적이 없었다고 파악하는 게 적절할 것입니다. 일본의 개화는 그때부터 급격히 굴절되기 시작했습니다. 굴절되지 않으면 안 될 정도의 충격을 받았기 때문입니다. 이것을 앞에 나온 단어로 표현하면 지금까지 내발적으로 발전해왔던 것이 갑자기 자기 본위의 능력을 상실하고 외부에서 무리하게 강요당하며 어쩔 수 없이 그런 식으로 해나가지 않으면 꼼짝을 못하는 상태가 된 것입니다. 잠깐만 이러고 있으면 되는 게 아닙니다. 4, 50년 전에 일거에 눌린 후 그대로 꼼짝하지 않고 가만히 있으니 편한 자극일 리 없습니다. 시시각각으로 눌려 오늘에 이르렀을 뿐만 아니라 향후 몇 년 동안, 혹은 어쩌면 영구히 오늘처럼 눌려가지 않으면 일본이 일본으로서 존재할 수 없기에 외발적이라고 표현할 수밖에 없습니다. 그 이유는 물론 명백합니다. 앞서 상세히 말씀드렸던 개화의 정의로 되돌아가서 논한다면, 4, 50년 전에 우리가 처음으로 부딪힌, 또한 지금도 접촉을 피할 수 없을 듯한 서양의 개화라는 것은 우리보다 몇십 배 노력 절약의 기관을 가진 개화이며, 우리보다 몇십 배 오락과 도락 방면에 적극적으로 활력을 사용할 수 있는 방법을 갖춘 개화입니다. 세련되지 못한 설명이긴 하지만, 요컨대 우리가 내발적으로 발전해 복잡함의 정도가 10 정도 되는 수준에서 개화에 가까스로 다다른 바로 그때, 뜻밖에도 저편 하늘에서 느닷없이 복잡함의 정도가 20, 30 수준으로 발전한 개화가 그 모습을 드러내며 갑자기 우리를 덮쳐버린 것입니다. 이 압박으로 인해 우리는 어쩔 수 없이 부자연스러운 발전을 감수하지 않을 수 없었습니다. 때문에, 지금 일본의 개화는 착실하게 천천히 걷는 것이 아니라 온 힘을 다해 기합을 넣어 깡충깡충 뛰어가는 형국입니다. 개화의 모든 단계를 순서대로 밟아나갈 여유가 없어서 최대한 커다란 바늘로 듬성듬성 꿰매듯 지나가는 것입니다. 다리가 지면에 닿는 부분은 거의 없습니다. 열의 하나 정도에 불과하고 나머지 아홉은 그냥 지나쳐가는 것이나 마찬가지입니다. 제가 말한 외발적이라는 의미는 이 설명으로 대강 이해가 되셨을 것입니다.

외발적 개화가 심리적으로 우리에게 어떤 영향을 끼치는지를 살펴보면 조금 희한한 상황이 됩니다. 심리학 강연도 아닌데 까다로운 이야기를 말씀드리는 것이 어떨까 싶기는 하지만, 필요한 부분만을 극히 간략히 말씀드리고 다시 본래의 주제로 돌아올 생각입니다. 잠시만 참아주시길 부탁드립니다. 우리의 마음은 끊임없이 움직이고 있습니다. 여러분은 지금 제 강연을 듣고 계십니다. 저는 지금 여러분 앞에서 무언가를 말하고 있습니다. 쌍방 모두 이런 자각이 있는 것이지요. 서로의 마음은 움직이고 있습니다. 기능하고 있는 겁니다. 이것을 의식이라고 말합니다. 이 의식의 한 부분, 시간적으로 어림잡으면 1분 정도를 끊임없이 움직이고 있는 커다란 의식에서 떼어내어 조사해보면 역시 움직이고 있습니다. 이런 움직임 방식은 제가 발견한 것이 아니라, 서양의 어떤 학자가 책에 쓴 내용이 지당하다고 여겨졌기 때문에 소개하려는 것뿐입니다. 어쨌든 1분간의 의식이든 30초간의 의식이든 그 내용이 명료하게 마음에 비친다는 점을 살펴보면, 끊임없이 동일한 강도로 시간의 경과에 무관하게 마치 한곳에 들러붙어 있는 것처럼 고정된 것은 아니라고 합니다. 반드시 움직입니다. 움직이면서 명료한 점과 어두운 점이 생겨납니다. 그 고저를 선으로 표현하면 평탄한 직선으로는 무리가 있고, 역시 어느 정도 경사진 호선, 즉 활 모양의 곡선으로 나타낼 수밖에 없게 됩니다. 이렇게 설명하면 오히려 복잡해져서 이해하기 까다로워질지도 모르겠습니다. 하지만 학자는 자기가 이해하고 있는 것을 남이 이해하기 어렵게 말하기 마련이고, 비전문가는 잘 모르는 일을 알았다는 듯이 소화한 듯한 표정을 짓기 마련이라, 비난하려면 피차일반이 되겠지요. 지금 말한 호선이나 곡선이란 것도 이해하기 쉽게 조금씩 나눠서 설명하면, 어떤 대상을 언뜻 볼 경우라도 봐서 이것이 무엇인지 확실히 이해하는 데는 얼마만큼의 시간이 필요하기에, 즉 의식 밑바닥에서 일정한 시간을 거쳐 정점으로 올라가 대상을 확연히 인지하는 순간이 옵니다. 그것을 좀 더 상세히 들여다보면 이번엔 시각이 둔해져 약간 뿌옇게 되기 시작하므로 일단 위쪽으로 향하고 있던 의식의 방향이 다시 아래를 향해 어두워지기 시작합니다. 이것은 실험해보면 알 수 있습니다. 실험이라고는 해도 기계 같은 도구는 필요치 않습니다. 머릿속이 그렇게 되어있기에, 그냥 시험 삼아 한번 해보시면 문득 알아차리실 것입니다. 책을 읽을 때만 해도 A라는 말과 B라는 말과 C라는 말이 순서대로 나란히 있으면 이 세 가지 단어를 순서대로 이해해가는 것이 당연해서 A가 명확하게 머릿속에 비춰질 때는 B는 아직 의식 위로 올라오지 않습니다. B가 의식의 무대에 올라오기 시작할 때는 이미 A

쪽은 희뿌옇게 되어 점점 식별만 가능한 영역으로 다가옵니다. B에서 C로 이동할 때는 이와 비슷한 동작을 반복하는 것에 불과하므로 아무리 예를 길게 해도 마찬가지입니다. 이것은 지극히 단시간의 의식을 학자가 해부해서 우리에게 보여준 것인데, 이 해부는 개인의 1분간 의식뿐만 아니라 사회 전반의 공통의식에도, 하루나 한 달 혹은 1년 혹은 10년간의 의식에도 응용할 수 있는 해부입니다. 그 특징은 다수의 사람이나 오랜 시간일 경우에도 전혀 차이가 없을 거라고 저는 믿고 있습니다. 예를 들면 다수라고 할 수 있는 여러분이 지금 단체로 여기서 제 강연을 듣고 계십니다. 듣고 계시지 않는 분도 계실지 모르지만 일단 듣고 계신다고 칩시다. 그러면 개인이 아닌 집합체인 여러분의 의식에 지금 제 강연 내용이 명백히 들어오고 있습니다. 동시에 이 강연에 들으러 여기 오기 전에 여러분께서 경험하셨던 것, 즉 도중에 비가 내리기 시작에 옷이 젖었다거나 너무 더워 도중에 애를 먹었다거나, 그런 의식은 강연 쪽에 마음을 빼앗기시면서 점점 명료함을 잃어가며 불확실해집니다. 그리고 이 강연이 끝나고 바깥으로 나가서 시원한 바람이라도 불어오면 순식간에 기분이 좋다는 의식에 마음을 빼앗겨버리셔

서 강연의 내용 따위는 단숨에 잊어버리시겠지요. 제게
는 전혀 달갑지 않은 이야기지만, 사실이므로 어쩔 수 없
는 노릇입니다. 제 강연을 행주좌와(걷기, 머물기, 앉기, 눕기
등 사람의 일상적인 움직임-역주)의 모든 순간마다 기억해주십
사 말씀드려도 애당초 심리작용에 반하는 주문이라면 아
무도 납득하지 않으실 것입니다. 이와 마찬가지로 여러
분이라는 한 단체의 의식 내용을 점검해보면, 설령 한 달
에 걸쳐서든 1년에 걸쳐서든, 한 달이면 한 달을 총괄할
명확한 의식이 있으며 1년에는 1년을 통합해 정리하기
에 족한 의식이 있어서 차례대로 성쇠를 거듭해가는 법
이라고 저는 단정 짓고 싶습니다. 우리도 과거를 되돌아
보면, 중학교 시절이나 대학교 시절처럼 특별한 이름이
붙는 시대의 경우 시대마다 시대 의식이라는 것이 존재
합니다. 일본인 전체로서의 공통의식은 과거 4, 5년 전에
는 오로지 러일전쟁에 대한 의식뿐이었습니다. 그 후 영
일동맹이라는 의식에 점령당한 시대도 있습니다. 이렇
게 추론한 결과, 심리학자의 해부를 확장해서 공통의 의
식이나 장시간의 의식이라는 측면에 응용해 생각해보면
인간 활력의 발전 경로인 개화라는 것이 움직이는 라인
역시 파동을 그리며 호선을 몇 개나 거듭 이어가면서 나

아간다고 말하지 않을 수 없습니다. 물론 그려지는 물결의 숫자는 무한히 많고 그 물결 하나하나의 길이나 높이도 천차만별이겠지만 역시 '가'의 물결이 '나'의 물결을 호출하고 '나'의 물결은 다시 '다'의 물결을 끌어내면서 차례대로 옮겨갑니다. 한마디로 말해 개화의 추이가 내발적이지 않다면 그것은 아무래도 거짓일 거라고 말하고 싶습니다. 대수롭지 않은 이야기지만 저는 지금 여기서 연설을 하고 있습니다. 그러면 그것을 들으시는 여러분 쪽에서 보면 처음 10분간 정도는 제가 무엇을 주안점으로 삼아 이야기하는지 잘 이해가 안 가실 겁니다. 20분 정도가 흐르면 대략적인 이야기의 흐름을 파악하시고 30분 정도가 되면 바야흐로 제법 재미가 있고, 40분째가 되면 다시 막연하게 느껴지기 시작하고 50분째가 되면 지루함이 밀려들기 시작해, 한 시간째에는 하품이 나오게 됩니다. 물론 제 상상에 불과하기에 실제로 어떨지는 모르겠으나, 만약 그렇다면 제가 무리하게 여기서 두 시간이고 세 시간이고 떠들어댄다면 여러분의 심리작용에 어긋난 상태로 아집을 부리는 꼴이 되겠지요. 결코 성공할 수 없을 것입니다. 왜냐하면 그럴 경우, 이 강연 역시 자연에 역행하는 외발적인 것이 되기 때문입니다. 아무리 목소리를 쥐어 짜내며 목이 쉬도록 외쳐봐도 여러분은 이미 제 강연이 요구하는 정도를 지나쳤기 때문에 안 되는 것입니다. 여러분은 강연보다 다과나 술, 혹은 빙수를 원하게 됩니다. 그편이 내발적인 것이므로 자연스러운 추이며 무리가 없는 바입니다.

이 정도로 설명해둔 다음 현대 일본의 개화로 되돌아가면 큰 문제가 없겠지요. 일본의 개화는 자연스러운 파동을 그려 '가'의 물결이 '나'의 물결을 만들고 '나'의 물결이 '다'의 물결을 밀어내는 것처럼 내발적으로 나아가고 있을까요. 이것이 바로 저희가 주목해야 할 문제인데 유감스럽게도 일본의 개화는 이런 내발적인 개화라 할 수 없습니다. 왜냐하면 앞서 말씀드렸던 것처럼 활력 절약, 활력 소모의 양대 방면에서 복잡함의 정도가 딱 20 정도 되는 수준이었는데 느닷없이 외부 압박으로 30 정도까지 튀어 올라야 했기 때문에 흡사 덴구天狗(하늘을 나는 일본 요괴 중 하나―역주)에게 붙잡힌 사내처럼 제정신을 잃고 달려들었던 것입니다. 그 경로를 거의 자각하지 못하고 있을 정도입니다. 원래 개화가 '가'의 물결에서 '나'의 물결로 옮겨가는 것은 이미 '가'는 질려서 더는 견딜 수 없어서 내부적 욕구의 필요에 따라 새로운 물결을 전개한다는 것을 의미합니다. '가'라는 물결의 장점이나 폐단, 단맛과 쓴맛까지 모조리 맛본 뒤 비로소 새로운 방면을 개척한다고 봐도 좋습니다. 따라서 종래에 이미 다 경험한 '가'라는 물결에는 허물을 벗은 뱀과 마찬가지로 미련도 아쉬움도 없습니다. 그뿐만 아니라 새롭게 이동한 '나'라는 물결에 시달리면서도 누군가에게 빌린 옷을 입고 가까스로 체면을 차리고 있다는 느낌은 눈곱만큼도 생겨나지 않습니다. 그런데 일본 현대의 개화를 지배하고 있는 물결은 서양의 조류이며, 그 물결을 건너는 일본인은 서양인이 아니기 때문에 새로운 물결이 밀려들 때마다 자신이 그 속에서 더부살이(식객) 신세를 면치 못하고 있으며 그 때문에 눈치를 보고 있다는 기분이 듭니다. 새로운 물결은 둘째치고, 이제 방금 가까스로 탈피할 수 있었던 과거의 물결이 가진 특징이나 진상을 제대로 음미할 겨를조차 없이 지금 당장 버릴 수밖에 없게 된 것입니다. 밥상에 앉아 여러 접시의 음식을 충분히 맛보기는커녕, 애당초 어떤 음식들이 나왔는지조차 제대로 파악하지 못한 사이에 이미 밥상이 치워져 버리고 새로운 것들이 즐비하게 놓인 형국입니다. 이런 개화의 영향을 받는 국민은 어딘가 공허감이 들 수밖에 없습니다. 혹은 어딘가 불만이나 불안감을 품지 않을 수 없습니다. 그런데도 마치 이 개화가 내발적인 개화라도 되는 양 득의양양한 표정을 하는 사람들이 존재한다는 사실은 바람직하지 않습니다. 그런 사람들은 굉장히 서양식이지요. 좋지 않습니다. 위선적이고 경박하기도 합니다. 담배를 피워도 아직 제대로 맛조차 모르는 어린아이 주제에 담배를 피우며 제법 맛이 있다는 식의 행동거지를 합니다. 건방져 보이겠지요. 그것을 굳이 해야만 하는 일본인은 너무도 비참한 국민이라고 하지 않을 수 없습니다. 개화라는 이름을 붙일 수 없을지도 모르지만, 서양인과 일본인의 사교를 봐도 금방 알아차리실 겁니다. 서양인과 교제를 하는 이상 일본 본위로는 도저히 제대로 진행이 되지 않습니다. 교제하지 않아도 된다고 하면 그만이지만, 참으로 한심하게도 교제하지 않으면 견딜 수 없어 하는 것이 일본의 현재 상태이겠지요. 강한 존재와 사귀려면 아무래도 자기 자신을 버리고 상대방의 관습에 따르게 됩니다. 우리가 저 사람은 포크를 드는 방법도 모른다느니, 나이프 드는 방법도 익히지 못했다느니 하면서 타인을 비판하며 우쭐하는 것은, 요컨대 서양인이 우리보다 강하기 때문일 뿐입니다. 우리가 더 강했다면 오히려 그쪽에게 이쪽 흉내를 내게 만들어 간단히 주객의 지위를 바꿀 수 있습니다. 하지만 그렇게 할 수 없기에 이쪽에서 상대방의 흉내를 냅니다. 심지어 자연스럽게 발전해왔던 풍속을 느닷없이 바꿀 수는 없으므로 그저 기계적으로 서양의 예법 따위를 외울 수밖에 없습니다. 자연스럽게 내부적으로 숙성되어 빚어진 예법이 아니기 때문에, 억지로 이 부분만 어디서 떼어내 여기다 가져다 붙인 것처럼 무척이나 보기 흉합니다. 이것은 개화가 아니며 개화의 한 귀퉁이라고 말할 수도 없을 정도로 지엽적인 사항입니다. 한마디로 말해 현대 일본의 개화는 피상적이고 수박 겉핥기식 개화라는 결론에 이릅니다. 물론 하나부터 열까지 모조리 그렇다는 의미는 아닙니다. 복잡한 문제에 대해 그런 과격한 표현은 삼가야겠지만 우리 개화의 일부분, 혹은 대부분은 아무리 뽐내봐도 수박 겉핥기식(피상적)이라고 평할 수밖에 없습니다. 하지만 그건 좋지 않으니 그만두라는 소리는 아닙니다. 사실 어쩔 수 없이 눈물을 삼키며 피상적으로 나아가지 않으면 안 된다는 이야기입니다.

그렇다면 등에 업힌 어린아이 신세면서도 마치 어른처럼 걷는 듯한 흉내는 접어두고, 착실하게 발전 순서를 밟아 한 걸음씩 나아가는 것은 도저히 불가능할까. 그런 논의를 시작할 사람이 나올지도 모릅니다. 그런 문제가 제기된다면 저는 불가능한 것만은 아니라고 답변할 것입니다. 하지만 서양에서 100년이나 걸려 마침내 오늘날에 이르러 발전한 개화를 일본인이 10년으로 축약해, 게다가 공허하다는 비난을 면할 수 있도록, 누가 봐도 내발적이라고 인정할 수 있도록 하려고 한다면 이것 역시 바람직하지 않은 결과에 빠져들 것입니다. 100년의 경험을 10년 만에, 그것도 피상적이지 않은 형태로 해내려면 연한이 10분의 1로 줄어들 뿐만 아니라 활력이 열 배로 증가해야 한다는 것은 산수의 초보자도 쉽사리 수긍할 수 있는 대목입니다. 학문을 예로 들어 이야기하면 가장 빨리 이해가 될 것입니다. 서양의 새로운 학설 따위를 수박 겉핥기식으로 어설프게 배운 후 잘난 체하는 것은 논외로 치고, 진정으로 자신이 연구를 쌓아 '가'의 설에서 '나'의 설로 바뀌고 '나'의 설에서 다시 '다'의 설로 발전해 유행을 무작정 좇는 추태를 추호도 보이지 않으면서, 의도적으로 신기함을 과시하는 허영심 없이 완전히 자연스러운 순서와 단계를 내발적으로 거쳐, 심지어 그들 서양인이 100년이나 걸려 가까스로 도착할 수 있었던 분화分化

의 극단에 우리가 메이지유신 이후 4, 50년의 교육의 힘으로 도달했다고 가정합시다. 체력과 지력(두뇌) 모두 우리보다 왕성한 서양인이 100년의 세월을 허비한 것을 아무리 선구자의 곤란함(난관)을 계산에 넣지 않는다고 해도 불과 그 절반도 되지 않는 세월 동안 분명히 통과할 수 있었다면, 그것은 과연 무엇을 의미할까요. 우리는 놀라운 지식의 수확을 자랑할 수 있는 동시에, 한번 넘어지면 다시 일어날 수 없을 정도의 신경쇠약에 걸려 곧 숨이 넘어갈 것처럼, 당장 길바닥에서 신음해야 할지도 모릅니다. 이는 필연적 결과로서 그야말로 응당 일어날 만한 현상이겠지요. 실제로 조금 차분히 생각해보면 대학교수로 10년간 최선을 다해 임했다면 사람들 대부분은 신경쇠약에 걸리지 않을까요? 그래도 힘이 남아돈다면 분명 거짓 학자일 거라고 단정해버리면 어폐가 있겠지만, 둘 중 하나를 고르라면 신경쇠약에 걸리는 편이 당연하다고 여겨집니다. 학자를 예로 들었던 것은 단순히 이해를 돕기 위해서였습니다. 그 이치는 개화의 어느 방면에도 적용 가능하리라고 판단됩니다.

개화라는 것이 아무리 진보해도 그 개화의 혜택으로 우리가 얻는 안심감은 의외로 미약한 수준입니다. 경쟁이나 기타의 이유로 예민해질 수밖에 없는 불안감까지 계산에 넣어보면, 우리의 행복은 야만 시대와 별반 다르지 않을 것 같다고 앞서서도 말씀드렸습니다. 그리고 지금 말씀드린 현대 일본의 특수 상황을 살펴보면, 결국 일본의 개화는 기계적으로 변화할 수밖에 없어서 피상적인 경향으로 흘렀고, 한편으로는 그렇게 흐르지 않으려고 버텼기 때문에 신경쇠약에 걸린 꼴입니다. 만약 그렇다면 일본인은 딱하다고 해야 할지, 불쌍하다고 할지, 그야말로 언어도단의 궁지에 몰린 존재입니다. 제 결론은 그렇다는 이야기일 뿐입니다. 이렇게 하라거나, 저렇게 하라는 말이 아닙니다. 어떻게도 할 수 없고 실로 곤란하다고 탄식할 뿐입니다. 지극히 비관적인 결론입니다. 이런 결론이었다면 오히려 도달하지 않았던 편이 나았겠지요. 진실이라는 것은 모르는 동안에는 알고 싶어지지만, 알고 나면 알지 않았던 편이 더 나았으리라고 생각하는 경우가 종종 있습니다. 모파상의 소설(모파상의 소설 『모델Le modèle』[1883]을 뜻한다-역주)에 어떤 사내가 내연녀에게 싫증이 나서 편지 따위를 남겨둔 채 내연녀를 내팽개치고 친구 집에 가서 숨어버리는 이야기가 나옵니다. 그러자 여자가 매우 화가 나서 결국 사내가 있는 곳을 찾아내들이닥쳤기 때문에 남자는 위자료를 내밀며 관계를 청산할 담판을 시작하지요. 여자는 그 돈을 마룻바닥에 내동댕이치면서 이따위를 받으려고 온 게 아니라고 말합니다. 만약 정말로 당신이 나를 버릴 생각이라면 자기는 죽어버리겠노라며, 거기에 있는(3층이나 4층의) 창문에서 뛰어내리겠다고 말하지요. 남자는 짐짓 태연한 얼굴로 할 테면 해보라는 식으로 여자를 창문 쪽으로 유도하는 시늉을 합니다. 여자는 돌연 창문에서 뛰어내리지요. 죽지는 않았지만, 후천적 불구가 되어버렸습니다. 남자도 여자가 품었던 진심의 증거를 이렇게 눈앞에서 목격하게 된 이상, 보통의 경박한 매춘부를 대하는 시선으로 지금까지 여자의 정절을 의심했던 것을 후회하는 것 같습니다. 다시 관계를 회복해 병에 걸린 그녀의 간호에 전념한다는 것이 모파상의 소설의 줄거리입니다. 남자의 의심도 적당한 선에서 마음속에만 담아두었다면 이런 큰일이 생기지 않았을지도 모르지만, 만약 그랬다면 그의 회의감은 평생토록 완전히 풀리지는 않았겠지요. 이런 상황이 되어서야 여자의 진심이 분명해지기는 하지만, 돌이킬 수 없는 잔혹한 결과에 빠진 뒤에 뒤돌아보면 역시 있는 그대로의 진상을 몰라도 좋으니 여자를 불구로 만들고 싶지는 않았을지도 모릅니다. 일본 현대 개화의 진상도 마찬가지입니다. 알지 못하면 연구도 해보고 싶지만, 이렇게 노골적으로 그 성질을 파악해버리면 오히려 모른 채로 살았던 과거가 더 행복하다는 기분이 들기도 합니다. 어쨌든 제가 분석한 내용이 사실이라면 우리는 일본의 장래에 대해 아무래도 비관적이 되고 싶어집니다. 오늘날에는 외국인에게 '일본에는 후지산이 있다'라는 바보 같은 소리를 그다지 하지 않는 것 같지만, 전쟁 이후 1등 국가가 되었다는 오만한 소리를 곳곳에서 듣곤 합니다. 상당히 낙관적인 시각을 가진다면, 가능하다고 여겨집니다. 그렇다면 어떻게 이 절박한 고비를 돌파해갈 수 있을까요. 그렇게 물어보셔도 앞서 말씀드린 대로 제게는 묘안이 없습니다. 그저 가능하면 신경쇠약에 걸리지 않을 정도에서 내발적으로 변화해가는 것이 좋을 거라는, 겉만 그럴싸한 말을 할 수밖에 없습니다. 씁쓸한 진실을 주저 없이 여러분 앞에 모조리 털어놓고, 혹여 행복한 여러분에게 한 시간이나마 불쾌감을 드렸다면 정중히 사과드립니다. 그러나 제가 말한 부분 역시 상당한 논거를 가지고 응분의 사색의 결과 비로소 나온 올곧은 의견이라는 점에 대해 공감해주시고, 아무쪼록 부족한 점은 너그러이 양해해주시길 바랍니다.

-1911년(메이지 44년) 11월 10일,
『아사히강연집朝日講演集』 수록

내용과 형식
−1911년(메이지 44년) 8월 사카이堺에서의 강연

저는 이 지방 사람이 아닙니다. 평생을 도쿄 쪽에서 살고 있습니다. 이번에 오사카의 신문사에서 여러 곳에서 강연회를 열 예정이니 도와달라는 명령을, 혹은 통지나 의뢰를, 어쨌든 행사에 참여해야 한다는 이야기를 들었습니다. 그래서 이 자리에 이렇게 나왔습니다. 물론 이곳 사카이에서만 이야기하고 곧장 도쿄로 돌아가는 것은 아닙니다. 이미 아카시明石나 와카야마和歌山에도 다녀왔고 내일도 오사카에 갈 예정입니다. 물론 이야기할 내용이 있다면 어디에 가서 무엇을 해도 좋겠으나, 이런 무더위에 좀처럼 견뎌내기 어려울 것 같아서 어지간히 하고 나면 양해를 구하고 싶습니다. 하지만 이곳 사카이는 당초에 약속이 된 상태였기 때문에 꼭 강연을 해야 할 상황이기에 저도 각오를 단단히 하고 왔습니다. 그러니 이야기다운 이야기를 제대로 해야 하는데, 아무래도 그리 잘 진행될 것 같지 않아서 참으로 딱한 일입니다. 조금 전 다카하라高原 씨가 사할린 여행담을 들려주시거나 튤레니섬(사할린의 동해안 바다에 있는 작은 섬으로 물개의 번식지-역주) 이야기도 해주셨는데, 실제로 가보신 지역의 견문담이기 때문에 매우 유익하고 재미있었습니다. 제 이야기는 여러분에게 흥미를 느끼게 해드리거나 유익하다는 의미에서는 도저히 다카하라 씨를 따라갈 수 없습니다. 다카하라 씨는 저렇게 멋진 예복인 프록코트를 입고 계신데, 저는 보시다시피 이런 양복 차림에 불과합니다. 이야기의 재미도 복장의 차이만큼이나 현격한 차이가 있을지 모르지만, 우선 그런 상황임을 헤아리시며 참고 들어주시길 바랍니다. 다카하라 씨는 청중 여러분에게 계속, 힘드시면 언제든 기탄없이 도중에 나가셔도 된다고 말씀하셨지만, 저는 그렇지 않습니다. 힘드셔도 마지막까지 꼭 들어주시길 바랍니다. 대신 다카하라 씨처럼 길게 하지는 않겠습니다. 이런 무더위에 그렇게 길게 하면 뇌빈혈이라도 일으킬 것 같습니다. 위험하니 최대한 축약해서 신속히 끝낼 것이므로 그동안은 돌아가지 마시고, 무더워도 참으시고, 끝나면 박수갈채도 보내주신 다음 화기애애한 분위기에서 이 자리를 함께 끝마쳐주시길 바랍니다.

저는 몇 년 전 사카이에 온 적이 있습니다. 상당히 오래전 일입니다. 제가 아직 학생 신분이었던 메이지 이십 몇 년쯤으로, 상당히 오래된 일로 기억됩니다. 실은 조금 전 이 단상에 올라왔던 다카하라 씨는 제가 고등학교에서 교편을 잡던 시절 가르치던 제자입니다. 저렇게 훌륭한 제자가 있을 정도이니 저도 어지간히 나이를 먹었군요. 그런 제가 아직 젊었던 시절의 일이기 때문에 옛날이라고 표현해도 무방하겠지요. 지금 생각해보면 그때 사카이에서 무엇을 보았는지 기억이 거의 없습니다. 하지만 어쨌든 묘코쿠妙国寺라는 절에 가서 소철이 어디 있는지 찾았던 것 같습니다. 그리고 그 절 옆에 작은 칼이나 식칼을 파는 가게가 있어서 기념품으로 그런 칼을 샀던 게 기억납니다. 해안가로 갔더니 커다란 음식점이 있던 것도 기억납니다. 음식점 이름이 아마도 이치리키―力였던 것 같습니다. 모든 것이 희미하게 떠오르니, 마치 꿈결같습니다. 꿈처럼 느껴지는 사카이에 뜻밖에도 오늘 이렇게 오게 되어 옛날에 보았던 거리를 다시 보게 되는군요. 흔들리는 차 안에서 거리를 바라보고 있자니 매우 넓어 보입니다. 정거장에서 이 강연장까지의 거리도 상당했습니다. 이렇게 말씀드리면 실례일 수 있겠으나, 옛날에 봤을 때는 무척 초라하다는 인상이었습니다. 그래서 차 안에서 경탄 어린 표정으로 사방을 이리저리 둘러보면서 오고 있는데, 곳곳의 사거리마다 강연회 간판인지 광고인지, 나쓰메 소세키 운운하며 제 이름이 먹물로 굵직하게 쓰여 벽에 붙어있었습니다. 마치 인기 있는 구모에몬雲右衛門 같은 인물이 흥행을 위해 나타난 것 같습니다. 신문사 입장에서는 그런 분이라면 더 좋았겠지만, 나쓰메 소세키 씨 입장에서는 많은 사람에게 여봐란듯이 눈에 띄는 존재가 되는 것은 썩 내키지 않는 일입니다. 그리고 차 안에서 살펴보니 거리의 폭이 몹시 좁았습니다. 하지만 그것은 문제가 되지 않지요. 오히려 제가 묘하다고 느꼈던 것은 그리 좁은 도로가 너무나 고요해서 마치 낮잠이라도 자는 것처럼 보였다는 사실입니다. 물론 한창 더운 여름날 한낮이므로 사람들이 바깥에 나올 필요가 거의 없는 시간이긴 하겠지요. 제가 여기에 도착한 것은 마침 12시가 조금 지났을 무렵이었습니다. 2층으로 올라가 긴 복도 끝에 있는 강연장 입구에서 안쪽을 들여다보니 사람들의 머리가 약간 보였을 정도였고, 조용하던 시내의 모습처럼 청중분들도 차분해 보였습니다. 천만다행이다……라고는 생각하지 않았습니다. 하지만 난처하다고도 생각하지 않았지요. 그런데 청중이 별로 없다고 생각하고 대기실에 들어가 잠깐 휴식을 취하고 있는 동안, 어느새 이렇게 많은 분이 모이셨습니다. 이렇게까지 강당을 가득 메우신 것을 보면 사카이라는 곳은 결코 초라한 곳이 아니었던 모양입니다. 대단한 곳이네요. 시내가 그토록 한적한데, 막상 시간이 되니 이렇게 많은 청중이 모이시는군요. 훌륭합니다. 강연 문화가 발달한 곳이라는 생각이 듭니다. 저도 모처럼 도쿄에서 일부러 여기까지 온 마당입니다. 이왕이면 강연 문화가 가장 발달한 사카이 같은 곳에서 강연한다면 참으로 기분이 좋겠지요. 때문에, 여러분도 그 뜻을 헤아려주시고 마지막까지 조용히 들어주시길 바랍니다. 이 정도로 하고 이제 여기에 붙어있는 '내용과 형식'이라는 제목과 연관된 이야기로 넘어가 볼까요.

우선 제목만 봐도 썩 재미있어 보이지는 않네요. '내용'도 물론, 대수롭지 않을 것 같습니다. 저는 학회 강연은 때때로 의뢰를 받아서 하는 경우가 있지만 이렇게 일반 청중, 즉 다양한 직업을 가진 분들이 모이신 자리에서는 그다지 이야기를 해본 경험이 없습니다. 누가 부탁하러

오지도 않습니다. 부탁을 받아도 대부분 사양합니다. 왜냐하면 다양한 직업의 많은 분이 흥미를 느끼실 만한 이야기란, 제가 연구하는 범위나 흥미의 범주에서는 도저히 무리가 있다는 우려 때문입니다. 그래서 최대한 피해왔는데, 오늘처럼 어쩔 수 없이 해야 할 때는 가능한 한 일반 청중의 흥미를 고려해 사회문제 같은 것을 선택합니다. 하지만 사회를 보는 방식이나 인간을 통찰하는 방식이 제가 오늘날까지 해왔던 학문이나 연구 때문에 아무래도 제가 좋아하는 쪽으로 자연히 치우치는 경향을 보이기 마련입니다. 때문에, 직업이나 흥미 여하에 따라, 때에 따라서는 참으로 재미없는 잡담에서 시작해 변변치 않은 수다로 끝날 우려도 있습니다. 그뿐만 아니라 지금부터 시작할 '내용과 형식'이라는 문제는 지금 말씀드린 대로 너무 건조하고 화려함이 부족한 제목이기 때문에 더더욱 걱정스럽습니다. 하지만 변명은 이 정도로 충분하니, 이제 슬슬 다음 이야기를 진행하도록 합시다.

저는 자식이 많습니다. 여자아이가 다섯에 사내아이가 둘, 도합 일곱 명의 아이가 있습니다. 제일 큰 아이가 열세 살이므로 갓난아이까지 쭉 세워두면 어느 곳 하나 빠진 곳 없이 그럭저럭 봐줄 만합니다. 그건 아무래도 상관없지만, 그처럼 아이가 많아서, 이런저런 요구가 다양합니다. 뛰어오르는 말을 사달라는 아이도 있고 움직이는 전차를 사달라는 아이도 있지요. 아이들이 이런저런 떼를 쓰는데, 종종 활동사진을 보여달라는 주문을 받습니다. 원래 저는 활동사진이라는 것을 썩 좋아하지 않습니다. 무대에서 연기하는 시늉을 하거나 이상한 목소리를 내는 경우가 있어서 너무 싫습니다. 게다가 툭하면 때리고 걷어차는 참혹한 장면을 넣어 아이들 교육상 매우 부적절하여서 가능하면 보여주고 싶지 않습니다. 하지만 아이들은 계속 보러 가고 싶지요. 물론 활동사진이라고는 해도 여자가 꼭 나와서 묘한 동작을 하는 것만 있는 것이 아니라, 개중에는 바보스럽고 우스꽝스러운 것도 많아 아이들이 보고 싶어 하는 것도 무리가 아닐지 모릅니다. 그래서 세 번 중 한 번은 완고한 저도 결국 끌려가는 경우가 있습니다. 이럴 경우, 감독이라고 불러야 할까요? 뭐라 불러야 할지 모르겠지만, 일단은 안내자나 보필자 격으로 가는 것이겠지요. 더운 곳에 들어가 콧잔등에 땀방울이 맺혀도 꾹 참아가며 꼼짝도 못 하고 앉아 있을 때가 있습니다. 그러면 아이들이 자꾸 질문을 해서 난처해집니다. 물론 해학적인 작품의 경우, 예를 들어, 모자를 날린 다음 길 한가운데로 쫓아가는 장면 따위는 딱 봐도 재미있어서 아이들에게도 금방 이해가 되기 때문에 질문이 나올 리 없습니다. 하지만 인간과 관련된 농밀한 이야기나 스토리가 있는 연속물 종류의 경우 연거푸 질문 공세입니다. 질문은 매우 단순해서, 어느 쪽이 착한 사람이고 누가 나쁜 사람인지, 오로지 그것뿐입니다. 제 생각으로는 양쪽 모두 아직은, 선인이라고도 악인이라고도 할 수 없는 상태입니다. 유치한 이야기이긴 하지만 줄거리가 아이들 머릿속보다 복잡하게 뒤섞여있기에 쉽사리 한마디로 판단을 내려줄 수도 없습니다. 그래서 아무래도 말문이 막히는 일이 종종 생기게 됩니다. 어른이라면 그냥 보다가 사건의 진행이나 줄거리 전개만 납득할 수 있다면 그것으로 충분하지만, 안타깝게도 아이들에게는 그 정도로 이야기의 앞뒤를 헤아릴 수 있는 두뇌가 없습니다. 그렇다고 그저 멍하니 장막에 비치는 인물의 형체가 움직이는 것을 계속 바라보고만 있을 수는 없는 노릇입니다. 어떻게든 뒤엉킨 그림의 배합이나 인간의 동작을 포착해 그 특색을 가장 간명한 형식으로 머릿속에 집어넣고 싶기에, 아직은 유치한 머릿속에 그나마 어렴풋이 떠올릴 수 있는 윤리상의 두 가지 성질, 즉 선과 악을 빨리 결정해 그 복잡한 광경을 정리해버리고 싶을 겁니다. 그래서 이런 질문들을 제게 자꾸 하는 것이고요. 활동사진은 그나마 낫습니다. 하지만 옛날이야기나 역사책을 읽고 과거의 영웅에 대해 간단한 질문을 하는 경우가 있습니다. 다이코님太閤様(도요토미 히데요시豊臣秀吉를 가리킴-역주)과 마사시게正成(남북조시대에 활약한 무인인 구스노키 마사시게楠木正成, 楠正成라고 쓰기도 함-역주) 중 누가 더 위인인지, 워싱턴과 나폴레옹 중 어느 쪽이 더 강한지, 히타치야마常陸山와 벤케이弁慶가 만약 스모를 한다면 누가 이길지를 묻습니다. 개중에는 쉽사리 답변할 수 있는 것도 있지만 대부분은 어찌 답변해야 할지 난처한 문제입니다. 요컨대 지극히 복잡한 내용을 더는 정리할 수 없는 수준, 또는 그 이상으로 정리해서 간략한 형식으로 보여달라는 요구지요. 곤란한 일입니다. 물론 최근에는 소학교(한국의 초등학교를 말함-역주) 학생들에게 문제를 내서 현대 일본의 여러 인물 중 누가 가장 위대하냐는 질문을 하는 선생님이 있습니다. 얼마 전 제가 어느 지방에 갔더니모 신문사에서 그런 문제를 내서 소학교 학생들에게서 답변을 모집하고 있었습니다. 답변 중에 자기 아버지가 가장 위대하다는 예가 있었다는 이야기를 듣고 무척이나 흥미롭게 느꼈습니다. 자기 아버지가 세상에서 가장 훌륭한 인물이라는 답변은 무척 좋은 견해라고 생각됩니다. 이것은 여담이었고, 어쨌든 일본에 훌륭한 사람이 딱 한 사람 있는데 그 사람이 A, B, C를 능가하니 그게 과연 누구인지 맞혀보라는 수학 시험 같은 문제를 학교 수업이나 신문에서 내는 세상입니다. 그러니 아이들한테서 이런 질문이 나오는 것도 당연합니다. 하지만 답변하기 곤란합니다. 구스노키 마사시게楠正成와 도요토미 히데요시 중 누가 더 훌륭하냐고 묻는데, 당연히 어떻게 보느냐에 따라 다양한 답변이 나올 수 있습니다. 흑백논리로 단박에 결론을 낼 수도 없으니, 요컨대 복잡한 지식을 가지고 있으면 있을수록 당황하게 됩니다.

　이런 터무니없는 예를 들면 그냥 웃으시라고 드리는 말씀으로 생각하실 수 있으나, 실은 그렇지 않습니다. 아이들이란 참으로 유치하고 가엾은 존재라고 생각될지도 모르지만, 그렇게 유치하고 가엾은 짓을 성인인 우리도 저지르고 있으니 그저 한심할 뿐입니다. 저는 성인으로서 아이들이 철부지라는 증거로 제 딸이나 이런저런 예를 들었던 것은 아닙니다. 오히려 성인 역시 이런 예에서 전혀 벗어나 있지 않은 어리석은 존재라는 사실을 입중하고 싶어서 이해하시기 쉽게 어린아이를 예로 들었을 뿐입니다. 역사적 위인뿐만 아니라 모든 정치가나 문학자나 기업가를 비교할 경우, 아무개보다 누가 더 뛰어나다거나 훌륭하다며 일률적으로 상하를 구별하는 것은 대부분 해당 분야에 어두운 비전문가가 하는 짓입니다. 전문지식이 풍부해서 여러 사정을 두루 꿰고 있으면 지나치게 간략하게 총괄한 비평을 머릿속에 굳이 각인시킨 뒤 안도할 필요도 없습니다. 아울러 막상 비평을 시도하려고 하면, 복잡한 관계가 머릿속에 명료하게 떠오르기 때문에 좀처럼 "A보다 B가 더 훌륭하다"라는 간결한 형식으로 결론지을 수 없기 마련입니다. 유치한 지식을 가진 자, 앞뒤가 꼭 막힌 벽창호나 문외한은 자기가 모르는 일을 그냥 그대로 내버려 두는 것이 지당하고 본인도 아마 그럴 작정이겠지요. 하지만 아무래도 처세를 하려다 보면 마냥 모르쇠로 일관하기 어려운 경우가 생깁니다. 별난 사람이라도 문제의 요점만은 품속에 넣어두는 편이 든든할 것입니다. 어쨌든 '최후의 판단'만 요구하고 싶어 합니다. 한편 '최후의 판단'이라는 발상 자체가 결국 간결하게 요약될 수 있다고 가정했을 때 나온 생각입니다. 선악이나 우열 등 범주가 그리 많지 않으니, 억지로라도 이

척도에 맞도록, 아무리 복잡하더라도 그 세세한 사정 여부에 상관없이 결국 짧게 요약되리라고 생각하는 것이지요. 내용이 너무 복잡해서 여기저기 살피느라 정신이 없으니, 일단 결론이 난 최종 판단만이라도 먼저 알고 싶다면, 그나마 온당한 측면도 있겠습니다. 하지만 모든 동물을, 요컨대 소나 말 중 하나로, 발이 네 개 달린 모든 짐승을 나누려고 하면 아무래도 무리한 이야기가 되겠지요. 문외한은 이런 무리함을 인식하지 못하거나 인식해도 개의치 않습니다. 아무리 무리한 판단이라도 일단 들어놓아야 안심이 됩니다. 때문에, 국가에서도 고등관 1등이니 2등이니 하는 자리를 만들거나 학사, 박사 등의 학위 제도를 만들어 문외한에게 편의를 제공합니다. 일종의 결론적인 두 글자, 세 글자의 기호라고 할 수 있습니다. 이런 편의적 기호가 본질적인 구별을 해주는 것으로 어떤 이들은 간주하지요. 그리고 안도감을 부여합니다. 이상을 한마디로 말하면 사물의 내용을 완벽히 파악한 인간, 내용 안에 살아 숨 쉬고 있는 인간은 그다지 형식에 얽매이지 않을 뿐만 아니라, 무리한 형식을 좋아하지도 않는 경향을 보이지만, 문외한의 경우 내용을 충분히 이해하지 못하더라도 우선 형식만이라도 알고 싶어 한다는 이야기입니다. 설령 형식이 본질을 드러내는 데 그리 적당하지 않더라도 개의치 않고 일종의 지식으로 존중한다는 소리지요.

복잡한 사항을 간략한 예로 말씀드리겠습니다. 고려하고 들어주시길 바랍니다. 여기 만약 하나의 평면이 있는데 그 위를 또 다른 평면이 교차하고 있다면, 이 두 평면의 관계는 무엇으로 나타내야 할까요. 당연히 그 두 면이 서로 엇갈리는 각도일 것입니다. 어느 쪽이 높지도 낮지도 않습니다. 각도가 30도라거나 60도라고 표현하면 매우 명료해서 달리 설명할 것도, 질문할 것도 없습니다. 하지만 마치 이 두 평면이 항상 우연히 평행 상태로 있기라도 한 것처럼 짐작해, 전체적으로 어느 쪽이 높은지를 묻지 않으면 납득이 안 되는 상황입니다. 인간과 인간, 사건과 사건이 충돌하거나 서로 얽히거나 빙글빙글 회전하거나 할 때 그 우열, 상하를 명확히 가릴 수 있는 성질이나 정도로 그 결과를 비교할 수 있다면 좋다는 말인데, 애석하게도 이런 비교를 할 수 있을 정도의 재료, 비교를 할 수 있을 정도의 두뇌, 결론을 낼 수 있을 정도의 끈기나 근성이 부족합니다. 다시 말해 문외한이기 때문에, 즉 도저히 각도를 알 수 없기에, 상하, 우열을 모두 아우를 수 있는 '자'를 사용해 재고 싶어지는 것이지요. 조금 전에 말씀드린 문외한의 폐단이 되겠습니다. 어찌 문외한만 탓할 수 있겠습니까. 제가 보기에 전문가도 마찬가지입니다. 전문가라고 할 수 있는 학자 역시, 그리 뽐낼 정도도 아닌 개괄을 변변치 않게 하고 나서 그것으로 충분하다는 태도를 취하니 놀랄 따름입니다.

학자란 다양한 사실을 수집해 법칙을 만들거나 개괄을 하는 사람들입니다. 혹은 무슨 '주의'라는 명칭 아래 그 내용을 일괄적으로 제시합니다. 과학이든 철학이든 모든 학문에 필요한 일입니다. 편리한 일이어서 누구도 이에 이의를 제기하지 않을 것입니다. 예를 들어 '진화론'이나 '에너지(세력) 보존법칙'이라는 용어 자체가 필요할 뿐만 아니라 사실상 유용합니다. 하지만 자칫하면 앞서 말씀드린 어린아이들이나 문외한의 예처럼, 내용에 그다지 부합하지 않는 형식을 만들어놓고 표면적인 결론에 안주하는 경우가 종종 있는 것 같습니다. 일전에 저는 어느 학자가 쓴 책을 읽었습니다. 최근 독일에서 유명한 '오이켄Rudolf Eucken'이라는 학자가 저술한 책입니다. 물론 수많은 저서 가운데 극히 짧은 한 권을 읽은 것에 지나지 않지만, 어쨌든 그 사람의 학설 가운데 이런 내용이 적혀

있었습니다. "현대인은 끊임없이 자유나 개방 따위를 주장한다. 동시에 질서나 조직을 요구하기도 한다. 한편으로는 속박을 풀어 자유롭게 해주지 않으면 견딜 수 없다고 말하면서, 한편으로는 (예를 들어 자본가 같은 사람들이) 질서나 조직을 세우지 않으면 사업이 발전하지 않는다고 주장한다. 그러나 이 두 가지 요구를 비교하면 명백히 모순된다." 이 부분까지는 좋습니다. 하지만 오이켄은 이 모순을 어딘가 한쪽으로 정리하지 않으면 안 되고, 모름지기 정리되어야 마땅하다고 강한 어조로 논했던 것으로 기억합니다. 요컨대 서로 모순되는 사항을 동시에 주장하는 것은 모순이기 때문에 좀 더 정리해서 의미 있는 생활을 해나가야 한다고 말하고 있습니다. 여러분은 어찌 생각하시는지요. 오이켄의 말이 과연 맞는 말일까요? 과연 이 모순이 정리될 수 있는 성질의 것이라고 생각하시는지요? 분명한 모순이라고 생각하시나요? 여러분에게 이런 질문을 해도 소용이 없고, 사실 질문할 필요도 없습니다. 하지만 저는 아무리 생각해도 오이켄의 학설에는 무리가 있다고 생각합니다. 어째서 무리일까요. 자본가나 정부, 혹은 교육자 등이 모두 다수의 인간을 상대로 민첩하게 일을 처리하기 위해서 '통일'과 '조직', '질서'라는 것을 정면에 내세우지 않으면 안 되기 때문입니다. 예를 들어 사업가가 사업을 합니다. 그를 위해 인부 백 명을 고용합니다. 직공을 천 명 고용합니다. 만약 그들 사이에 규율이라는 것이 없다면 어떻게 될까요? 그들 중에는 오늘은 머리가 아프니 쉬겠다는 사람도 나올 것이고, 아침 7시부터 일하는 것은 싫으니 자기 맘대로 오후부터 나오겠다고 말하는 사람도 생기겠지요. 혹은 조금 일찍 마치고 놀러 가겠다는 사람도 있겠고 이른 아침부터 술을 마시는 사람도 있을 것입니다. 각각 자기 멋대로 행동한다면 한 달 내에 할 수 있는 사업도 1년이 걸릴지, 2년이 걸릴지 예측할 수 없게 됩니다. 하지만 글쎄요, 과연 어떨까요? 군인, 교육자, 실업가 등이 공무를 마치고 집에 돌아가 이 시간 이후부터 자기 마음대로 해도 괜찮을 경우, 공무에 임할 때처럼 답답하기 그지없는 생활에 과연 안주할까요? 사람에 따라 자고 먹는 시간이 매우 규칙적인 사람도 있을지 모르지만, 보통은 자유롭고 편안하게 쉬고 싶다고 생각하고 최대한 무사태평주의자처럼 행동하는 것이 일반적인 관습입니다. 그러면 그들에게는 명백히 서로 배치되는 양면 생활이 있다는 말이 됩니다. 업무에 종사할 때의 자신과 업무에서 벗어났을 때의 자신은 아무리 봐도 모순됩니다. 하지만 이 모순은 생활의 성질에 의한 피치 못할 모순이기 때문에 언뜻 형식만 봤을 때는 매우 모순된 것처럼 보이지만 실제 삶의 내용을 들여다보면 이런 두 가지 모습이 공존하는 편이 오히려 본연의 조화로움이라고 할 수 있습니다. 무리하게 정리해버리려고 하면 그것이야말로 진정한 모순에 빠지는 것이지 않을까 싶습니다. 왜냐하면 하나는 사람을 지배하기 위한 생활이고 다른 또 하나는 자신의 개인적 욕구를 만족시키기 위한 생활이므로 의미가 완전히 다르기 때문입니다. 의미가 다르면 모습 또한 다른 것이 당연하다는 이야기지요. 반대의 예를 들어봅시다. 이번에는 똑같은 사항을 반대로 설명해봅시다. 세간에는 예술가라는, 일종의 직업이 있습니다. 대단히 변덕스러운 일이기 때문에 누군가와 공동 작업을 하면 좀처럼 일이 진척되지 않는 성질을 갖고 있습니다. 아무리 시끄러운 잔소리를 들어도 개인적으로 꾸준히 해나가는 것이 원칙입니다. 더욱이 본인이 내킬 때가 아니면 결코 뭔가를 할 수도 없고 하지도 않는다는, 매우 제멋대로인데다 자기 본위인 직업입니다. 때문에, 아침 7시부터 12시까지 일해야 한다는 질서나 조직, 순서가 있다고 해도 척척 해낼 수 없습니다. 말하자면 마음에서 내킬 때 해야만 가장 의욕적인 결과물이 나옵니다. 따라서 예술가에게는 지금 말씀드렸던 자본가의 업무처리 방식이나 교육자의 수업방식은 부적절합니다. 하지만 개인적으로 활동하는 예술가라도 해당하는 동업자의 이익을 단체로 보호하기 위해서는 모임이든 클럽이든 조합이든, 어떤 조직을 만들어 규칙이나 기타 속박을 받을 필요가 생기기도 합니다. 그들 중 일부는 실제로 지금 이를 실행하고 있습니다. 그러고 보면 자유분방함을 생명으로 하는 예술가조차 때와 장소에 따라 조직적인 모임을 만들고 질서정연한 행동을 취하고 통일성 있는 기관을 마련합니다. 저는 이것을 생활의 양면에 따른 조화라고 부르고 싶습니다. 결코 모순이라는 이름을 붙이고 싶지 않습니다. 모순임은 틀림없겠으나 단지 형식상의 모순일 뿐, 내적 측면에서는 오히려 생활의 융합입니다.

이때 이른바 학자라는 자가 느닷없이 큰 목소리로 그것은 명백한 모순이니 어느 쪽이든 한쪽이 올바르고 다른 한쪽은 악한 것이 틀림없다고 말한다면, 혹은 한쪽이 다른 쪽보다 작고 한쪽이 틀림없이 더 크므로 하나로 모아 좀 더 큰 것으로 통일시켜야 한다고 말한다면 어떨까요. 이 학자는 통일성을 좋아하는 학자 정신을 지닌 사람일지는 몰라도 실제로는 틀림없이 세상 물정에 어두운 사람일 것입니다. 실제로 오이켄이라는 사람의 저서를 많이 읽어보지는 못했지만, 제가 읽은 바로는 이런 비난을 보낼 수 있을 것 같다는 생각도 듭니다. 이런 논리로 이야기를 해나가다 보니 어쩐지 학자라는 존재가 무용지물처럼 보일 수도 있겠지만 저는 결코 그런 과격한 생각을 하는 사람은 아닙니다. 학자는 물론 유익한 존재입니다. 학자가 시도해준 통일, 개괄이라는 것 덕분에 우리는 일상적으로 얼마나 편의를 받고 있는지 모릅니다. 앞서 언급되었던 진화론이라는 세 글자의 말만 해도 무척 귀중한 말입니다. 하지만 학자들에게는 통일에 대한 일념이 너무 강해 뭐든지 통일시키려고 서두른 나머지, 혹은 학자의 일반적인 속성상 냉담한 방관자적 위치에 설 경우가 많아서 그저 형식적인 통일에 그치는 경우가 많습니다. 내용적 통일성이 확보되지 않은 상태에서 상황을 종료하고 우쭐거리는 경우도 적지 않습니다. 이는 부정할 수 없는 사실이라고 단언하고 싶습니다.

냉정한 방관자적인 태도가 어째서 이런 폐단을 초래할까요? 이에 대한 답변으로 저는 이렇게 설명하고 싶습니다. 조금만 생각해보면 그들은 보통 사람보다 명석한 두 뇌를 가지고 있으며 보통 사람보다 끈기 있고 확실하게 사고하기 때문에 그들이 정리한 것에 오류는 없을 거라는 말이 되는데, 그들은 그들이 취급하는 재료로부터 한 걸음 뒤로 물러나 가만히 서 있는 버릇이 있습니다. 다른 말로 표현하자면 연구 대상을 자신으로부터 떼어내 이를 바라보려고 하지요. 철두철미한 관찰자입니다. 관찰자인 이상, 상대방과 동화되는 일은 거의 바랄 수 없습니다. 상대방을 연구하고 상대방을 안다는 것은 멀리 떨어져서 안다는 의미일 뿐 그 대상이 되어 이것을 체득한다는 것과는 전혀 차원이 다릅니다. 아무리 과학자가 면밀하게 자연을 연구한다 해도 필시 자연은 자연 그대로일 뿐이고, 자신도 그저 자기 자신일 뿐입니다. 결코 자신이 자연이 되어버릴 시기가 오지 않는 것처럼, 철학자의 연구 역시 영구히 제삼자로서의 연구일 뿐 실제 상대방의 성정과 같은 맥을 달리게 하지 않는 경우가 많습니다. 학교 윤리 선생님이 아무리 훌륭한 말씀을 하셔도, 요컨대 학생은 학생, 자기는 자기라고 거리를 두고 있기에, 학생의 동작만을 형식적으로 연구하는 것은 가능해도 사실상 학생이 되어 생각하는 것은 어려운 일이나 마찬가지입니다. 방관자는 강목팔목(岡目八目, 바둑에서 옆 사람 눈에는 여덟 수 앞까지 보인다는 의미로, 당사자보다 제삼자 입장에서 더 잘 볼 수 있다는 뜻-역주)이라고 해서, 당사자에게는 보이지 않지만, 방관자에게는 명확하다는 속담이 있을 정도니 냉정한 태도를 취할 때 유익한 측면이 있습니다. 관찰하는 사물을 잘 이해할 수 있는 위치임이 틀림없는데 그 이해방식은 요컨대 자신에 대해 스스로 이해한다는 것과는 매우 상황이 다릅니다. 이런 이해방식으로 최종 정리된 것은 당연히 기계적으로 흐르기 쉽겠지요. 다시 말하자면 형식적으로는 잘 정리가 되어있는 것 같지만 내용을 들여다보면 정리가 전혀 되어있지 않은 경우가 생겨납니다. 요컨대 상대방을 자신에게서 떼어내 외부에서 관찰하며 그 형태를 파악할 뿐, 내적으로 깊숙이 파고 들어가 그 이면의 활동을 통해 저절로 명확해지는 형식은 포착할 수 없다는 말이 될 것입니다.

이에 반해 스스로 활동하고 있는 사람은 그 활동 형식이 자신의 머리에서 명확히 정리되어 나오지 않을지도 모릅니다. 하지만 그런 단점에도, 관찰자의 태도를 유지하려는 성향의 학자처럼 표면상 모순에 대해 무리하게 결론지으려는 폐단에 빠질 우려가 없습니다. 조금 전 오이켄에 대해 평가하면서 형식적 모순을 내용적 모순으로 착각해서 무조건 결론을 내리려고 한 것은 세상 물정을 모르는 행동이라고 비난했는데, 그런 예에서조차 만약 오이켄 자신이 언뜻 보기에 자칫 모순처럼 보이는 생활의 양면을 친절하게 체현하며 한편으로는 질서를 존중하고 한편으로는 개방의 필요성을 동시에 느끼고 있었다면, 설령 형식적으로 이런 결론에 도달했다고 해도 아무래도 이상하고 뭔가 자신이 미처 생각하지 못한 점이 있을 수 있다고 우선 스스로 의구심을 가지고 성찰해볼 수 있었을 것입니다. 아무리 철학적이고 개괄적이어도 자신의 생활에서 좀처럼 확인할 수 없는 사항이라면, 이런 개괄을 하면서도 그와 동시에 뭔가 이상하다는 사실을 간파해야 합니다. 그 사실을 알아차리고 스스로 돌아보며 차츰 분석해가다 보면 형식 쪽에서 미처 생각하지 못했던 점이 빠진 사실이 분명해질 것입니다. 따라서 내용을 가진 자, 즉 실생활을 경험한 자는 그 실생활이 어떤 형식인지 미처 생각할 겨를조차 없을지도 모르지만, 내용만은 분명 체득하고 있습니다. 한편 외형을 정리하고 통합하는 사람은 그야말로 아름답고 근사하게 통합하고 있을지도 모르지만 어딘가에 빠트린 점이 있기 마련입니다. 문법이라는 것을 중학교 학생들이 배우지만 문법을 배웠다고 회화 실력이 탁월해지지 않는 것과 마찬가지입니다. 문법적으로는 서투르지만 이야기는 청산유수로 잘하는 사람도 있으니, 그쪽이 실제로는 유용하다고 할 수 있겠지요. 비슷한 예인데 와카和歌(5·7·5·7·7의 일본 전통 정형시-역주)의 경우입니다. 와카를 읊는 규칙을 알고 있어서 멋진 와카를 읊는다고 말하면 우스꽝스러운 이야기일 겁니다. 잘 만들어진 와카가 그 안에 자연스럽게 와카의 규칙을 포함하고 있다고 표현하는 것이 오히려 맞는 말이겠지요. 문법가에 명문가가 없고 와카의 규칙 따위를 연구하는 사람에 가인이 드물다고 합니다. 만약 그렇다면 힘들게 만들어놓은 문법에 묘하게 융통성 없는 '표자정규(杓子定規, 항상 규칙이나 척도에 맞추려는 융통성 없는 태도-역주)'의 측면이 보이거나, 고심 끝에 완성한 와카의 규칙도 간혹 멋진 노래를 망치는 도구가 되는 것처럼, 실생활에서 거친 파도를 경험한 적 없는 학자의 개괄은 내용의 성질에 개의치 않고 그저 형식적으로 정리했다는 약점이 보일 수밖에 없습니다. 그야말로 어쩔 수 없는 현상일 것입니다. 아울러 이 원리를 적절하게 설명하자면 아무리 형形이라는 것을 명확히 이론적으로 알고 있어도, 응당 이런 모습이 되어야 한다고 아무리 확신이 서도, 단순히 형식적으로만 통합하고 결론을 내린다면, 실제로 그것을 실현해보지 않을 때는 언제나 불안감이 동반됩니다. 여러분의 경험을 통해서도 이미 짐작하고 계시겠지요. 4, 5년 전 러일전쟁이라는 것이 일어났지요. 러시아와 일본이 승리를 겨룬 제법 큰 사건이었습니다. 일본의 기본 방침은 요컨대 개전하자는 의견이었고 결국 러시아와의 전쟁에서 승리했지만, 그 전쟁을 결코 무모하게 시작했던 것은 아닐 것입니다. 분명 상당한 근거와 그에 관한 연구가 있었을 것이고 러시아 군대 몇만이 만주로 투입될 경우, 일본에서는 어느 정도 투입할 수 있는지, 혹은 대포는 몇 대 있고 식량이나 군자금은 어느 정도인지, 대략적인 예측을 한 상태였을 겁니다. 예측을 할 수 없다면 전쟁 따위가 가능할 리 없습니다. 하지만 그런 전쟁을 시작하기 직전과 수행하고 있는 동안 얼마나 걱정을 했는지 모릅니다. 왜냐하면 아무리 예측을 분명히 세웠다고 해도 그저 형식적으로 통합된 것만으로는 불안해서 견딜 수 없기 때문입니다. 애초 계획대로 실행해서 예상대로의 성적을 거둔 것을 보고, 비로소 납득이 갔다는 표정을 짓습니다. 아무리 아름답게 형태가 통합되어있어도 실제 경험이 그것을 입증해주지 않는 이상 매우 불안한 법이지요. 요컨대 외형이라는 것은 그만큼의 강점이 없다는 말로 귀착됩니다. 최근 유행하는 비행기에서도 마찬가지입니다. 다양한 이론적 고찰 결과, 날개를 다는 방식과 나는 방식 등에 관해 예측한 후 모형을 만들어 날려보았더니 정말로 하늘을 나는 것이었습니다. 날아가기 때문에 일단 안심하지만 실제로 거기에 자기가 타고 막상 날아보려고 하면 실행에 옮기기 전까지는 역시 불안할 것입니다. 이론대로 비행기가 자신을 태우고 움직여줘야 비로소 형식에 내용이 제대로 합치되었음이 증명되는 것이므로 경험의 검증을 거치지 않은 형식은 아무리 머릿속에서 완비되어있다고 인정되어도 불완전한 느낌을 줄 수밖에 없습니다.

그렇다면 결국 형식은 내용을 위해 존재하며 형식을 위해 내용이 생기는 것은 아니라는 말이 될 것입니다. 좀 더 나아가 파악해보자면 내용이 바뀌면 외형은 자연스럽게 바뀌어야 한다는 것이 이치에 맞습니다. 방관자적 태도에 안주하는 학자의 관찰로 성립되는 규칙과 법칙, 모든 형식이나 틀을 위해 우리 생활의 내용이 구성된다고 파악하면 다소 논리가 역전되는 것입니다. 때문에, 우리의 실제 생활이 오히려 그들 학자(경우에 따라서는 법률가, 정치가, 교육자라고 해도 무방합니다. 어쨌든 학자적 태도로 오로지 관찰에 의해서만 형식을 만들어가는 방면의 사람을 가리킵니다)에게 연구할 재료를 부여하고 그 결과로서 일종의 형식을 그들이 추상抽象하는 것이 비로소 가능하다고 봐야 합니다. 형식이 미래를 만들어가는 데 참고가 되지 않는다고는 딱 잘라 말할 수는 없지만, 원래는 이것이 원칙이어야 합니다. 그런데 지금 이 순서와 주객을 바꿔, 미리 일종의 형식을 사실보다 앞에 만들어놓고 그 형식 속에서 우리의 생활을 뽑아내려고 한다면 경우에 따라서는 엄청난 무리가 수반되어야 합니다. 심지어 그렇게 무리하면 학교라면 소동이 일어나고 나라에서는 혁명이 발생할 것입니다. 정치든 교육이든 사회든, 저희 아사히신문사 같은 신문이라도 그렇습니다. 따라서 세간에서도 오로지 규칙에만 얽매인다면 견딜 수 없을 거라고 자주 말합니다. 물론 규칙이나 형식이 나쁜 것만은 아닙니다. 규칙이 적용되는 인간의 내면이 자연히 하나의 규칙을 부연敷衍하고 있다는 사실은 앞서 말씀드렸던 설명으로 이미 명백하기에, 내면과 근본적인 의미에서 저촉되지 않는 규칙을 추상抽象하여 표방하지 않으면 오래 버텨낼 수가 없습니다. 쓸데없이 외부에서 관찰해 멋지게 완성한 규칙을 들이밀며, 학자가 만든 것이니 틀림없다고 주장하면 오히려 오류에 빠지게 됩니다.

하지만 이렇게 말할 사람이 있을 수 있겠지요. '당신 말대로라면 무척 이상한 경우가 있다. 예를 들면 무대극의 틀, 혹은 음악의 틀이라고도 표현할 수 있는 악보, 혹은 요쿄쿠謠曲의 고마부시(참깨가락, ごま節) 같은 것이다. 이런 것들에는 모두 일정한 틀이 있어서 그 형식을 우선 본보기로 삼고 오히려 그 형식에 맞는 내용을 형상화한 목소리나 몸동작을 만들어 그 형식에 맞춰가지 않는가. 때문에, 더할 나위 없이 흡족한 틀에 맞추어 목소리나 몸동작이 자연스럽고 편안하게 표현될 수 있도록 수련할 수 있는 게 아닌가. 혹은 과거부터 내려온 유파의 무대극이나 노能의 동작을 봐도, 예를 들어 여기서 발을 이 정도 앞으로 내민다든가 손을 이 정도로 올리거나 하면, 결국 하나하나의 틀에 맞게 된다. 심지어 그 깊숙이에 자신의 활력을 담아낼 수 있는 형식으로 전혀 부족함이 없다. 틀을 본보기로 제시해두고 그 안에 정신을 불어넣었을 때 효과적으로 기능하지 않는 규범은 없다.' 이렇게 말할 사람이 있을지도 모릅니다. 하지만 이 경우에는 틀이나 형

식이 담아야 할 실질, 즉 음악으로 말하자면 목소리, 무대극으로 말하자면 손발 등인데, 이런 실질이 항상 일률적으로 기능할 수 있는, 이른바 변화가 없는 존재로 상정했을 때의 이야기입니다. 만약 형식 안에 담겨질 내용의 성질에 변화를 주고 싶다면 과거의 형이 오늘날의 형으로 사용될 수 있을 리 없습니다. 과거의 악보가 오늘날 통용될 수 있을 리 없습니다. 예를 들자면 인간의 목소리가 새소리로 변한다면 오늘날까지 전해지는 음악 악보는 도저히 통용될 수 없습니다. 인간의 신체로 할 수 있는 온갖 운동도 인간의 체질이나 구조에 지금까지와는 다른 부분이 생겨나 근육을 움직이는 방법이 조금만 달라져도 종래의 노能의 틀이 무너지고 말겠지요. 인간의 사상이나 그 사상에 동반되어 변하는 감정도, 돌이나 흙과 마찬가지로 과거에서 지금까지 영구불변한 것으로 간주하면, 변하지 않는 일정한 틀 안에 집어넣고 교육할 수도 있고 지배하기도 쉬울 것입니다. 실제로 봉건시대의 평민이 얼마나 오랜 기간 일종의 틀 안에서 갑갑하게 몸을 움츠리고 참고 견디면서, 그것이 자신의 천성에 잘 맞는 틀이라고 인정하며 살았는지 모릅니다. 프랑스혁명 당시 바스티유라는 감옥을 무너뜨리고 그 안에서 죄인을 끌어내 주었더니 기뻐하기는커녕 뜻밖에도 햇빛을 보는 것을 두려워하며 여전히 어두운 감옥 안으로 다시 기어들어가려고 했다는 이야기가 있습니다. 약간 이상한 이야기지만, 일본 속담에도 걸식을 3일 계속하면 그만둘 수 없다(나쁜 습관을 익혀버리면 좀처럼 벗어날 수가 없다-역주)라는 말이 있으니, 어쩌면 사실일지도 모릅니다. 거지의 틀이나 감옥의 틀이라고 하는 것도 묘한 표현이지만, 오랜 세월 동안 인간 본연의 성향도 그런 식으로 바뀌지 말란 법이 없습니다. 이런 예만 보면 기성의 틀로 계속 밀고 나갈 수 있다는 결론에 도달해버릴 수도 있겠으나, 만약 그렇다면 어째서 도쿠가와 막부가 멸망하고 메이지유신이 발생했을까요. 요컨대 하나의 틀을 영구히 지속하는 것을 내용 쪽에서 거부했기 때문이겠지요. 한때는 기존 틀로 억압할 수 있었을지 몰라도 내용이 동반되지 않는 형식은 결국 언젠가는 폭발하지 않을 수 없다고 보는 것이 온당하고 합리적인 견해일 것입니다.

애당초 틀 자체가 어째서 존재의 권리를 가지고 있는 것일까요. 앞에서도 말씀드렸던 것처럼 내용과 실질을 내면적으로 경험할 수 없음에도 불구하고 어떻게든 통합하고 총괄해서 하나의 결론을 내고 싶었기 때문입니다. 회사의 결산이나 학교의 점수처럼 빨리 그 결과를 알고 싶은 일종의 욕구, 혹은 실제적인 편의성 때문이겠지요. 엄밀한 의미로 말하자면 틀 자체가 독립해서 자연스럽게 존재할 리 만무합니다. 예를 들어 여기에 사발 하나가 있다고 가정해봅시다. 사발이라는 그릇의 외관은 누구나 알고 있는 바로 그 모습이지만 그 외관만 남기고 실질을 제거하고자 하면 도저히 제거할 수 없습니다. 실질을 제거하면 형태도 없어져 버리기 때문입니다. 굳이 형태를 간직하려고 해도 그저 상상에 의한 추상적인 어떤 것으로 머릿속에 남아있을 뿐입니다. 마치 집을 짓기 위해서 도면을 그리는 것과 마찬가지입니다. 다다미 여덟 장의 방, 열 장의 방, 도코노마(일본 건물의 객실에 주로 보이는 실내장식 공간-역주) 등으로 구별이 되어있어도 도면은 어디까지나 도면일 뿐, 당연히 집으로서 존재할 수 없습니다. 요컨대 도면은 집의 형식입니다. 따라서 아무리 형식을 잘 갖춰도 그것을 구성하는 물질에 따라 어떤 경우에는 생각대로 집이 만들어질 수 없을지도 모릅니다. 하물며 살아있는 인간, 변해가는 인간이 변하지 않는 고정된 틀에 의해 그리 간단히 지배당할 리 없습니다. 위정자나 교육자는 물론이고, 많은 사람을 통제해가려는 모든 사람도 물론이지만, 개인이 개인과 교섭을 하는 경우에도 틀은 필요하기 마련입니다. 서로 만날 때 인사를 한다거나 악수를 한다는 틀이 없다면 사교적 교제는 성립하지 않을 때도 있습니다. 하지만 상대가 물질이 아닌 이상, 즉 움직이는 존재인 이상, 다양하게 변하는 존재인 이상, 때와 상황에 따라 무리함이 없는 틀을 만들어주지 않으면 도저히 이쪽의 요구대로 진행되지 않을 것입니다.

그런데 현재 일본의 사회 상태가 어떤지를 살펴보면 현재 대단한 속도로 변하고 있습니다. 그에 동반되어 우리의 내면 역시 시시각각 대단한 기세로 변하고 있습니다. 한순간도 쉬지 않고 계속 운전하면서 앞으로 나아가고 있습니다. 때문에, 오늘날의 사회 상태와 20년 전, 30년 전의 사회 상태는 매우 그 분위기가 다릅니다. 다르므로 우리의 내면도 달라지고 있습니다. 이미 내면이 달라지고 있다면 그것을 통일하는 형식이라는 것도 자연히 이와 조금은 어긋나야 합니다. 만약 그 형식을 약간이라도 변형시키지 않은 채 원래대로 고정해둔다면, 그 상태로 계속해서 그 형식 안에 끊임없이 변화할 우리 삶의 내용을 억지로 밀어 넣으려고 한다면, 결국 실패할 것임이 뻔히 눈에 보입니다. 우리가 딸이나 아내를 어떻게 대하는지, 그 관계에 있어서 메이지유신 이전과 오늘날이 얼마나 다른지를 여러분께서 인정하신다면 이 부분에 대한 변동 상황은 단박에 짐작하실 수 있으시겠지요. 요컨대 이처럼 사회를 지배하는 형식이 수시로 변하지 않으면 사회가 도저히 잘 돌아가지 않습니다. 결국 질서가 없어지고, 통합되지 못하는 상황으로 귀결됩니다. 자신의 아내나 딸에 관해서도 앞서 언급한 대로입니다. 심지어 자기 집의 하녀에 대해서도 과거와는 사뭇 분위기가 달라졌다면, 교육자가 일반 학생을 마주할 때나 정부가 국민을 대할 때도 당연히 이에 대한 배려가 동반되어야 합니다. 내용의 변화에 주의하거나 개의치 않은 채 절대 변하지 않을 고정된 틀을 만들고 그 틀은 그저 기존부터 있었다는 의미로, 혹은 그 틀이 자기 마음에 든다는 이유만으로 마치 방관자 같은 학자의 태도로 상대방의 삶의 내용에 직접 접하지 않은 채 자기 생각대로 밀고 나가버린다면 위험할 것입니다.

한마디로 말하면, 메이지 시대에 적합한 틀이라는 것은 메이지라는 사회적 상황, 좀 더 구체적으로 말한다면 메이지의 사회적 상황을 외형적으로 만드는 여러분의 심리상태, 그것에 딱 들어맞는 형, 최대한 무리가 없는 틀이어야 합니다. 요즘은 개인주의가 어떻다거나 자연주의 소설이 어떻다거나 하면서 매우 소란스러운데 이런 현상이 보이게 된 것은 모두 우리의 생활 내용이 과거와 자연히 달라졌다는 증거입니다. 기존의 틀과 어떤 의미에서 어딘가에서 충돌하기 때문에 과거의 틀을 고수하려는 사람은 그것을 억누르려고 하는 데 반해, 삶의 내용 변화에 따라 자기 자신의 틀도 새롭게 만들려고 하는 사람은 그에 저항하는 경우가 매우 많지 않을까 싶습니다. 마치 음악 악보에서 목소리를 악보 안에 억지로 밀어 넣어 목소리 자체가 아무리 자유롭게 발현되어도 그 틀을 거스르지 않고 행운유수처럼 무척이나 자연스럽게 흐르는 것과 마찬가지입니다. 우리도 일종의 틀을 사회에 부여하고 그 틀을 사회인이 따르게 하는 데 무리가 없는지, 어쩌면 이 시점에서 진지하게 고찰해야 합니다. 이런 고민은 여러분의 문제이기도 하지만 일반인 모두의 문제이기도 하며 가장 많은 사람을 교육하는 사람, 가장 많은 사람을 지배하는 사람의 문제이기도 합니다. 우리 모두 실제로 사회를 구성하는 한 사람인 이상, 누군가의 부모가 될 수도 있고 자식일 수도 있습니다. 누군가의 친구이기도 하며 동시에 시민이기도 하고 정부의 지배를 받거나 교육을 받거나 혹은 어떤 의미에서 교육해야 할 처지이기도 합니다. 이런 사정을 충분히 고려해 상대방의 심리상태와 자신의 그것을 적절히 맞춰가며 방관자에 머물지 말고 젊은 사람들의 내면에도 성큼 다가설 수 있어야 합니다. 그들에게 적절하고 스스로에게도 타당한 형식을 부여해 교육하고 다스려 나갈 때가 아닐까 여겨집니다. 수동적인 입장에서 말하면, 누군가가 우리를 이처럼 새로운 형식으로 취급해주지 않으면 이루 말할 수 없는 일종의 고통을 느끼리라고 생각합니다.

내용과 형식이라는 것에 대해 어째서 말씀을 드렸느냐하면, 이상과 같은 이유로 이 문제에 대해 우리가 고민해볼 필요가 있다고 여겨졌기 때문입니다. 그것을 구체적으로 어떻게 표현해야 좋을지는 여러분의 판단에 달려있습니다. 변변치 않은 이야기를 매우 장황하게 말씀드려 죄송스럽습니다. 무척 피곤하실 겁니다. 마지막까지 정숙하게 들어주신 점 강연자로서 깊이 감사드리는 바입니다.

-1911년(메이지 44) 11월 10일,
『아사히 강연집』수록

문예와 도덕

-1911년(메이지 44) 8월 오사카에서의 강연

제가 이곳 오사카에서 강연하는 것은 이번이 처음입니다. 그리고 이렇게 많은 분 앞에 서는 것도 처음입니다. 실은 연설할 생각이 아니었습니다. 오히려 강의하겠다는 마음으로 여기에 왔는데, 강의라는 것은 이렇게 다수를 상대로 하는 성질의 것이 아닙니다. 이토록 많은 청중 전체에게 전해질 정도의 목소리를 내려면, 과연 그런 목소리를 낼 수 있을 리 만무하지만, 설령 나온다고 해도 15분 정도 되면 연단에서 내려와야 할 것으로 생각합니다. 따라서 처음 해보는 일이기도 하고, 이렇게나 모여주신 여러분의 후의를 생각해서라도, 가급적 모든 분이 만족하실 수 있도록 충분히 흥미로운 강연을 하고 나서 돌아가야겠지요. 저야말로 그러고 싶은 심정이야 이루 다 말로 할 수 없습니다. 하지만 너무 많은 분이 오셨네요.

물론, 일부러 변변치 않은 연설을 하려는 악의는 전혀 없지만 가능한 한 짧게 마치기로 하겠습니다. 제 뒤에도 재미있는 내용이 제법 있으므로, 그쪽에서 메꾸기로 하고 일단 저는 그냥 면피 수준에서 하도록 하겠습니다. 실제로 이 더위에 이렇게 모이셔서, 대나무 껍질로 동여매 만든 초밥처럼 꼭꼭 짓눌러 계시면 필시 견디기가 매우 곤혹스러우실 겁니다. 아울러 강연자도 주변의 전후좌우로부터 나오는 청중의 호흡만으로도 사실 쉽지 않은 일입니다. 이 자리에 잠시라도 서 계셔보시면 바로 짐작하실 수 있으실 겁니다. 실은 이렇게 원고용지에 미리 메모해두었기 때문에 이것을 종종 보면서 순서대로 진행하면 빠트릴 일도 없어 제게는 매우 유용하지만, 그렇게 미적지근한 연설을 해버리면 여러분께서 얌전히 들어주시지 않으리라고 생각해 군데군데, 아니 대부분 간략히 축약해서 진행할 작정입니다. 하지만 만약 조용히 들어주신다면 준비해둔 것을 충분히 할지도 모르겠습니다. 하고자 하면 할 수도 있겠습니다.

문제는 저쪽에 적혀있는 대로 '문예와 도덕'이라는 것입니다. 아시고 계시는 것처럼 저는 소설이나 비평을 쓰는 사람으로 대체로 문학 방면에 종사하고 있으므로, 문예 쪽에 관해 이야기하는 경향이 있습니다. 오사카에 와서 문예를 이야기할 수 있을지는 잘 모르겠습니다. 돈을 버는 이야기를 하면 가장 좋으리라고 생각하지만, '문예와 도덕'이라면 제목만 들으셔도 짐작하실 수 있듯이 돈벌이와 무관한 이야기입니다. 그런데 내용을 들으시면 더더욱 돈벌이와 무관합니다. 하지만 그렇다고 딱히 손해를 입을 정도로 불길한 제목은 아닐 거라고 생각됩니다. 물론 이 강연을 듣고 계실 시간 정도는 손해를 보시겠으나, 그 정도의 손해는 그저 불운이라고 단념하시고 아무쪼록 참고 들어주시길 바랍니다.

과거의 도덕과 오늘날의 도덕이란 것의 구별, 그 점에 관한 이야기에서부터 시작하고 싶습니다. 하지만 아무래도 차분한 상태로 이야기를 해나갈 수 없을 것 같은 기분이 들어 도저히 견딜 수 없네요. 시작하기 전에 이 제목에 대한 설명을 조금 하겠습니다. '도덕과 문예(문예와 도덕)'이라고 되어있는 이상, 요컨대 문예와 도덕과의 관계로 귀결되기 때문에 도덕이 관계하지 않는 방면, 도덕이 관계하지 않는 부분의 문예라는 것에 대해서는 여기에서 논하지 않겠습니다. 따라서 문예 중에서도 도덕적 의미를 띤, 윤리적 취향이 농후한 문예적 저술에 관한 이야기라고 해도 좋을 것입니다. 문예와 교섭이 있는 도덕 이야기라고 해도 무방합니다. 우선 도덕이라는 것에 대해 과거와 지금의 구별에서부터 이야기를 시작해 점차 진행해 나가기로 하겠습니다.

　과거의 도덕, 이것은 물론 일본 이야기기 때문에 과거의 도덕이란 메이지유신 이전의 도덕, 즉 도쿠가와시대(도쿠가와 씨에 의해 막부가 세워진 에도시대-역주)의 도덕을 가리킵니다. 그 시대의 도덕은 어떤 것이었을까요. 여러분도 아시는 바와 같이 한마디로 표현해보자면, 일종의 완전하고 이상적인 틀을 만들어놓고 그 틀을 표준으로 삼아, 우리의 노력 여하에 따라 그것이 실현될 수 있다는 전제 위에서 출발하고 있습니다. 그러므로 충신이든 효자든 혹은 열녀든 하나같이 완전한 모범적 존재를 제시하고, 우리처럼 부족한 자들도 의지 여하, 노력 여하에 따라 이런 모범적인 행위가 가능하다는 식으로 가르치며 덕의德義를 정립했던 것입니다. 물론 일률적으로 완전하다고는 해도 어떤 의미로 파악하느냐에 따라 다양한 해석이 가능하겠으나 여기서 말하는 것은 불교 용어 따위에서 사용하는 순일무잡純一無雜, 일절 불순함이 없는 것으로 봐도 무방하겠지요. 예를 들어 땅에서 막 캔 원석처럼 여러

가지 이물질을 함유한 자연물이 아니라 순금처럼 정련된 충신이나 효자를 의미합니다. 이처럼 완전한 모형을 제시해 거기에 도달할 수 있도록 간절히 원하며 수양의 공덕을 쌓아야만 했던 것이 과거의 도덕입니다. 조금 더 상세히 말씀드려야 마땅하나 간략히 줄이고, 일단은 이 정도에서 다음으로 넘어가겠습니다.

한편 이런 식의 윤리관이나 덕성에 대한 교육이 개인에게 어떤 영향을 끼쳐 사회에 어떤 결과를 잉태시키는지를 살펴보겠습니다. 우선 개인에게는 이미 본보기가 만들어지면서 그 본보기가 완전하다는 자격을 갖춘 것이 되기 때문에 아무래도 그 본보기처럼 되어야 한다는, 완전한 영역으로 나아가야 한다는 내부의 자극이나 외부의 편달이 있습니다. 따라서 모방이라는 개념에서 절대 자유롭지는 않겠지만, 그 대신 전반적인 생활에서 향상하겠다는 정신, 강한 기개, 미래로 나아갈 용기가 고무되어 일종의 감격적인 생활을 영위하게 됩니다. 사회 역시 마찬가지로 이미 이런 식으로 흠잡을 데 없이 모범적인 충신, 효자, 열녀를 추켜세우며 그 존재를 인정할 정도이므로 개인에 대한 전반적인 윤리적 요구는 매우 가혹할 정도입니다. 그리고 개인의 과실에 대해서 매우 엄격한 태도를 보입니다. 약간의 실수가 있어도 허용되지 않고 즉각적으로 목숨이 달린 상황이 됩니다. 그렇지 않습니까. 옛날 사람들은 툭 하면 할복을 해서 사죄를 구했지요. 여러분도 알고 계실 것입니다. 요즘에는 좀처럼 할복하지 않습니다. 이는 할복을 하지 않아도 수습이 되기 때문에 하지 않는 것입니다. 옛날이라고 꼭 배를 가르고 싶었기 때문에, 할복을 했던 것은 전혀 아닐 것입니다. 하지만, 할복하지 않을 수 없었던 것이지요. 그야말로 할복을 강요당한 셈입니다. 사회 제도가 매우 악랄하고 가혹했기 때문에 살아서 다른 사람의 얼굴을 차마 쳐다볼 수 없었기 때문에 헛되이 목숨을 버렸을 겁니다.

오늘날 사람들이 보면 완전할지도 모르지만 실제로 있을 수 있을지 없을지도 모를 이상적 인간을 상정해놓은 후, 그런 우상들을 향해 끊임없이 노력하고 감격하고 분발하고, 혹은 환희하고 우러러보았던 것이지요. 사회적으로는 덕의와 관련된 약점에 대해 가차 없이 엄중한 처벌을 내렸으니 용케 사람들이 그런 상황을 참아냈다는 의문이 생깁니다. 여기에는 여러 가지 원인도 있었겠지요. 우선은 지금처럼 과학적 관찰이 두루 미치지 못했다는 점을 들 수 있습니다. 요컨대 인간은 어떻게 교육을 해도 불완전한 존재라는 사실을 알아차리지 못했던 것입니다. 불완전함이란 우리의 마음가짐이 아직은 부족해서 발생하므로, 좀 더 마음을 수양해서, 마치 흑설탕을 백설탕으로 정제하는 것처럼 향상해야 한다는 생각으로 최선을 다해 노력했던 것입니다. 즉 옛날 사람에게는 비판 정신이 부족했다고 할 수 있습니다. 옛날부터 전해 내려오는 효자나 열녀가 이상적인 모습 그대로 재현될 수 있다는 신념이 너무 강해서 이런 모범적인 존재를 비판적으로 바라볼 수 있는 정신이 부족했던 것이지요. 그게 주된 요인이었을 것입니다. 한마디로 과학이라는 것이 그다지 발전되지 않았기 때문이라고 해도 무방할 것입니다. 아울러 그 당시에는 교통이 몹시 불편해서, 도쿄에서 오사카로 편지 한 장 때문에 호출당해 이 멀리까지 와서 강연하는 일은, 그야 물론 완전히 불가능하다고는 할 수 없겠지만, 그리 쉬운 일이 아니었을 것입니다. 온다고 해도 가마를 타고 동해도오십삼차(에도시대, 에도에서 교토에 이르는 해안선인 도카이도東海道 곳곳에 있었던 53개의 역-역주)를 모두 거쳐야 하므로 쉽사리 제 시간 안에 오기 어렵습니다. 결국 오지 못했다면 제가 어떤 인간인지 여러분도 모르실 수 있었겠지요. 여러분께서 차라리 저를 모르셨다면,

오히려 잘난 사람이라고 생각해주시지 않았을까 싶습니다. 이렇게 연단에 서서 프록코트도 입지 않은 채, 마치 고베(오사카 근처의 세련된 항구도시-역주) 근처의 상점 종업원 같은 묘한 양복을 걸치고 서성거리면, 품위가 없어서 안 되지요. 겨우 저런 작자였나 싶으실 것입니다. 가마를 타던 시대였다면 이렇게까지 체면을 구기지 않았을지도 모릅니다. 교통이 불편한 옛날에는 산속에 선인仙人이 산다고 생각했을 정도였으니, 에도에는 소세키라는 이름의 선인에 가까운 이가 있다는 정도의 평판이 남을 수 있었다면 더할 나위 없이 만족스러운 바였겠지만, 오늘날처럼 기차나 전화가 존재하는 세상에서는 이미 선인 자체가 소멸했기 때문에 선인에 가까운 인간의 가치도 자연스럽게 하락해, 안타깝게도 지금 이렇게 상점 종업원 같은 저의 모습을 여러분이 보실 수밖에 없는 상황에 이르렀습니다. 다음으로 옛날에는 사회에 엄격한 계급제도가 있었기 때문에 계급이 다르면 좀처럼 접촉하기도 힘든 경우가 많았습니다. 지금도 황제 같은 분께는 함부로 다가가기 어렵습니다. 저는 아직 배알한 적이 없지만, 옛날에는 일반적으로 지금의 천황폐하(원문대로 표기, 일본의 덴노-역주) 이상으로 다가가기 어려운 계급에 속한 사람이 많이 존재했습니다.

일국의 영주와 말을 섞는 것조차 평민에게는 무척이나 이례적인 일이었지요. '도게자'라는 게 있지요. 땅바닥에 엎드려 고개를 완전히 숙이는 것입니다. 중요한 인물이 탄 가마가 지나갈 때는 어떤 얼굴을 한 사람이 타고 있는지 전혀 구경조차 할 수가 없었습니다. 가마 안에 귀신이 있는지 사람이 있는지조차 알 수 없을 정도라고 들었습니다. 그러니 계급이 다르면 인간의 부류가 다르다는 의미가 되어 급기야 어떤 인간이 세상에 살고 있는지 호기심을 품을 여지조차 없을 정도로 각자의 삶에 격차가 있었던 사회 제도였습니다. 따라서 터무니없이 훌륭한 인간, 즉 모범적인 충신이나 효자 등이 세상에 실제로 있다는 관념이 어딘가에 틀림없이 있었을 것입니다.

이상과 같은 여러 원인 때문에 모범적인 도덕을 일반인에게 강요하는 것이 자연스러운 상황이라는 점에 대해 별다른 의아함을 느끼지 않았던 것이겠지요. 강요를 당해도 아무런 말을 하지 못하거나 자진해서 자신에게 강요하기도 했을 겁니다. 하지만 메이지유신 이후 44년, 45년이 지난 오늘날, 도덕이 변화되어온 경로를 되돌아보면 어떤 일정한 방향성이 있어서 오로지 그 방향으로만 일관되게 흘러왔던 것으로 보입니다. 사회 현상을 연구하는 학자 입장에서 매우 흥미로운 사항이라고 말하지 않을 수 없습니다. 그렇다면 메이지유신 이후의 도덕은 유신 이전과 어떤 식으로 달라졌을까요. 이상과 정확히 합치되도록 구성된 완전한 도덕을 사람에게 강요하던 세력이 점차 미약해졌을 뿐만 아니라, 과거에는 우러러 받들었던 이상 그 자체가 어느새 우상화되어버린 대신 사실을 토대로 새로운 도덕을 만들어가며 오늘에 이른 것으로 여겨집니다. 인간은 완전한 존재가 아니며, 처음은 물론 아무리 시간이 흘러도 여전히 불순하다는, 사실의 관찰에 바탕을 둔 '주의'를 표방했다고 말해버리면 잘못된 표현이 되겠지만, 자연스러운 추이를 거꾸로 올라가며 점검해 44년의 도덕적 세계를 관통하는 풍조를 한 구절로 집약해보면 이 '주의'임에 틀림없다는 생각이 듭니다. 요컨대 우리가 미처 인식하지 못한 사이에 이 '주의'를 실행해 오늘에 이른 것이나 마찬가지 결과를 낳았던 것입니다. 아울러 자연스러운 사실을 그대로 말씀드리면 설령 아무리 충신, 효자, 열녀라도 한편으로는 각각 상당한 미덕을 갖추고 있는 것은 물론이지만, 이와 동시에 한편으로는 제법 미심쩍은 결점도 가지고 있습니다. 다시 말해 충과 효, 정절을 갖추고 있는 동시에 불충, 불효, 부정하기도 하다는 이야기입니다. 이렇게 말로 표현해보니 어쩐지 매우 부적절해지지만, 아무리 덕이 높은 사람이라도 어딘가 나쁜 구석이 있을 거라고 사람들도 해석하고 있고 저도 그렇게 인정하고 있는 바임은 의심할 여지 없는 진실이라고 생각됩니다. 실제로 제가 이렇게 연단에 선 것은 전적으로, 오로지 여러분을 위해 서 있다고 구세군처럼 말한다면 여러분은 이해를 못 하시겠지요. 저는 과연 누구를 위해 이곳에 서 있는 것일까요. 이런 질문을 받는다면 아사히신문사를 위해 서 있다거나,《아사히신문》의 홍보를 위해 서 있다거나, 혹은 나쓰메 소세키를 천하에 소개하기 위해 서 있다고 대답할 수 있겠지요. 그러면 되지요. 결코 순수한 동기 때문에 이곳에 서서 큰 목소리를 내는 것은 아닙니다. 이런 무더위에 땀으로 흠뻑 젖어 옷깃이 늘어질 지경에 이르면서도 오로지 여러분을 위해 유익한 이야기를 해야 한다는, 만약 그러지 못하면 오늘 밤 잠도 못 이룰 거라는, 그런 기특한 마음가짐을 실은 가지고 있지 않습니다. 여러분에게 어떻게 보일지 모르겠으나, 물론 타인에 관한 호의나 인정머리 하나 없이, 오로지 자기밖에 모르는 사람은 아닙니다. 솔직히 털어놓으면 이번 강연을 거절했다고 제가 면직처분을 당할 정도로 큰 사건은 아닙니다. 그러니 도쿄에서 드러누워 버린 후, 사정이 있다거나 건강이 허락하지 않는다거나 어찌어찌한 변명거리를 만들어놓기만 하면 됩니다. 하지만 여러분을 위해, 혹은 회사를 위해서 말이지요. 이렇게 말하면 갑자기 위선 같지만, 인간적인 의리나 호의가 가미된 동기 때문에 주저하지 않고 여기까지 내려왔다고 하면 역시 조금이나마 선한 인간의 모습도 보입니다. 있는 그대로 실토하면 저는 선한 사람이기도 하며 악인이기도 합니다. 악인이라고 표현하면 제가 생각해도 약간 너무 심한 것 같지만, 일단은 선악 모두가 다소 뒤섞여진 인간이라는 존재입니다. 모래도 붙어있고 진흙도 붙어있지요. 더러운 가운데 금이라는 것이 있는 듯 없는 듯 아주 약간 포함된 정도라고 할까요. 제가 이런 말씀을 태연하게 여러분 앞에서 말씀드리고 여러분께서는 웃으시면서 듣고 있을 정도기 때문에 오늘날의 사람들은 과거와 비교해 윤리적 의견에 대해서도 제법 관대해졌음을 알 수 있습니다. 만약 엄격한 제재로 모범적 행동을 타인에게 강요해 마지않던 막부시대였다면 이렇게 노골적으로 거리낌 없이 말하는 저는 분명

사장님에게 질책을 당할 것입니다. 만약 사장이 다이묘였다면 질책을 당하는 정도가 아니라 할복하라는 명령을 받았을지도 모를 상황이지만, 1911년(메이지 44년)인 오늘은 사장도 잠자코 있습니다. 그리고 여러분은 웃고 계십니다. 이토록 세상이 평온해졌습니다. 윤리관의 정도가 낮아지게 된 것이지요. 조금씩 살기 좋은 세상이 되어 여러분도 저도 행복합니다.

사회가 윤리적 동물인 우리에게 인간다운 비근한 덕의를 요구하여 그것을 참고 견뎌내게 되어, 완전하거나 지극하다는 이상적인 요구를 차츰 철회해버린 결과란 과연 어떤 것일까요. 우선 종전부터 존재했던 평가율(도덕상의)이 자연스럽게 달라졌다는 점입니다. 세상은 무서운 곳이라 점차 도덕이 무너져 내리면 그것을 평가하는 눈도 달라집니다. 과거에는 인사를 하는 방식이 마음에 들지 않으면 칼자루로 먼저 손을 가져가는 일도 있었겠지만, 지금은 설령 친밀한 사이라도 번거로운 인사는 하지 않는 듯합니다. 그래서 자타 모두 불쾌함을 느끼지 않아도 되는 상황이 제가 말하는 이른바 평가율의 변화라는 의미입니다. 인사를 하는 것은 아주 사소한 일례에 불과합니다. 물론 전반적으로 윤리적 의의를 포함한 개인적 행위가 종전보다는 다소 자유로워졌고 덜 갑갑해졌기 때문에, 다시 말해 옛날처럼 무리하게 억지를 부리거나 압박을 하는 정도가 미약해졌으니 한마디로 말하자면 덕의상 평가가 어느새 변했기 때문에, 자신의 약점이라고 인정할 수 있는 점을 아무런 주저 없이 다른 사람에게 이야기할 뿐만 아니라, 그 약점을 행위에 노출하더라도 본인조차 그것을 의아해하지 않고 다른 사람도 굳이 그것을 질책하지 않는 세상이 되었던 것입니다. 저는 메이지유신이 일어나기 바로 전 해(소세키는 1867년생임-역주)에 태어난 인간이기 때문에 오늘 청중 여러분 중에도 보이는 젊은 분들과는 달리, 약간 어중간한 교육을 받은 사람입니다. 바다와 육지 양쪽에 서식하는 동물처럼 수상하고 미심쩍은 사람이지요. 저 같은 연배의 과거에 비하면 지금의 젊은이는 상당히 자유롭게 보입니다. 또한 사회가 그만큼의 자유를 허용하고 있는 것 같습니다. 한학을 배우러 2, 3년이나 다녔던 경험이 있는 우리에게는 잘나지 않았으면서도 잘난 체하는 표정을 해보거나 고약스러운 성미로 오기를 부려보는 버릇이 종종 있었지요(지금도 제법 그런 기미가 있을지도 모르지만요). 하지만 요즘 젊은이는 의외로 담박해서 옛날처럼 격정적인 시적 정취를 윤리적으로 발휘할 수 없을지는 모르지만, 대체로 가운데가 뻥 뚫려있어서 아무것도 감추지 않는 부분이 좋습니다. 외부의 시선을 의식해 일부러 자신을 꾸며대고 싶지 않다는 훌륭한 정신이 발동되는 경우도 있겠지요. 혹은 숨김없이 있는 그대로를 다 보여줘도 세간에서 딱히 코를 비틀며 찡그린 표정을 지을 사람이 없기 때문이겠지요. 그런데 제게는 낯선 젊은이들이 종종 저희 집을 찾아왔다가 나중에 편지를 보내거나 하면서 그때의 감상을 있는 그대로 적어 보내는 경우가 있습니다. 이럴 때 가끔 미처 생각지도 못했던 고백을 하는 경우가 있어서 흥미롭습니다. 물론 대단한 약점을 봐달라는 식으로 적어 보내지는 않지만, 어쨌든 제가 일부러 부탁하지도 않았는데, 상대편에서 자진해서 특이한 글, 다시 말해 일종의 예술품을 보내오는 것이지요. 만약 우리가 젊은 시절의 기분으로 쓴다면, 천하의 영웅인 그대와 나만이 운운하면서, 으스대는 정도까지는 아니더라도, 어쨌든 제대로 이해하지도 못하면서 습관적으로 고아한 관념을 문서상으로 나열합니다. 자신의 윤리성이 유쾌한 일종의 자극을 받은 것처럼 시적 정취를 발휘하는 것이 일반적이었던 것이지요. 그러나 지금 예로 든 요즘 젊은이들에게서는 그런 모습이 전혀 보이지 않습니다. 오히려 전혀 꾸밈없이 하고 싶은 말을 다 합니다. 일단 문을 열고 들어오면서 가슴이 두근거렸다거나, 격자문을 열 때 벨이 울려 더더욱 놀랐다거나, 면담을 부탁드린다고 안내를 청했으면서도 이야기를 전하러 나온 하녀가 제가 없다고 말해주면 좋겠다고 신발을 벗기 전에 문득 느꼈다거나, 그런데 제가 마침 집에 있다는 소리를 전해 듣자마자 갑자기 돌아가고 싶어졌다거나, 올라오라는 말을 전하러 다시 나오자 더더욱 위축되었다거나, 구구절절 이런 모든 연약한 신경 작용이 조금의 꾸밈도 없이 나오는 것입니다. 덕의와 관련된 비판을 포함한 말로 표현하면, 겁쟁이라든가 배짱이 없다고 표현할 수 있는 약점을 자유롭게 실토합니다. 그래봐야 고작 나쓰메 소세키를 만나러 가는데 그렇게 벌벌 떨 필요는 없으리라고 생각하실지도 모르지만, 실제로 이런 경우가 있었습니다. 하지만 저는 이것이 오늘날의 청년이기 때문에 생기는 일이라고 믿습니다. 과거 막부시대 문학의 어디를 어떻게 찾아봐도 이런 의미의 방문감상록은 절대 발견되지 않을 거라고 믿습니다. 이번 봄에 있었던 일인데, 어딘가에서 음악회가 있었습니다. 그때 제가 아는 사람이 무대에 서서 노래를 불렀습니다. 저는 초대를 받아 가장 앞 열의 한가운데 자리에서 들었습니다. 그런데 그 노래는 서툴렀습니다. 저는 음악을 위한 좋은 귀를 갖고 있지 않은 비전문가이긴 하지만, 그 사람의 솜씨는 형편없다고 느껴졌습니다. 나중에 그 사람을 만나 제가 느낀 대로 말해주었습니다. 그러나 그 음악가는 무대에 섰을 때 자기 다리가 부들부들 떨리는 것을 알아차렸는지 제게 물었습니다. 제가 그 사실을 알아차리지 못했는데도 당사자는 다리가 떨렸다고 털어놓습니다. 옛날이었다면 설령 다리가 떨렸어도 떨리지 않는다고 우겼을 것입니다. 어떻게든 자신의 실수를 인정하지 않으려고 억지를 부려도 시원치 않을 상황에, 다른 사람이 미처 알아차리지 못한 실수까지 자기 입으로 자백합니다. 그만큼 요즘 사람들이 담박해진 게 아닐까요. 이렇게 담박해질 수 있을 정도로 세간의 비판이 관대해진 것은 아닐까요. 인간에게 이 정도의 약점이 있을 수 있는 법이라고 아예 인정하고 있는 게 아닐까요. 저는 과거와 지금을 비교해 어느 쪽이 좋다거나 나쁘다고 말할 생각은 없습니다. 그저 이만큼이나 차이가 있다고 말씀드리고 싶을 뿐입니다. 과거 40여 년 동안 도덕의 경향은 분명 이런 방향으로 흐르는 중이라는 사실을 인정해주시길 희망하는 바입니다.

옛날과 지금의 도덕 차이는 이 정도에서 마치고, 이야기를 느닷없이 문예 쪽으로 옮겨가겠습니다. 여기서 문예 쪽의 이야기를 상세히 말씀드릴 생각이 아니기 때문에 필요한 설명만 드리는 선에서 머물고 매우 대략적인 이야기를 말씀드리겠습니다. 근년에 문예 쪽에서는 낭만주의와 자연주의, 즉 로맨티시즘과 내추럴리즘이라는 두 단어가 광범위하게 사용되고 있는데, 이 두 단어는 문예계 고유의 술어로 기타 방면에서는 전혀 통용되지 않는 것처럼 취급되고 있습니다. 이제부터 저는 이 두 단어의 의미와 성질을 극히 간략히 언급하고 그것을 앞서 말씀드렸던 과거와 현재의 도덕과 결부시켜 양쪽을 종합해서 보여드리고자 합니다. 요컨대 낭만주의와 자연주의 모두 문예가만이 쓸 수 있는 표현이 아니라는 의미를 이해하신다면, 그 결과 자연스럽게 이런 것들이 앞서 설명해드린 두 종류의 도덕과 연계될 것입니다.

낭만주의와 자연주의 문학에 대해 말씀드리기 전에, 번거로우시겠으나 미리 여러분이 생각해주셨으면 하는 내용이 있습니다. 앞서 양해를 구했던 것처럼 오늘의 이야기는 모두 도덕과 문예와의 교섭 관계에 있으므로 문학 두 종류 가운데(특히 낭만주의 문학 중에서) 도덕적 요소가 섞여 있지 않은 것은 머리에서 제외해 생각해주시길 바랍니다. 설령 도덕적인 요소가 섞여 있어도 윤리적 관념이 전혀 도발을 받지 않는, 아니 받을 수 없는 수준의 문학도 제외해주시길 바랍니다. 그런 문학을 제외한 후, 이 두 종류의 문학을 거시적으로 조망해보면 낭만주의 문학의 경우, 등장인물의 행위나 성품이 우리보다 위대하다거나 공정하다거나 감격성이 풍부합니다. 때문에 독자가 윤리적으로 향상되고 선한 길로 접어든다는 측면에서 자극을 받는 것이 특색이라고 할 수 있습니다. 이런 영향은 과거에 유행했던 권선징악이라는 단어와 관계가 있긴 하지만 절대로 똑같지는 않습니다. 훨씬 고상한 의미로 말하는 것이니 오해가 없으시길 바랍니다. 한편 자연주의 문학에서는 인간을 전설적인 영웅의 후손이나 되는 것처럼, 대단한 대상으로 다루지 않습니다. 따라서 독자와 작가 모두 윤리적 감격은 부족합니다. 상황에 따라서는 인간의 약점만 잔뜩 써놓은 것처럼 보이는 작품도 보일 뿐만 아니라 그 약점이 의도적으로 과장된 경향마저 종종 보입니다. 요컨대 보통 인간을 있는 그대로 묘사하기 때문에 도덕과 관련된 측면의 행위에도 결점이 동반되는 경향을 보일 수 있습니다. 하지만 이런 한심스러운 측면도 있는 것이 인간 본연의 모습이라고, 스스로 수긍하며 타인도 납득시키는 특징을 가집니다. 이 두 문학에 대해 구체적으로 설명하면 그것만으로도 무척이나 시간이 걸리기 때문에 누구나 알고 있는 정도의 설명만 드리는 것으로 양해를 부탁드리겠습니다. 이 두 문학이 앞서 나온 두 경향의 도덕을 각각의 작품에 투영시키고 있다는 사실을 짐작하신다면, 비로소 문예와 도덕이 어떤 점에서 관련성이 있는지도 명확해지리라고 생각합니다.

거듭 말씀드리지만, 제목이 이미 문예와 도덕이기 때문에 도덕과 무관한 문예는 완전히 논외로 두고 생각하지 않으면 오해를 불러일으키기 쉽습니다. 도덕과 무관한 문예 이야기를 하려면 얼마든지 할 수 있는데, 예를 들어 지금 제가 여기에 서서 인상을 쓰고 여러분을 내려다보며 뭔가 한참 이야기를 하는 와중에 저도 모르게, 천박한 이야기이긴 하지만, 커다란 방귀를 뀌었다고 합시다. 만약 그런 상황이 되면 여러분은 웃을까요, 아니면 화를 낼까요. 그 점이 문제입니다. 왜냐하면 너무 실례라고 할 수 있는 예이긴 하지만, 저는 여러분이 웃을지, 아니면 화를 낼지에 따라 이 사건을 두 가지로 해석할 수 있다고 생각합니다. 일단 제가 생각했을 때 상대방이 여러분 같은 일본인이라면 웃을 겁니다. 물론 실제로 막상 해보지 않고서는 알 수 없으니 어느 쪽이든 상관없지만, 아무래도 여러분이라면 웃을 것 같습니다. 반면에 상대방이 서양인이라면 화를 낼 것 같습니다. 어째서 이런 차이가 날까요. 같은 행위에 대한 시각이 다르기 때문이라고 말할 수밖에 없습니다. 다시 말해 서양인이 상대방인 경우, 고지식하고 도의적인 관점에서 저의 천박한 행위를 도의적이지 않은 행동(전혀 도의적이지 않다고 할 정도의 일도 아니겠으나), 어쨌든 실례를 범했다고 보고 그런 측면에서 화를 낼지도 모릅니다. 그런데 일본인이라면 의외로 단순하게 생각해 덕의와 관련된 비판을 내리기 전, 일단 우스꽝스러움을 느끼고 웃음을 뿜어버릴 것이라고 생각합니다. 저의 잔뜩 찌푸린 태도와 당당한 연설에 마음이 기울어 제법 엄숙한 기분을 이어가려고 하던 찰나, 느닷없이 타인 앞에서라면 삼가야 할 해괴한 소리를 들었으니, 이런 모순이 가져다줄 자극이 못 견디게 재미있을 것입니다. 웃는 순간에는 윤리적 관념이 전혀 대두될 여지가 없으므로 설령 도덕적 비판을 내릴 만한 요소가 내포된 경우라도 이것을 굳이 도의적으로 해석하지 않고 도의와 무관한 우스꽝스러운 장면으로 보게 된다는 증거입니다. 하지만 만약 윤리적 요소가 사람을 윤리적으로 자극하도록 구성되어있으며, 동시에 작품 속에서 그것이 다른 별개의 방면으로 비켜나갈 수 없도록 장치되어있으면, 도덕과 문예는 결코 분리할 수 없게 됩니다. 양자는 애당초 별개이기 때문에 제각각 독립적인 존재라는 학설도 어떤 의미에서는 진리입니다. 하지만 근래의 일부 일본 문사들처럼 근본적인 자신감이나 판단력을 갖추지 못한 채 도덕이 문예에 불필요한 것처럼 주장하는 것은, 세상 사람들을 매우 혼란스럽게 하는, 눈먼 자의 눈먼 이론이라고 하지 않을 수 없습니다. 문예의 목적이 덕의심을 고취하는 것을 그 근본적 의의로 삼지 않음은 논리적으로 마땅한 견해이긴 합니다. 하지만 덕의적 비판을 허용할 사건이 작품 중에 그려지고 있다면, 그 사건이 덕의적 지평에서 우리에게 선과 악이나 옳고 그름의 자극을 준다면, 어떻게 양자가 서로 교섭하지 않는다고 할 수 있겠습니까.

도덕과 문예의 관계는 대체적으로 이와 같습니다. 아울러 앞서 거론했던 낭만주의와 자연주의에 대해 이런 것들이 어떤 식으로 도덕과 교섭하는지를 조금 더 명료하게 조사해볼 필요가 있으리라고 생각합니다. 다시 말해 이 두 종류의 문학에 대해 어떤 점이 도덕적이고 어느 부분이 예술적인지를 분석하고 비교해서 하나하나 점검해야 합니다. 이렇게 하면 문예와 도덕의 관계가 한층 명료해질 뿐만 아니라 낭만주의와 자연주의의 관계 역시 한층 명확해질 것입니다. 우선 낭만파의 내용에서부터 시작해보면, 앞서 말씀드린 대로 충신이나 효자, 열녀가 나오거나 기타 다양한 인물들이 등장해 독자들의 덕성을 자극하고 그런 자극에 따라 독자를 움직이려는 방법을 강구합니다. 때문에, 그런 자극을 부여한다는 점에서는 분명히 도의적이고 동시에 틀림없이 예술적입니다. (문학은 감정과 밀접한 관련이 있어서 우리의 감정을 도발하고 환기하는 것이 그 근본 의의라고 한다면) 이렇게 낭만파는 내용적으로는 예술적이지만, 내용의 취급하는 방식은 어쩌면 비예술적일지도 모릅니다. 그렇다는 의미는 아무래도 글을 쓰는 방식에 좋지 않은 목적이 있는 듯합니다. 어떤 사건을 어떻게 묘사해 어떤 식으로 감동하게 만들겠다거나 고취시키겠다는 목적이나 의도가 있습니다. 저술 자체에 흥미가 있다기보다는 미리 가슴 속에 무언가가 있어서 그것을 토대로 사람을 이야기 속으로 끌어들이려고 합니다.

아무래도 이 점에 자칫 작위적인 느낌을 받습니다. 제가 오늘 저녁 이렇게 연설한다고 해도 제가 하는 한마디 한마디에 저라는 존재가 항상 엉겨 붙어있어서 어떻게든 웃겨주고자, 어떻게든 울려주고자 간지럽히거나 겨자를 맛보게 하는 듯한 의도적인 흔적이 빤히 들여다보이면 여러분께서 들으시기에 자못 괴로우실 겁니다. 때문에, 예술품으로 봤을 때의 제 강연은 그 가치가 크게 손상됩니다. 아무리 내용이 좋아도 말하는 방식, 취급방식, 서술방식이 독자를 낚아보려고 한다거나 도발하려고 한다거나 전반적으로 작위적인 분위기를 띤다면, 그런 작위적인 부분, 부자연스러운 부분은 결국 예술로서의 품격 문제와 연관되게 됩니다. 이런 결점을 예술적인 측면에서 비난하는 것입니다. 반면에 자연주의 측면에서 생각해보면 도의의 관념에 호소하여 예술적인 성공을 거두는 것이 애당초의 영역이 아니기 때문에, 작품 안에는 제법 지저분한 내용, 못 견딜 정도로 역겨운 내용도 담겨있습니다. 하지만 그것이 도심道心을 침체시켜 타락의 경향을 조장하는 결과를 낳는다면, 그것은 작가나 독자 중 어느 쪽인가에 문제가 있기 때문입니다. 그러므로 선이 아닌 것을 조장하는 행위 역시 결코 이런 계열의 문학이 추구하는 '주의'가 아니라는 사실은 논리적으로 증명할 수 있습니다. 따라서 선악 양면 모두 감격성의 요소가 부족하다는 점에서 보면, 바로 그 점이 예술적이 아니라는 비난은 있을 수 있습니다. 대신 글을 쓰는 방식이나 사건을 다루는 방식은 애당초 있는 그대로의 모습을 담박하게 묘사하므로 작위적인 느낌을 받는 경우가 적습니다. 작위적이라든가 작위적이지 않다라는 것은 앞에서도 예술과 관련된 비판이라고 양해를 구해두었는데, 이것은 동시에 덕의와 관련된 비판도 되기 때문에, 결국 자연주의 문예는 내용이 어떻든 역시 도덕과 밀접한 인연을 가지고 있다는 말이 됩니다. 왜냐하면 과시하지 않고 있는 그대로를 진솔하게 쓴다는 것이 작위적이지 않은 묘사의 장점인데, 이것을 예술적으로 보지 않고 도의적으로 비판한다면, 역시 정직하다는 표현을 같은 사항에도 사용할 수 있으므로, 예술과 도덕은 매우 밀접하다는 사실을 알 수 있는 것입니다. 그뿐만 아니라 예술적으로 작위적이지 않고 도덕적으로 정직하다는 사실은 동일한 대상을 가리키고 있을 뿐만 아니라 이지적인 측면에서 보면 '(참될) 진'이라는 자격에 상당합니다. 요컨대 하나의 대상을 인간의 3대 활력의 시점에서 고찰해본 내용과 달라진 부분이 없습니다. 삼위일체라도 표현해도 좋겠지요.

　이렇게 분석해가다 보면 언뜻 보기에 끊임없이 도의적인 낭만파 작품에 의외로 도의적이지 않은 요소가 발견되거나, 또 어찌 생각해보면 덕의와 관련된 측면에 아무런 주의를 기울이지 않는 자연파의 흐름을 따른 작품에서 묘하게 윤리적인 대목을 발견하기도 합니다. 도의적인지 여부가 그대로 예술적인지 여부에 의해 결정되므로, 양자의 관계는 한층 명료해진 셈입니다. 그리고 낭만, 자연이라는 이름이 붙은 두 종류의 문예상의 작품 중에 도덕적 요소가 어떤 방식으로 담겨져 있는지도 대략 설명할 수 있었다고 여겨집니다.

　아울러 이상과 같은 두 종류 문예의 특성에 대해 비교해보겠습니다. 낭만파는 사람의 기분을 고양시켜주는 감격성과 관련된 요소가 풍부하지만, 아무래도 현세, 현재로부터 너무 벗어나 있다는 아쉬움을 피할 길 없습니다. 지나치게 이상적 세계(이상계理想界)에서 일어난 사건이 계속되는 경향이 있을지도 모릅니다. 설령 그 이상이 실현 가능하다고 해도 미래까지 기다려야 가능한 일이기 때문에 적혀진 내용 자체는 도의심으로 가득 찬 기쁨을 충분히 평가할 수 있다고 해도 기실은 읽는 사람에게 절실한 느낌을 주기 어렵습니다. 반면 자연주의 문예에는 아무리 논리상의 약점이 존재한다 해도 그 약점이란 작가와 독자의 공통적 약점인 경우가 많습니다. 따라서 결코 자신과 무관한 이야기가 아니라는 의미에서 지저분한 내용이든 뭐든 절실히 느낀다는 점은 우리의 경험과도 가깝습니다. 여기에서 한 가지 주의하고 싶은 점은 보통 일반적인 인간은 평소 아무런 일이 없을 때는 전반적으로 낭만파이면서 막상 결정적인 순간에는 모든 사람이 자연주의자로 변한다는 사실입니다. 즉 방관자일 동안은 타인에 대한 도의적인 요구가 상당히 높으므로 사소한 혼란이나 과실이라도 외부에서 평가할 경우, 매우 신랄해진다는 말이지요. 다시 말해 본인이 그 위치에 있었다면 이런 실수는 저지르지 않았다는 식으로 자신을 높게 평가하는 낭만적 사고가 어딘가에 깔려있습니다. 그런데 본인 스스로 막상 그 상황과 마주하게 되면, 자신이 깔보았던 선임자보다 오히려 치명적인 과오를 범하기 쉽습니다. 때문에, 그런 상황에 놓이면 약점투성이인 자신의 본연의 모습이 고스란히 노출되어 자연주의로 계속 밀고 나가지 않으면 견뎌낼 재간이 없습니다. 그래서 저는 실행자는 자연주의파이며 비평가는 낭만주의파라고 말씀드리고 싶을 정도입니다. 다음으로 말씀드리고 싶은 것은 몇 년 전부터 자연주의를 어떤 일부 사람들이 주창하기 시작한 이후 세간의 평판이 매우 나빠, 마지막에는 자연주의라고 하면 타락이나 외설의 대명사처럼 되어 버렸습니다. 하지만 그렇게 두려워하거나 혐오할 필요가 전혀 없습니다. 오히려 그 결과의 건전한 쪽도 조금은 살펴볼 필요가 있을 겁니다. 원래 자신과 비슷한 약점이 작품 안에 적혀있고, 자신과 비슷한 인물이 등장한다면, 약점을 가진 등장인물에 대한 동정심이 자연스럽게 생기겠지요. 그리고 본인도 언제든 이런 실수를 하지 말란 법이 없다는 적막한 느낌도 동시에 생겨날 것입니다. 우쭐대던 겉치레를 내려놓게 하고 겸허한 태도를 취하게 하는 것은 오히려 이런 문학의 영향입니다. 만약 자연파의 작품임에도 불구하고 이런 건전한 목적을 달성할 수 없다면, 그것이야말로 작품 자체가 좋지 않았기 때문입니다. 작품 자체가 좋지 않다는 의미는 작품의 완성도가 낮았거나 어딘가에 결점이 있었다는 말입니다. 앞서 설명한 표현을 빌려 평하자면, 그런 작품에는 어딘가 부도덕한 요소가 있었거나, 어딘가 예술적이지 않은 구석이 있었거나, 어딘가에서 거짓을 쓰고 있었던 것으로 귀착될 것입니다. 있는 그대로의 사실을 있는 그대로 쓰는 '정직'이라는 미덕이 있었다면 결국 자연스럽게 예술적이 되고, 그런 예술적인 필치가 역시 자연스럽게 읽는 이에게 선량한 감화를 부여합니다. 이는 앞서 분석적으로 서술한 내용에 의해 이미 터득하신 부분이라고 생각합니다. 자연주의에 도의적 요소가 존재한다는 것은 사람들이 그다지 입에 올리지 않는 측면이기 때문에 일부러 길고 장황하게 말씀드렸습니다. 물론 제 생각에 불과하므로 너무 떠벌릴 내용은 아니지만, 아시는 바와 같이 강연 제목은 '문예와 도덕'이기 때문에 특히 이 점에 주의를 기울일 필요가 있었던 것입니다.

이상과 같은 내용에 따라 낭만주의 문학과 자연주의 문학 모두 도덕과 관련성이 있으며, 이 두 종류의 문학이 도입부에서 언급했던 메이지 이전의 도덕과 메이지 이후의 도덕을 분명히 반영하고 있다는 사실도 명료해졌습니다. 우리는 서양에서 전래한 이 두 단어를 문학에서 떼어내 도덕의 형용사로 사용해서, 예컨대 낭만적 도덕이나 자연주의적 도덕이라는 표현을 사용해도 지장이 없을 것입니다.

그래서 저는 메이지 이전의 도덕을 '낭만주의적(로맨틱)

도덕'이라고 칭하고 메이지 이후의 도덕을 '자연주의적 (내추럴리스틱) 도덕'이라고 부릅니다. 한편 우리가 두 가지의 구별이 있다는 점을 인식하며 앞으로 일본의 도덕이 어떤 경향을 띠면서 발전할지를 생각해보는 문제로 옮겨간다면, 저는 다음과 같이 감히 말하고 싶습니다. "낭만주의적(로맨틱) 도덕은 대체로 과거의 것이다." 여러분이 만약 어째서 그런지 추궁하신다면, 인간의 지식이 그만큼 진보했기 때문이라고 한마디로 답변할 수밖에 없습니다. 인간의 지식이 그만큼 발전했습니다. 발전했음이 틀림없습니다. 처음엔 진실처럼 보였던 것이 지금은 아무리 생각해도 진실 같지가 않고, 거짓으로 여겨질 뿐이기 때문입니다. 따라서 실제로 존재한다는 권위를 상실해버리기 때문입니다. 그냥 실제로 존재한다는 권위를 잃어버릴 뿐만 아니라, 실행의 권리마저 잃어버리는 것입니다. 인간의 지식이 발달하면 과거처럼 낭만주의적(로맨틱) 도덕을 다른 사람에게 강요해도 모든 사람이 그것을 실천하지는 않습니다. 불가능한 이야기라는 것을 이미 알게 되었기 때문입니다. 이 사실만으로도 '낭만주의적 (로맨틱) 도덕'은 이미 무용지물이 되었다고 말하지 않을 수 없습니다. 심지어 오늘날처럼 세상이 복잡해져서 교육을 받는 사람이 모두 우선은 자치의 수단을 목적으로 한다면 '천하 통일 국가'라는 목표는 더더욱 요원해져서 직접 우리의 눈으로 확인할 날이 오지 않을 것입니다. 두부 장수가 콩을 갈거나 포목전에서 자로 옷감의 치수를 잰다는 의미에서 우리도 각자의 생업에 종사하고 있습니다. 상하가 모두 생계를 위해 분주하게 뛰어다니면 경세이민, 인의자비의 정신은 점차 자신 생계의 계획과 양립하기 어려워집니다. 설령 그런 국면에 부딪힌 사람이 있어도 단순히 직업적 의무감에서 공공을 위해 책략을 꾸미며 수행하는 것에 불과해집니다. 그뿐만 아니라 러일전쟁도 무사히 끝나 일본도 당분간 일단은 평안한 위치에 서게 된 결과, '천하 통일 국가'를 근심하지 않더라도 그럴 여유가 있다면 자신의 욕망을 만족시킬 계획을 강구해도 될 시대가 되었습니다. 이런저런 영향을 받아 우리는 시간이 흐를수록 개인주의적 입장에서 세상을 바라보게 되었습니다. 따라서 우리의 도덕도 자연히 개인 본위로 재편성되고 있습니다. 다시 말해 자아로부터 도덕률을 끄집어내려고 시도하게 되었습니다. 이것이 현대 일본의 대세라고 생각한다면 낭만주의적(로맨틱) 도덕, 환언하면 우리의 이익을 모두 희생하며 타인을 위해 행동하지 않으면 덕의적이지 않다고 주장하는 극단적인 이타주의적altruistic(에고이스틱egoistic의 반대어-역주) 견해는 아무래도 공허해지지 않을 수 없습니다. 과거의 도덕, 즉 충이나 효, 정절이라는 글자를 음미해보면 당시의 사회 제도에서 절대적 권력을 지니고 있던 어느 한쪽에게만 매우 유리한 의무에 대한 부담일 뿐입니다. 부모의 기세가 매우 강하면 아무래도 효를 강요당합니다. 강요당한다는 것은 평범한 사람이라면 자기가 가지고 있는 본래의 애정만으로는 견뎌낼 수 없는 과중한 분량을 무리하게 요구당한다는 의미입니다. 비단 효만이 아니라, 충이나 정절도 마찬가지입니다. 도의의 정념이 불타오르는 순간이란 인간의 인생 중에서도 손에 꼽을 정도로 근소한 경우에 불과한데, 그런 찰나를 포착해 그 열렬하고 순수한 기상을 앞뒤로 길게 늘려 항상 그 상태를 유지하라고 명령하는 것은 사실상 불가능한 일을 무리하게 주문하는 것과 마찬가지입니다. 따라서 냉정한 과학적 관찰이 진보해 그 허위를 알아차리는 동시에 더는 권위 있는 도덕률로 존재할 수 없게 되는 것은 어쩔 수 없는 현상일 뿐 아니라 사회조직이 점점 변해서 부득이하게 개인주의가 발전의 행보를 계속해나간다면 더욱더 타격을 입을 것임이 분명합니다.

  이렇게 말하면 자칫 현재에 안주하는 '대세순응주의'처럼 받아들이실 수도 있겠으나, 만약 그렇게 오해하신다면 유감스럽습니다. 저는 최근의 어떤 사람처럼 이상은 필요치 않다거나 이상은 도움이 되지 않는다고 주장할 생각은 전혀 없습니다. 저는 어떤 사회건 이상이 없이 생존하는 사회는 상상할 수 없다고 믿고 있습니다. 실제로 우리는 매일 어떤 이상, 설령 수준이 낮거나 소소한 이상이더라도 어쨌든 어떤 이상을 머릿속에 그리며 그것을 내일이라도 실현하고자 노력하고 실현하면서 살아가고 있다 해도 좋습니다. 인간의 역사는 오늘의 불만을 다음 날 만족시킬 수 있도록 바꾸면서, 그리고 다음 날의 불평을 또 그다음 날 완화해가면서 오늘까지 이어져 왔기 때문에, 한편으로 말하면 그야말로 '이상 발견의 경로'에 불과합니다. 이상을 배척한다면 자기의 삶을 부정하는 것이나 마찬가지라는 모순에 빠져버리기 때문에 저는 결코 그런 방면의 논자로 여러분에게 오해받고 싶지 않습니다. 그저 제가 주의하시길 바라면서 말씀을 드리고 싶은 것은, 최근 과학적 발견과 과학의 진보에 따라 일어나는 주도면밀하고 공평한 관찰 때문에 도덕적 세계(도덕계)에서의 우리의 이상이 과거와 비교해 낮아졌다는, 혹은 협소해졌다는 이야기일 뿐입니다. 따라서 옛날만큼의 이상을 가지거나 세우는 것도 훌륭하겠지만, 우리도 옛날처럼 낭만주의자이고 싶지만, 주위의 사회조직과 내부의 과학적 정신에도 상당한 권리를 부여하지 않으면 순응하고 조절하는 삶이 힘들어지기 때문에 부득이하게 자연주의적인 경향을 띨 수밖에 없습니다. 하지만 자연주의 도덕이라는 것은 인간의 자유를 지나치게 중시한 나머지 제멋대로 하도록 내버려 둔다는 우려가 있습니다. 원래 인간이란 자기 본위이므로 개인의 행동이 방종해지면 방종해질수록 개인적으로는 자유의 기쁨을 맛볼 수 있는 만족감이 충족되는 동시에, 사회의 일원으로서는 항상 불안한 눈을 부릅뜨고 타인을 바라볼 수밖에 없게 됩니다. 어떤 순간에는 두려워지기도 합니다. 그 결과 일부 반동으로서 낭만적인 도덕이 향후 일어나지 않으면 안 됩니다. 실제로 지금 작은 파동으로 그것이 일어나는 중일지도 모릅니다. 하지만 결국 작은 파란의 우여곡절을 그리는 일부분에 지나지 않기 때문에 전반적인 경향을 보면 아무래도 자연주의 도덕이 계속 전개될 것으로 여겨집니다. 이상을 총괄해서 금후의 일본인에게는 어떤 자세가 가장 바람직한지 판단해보면 실현 가능할 정도의 이상을 품고, 미래의 이웃이나 동포와 조화를 추구하고, 종래의 약점에 대해 관용적인 동정심을 지니며 현재의 개인에 대한 접촉면의 융합제로 삼으려는 마음가짐—이것이 중요하리라 여겨집니다.

오늘날의 행태를 살펴보면 도덕과 문예가 서로 매우 거리가 먼 것처럼 생각하는 사람이 대다수입니다. 도덕을 논하는 자는 문예를 말하는 것을 부끄럽게 여기고, 문예에 종사하는 자는 도덕 이외의 별천지에서 혼자만 다 깨달은 사람인 양 살아가는 듯 보입니다. 양쪽 모두 위선입니다. 그것이 거짓인 이유는 지금까지 해온 분석으로 납득되셨을 것입니다. 물론 사회란 언제나 일원적일 수 없습니다. '사물은 극에 닿으면 통한다'라는 속담대로 낭만주의 도덕이 끝장을 보면 자연주의 도덕이 점차 고개를 처듭니다. 그리고 자연주의 도덕이 현저하게 피폐해져 사람들의 마음이 점차 염증을 느끼게 되면 다시 그 반동으로 낭만주의 도덕이 일어나는 것은 당연한 이치입니다. 역사가 과거를 반복한다는 말은 바로 이런 경우입니다. 하지만 엄밀히 말해 이론적으로 생각해도, 그리고 실제로 드러난 것을 봐도, 한번 지나가 버린 과거는 절대 반복되지 않습니다. 반복되는 것처럼 보이는 것은 비전문가이기 때문입니다. 따라서 지금 만약 자연주의 도덕에 반항해 작은 파란이 일어났다면 그것은 분명 낭만파이겠지만, 그렇다고 메이지유신 이전의 낭만파가 다시금 발흥하는 일은 도저히 불가능합니다. 혹은 그래서는 안 됩니다. 같은 낭만파라고 해도 우리의 현재 삶의 결함을 보완해주는 새로운 의의를 지닌 일종의 낭만적 도덕이어야 합니다.

도덕에서 향후의 대세 및 국지적으로 일어날 파란으로서 눈 앞에 펼쳐질 자그마한 반동은 요컨대 이런 성질의 것입니다. 도덕과 문예의 밀접한 관계가 지금까지 논했던 것과 마찬가지라고 한다면, 앞으로 우리 사회가 필요로 하는 문예 역시, 같은 방향으로 같은 의미에서 발전해야 할 것임은 구구절절 설명할 필요 없이 명확합니다. 만약 살아있는 실제 사회가 필요로 하는 도덕에 반하는 문예가 존재한다면…… '존재한다면'이 아니라, 그런 것은 죽은 문예로밖에는 존재할 수 없고 응당 사라져 버려야 마땅합니다. 인공적으로 아무리 목이 쉬도록 천하에 소리쳐도 거의 무익하다고 생각합니다. 사회가 문예를 낳는 것인지, 혹은 문예를 통해 사회가 태어나는 것인지,

그 어느 쪽인지는 잠시 접어두고, 적어도 문예가 사회의 도덕과 떼려야 뗄 수 없는 깊은 인연으로 이어져 있는 이상, 윤리적 측면에서 활동하는 낮은 수준의 문예는 우리의 내면이 원하는 도덕과 괴리되어 결코 번영할 리 없습니다.

우리가 인간으로 이 세상에 존재하는 이상, 아무리 발버둥을 쳐도 도덕에서 벗어나 '윤리적 세계(윤리계)'의 바깥에서 초연히 살아갈 수는 없습니다. 도덕에서 벗어나는 것이 불가능하다면 언뜻 보기에 도덕과 몰교섭 상태로 보이는 낭만주의나 자연주의의 해석도 재고해볼 가치가 있습니다. 이 두 단어는 문학자의 전유물이 아니라 여러분과 분리할 수 없는 도덕의 형용사로서 즉시 응용이 가능하다는 것이 제 의견입니다. 어째서 그런 응용이 가능할까요. 이렇게 응용된 단어가 표현하는 도덕이 일본의 과거와 현재에 흥미로운 음영을 던져주고 있다는 점과 그 음영이 어떤 모습으로 미래로 방사될 것인지에 대한 예상, 우선 이런 것들이 제 강연의 주안점이었습니다.

-1911년(메이지 44년) 11월 10일,
『아사히 강연집』 수록

나의 개인주의

−1914년(다이쇼 3년) 11월 25일
가쿠슈인学習院 호진카이(호진회, 輔仁会)에서의 강연

저는 오늘 태어나서 처음으로 가쿠슈인이라는 이곳의 문턱을 넘었습니다. 물론 이전부터 가쿠슈인이 아마도 이 부근일 거라는 생각은 분명히 했지만, 확실히 알지는 못했습니다. 물론 안으로 들어온 것도 오늘이 처음입니다.

조금 전 오카다岡田 씨가 제 소개를 겸해 말씀해주신 대로, 올봄에 강연해달라는 요청이 있었지만 당시 실은 피치 못할 사정이 있었습니다. 오카다 씨가 당사자인 저보다 잘 기억하고 계신 것으로 여겨집니다. 여러분이 납득하실 수 있도록 조금 전 저를 대신해 잘 설명해주셨습니다. 어쨌든 당시에는 거절할 수밖에 없는 상태였지만 단박에 그냥 거절하는 것도 너무 실례라고 여겨져, 다음에 찾아뵙겠노라는 단서를 달아두었습니다. 그때 혹시나 해서 '다음'이 대략 언제쯤일지를 오카다 씨에게 물어보았더니 '올해 10월'이라는 답변이 돌아오더군요. 봄부터 10월까지의 날 수를 가늠해본 후, 그 정도의 시간이 주어진다면 그럭저럭 대응이 가능하리라고 생각했기 때문에 수락한다는 말씀을 분명 드렸었지요. 그런데 행인지 불행인지 9월 한 달 내내 병에 걸려 자리에 드러누워 있게 되었는데, 그러다 보니 어느새 약속했던 10월이 다가오고야 말았습니다. 10월 무렵에는 일단 병석에서 일어난 상태였지만 온몸이 휘청거려 강연하기에는 다소 무리가 있었습니다. 하지만 약속을 어겨서는 안 되므로 조만간 무슨 연락이 올 거라는 생각에 내심 두려워하며 지냈습니다.

그사이에 휘청거림도 조금씩 회복되었지만, 제 쪽에서 먼저 10월 말까지 아무런 연락도 드리지 않았습니다. 물론 저는 제 병에 대해 일부러 남에게 알리지 않았지만, 두세 곳의 신문에 기사가 나왔다고 하니 어쩌면 그런 사정을 감안하고 누군가 대신 강연해주셨을 것으로 짐작했습니다. 그런데 그렇게 안심하기 시작하던 차에, 오카다 씨가 또다시 제 앞에 돌연 나타나셨던 것입니다. 오카다 씨는 일부러 장화까지 신고 오셨지요(물론 비가 오는 날이어서 그러셨겠지요). 그런 차림새로 저희 집이 있는 와세다早稲

田 깊숙한 골목까지 오시더니, 지난번에 강연을 11월 말까지 연기하기로 했으니 약속대로 강연해달라고 말씀하셨습니다. 저는 이미 그 책임에서 벗어났다고 생각하던 참이었기 때문에 실은 다소 놀랐습니다. 그러나 아직 한 달이나 여유가 있으므로 그동안 어떻게든 되겠지 생각하고 이번에도 또 하겠노라고 답변했습니다.

이상과 같은 사정으로 올해 봄부터 10월까지, 10월 말부터 11월 25일까지 이야기를 정리해볼 시간을 만들려고 생각하면 얼마든지 만들 수 있었는데, 아무래도 상태가 좋지 않아서 그런 것들에 대해 생각하는 것이 견딜 수 없이 버거워졌습니다. 그래서 11월 25일이 오기 전까지는 꼼짝도 하지 않겠노라는 뻔뻔한 생각이 꿈틀거리기 시작해 계속 하루하루 세월만 보냈었지요. 드디어 날짜가 임박해진 2, 3일 전에야 조금이라도 고민을 해야겠다는 마음이 그나마 들었지만, 역시 생각을 한다는 것 자체가 내키지 않아 결국 그림을 그리며 시간을 보내버렸습니다. 그림을 그린다고 표현하면 뭔가 대단한 것을 그릴 수 있다는 이야기로 들릴지 모르지만, 실은 변변치 않은 것을 그린 후 그것을 벽에 붙여두고 홀로 이틀이고 사흘이고 마냥 바라보고 있을 뿐입니다. 어제 일이었을까요?

어떤 사람이 와서 그림이 무척 재미있다고 말해주었습니다. 아니, 재미있다고는 말하지 않았네요. 재미있는 기분일 때 그린 그림처럼 보인다고 말하더군요. 저는 유쾌해서 그린 것이 아니라 유쾌하지 않았기 때문에 그린 그림이라고 대답했습니다. 제 심리상태에 대해서도 그 사내에게 설명해주었지요. 세상에는 너무 유쾌해서, 도저히 가만히 있을 수 없는 상태에 이르렀기 때문에 그것을 그림이나 글로 표현하는 사람이 있는가 하면, 유쾌하지 않기 때문에 어떻게든 마음을 가다듬고 싶어서 붓이라도 들고 그림이든 글이든 써 내려가는 사람이 있습니다. 그리고 신기하게도 이 두 가지 심적 상태 결과로 태어난 것을 보면 놀랍게도 일치하는 경우가 자주 발생합니다. 하지만 이것은 그냥 말이 나와서 드리는 말씀일 뿐, 오늘 이야기의 줄거리와 관계된 문제도 아니기 때문에 너무 깊이 들어가지는 않겠습니다. 어쨌든 저는 이상한 그림을 쳐다보고만 있다가 강연 내용의 틀을 전혀 짜지 못한 채 지내버렸습니다.

그러던 중 드디어 25일이 오고야 말았습니다. 싫든 좋든 저는 이곳에 나타나야 하게 된 것이지요. 그래서 오늘 아침 조금 생각을 정리해보았는데 아무래도 준비가 부족하다고 여겨집니다. 만족하실 정도의 이야기가 아무래도 어려울 것이므로 그런 줄 아시고 아무쪼록 잘 참아주시길 부탁드립니다.

이 강연회가 언제부터 시작되어 오늘에 이르고 있는지는 모르겠으나, 그때마다 여러분이 외부인을 데려다 강연을 시키는 것은 일반적 관례로 조금도 불합리하지 않다고 저도 인정하는 바입니다. 하지만 한편으로 생각해볼 때, 그 정도로 여러분이 희망하시는 재미있는 강연은 어디서, 어떤 사람을 데려와도 쉽사리 들을 수 있을 것 같지는 않다는 생각도 듭니다. 여러분에게는 그저 외부인이 신기하게 보이시겠지요.

제가 만담가에게 들었던 이야기 중에 이런 풍자적인 것이 있습니다. ―옛날 어느 영주 두 사람이 메구로目黒 부근으로 매사냥을 갔다가 여기저기 뛰어다닌 끝에 몹시 배가 고파졌는데 공교롭게도 도시락 준비도 하지 못했고 가신들과 함께 있지도 않아 허기를 채울 양식도 얻을 수가 없었습니다. 어쩔 수 없이 두 사람은 그곳에 있던 누추한 농사꾼 집으로 뛰어 들어가 뭐라도 좋으니 먹을 것을 달라고 말했다고 합니다. 그러자 그 농가의 할아버지와 할머니가 이를 가엾게 여겨 마침 집에 있던 꽁치를 구워 보리밥과 함께 두 영주에게 권했다는 것입니다. 두 사람은 그 꽁치를 반찬 삼아 무척 맛깔스러운 식사를 마친 후 그곳을 나섰는데, 다음 날이 되어도 전날의 꽁치구이 냄새가 여전히 코를 찌르는 형국이라 도저히 그 맛을 잊을 수가 없었던 것입니다. 그래서 두 사람 중 한 명이 다른 영주를 초대해 꽁치를 대접하게 되었습니다. 그 소식을 듣고 놀란 사람은 바로 그 가신입니다. 주군의 명령이기 때문에 반항할 수도 없는 형편인지라 요리사에게 명해 꽁치의 가느다란 가시를 족집게로 하나하나 뽑게 한 후 그것을 조미료 같은 것에 절인 것을 알맞게 구워내 주인과 손님에게 내놓았습니다. 하지만 먹는 사람은 배가 고픈 상태도 아니었고 꽁치 역시 지나칠 정도로 공손한 조리법 때문에 그 본연의 맛을 상실한 묘한 생선구이였을 뿐이었지요. 젓가락으로 집적거려보았으나 맛이 전혀 없었던 겁니다. 그래서 두 사람을 서로 얼굴을 바라보며 아무래도 꽁치는 메구로에서 먹어야 제맛이라는 해괴한 말을 남겼다는 것이 이야기의 반전, 결말이었습니다. 제 입장에서 생각해보면 가쿠슈인이라는 이처럼 훌륭한 학교에서 평소 훌륭한 선생님을 항상 접하고 계시는 여러분이 일부러 저 같은 자의 강연을, 봄부터 가을이 끝날 때까지 기다려도 들으시려고 했다는 것은 마치 산해진미에 싫증이 난 결과, 메구로의 꽁치 맛을 한번 보고 싶어진 것이지 않을까 여겨집니다.

이 자리에 계시는 오모리大森 교수는 저와 같은 해, 혹은 그 전후로 대학을 나오신 분인데 과거에 제게 이런 말씀을 하신 적이 있습니다. 아무래도 요즘 학생들은 본인의 강의를 잘 듣지 않아서 곤혹스럽고 성실성도 부족하다는 말씀이셨지요. 그 평가는 이 학교 학생들에 대해서가 아니라 이곳이 아닌 어딘가의 사립학교 학생들에 대한 발언으로 기억하고 있습니다. 어쨌든 저는 그때 오모리 씨에게 매우 실례가 되는 말을 했습니다.

이곳에서 다시 그 얘기를 꺼내기란 부끄럽기 짝이 없는 노릇이지만, 저는 그때 말했었지요. 자네 강의를 고마워하며 들어주는 학생이 어디 있겠냐고 말이지요. 물론 제가 말하고자 했던 핵심은 그 당시의 오모리 씨에게 전달되지 못했을지도 모르기 때문에 이 기회를 통해 혹여 오해가 있었다면 해명해두고 싶습니다. 우리의 학창 시절, 지금의 여러분과 동년배였거나 조금 더 나이를 먹었을 무렵에는 여러분보다 훨씬 뻔뻔해서 선생님의 강의 따위는 거의 들어본 적이 없었다고 해도 좋을 정도였습니다. 물론 저나 제 주변 사람들 위주로 말했을 때 그렇다는 것이기 때문에 제 주변 이외에 있던 사람들에게는 통용되지 않을지도 모릅니다. 하지만 지금의 제 입장에서 돌아보면 아무래도 어딘가 그런 생각이 듭니다. 실제로 이렇게 말씀드리고 있는 저는 겉으로는 온순한 것처럼 보이지만 결코 강의 따위에 귀를 기울이는 성격이 아니었습니다. 시종일관 나태하게 빈둥거리며 지냈습니다. 그런 기억을 간직한 채 진지하고 성실한 지금의 학생들을 보면 오모리 씨처럼 그들을 공격할 용기가 도저히 생기지 않습니다. 그런 의미에서 오모리 씨에게 너무 죄송한 폭언을 했던 것이었지요. 오늘은 오모리 씨에게 사과하려고 일부러 여기에 온 것은 아니지만, 말이 나온 김에 여러분이 계신 앞에서 사과의 말씀을 드려 둡니다.

이야기가 느닷없이 엉뚱한 곳으로 흘렀지만, 다시 원점으로 돌아와 이야기의 줄거리에 맞게 말씀드리자면 이렇습니다.

여러분은 훌륭한 학교에 입학해 훌륭한 선생님에게 항상 지도받고 계시거나 그분들의 전문적인, 혹은 일반적인 강의를 매일 듣고 계십니다. 그런데도 저 같은 외부인을 일부러 불러들여 강의를 듣고자 하십니다. 이것은 마치 조금 전 이야기에 나왔던 영주가 메구로의 꽁치 맛을 잊지 못하는 것이나 마찬가지입니다. 요컨대 신기한 것이니 한입 맛보겠다는 생각이시지 않을까 싶습니다. 실은 저 같은 사람보다 여러분이 매일 얼굴을 마주하고 계시는 이 학교 전임 선생님의 말씀을 들으시는 편이 훨씬 유익하고 재미있을 거라고도 생각됩니다. 만약 제가 이 학교의 교수라도 되어있었다면 새로운 자극이 없을 것이므로 이 정도 인원이 모여 제 강의를 듣고자 하시는 열의나 호기심은 생기지 않았으리라고 생각하는데, 과연 어떨까요?

제가 어째서 이런 가정을 하는가 하면, 실은 저는 실제로 예전에 이곳 가쿠슈인의 교수가 되려고 했던 적이 있기 때문입니다. 물론 제가 적극적으로 움직여 추진한 일은 아니었지만, 이 학교에 있던 지인이 저를 추천해주었지요. 그때의 저는 졸업하기 직전까지 무엇을 해서 의식주를 해결해야 할지 모를 정도로 아둔한 인간이었습니다. 마침내 세상에 나와 보니 팔짱만 끼고 기다리고 있어봤자 어디서 하숙비가 나오는 것도 아니었던 것이지요. 그래서 자신이 교육자가 될 수 있는지의 문제에 대해서는 미처 생각할 겨를도 없이 어디로든 기어들어 갈 필요가 있었던 것입니다. 그래서 저도 모르게 지인 말대로 이 학교에 들어오려고 시도했습니다. 그때 제 라이벌이 한 사람 있었습니다. 하지만 저의 지인은 제게 계속해서 괜찮다는 듯이 말을 해서 저도 이미 임명은 떼놓은 당상이라는 심정으로 선생님은 어떤 옷을 입어야 하는지 물어보았습니다. 그러자 그 지인이 말하기를, 모닝코트를 입어야만 교실에 들어갈 수 있다는 것이었습니다. 해서 저는 최종 결정이 나기도 전에 덜컥 모닝코트를 맞춰버렸습니다. 그런 주제에 가쿠슈인이 어디에 있는 학교인지도 제대로 몰랐으니 참으로 기묘한 일이지요. 그런데 막상 모닝코트가 완성되고 보니 미처 생각지도 못했던 일이 일어나, 결국 모처럼 기대하고 있던 가큐슈인 쪽은 낙방으로 결정이 나버렸습니다. 그리하여 저 말고 다른 한 사내가 영어 선생의 공석을 채우게 되었습니다. 그 사람의 이름은 지금은 잊어버렸습니다. 딱히 애석하거나 억울하지 않았기 때문이었겠지요. 어쨌든 미국에 다녀온 분이라고 들었습니다. 그러니, 만약 그때 그 미국에서 온 분이 채용되지 않고 요행히도 제가 가쿠슈인의 교수가 되어 심지어 오늘날까지 계속 다니고 있었다면, 결국 이렇게 정중한 초청을 받아 높은 연단에서 여러분에게 이야기할 기회도 오지 않았을지도 모릅니다. 그런데도 올봄부터 11월까지나 기다렸다가 들어주시는 것은 요컨대 제가 가쿠슈인 교수 자리에서 낙방해서 여러분이 메구로의 꽁치처럼 신기해하고 계신다는 증거이지 않겠습니까?

저는 이제부터 가쿠슈인에 고용되지 않은 이후의 저에 대해 조금 말씀드리고 싶습니다. 지금까지 말해온 순서가 그래서가 아니라, 오늘의 강연에 필요한 부분이라고 생각하시고 들어주시길 바랍니다.

가쿠슈인에 고용되지는 않았지만 저는 그 모닝코트를 입었습니다. 그것밖에는 입을 만한 옷이 없었기 때문에 어쩔 수 없는 일이었지요. 그 모닝코트를 입고 어디에 갔다고 생각하십니까? 그때는 지금과 달리 취직이 매우 수월했습니다. 어느 방향을 향해도 제법 문이 열려있던 것으로 생각됩니다. 요컨대 일할 사람을 찾기 어려웠던 탓이었겠지요. 저 같은 사람도 고등학교나 고등사범에서 거의 동시에 요청을 받았습니다. 저는 저를 고등학교에 주선해준 선배에게 반쯤 승낙을 하면서, 동시에 고등사범 쪽에도 적당히 애매한 인사를 해버렸기 때문에 사태가 묘하게 복잡해져 버렸습니다. 애당초 제가 아직 어렸기 때문에 실수가 잦고 처신이 야무지지 못해 결국 제게 일이 생겼던 것이지요. 그렇게 생각하면 어쩔 수 없는 일이겠지만, 난처한 상황에 빠진 것은 사실입니다. 결국에는 선배인 고등학교 고참 교수에게 불려가, 마치 이쪽으로 올 것처럼 이야기하더니 동시에 다른 곳과도 이야기를 진행하면 중간에 낀 본인이 매우 곤란하다는 질책을 당했습니다. 저는 어린 나이에 바보처럼 욱하는 성미여서, 이럴 바엔 차라리 양쪽 모두 거절해버리면 된다고 생각해 그 절차를 밟기 시작했습니다. 그러자 어느 날 당시 고등학교 교장이자, 현재 아마도 교토에 있는 이과대학 학장인 구하라久原 씨한테서 잠깐 학교로 오라는 통지가 왔습니다. 바로 가보니 그 자리에 고등사범의 교장인 가노 지고로嘉納治五郎 씨와 주선을 해준 선배가 있었습니다. 의논이 끝났기 때문에 이쪽 신경은 쓰지 않아도 좋으니 고등사범으로 가면 된다는 충고를 해주더군요. 저는 그런 마당에 싫다고는 할 수 없어서 승낙의 뜻으로 답변을 했지만, 내심 일이 꼬여버렸다고 생각하지 않을 수 없었습니다. 지금 생각해보면 제게는 과분한 이야기였지만, 당시의 저는 고등사범 같은 곳을 그 정도로 황송하게 생각하지 않았기 때문입니다. 가노 씨를 처음으로 만났을 때도, 당신처럼 교육자로서 학생의 모범이 되라는 주문이라면 도저히 그 소임을 다할 수 없겠노라며 주저했을 정도였습니다. 가노 씨는 유능한 사람이기 때문에, '그렇게 솔직한 말로 거절하니 더더욱 당신이 와주었으면 좋겠다는 생각이 든다'라며 저를 놓아주지 않았습니다. 이런 경위로 미숙한 저는 두 학교에 양다리를 걸치겠다는 고약한 욕심쟁이 심보가 전혀 없었는데도 졸지에 관계자에게 불필요한 민폐를 끼친 끝에 결국 고등사범 쪽으로 가게 되었던 것입니다.

하지만 제게는 훌륭한 교육자가 될 수 있는 자질이 근본적으로 결여해있었기 때문에 매우 갑갑했고 위축된 상태였습니다. 가노 씨도 제게 지나치게 솔직해서 곤란하다고 말했을 정도였기 때문에 어쩌면 좀 더 뻔뻔하게 굴어도 좋았을지도 모릅니다. 어쨌든 제게는 맞지 않는 곳이라는 생각밖에 들지 않았습니다. 솔직히 털어놓자면 당시의 저는 생선 장수가 과자 가게 일을 거들러 간 형국이었으니까요.

결국 1년 후 저는 어느 시골 중학교로 부임했습니다. 이요伊予(에히메현愛媛県을 부르던 옛 명칭-역주)의 마쓰야마松山 (시코쿠 에히메현의 현청 소재지-역주)에 있던 중학교였습니다.

여러분은 마쓰야마의 중학교라는 소리를 듣고 웃으시는데, 아마 제가 쓴 『도련님ぼっちゃん』이라는 소설을 보셨나 보군요. 『도련님』안에 '붉은 셔츠'라는 별명을 가진 사람이 나오는데 그 사람은 도대체 누구를 모델로 쓴 거냐고 요즘 자주 질문을 받습니다. 누구에 관한 이야기인가 하면 당시 그 중학교에 문학사란 저 한 사람뿐이기 때문에 만약 『도련님』속에 나온 인물을 하나하나 실제로 존재하는 사람이라고 인정한다면 붉은 셔츠는 즉 제가 되어야 하거든요. 무척 분에 넘치는 행운이라고 말씀드리고 싶어지네요.

마쓰야마에서도 겨우 1년밖에 머물지 못했습니다. 떠날 때 그곳 지사가 붙잡아주셨지만 이미 다른 곳과 약조해둔 바가 있었기 때문에 결국 양해를 구하고 그곳을 떠났습니다. 그리고서 이번에는 구마모토의 고등학교에서 자리를 잡았습니다. 이런 순서로 중학교에서 고등학교, 고등학교에서 대학으로 차례차례 학생들을 지도해온 경험이 있는데, 초등학교와 여학교만큼은 아직 발을 들여놓은 적이 없습니다.

구마모토에서는 제법 오래 있었습니다. 느닷없이 문부성에서 영국으로 유학을 가면 어떻겠느냐는 타진이 왔던 것은 구마모토에 가고 나서 몇 년째 되던 해였을까요? 저는 그때 유학 권유를 거절할 생각이었습니다. 저 같은 사람이 아무런 목적도 없이 외국에 간다고 해서 딱히 국가를 위해 도움이 될 리 없다고 생각했기 때문입니다. 그런데 문부성의 의향을 전달해준 교감이, 그것은 상대방 쪽에서 판단할 문제이기 때문에 자네 쪽에서 자신을 평가할 필요는 없고 어쨌든 가는 편이 좋을 것 같다고 했지요. 저도 달리 반항할 이유도 없어서 명령대로 영국에 갔습니다. 역시 예상했던 대로 제가 할 수 있는 일이 전혀 없었지요.

그 까닭을 설명하기 위해서는 그때까지의 제가 어떤 사람이었는지에 대해 어느 정도 이야기를 해두어야 할 것 같습니다. 이 이야기가 요컨대 오늘 강연의 일부를 구성할 터이므로 이를 헤아리시고 들어주시길 부탁드립니다.

저는 대학에서 영문학을 전공으로 택했습니다. 영문학이라는 학문이 어떤 것이냐고 물으실지도 모르지만, 그것을 3년 동안 전공으로 삼았던 저도 명확히 알 수 없었습니다. 그 무렵에는 딕슨Dixon이라는 선생님이 계셨습니다. 저는 그 선생님 앞에서 시를 읽거나 문장을 읽거나 작문을 하거나, 관사가 빠졌다고 야단을 듣거나 발음이 잘못되었다는 호통을 들어야 했지요. 시험에는 워즈워스가 몇 년에 태어나 몇 년에 죽었는지, 셰익스피어의 폴리오folio(모음집-역주)는 몇 가지나 있는지, 혹은 스콧이 쓴 작품을 연대순으로 나열해보라는 식의 문제들만 냈습니다. 나이가 젊은 여러분도 아마 상상하실 수 있으시겠지요? 과연 이것이 영문학이라고 할 수 있을까요. 영문학을 운운하기 이전에, 우선 문학이란 과연 어떤 것인지, 이것만으로는 도저히 이해될 리 없습니다. 그렇다면 자력으로 그것을 규명해낼 수 있을까요? 글쎄요, 눈먼 소경이 담 너머를 엿보는 형국이랄까요. 도서관의 어디를 어떻게 헤매고 다녀봐도 실마리를 찾을 수 없을 겁니다. 이것은 자신의 역량이 부족한 탓만이 아니라, 그쪽 방면에 대한 문헌 자료 자체도 부족했기 때문일 것입니다. 어쨌든 3년을 공부했으나 결국 문학에 대해 이해하지 못한채, 끝나고 말았습니다. 저의 번민은 우선 여기에 뿌리내리고 있었다고 해도 무방할 것입니다.

저는 그런 모호한 태도로 세상으로 나아갔고, 결국 교사가 되었다기보다는 교사가 되어진 것입니다. 다행히 어학 실력은 부족하나마 어떻게든 대충 얼버무려 넘길 수 있었기 때문에 그날그날은 간신히 넘길 수 있었지만, 마음 깊숙이 항상 공허했습니다. 공허하다면 더더욱 결단을 내리는 편이 나았을지 모르지만 불쾌하면서 애매하고 막연한 어떤 것이 사방에 내재해있는 것 같아 도저히 견딜 수 없었습니다. 게다가 마음 한편으로는 자신이 직업으로 삼고 있는 교사라는 것에 일말의 흥미도 느낄 수 없었습니다. 교육자로서 자질이 부족하다는 사실은 애당초 알고 있었지만, 교실에서 영어를 가르치는 것 자체가 이미 귀찮게 느껴질 지경에 이르렀으니 별다른 도리가 없는 것이지요. 저는 시종일관 어정쩡한 태도로 임했습니다. 틈만 나면 스스로가 제대로 할 수 있는 분야로 튀어가 버리고 싶다는 생각밖에 없었습니다. 그런데 자신이 진짜로 할 수 있는 일이 있을 것 같기도 하고 없는 것 같기도 해서, 어디를 향해 가야 할지 결단을 내릴 수 없었습니다.

저는 이 세상에 태어난 이상 뭔가 해야 한다고 생각하면서도 무엇을 해야 좋을지 짐작조차 할 수 없었습니다. 저는 마치 안개 속에 갇힌 고독한 인간처럼 문득 그 자리에 멈춰서 버렸습니다. 어딘가에서 한 줄기의 햇살이 비칠지도 모른다는 희망보다는, 내 쪽에서 먼저 탐조등을 들고 오직 단 한 줄기의 빛이라도 좋으니 저 끝까지 환히 비춰보고 싶다는 심정이었습니다. 하지만 불행하게도 어느 쪽을 돌아봐도 희미하기만 했습니다. 어렴풋한 모습이었지요. 마치 자루 속에 갇혀 밖으로 나올 수 없는 사람 같다는 심정이었습니다. 저는 제 손에 송곳이 한 자루만 있다면 어딘가 한곳을 찔러 그 속의 모든 것들을 보여주고 싶다는 조바심에 몸서리를 쳤습니다. 그러나 아쉽게도 그런 송곳은 다른 사람에게 받을 수 있는 것이 아니었으며 자기 스스로 발견할 수도 없었지요. 그저 내면 깊숙이 앞으로 자신이 어찌 될지를 근심하며 남몰래 음울한 나날을 보냈습니다.

저는 이런 불안감을 품은 채 대학을 졸업했고, 동일한 불안감을 떨치지 못한 채 마쓰야마에서 구마모토로 이사를 했으며, 마찬가지의 불안감을 내면 깊숙이 간직한 채 결국 외국으로까지 건너갔습니다. 하지만 일단 외국에까지 와 공부를 하는 이상, 다소의 책임감을 새롭게 자각하지 않을 수 없었습니다. 그래서 저는 가능한 한 뭐라도 하겠다는 생각에 뼈를 깎는 노력을 했습니다. 그러나 어떤 책을 읽어도 여전히 자루 속에서 빠져나올 수가 없었습니다. 자루를 찢어버릴 송곳은 런던 구석구석을 뒤

져봐도 발견할 수 있을 것 같지 않았습니다. 저는 하숙집 좁은 방 안에서 고민했습니다. 의미가 없다고 생각했습니다. 아무리 책을 읽어도 허기를 느낄 거라고 체념했습니다. 동시에 무엇을 위해서 책을 읽는지, 스스로도 점점 그 의미를 알 수 없게 되었습니다.

이때 저는 처음으로 문학이 과연 무엇인지, 그 개념에 대해 자신이 직접 근본적으로 명확히 하지 않는 한, 스스로가 자신을 구제할 길이 없다는 사실을 깨달았습니다. 지금까지 완전히 '타인 본위'로 뿌리 없는 부평초처럼 정처 없이 여기저기를 떠다니고 있었기 때문에 그렇게 엉망이었다는 사실을 비로소 인지하게 되었던 것입니다. 제가 지금 말하고 있는 '타인 본위'라는 것은, 예컨대 자신이 직접 자신의 술을 마시고 평가하는 것이 아니라 자신의 술을 대신 마신 다른 사람의 품평을 듣고 설령 그것이 이치에 맞지 않더라도 그대로 받아들이는, 그야말로 '타인 흉내 내기'를 가리킵니다. 이렇게 쉽게 한마디로 말해버리면 어처구니없게 들릴 수도 있겠습니다. 누가 그렇게 다른 사람의 흉내를 내겠냐고 미심쩍게 생각하실 분이 계실지도 모릅니다. 하지만 실은 전혀 그렇지 않습니다. 최근 유행하는 베르그송이나 오이켄도 모두 그쪽 사람들이 거론하기 때문에 일본인도 덩달아 날뛰는 것이 지요. 심지어 그 무렵에는 서양인이 말하는 것이라면 뭐든지 맹종하며 그것을 과시하곤 했지요. 때문에, 무턱대고 외국어를 들먹이며 의기양양하는 사내가 온 사방에 널려있었다고 말하고 싶을 정도로 여기저기서 발견되었습니다. 남을 헐뜯는 험담이 아닙니다. 정작 이렇게 말하고 있는 저도 실제로 그런 인간이었기 때문입니다. 예를 들어 어느 서양인이 A라는 같은 서양인의 작품을 평한 것을 읽은 상황이라면, 그 평가의 옳고 그름은 전혀 생각하지 않고 납득 여부에 무관하게 무조건 그 평가에 대해 언급하고 다닙니다. 요컨대 무턱대고 받아들인다고도 할 수 있으며 기계적인 지식이라고 할 수도 있겠습니다. 도저히 자기가 소유하고 있다고 보기 어려운, 자신의 피라고도 살이라고도 할 수 없는 낯선 것들을 마치 자기 것인 양 내세우며 다닙니다. 그런데도 시대가 시대인지라 모두 하나같이 그것을 칭찬해 마지않습니다.

하지만 아무리 타인의 찬사를 받는다고 해도 애당초 남에게 빌린 옷을 입고 으스대는 것에 불과하므로 내심 불안하지요. 아무런 수고를 하지 않고 공작의 날개옷을 몸에 걸치고 뽐내고 있는 것이나 마찬가지기 때문입니다. 그래서 더더욱 들뜬 마음을 버리고 차분해지지 않으면 자신의 내면은 아무리 시간이 흘러도 평온해질 수 없다는 사실을 알아차리기 시작했던 것입니다.

예를 들어 어떤 서양인이 어떤 시에 대해 탁월하다고 칭찬하며 어조가 참으로 좋다고 평가했다고 해도 그것은 그 서양인의 견해일 뿐입니다. 설사 참고가 되지 않는 것은 아니라고 해도 본인에게 그렇게 느껴지지 않는다면 도저히 인용해서는 안 되는 내용입니다. 제가 독립된 한 사람의 일본인으로 결코 영국인의 노비가 아닌 이상, 이 정도의 견해는 국민의 일원으로서 갖추고 있어야 할 뿐만 아니라 세계 공통의 정직이라는 덕의를 중시하는 관점에서 봐도, 저는 저의 의견을 굽혀서는 안 됩니다.

하지만 저는 영문학이 전공입니다. 영어 본토의 비평가가 말하는 바와 제 개인의 생각이 만약 모순된다면 아무래도 주눅이 들게 되기 마련입니다. 그래서 이런 모순이 과연 어디에서 오는지를 생각할 수밖에 없게 됩니다. 풍속, 감정, 관습, 거슬러 올라가면 국민의 성향 모두가 틀림없이 이 모순의 원인이 될 것입니다. 그런데도 학자 대부분은 단순히 문학과 과학을 혼동해서 A의 국민이 마음에 들어 하는 것은 분명 B 국민의 찬사도 받을 거라며, 그런 필연성이 내재해있다고 오해하면서 출발합니다. 그 점이 오류라고 하지 않을 수 없습니다. 설령 이 모순을 융화하는 것이 불가능하다 해도 그것에 대한 설명은 가능할 것입니다. 그리고 단지 그 설명만으로도 일본의 문단에는 한 줄기의 광명을 비출 수 있습니다. 시간이 흐른 후에야 저는 이런 사실을 비로소 깨달았습니다. 대단히 시기를 놓쳤기 때문에 부끄럽기 짝이 없지만, 사실이 그러하므로 거짓 없이 말씀드리고 있습니다.

저는 그 후 문예에 대한 자신의 근본적 입장을 다지기 위해, 아니 새롭게 구축하기 위해, 오히려 문예와 전혀 인연이 없는 서적들을 읽기 시작했습니다. 한마디로 표현하자면, '자기 본위'라고 하는 네 글자를 가까스로 생각해, 그 '자기 본위'를 입증하기 위해 과학적인 연구나 철학적인 사색에 깊이 몰두하기 시작했습니다. 지금은 시대 상황이 달라서 이 부분에 대해서는 다소 머리가 있는 사람에게는 이해가 잘 되겠지만, 그 무렵에는 제가 유치했을 뿐만 아니라 세상이 아직 그 정도로 진보된 상태가 아니었기 때문에 제 방식은 실제로 어쩔 수 없는 선택이었습니다.

저는 이 '자기 본위'라는 말을 포착하게 된 후 무척 강해졌습니다. '그들은 뭐지'라며 그들에 대해서도 당당한 기개가 생겨났습니다. 그때까지 망연자실해 있던 제가 어디에 서서 어떤 길로 어떻게 가야 할지를 알게 해준, 제 길잡이가 되어준 것은, 실은 이 '자기 본위'라는 네 글자였습니다.

고백하자면 저는 이 네 글자에서 새롭게 출발했습니다. 그리고 기존처럼 그냥 남의 꽁무니만 쫓아다니며 법석을 떨면 매우 불안하니, 그렇게 서양인 시늉을 하지 않아도 된다는 결정적인 증거를 그들 앞에 당당히 제시해 보여준다면, 나 자신도 자못 유쾌할 것이고 다른 사람도 매우 기뻐하리라고 생각했습니다. 그래서 책이나 그 외의 수단으로 그것을 이루어내는 것을 본인이 평생 해야 할 일로 삼겠다는 결심을 했습니다.

그제야 제 불안은 완전히 사라졌습니다. 저는 경쾌한 마음으로 음울한 런던 거리를 바라보았습니다. 비유적으로 표현하자면 저는 여러 해 동안 고뇌를 거듭한 결과, 비로소 자신의 곡괭이를 광맥 어딘가에 제대로 가져다 댄 것 같은 기분이 들었습니다. 다시 반복하면 그때까지는 안개 속에 갇혀있었지만, 어느 각도의 방향에서 스스로가 어느 길로 나아가야 할지를 명확히 알게 됩니다.

이렇게 제가 계발된 시점은 유학을 오고 나서 무려 1년 이상이나 흐른 뒤였습니다. 그래서 외국에서는 도저히 저의 일을 완성할 수 없으므로 최대한 자료를 정리해 본국으로 돌아간 뒤 멋지게 매듭을 짓고 싶다는 마음이 생겼습니다. 다시 말해 외국으로 갔을 때보다는 돌아올 때, 우연히도 어떤 힘을 얻게 된 셈입니다.

그런데 돌아오자마자 저는 의식주 문제를 해결하기 위해 동분서주할 의무를 느꼈습니다. 저는 고등학교에도 갔습니다. 대학에도 갔습니다. 결국에는 돈이 부족해서 어느 사립학교에도 가서 돈을 벌었습니다. 게다가 저는 신경쇠약을 앓았습니다. 마지막에는 변변치 않은 창작 따위를 잡지에 실어야 할 상황에 빠졌습니다. 여러 가지 사정으로 저는 제가 계획했던 일을 중단해버렸습니다. 제가 저술한『문학론』은 그 기념이라기보다는 오히려 실패의 흔적입니다. 심지어 기형아의 유해입니다. 혹은 멋지게 건설되기도 전에 지진으로 무너진 미완성 시가지의 폐허 같은 존재입니다.

하지만 그때 얻은 '자기 본위'라는 사고방식은 여전히 지속되고 있습니다. 아니, 해를 거듭할수록 점점 더 강해집니다. 저술 작업으로는 실패로 끝났지만 자기 자신이 주인이고 타인은 손님이라는 신념은 분명히 포착할 수 있었으며, 그것이 오늘의 제게 엄청난 자신감과 안심을 부여해주었습니다. 저는 그 연장선상에서 오늘도 여전히 살아가고 있다는 심정입니다. 실은 이처럼 높은 단상에 서서 여러분을 상대로 강연을 하는 것 역시 그 힘 덕분일지도 모릅니다.

지금까지 드린 말씀은 어디까지나 제 개인적인 경험에 대해 대략 말씀드린 것에 불과하지만 이런 이야기를 한 까닭은 혹시라도 여러분에게 참고가 되지는 않을까 하는 마음 때문이었습니다. 여러분 모두는 앞으로 학교를 떠나 세상으로 나가시겠지요. 그럴 때까지 아직 시간이 오래 걸리실 분도 계시겠고 혹은 머지않아 실제 사회에 나가 활동하실 분도 계실 겁니다. 어느 쪽이든 제가 한 번 경험했던 번민(설령 그 종류는 다르다 해도)을 자칫 반복하게 되지 않을까 하는 노파심이 생깁니다. 저처럼 어딘가를 돌파해 나가고 싶어도 도저히 불가능하거나, 뭔가를 움켜쥐고 싶은데 미끈미끈한 대머리를 만지는 것처럼 도무지 잡히지 않아 초조해질 분도 계시겠지요. 만약 여러분 가운데 이미 자력으로 길을 개척하고 계신 분은 예외일 것이며, 혹은 다른 사람 뒤를 쫓아가는 것에 만족해하며 기존의 길을 그대로 걸어 나가실 분이 있으시겠지요. 그런 분들이 잘못되었다는 말씀은 결코 아니지만(스스로 안심과 자신감이 충분히 갖춰져 있다면), 하지만 만약 그렇지 아니하다면, 자신만의 곡괭이로 파볼 수 있는 곳까지 파봐야겠지요. 혹시라도 정확히 파야 할 곳이 어딘지를 알 수 없다면, 그 사람은 평생토록 불쾌감을 느끼며 시종일관 엉거주춤한 상태로 세상을 살아가야 하기 때문입니다. 제가 이런 점을 역설하는 이유는 바로 그 때문입니다. 결코 저를 모범으로 삼아달라는 의미는 아니라는 말씀입니다. 저처럼 변변치 않은 사람도 스스로 자신의 길을 결정해 나아갈 수 있었다는 자각이 있다면, 설령 여러분이 보시기에 그 길이 아무리 하찮더라도, 그것은 여러분의 비평과 관찰일 뿐 제게는 전혀 무해합니다. 저는 그것으로 충분하다는 심정입니다. 하지만 제가 그로 인해 자신감을 가지고 안심할 수 있었다고 해서, 꼭 저와 똑같은 길이 여러분의 모범이 되리라고 생각해서는 안 됩니다. 이 부분은 결코 오해하시면 안 될 것입니다.

어쨌든 제가 경험한 번민이 여러분에게도 분명 가끔은 생겨날 수 있다고 생각하는데, 과연 어떠실까요. 만약 그렇다면 어떤 곳까지 갈 때까지 가본다는 것은 학문을 하는 사람, 교육을 받는 사람이 평생 혹은 10년, 20년 동안에 할 일로 인식할 필요가 있지 않을까요. 바로 여기에 내가 나아가야 할 길이 있다! 드디어 찾아냈다! 이런 감탄사를 내면 깊숙이에서 외칠 수 있을 때, 여러분은 비로소 편안한 마음을 가질 수 있으시겠지요. 쉽사리 부서지지 않는 자신감이 그런 외침 소리와 함께 서서히 고개를 들지 않을까요. 이미 그런 경지에 도달한 분도 계실지도 모르지만, 만약 아직 다다르지 못한 채 안개나 연기 때문에 고뇌하고 계신 분이 있다면 어떤 희생을 치르더라도 끝까지, 바로 이곳이라고 할 수 있는 곳을 찾을 때까지 멈추지 않았으면 좋겠습니다. 비단 국가를 위해서만이 결코 아닙니다. 여러분의 가족 때문에 드리는 말씀도 아닙니다. 여러분 본인의 행복을 위해 꼭 필요한 일이라고 생각하기 때문에 드리는 말씀입니다. 만약 제가 거쳐온 길을 이미 지나쳐 와버리셨다면 어쩔 수 없는 노릇이지만, 만약 뭔가에 결판을 내고 싶은 바가 있다면 결판이 날 때까지 포기하지 말고 나아가야 할 것입니다. 물론 나아간다고는 해도 그 방법을 알지 못하니, 뭔가에 부딪힐 때까지 가볼 수밖에 없습니다. 잔소리처럼 들리는 충고를 여러분에게 강요할 생각은 전혀 없으나, 그렇게 함으로써 장차 여러분의 행복에 조금이나마 도움이 될지도 모른다고 생각하면 도저히 가만히 있을 수 없다는 생각이 듭니다. 내면 깊숙이 스스로 이해되지 않는, 철저하지 못한, 이래도 좋고 저래도 좋은 해삼 같은 멍한 정신을 품고 있다면 스스로가 불쾌하지 않을까 싶은 생각이 듭니다. 혹시 불쾌하지 않으시다면 더는 할 말이 없고, 그런 불쾌함은 진즉에 넘어섰다고 하시면 그것도 그것으로 훌륭합니다. 바라건대 아무쪼록 그런 터널을 지나오셨기를 기대하는 심정입니다. 하지만 이런 말씀을 드리는 저로 말씀드릴 것 같으면, 학교를 졸업하고 나서도 무려 30년 이상을 결국 극복하지 못했습니다. 물론 고통의 성격이 날카롭기보다는 묵직한 통증이긴 했으나, 날이 가고 해가 가도 느껴지는 고통에는 별반 차이가 없었습니다. 때문에, 혹여 저처럼 내면적으로 앓고 계신 분이 만약 이 중에도 계시다면 아무쪼록 용감히 앞으로 나아가시길 바라 마지않습니다. 만약 그곳까지 갈 수 있다면 자신이 뿌리를 내릴 곳이 있었다는 사실을 발견하시고 평생에 걸친 안심감과 자신감을 손에 넣을 수 있으리라고 생각하는 심정에서 말씀드리고 있습니다.

지금까지 말씀드린 이야기는 이 강연의 제1편에 해당

하는 부분인데 이제부터 저는 제2편으로 이야기를 옮겨 볼 생각입니다. 가쿠슈인이라는 학교는 사회적으로 지위가 있는 사람들이 들어가는 학교라고 세간에서는 인식되고 있습니다. 그리고 그건 아마도 사실일 것입니다. 만약 제 추측대로 어지간한 빈민은 여기에 오지 않고 오히려 상류사회의 자제분들만 모였다면, 향후 여러분에게 저절로 따라올 것 중에서 첫 번째로 거론해야 할 것은 권력입니다. 바꿔 말하면 여러분이 세간에 나가면 빈민들이 세상에 나갔을 때보다 더더욱 권력을 사용할 수 있다는 말입니다. 앞서 말씀드렸듯이 일을 하면서 뭔가를 포착할 수 있을 때까지 나아간다는 것은, 요컨대 여러분의 행복과 안심감을 얻기 위해서임이 틀림없지만, 어째서 그것이 행복과 안심감을 초래할 수 있을까요. 여러분이 가지고 태어난 개성이 그것과 부딪힌 후 비로소 그곳에 뿌리를 내릴 수 있기 때문이겠지요. 그리고 그곳에 뿌리를 내리고 점차 앞으로 나아가면 그 개성이 더더욱 발전해가기 때문일 것입니다. 여러분의 일과 개성이 잘 맞아떨어졌을 때 여러분은 비로소 안주할 곳을 찾았다고 말할 수 있을 겁니다.

같은 의미에서 지금 말씀드린 권력이라는 것을 음미해

보면, 권력이란 앞서 말씀드린 자신의 개성을 타인의 정신세계에 억지로 강요하는 도구입니다. 도구라는 말로 딱 잘라 말하는 것이 부적절하다면 그런 도구에 사용할 수 있는 이기利器인 것입니다.

　권력 다음은 돈의 힘, 즉 재력입니다. 이것도 여러분은 빈민보다 더더욱 소유하고 계실 것임이 틀림없습니다. 그런 의미에서 마찬가지로 이 재력을 거시적으로 고찰해 보면 개성을 확장하기 위해 타인에게 유혹의 도구로 사용할 수 있는 지극히 소중한 것이 됩니다.

　그러고 보면 권력과 재력은 자신의 개성을 타인에게 강요하거나 타인을 그 방면으로 끌어당길 수 있다는 점에서 매우 편리한 도구라고 말할 수 있을 겁니다. 가난한 사람보다 훨씬 유리해 보입니다. 만약 그럴 수 있는 힘이 있다면 훌륭해 보이지만, 실은 매우 위험한 일입니다. 앞서 말씀드린 개성은 주로 학문이나 문예나 취미 등에 대해 자신이 갈 수 있는 곳까지 갔을 때 비로소 발전하는 것처럼 말씀드렸지만 사실 그 응용은 매우 광범위해서 단순히 학예 부문에만 머물지 않습니다. 제가 알고 있는 어느 형제의 경우, 동생 분은 집에 틀어박혀 책을 읽는 것을 좋아하는데 그 형은 낚시에 푹 빠져있습니다. 그러면 그 형은 자신의 동생이 매사 소극적이고 오로지 집안에만 틀어박혀 있는 것이 매우 부적절하다고 생각합니다. 필시 낚시를 하지 않아서 그렇게 염세적이 되었다고 판단해 다짜고짜 동생을 낚시터로 끌고 가려고 하지요. 동생은 동생이라고 또 그것이 불쾌해서 못 견딜 정도지만, 형이 고압적인 태도로 낚싯대를 짊어지게 한다거나 어망을 들고 자기를 따라나서라고 명령하기 때문에 눈을 질끈 감고 따라가서 기분 나쁜 붕어 따위를 잡은 후 불편한 심정으로 돌아옵니다. 그로 인해 형의 계획대로 동생의 성격이 고쳐졌을까요. 절대 그렇지 않겠지요. 오히려 낚시라는 것에 대해 반발심만 일으키게 됩니다. 요컨대 낚시와 형의 성격은 서로 잘 맞아서 그 사이에는 아무런 틈이 없겠지만, 그것은 이른바 형의 개성일 뿐 동생과는 전혀 교섭이 없습니다. 이것은 원래 재력에 해당되는 이야기가 아니고 권력이 타인을 위압하는 것에 대한 설명입니다. 형의 개성이 동생을 압박해서 무리하게 물고기를 낚게 했기 때문이지요. 물론 어떤 경우에는, 예를 들어 수업을 듣는다거나 군대에 갔을 때, 혹은 기숙사에서도 군대 생활을 우선시한다거나, 대략 그런 경우에는 다소 이런 고압적인 수단을 면하기 어려울 것입니다. 그러나 지금 저는 주로 여러분이 자립해서 세간으로 나갔을 때를 말하고 있으므로 그 부분을 중점적으로 들어주셔야 합니다.

앞서 말씀드린 대로 자신이 좋다고 생각한 일, 좋아하는 일, 자신의 성미와 맞는 일, 다행스럽게도 그런 일들을 직접 하게 되어 자신의 개성을 발전시켜가는 와중에는, 자타의 구별을 망각하고 어떻게든 그쪽도 자신의 동료로 삼아주겠노라는 심정이 됩니다. 그때 권력을 쥐고 있으면 앞서 이야기에 나왔던 형제 같은 이상한 관계가 만들어집니다. 혹은 재력이 있으면 돈의 힘으로 다른 사람을 자신처럼 만들려고 합니다. 즉 돈을 유혹의 도구로 삼아 그 유혹의 힘으로 다른 사람을 자기 맘대로 변화시키려고 하지요. 어느 쪽이든 매우 큰 위험성이 도사리고 있습니다.

그래서 저는 평소 이렇게 생각하고 있습니다. 첫째, 여러분은 자신의 개성이 발전할 수 있는 곳에 터를 잡을 수 있도록, 자신에게 잘 맞는 일을 발견할 수 있을 때까지 매진해야 합니다. 만약 발견하지 못하면 평생 불행해집니다. 그러나 타인의 개성을 인정하는 것도 중요합니다. 자신의 개성에 대한 존중이 이만큼이나 사회로부터 허용된다면, 다른 사람의 개성을 존중하는 것도 이치상 당연한 이야기가 되겠지요. 당연히 필요할 뿐만 아니라 정당한 일일 겁니다. 자기가 태어날 때부터 오른쪽을 향해 있었다고 상대방도 꼭 오른쪽을 향하고 있어야 합니까? 상대방이 왼쪽을 향했더라도 당치않은 일이라고 비난하는 것은 부적절합니다. 물론 복잡한 요소들이 모여 비로소 완성된 선악이나 옳고 그름이라는 문제에 이르면 다소 구체적인 해부의 힘을 빌리지 않는 한 무슨 말도 할 수 없지만, 그런 문제가 관련되지 않았거나 설령 관련되더라도 복잡하지 않을 경우, 자신이 다른 사람으로부터 자유를 누리려는 한, 다른 사람에게도 자유를 주어 동등하게 취급당할 수 있도록 해야 합니다.

요즘 자아라든가 자각이라는 표현을 주창하며, 마치 그 말이 아무리 제멋대로 굴어도 상관없다는 말과 같은 의미인 것처럼 사용되는 경우가 있는데, 그중에는 무척이나 의심스러운 예가 매우 많습니다. 자신의 자아를 어디까지나 존중한다고 말하면서, 타인의 자아에 대해서는 전혀 인정하지 않기 때문입니다. 조금이라도 공평한 눈과 정의의 관념을 가졌다면, 자신의 행복을 위해 자신의 개성을 발전시켜가는 동시에 그 자유를 다른 사람에게도 부여해야 합니다. 그래야 한다고 저는 믿어 의심치 않습니다. 우리는 다른 사람이 자신의 행복을 위해 그 자신의 개성을 맘껏 발전시키는 것을 어지간한 이유가 아니라면 방해해서는 안 됩니다. 저는 지금 어째서 방해라는 단어를 사용했을까요. 여러분 중에는 장래에, 그야말로 방해할 수 있는 지위에 올라설 사람이 많기 때문입니다. 여러분 중에는 장차 권력을 잡을 수 있는 사람이 존재하며 재력을 활용할 수 있는 사람도 매우 많기 때문입니다.

의무를 동반하지 않는 권력이란 원칙적으로 있을 수 없습니다. 제가 이렇게 높다란 연단 위에서 여러분을 내려다보며 말을 하면, 한 시간이든 두 시간이든 여러분은 정숙히 제 말을 들어주십니다. 제가 이런 권리를 가지고 있는 이상, 여러분에게 정숙하게 만들 만한 이야기를 할 의무가 있습니다. 만약 평범한 강연에 불과하다고 해도 제 태도든 제 모습이든, 여러분에게 예를 갖추게 만들 정도의 뭔가를 가지고 있어야만 할 것입니다. 하지만 저는 손님이고 여러분은 주인입니다. 때문에, 얌전히 있어야 한다고 하면 틀린 말도 아니겠지만, 그것은 겉만 그럴싸한 예법에 머물 뿐, 정신과는 아무런 관계도 없는 이른바 인습이므로 애당초 전혀 논의의 대상이 되지 않습니다.

다른 예를 들어보자면 여러분은 교실에서 때때로 선생님에게 꾸지람을 듣는 경우가 있겠지요. 하지만 계속 야단만 치는 선생님이 만약 세상에 있다면, 물론 그 선생님은 수업할 자격이 없는 사람입니다. 야단을 치는 대신 온 정성을 다해 가르쳐주어야 합니다. 야단칠 수 있는 권리를 가진 선생님은 즉 가르칠 의무도 있을 터이기 때문입니다. 선생님은 규율을 바로잡고 질서를 지키기 위해 부여된 권리를 충분히 사용하겠지요. 그 대신 그 권리와 떼어놓을 수 없는 의무도 다하지 않으면 교사의 직분을 다할 수 없을 겁니다.

재력도 마찬가지입니다. 제 생각에 따르자면 그 책임을 인식하지 못하는 재력가는 세상에 존재해서는 안 됩니다. 이유를 한마디로 설명하자면 이런 이야기가 되겠지요. 금전이라는 것은 참으로 귀중한 것이기에 다른 곳에서도 자유자재로 사용할 수 있습니다. 예컨대 지금 제가 여기서 투기를 해서 10만 엔을 벌었다고 치면 그 10만 엔으로 집을 지을 수도 있고 책을 살 수도 있으며 화류계에서 흥청망청 써버릴 수도 있습니다. 요컨대 어떤 형태로든 바꿀 수 있습니다. 심지어 인간의 정신을 사는 수단에도 사용할 수 있으니 참으로 무서운 일이지 않습니까?

즉 그것을 사방에 뿌려 인간의 덕의심을 모조리 사버리는, 다시 말해 그 사람의 영혼을 타락시키는 도구로 삼을 수 있습니다. 투기로 모은 돈이 덕의적, 윤리적으로 커다란 위력을 가질 수 있다면 아무래도 적절하지 못한 응용이지 않을까 싶기도 합니다. 그렇지만 실제로 돈이 그렇게 활동하는 이상, 어쩔 수 없는 노릇입니다. 그저 돈을 소유한 사람이 어느 정도의 덕의심을 가지고 그것을 도의상 해가 없도록 잘 사용하는 것밖에는 인심의 부패를 막을 길이 없어집니다. 그리하여 저는 재력에는 반드시 책임이 동반되어야 한다고 말하고 싶어집니다. 본인은 지금 이 정도의 부를 소유한 사람이지만 그것을 이런 방면에 이렇게 사용하면 이런 결과가 도출될 것이고, 저런 사회에 저렇게 사용하면 저런 영향이 있을 것이라고 납득할 수 있을 정도의 식견을 기를 뿐만 아니라, 그런 식견에 따라 책임을 지고 자신의 부를 소지하지 않으면 세상에 염치가 없다는 이야기입니다. 아니, 본인 스스로에게도 미안하다고 할 수 있겠습니다.

지금까지의 논지를 요약해보자면, 첫째 스스로 개성을 발전시키고자 한다면 동시에 타인의 개성도 존중해야 한다는 점, 둘째 자기가 소유한 권력을 사용하고자 한다면 그에 의무가 수반된다는 사실을 깨달아야 한다는 점, 셋째 자기의 재력을 과시하고 싶다면 그에 따른 책임을 중히 여겨야 한다는 점, 요컨대 이 세 가지 사항으로 귀착됩니다.

이를 다른 말로 바꿔 말하면 적어도 윤리적으로 어느 정도의 교양을 갖춘 사람이 아니면 개성을 발전시킬 가치도 없고, 권력을 행사하거나 재력을 사용할 가치도 없다는 말이 될 것입니다. 다른 말로 표현하면 이 세 가지를 자유롭게 누리기 위해서 세 가지의 배후에 있는 인격의 지배를 받을 필요가 생겨난다는 말입니다. 만약 인격이 없는 자가 무턱대고 개성을 발전시키고자 하면 다른 사람을 방해할 것이고, 권력을 사용하고자 하면 남용될 수 있으며, 재력을 쓰려고 하면 사회 부패를 초래할 것입니다. 상당히 위험한 현상을 보여주게 될 것입니다. 그리고 여러분은 장래에 이 세 가지의 것들에 다가가기 쉬울 것이므로, 여러분은 반드시 인격을 갖춘 훌륭한 인간이 되어야 할 것입니다.

이야기가 약간 옆길로 새어버렸지만, 아시는 바와 같이 영국이라는 나라는 자유를 매우 숭상하는 나라입니다. 그토록 자유를 사랑하는 나라지만, 한편으로는 영국만큼 질서 정연한 국가도 없습니다. 실은 저는 영국을 그다지 좋아하지 않습니다. 싫어하기는 하지만 사실이니 어쩔 수 없이 말씀드립니다. 그토록 자유로우면서도 구석구석 질서정연한 국가는 아마도 세상 어디에도 없을 것입니다. 일본 따위는 도저히 비교가 안 됩니다. 그러나 그들은 그냥 자유롭기만 한 것이 아닙니다. 자신의 자유를 사랑하는 동시에 타인의 자유를 존중하도록 어린 시절부터 사회적 교육을 받습니다. 따라서 그들의 자유의 배경에는 분명 의무라는 관념이 동반되고 있습니다. "England expects every man to do his duty(영국은 각자가 본분을 다할 것을 요구한다)"라는 유명한 넬슨의 말은 결코 해당 상황에서만 한정된 의미가 아닙니다. 그들의 자유와 표리 관계를 이루며 발달해온 깊은 뿌리를 가진 사상임이 틀림없습니다.

그들은 불만이 있으면 자주 시위합니다. 하지만 정부는 결코 간섭처럼 보이는 행위를 하지 않습니다. 그냥 잠자코 내버려 둡니다. 대신 시위하는 사람들도 제대로 된 마음가짐을 가지고 있어서 정부에 터무니없는 민폐를 끼칠 난폭함은 보이지 않습니다. 근래에 와서 예컨대 여권운동가가 쓸데없이 행패를 부리는 것처럼 신문에 나와 있지만, 그것은 예외라고 할 수 있겠지요. 예외라고 치부하기에는 그 숫자가 너무 많다는 의견도 있을 수 있겠지만 아무래도 예외라고 볼 수밖에 없을 듯합니다. 시집을 가지 않았거나 직업을 갖지 않은 경우는 드물지요. 혹은 옛날부터 계속 길러져 왔던 여성 존중의 기풍을 오히려 약점으로 삼아 공격한 것 같기도 합니다. 어쨌든 영국인의 평소 태도와는 거리가 있을 것으로 추정됩니다. 명화를 파괴하거나 옥중 단식을 감행해 교도관을 곤란하게 하거나, 의회 벤치에 몸을 묶어두고 일부러 시끄럽게 소란을 피우는 일도 있더군요. 의외라고 생각되는 기사였지만, 어쩌면 여자는 뭘 해도 남자 쪽에서 배려할 것이므로 괜찮으리라고 생각하고 있을지도 모릅니다. 하지만 이유가 어찌 되었든 정도에서 벗어났다는 느낌이 듭니다. 일반적인 영국 기질은 아까 말씀드린 대로 의무 관념을 벗어나지 않으면서 자유를 사랑하는 것이라고 보입니다.

그렇다고 지금 영국을 본보기로 삼아야 한다는 이야기는 아니지만, 요컨대 의무감을 지니지 않은 자유는 진정한 자유가 아니리라고 생각합니다. 왜냐하면 그런 제멋대로의 자유는 결코 사회에 존재할 수 없기 때문입니다. 설사 존재한다 해도 당장 다른 사람으로부터 배척당해 필시 짓밟혀버릴 것입니다. 저는 여러분이 자유로울 수 있기를 간절히 원하는 사람입니다. 동시에 여러분이 의무라는 존재를 납득하시길 바라마지않습니다. 이런 의미에서 저는 개인주의자라고 아무런 주저함 없이 공언할 생각입니다.

지금 나온 개인주의라는 단어의 의미를 오해하시면 안 됩니다. 특히 여러분처럼 젊은 분들에게 오해를 불러일으키면 제가 죄송하니, 그 점에 대해서는 특별히 주의해주십사 당부의 말씀을 드려놓고 싶습니다. 시간이 촉박하므로 최대한 간단히 설명하겠지만, 개인의 자유는 아까 말씀드린 개성의 발전상 매우 필요한 것이며, 그런 개성의 발전이 여러분의 행복과 밀접한 관련이 있으므로 타인에게 영향이 없는 한, 내가 왼쪽을 보고 상대방이 오른쪽을 바라봐도 상관없을 정도의 자유는 자신도 견지하고 타인에게도 부여해야 할 것입니다. 이것이 바로 제가 말하고자 하는 개인주의입니다. 재력, 권력도 마찬가지입니다. 자기 마음에 들지 않는다고 해치워버리라는 식의 사고가 횡행한다면, 과연 어떻게 될까요. 인간의 개성은 완전히 파괴될 것이며 인간의 불행도 거기에서 생겨날 것입니다. 예를 들어 제가 아무 잘못도 없는데 단지 정부 마음에 들지 않는다는 이유로 경시총감이 순사를 시켜 저희 집을 포위하게 한다면 어떨까요. 경시총감에게 그 정도의 권력이 있을 수도 있겠으나, 덕의는 그런 권력의 사용을 그에게 허용하지 않습니다. 혹은 미쓰이三井나 이와사키岩崎 같은 거상이 오로지 저를 싫어한다는 이유만으로 집의 하인을 매수해 사사건건 제게 반항하게 만들었다면, 이 또한 어떨까요. 만약 그들이 가진 재력의 배후에 인격이라는 것이 조금이라도 있다면, 그들은 결코 그런 안하무인의 무법 행동에 나설 엄두를 내지 못할 것입니다.

이런 폐해는 모두 도의적인 개인주의를 이해하지 못하기 때문에 일어납니다. 권력이나 재력으로 자기 자신만을 내세우려는 방자함일 뿐입니다. 때문에, 개인주의, 제가 여기서 말하는 개인주의는 세간에서 생각하고 있는 것처럼 국가에 위험성을 초래하는 존재가 결코 아닙니다. 타인의 존재를 존중하는 동시에 자신의 존재를 존중한다는 것이 제 해석이기 때문에, 개인주의는 훌륭한 주장이라고 생각됩니다.

좀 더 알기 쉽게 말하자면 당파심은 없지만 옳고 그름이 있는 주의입니다. 붕당을 형성하고 단체를 만들어 권력이나 재력을 위해 맹목적으로 움직여서는 안 됩니다. 그런 이유로 그 이면에는 사람들에게 알려지지 않은 쓸쓸함도 내재해있습니다. 이미 당파가 아닌 이상, 우리는 우리가 가야할 길을 그저 묵묵히 갈 뿐입니다. 그리고 이와 동시에 타인이 가야할 길을 방해하지 않습니다. 때문에, 어떤 순간, 어떤 경우에는 인간이 뿔뿔이 흩어져야만 합니다. 바로 이런 점 때문에 쓸쓸한 것이지요. 제가 일찍이 《아사히신문》의 문예란을 담당했을 당시, 누군가가 미야케 세쓰레이三宅雪嶺(일본의 저명한 평론가-역주) 씨의 험담을 쓴 적이 있습니다. 물론 인신공격은 아니었고 그저 비평에 불과한 내용이었지요. 심지어 겨우 2, 3행에 불과했습니다. 그 내용이 실렸던 것이 언제쯤이었는지도 모르겠습니다. 제가 담당자였지만, 그 무렵 병으로 몸져누워있던 적이 있어서 어쩌면 그 무렵이었을지도 모릅니다. 만약 그때가 아니라면 어쩌면 제가 신문에 게재해도 좋다고 인정했기 때문에 실렸을지도 모릅니다. 어쨌든 그 비평이 《아사히신문》 문예란에 게재되었던 것입니다. 그러자 《일본 및 일본인(니혼오요비니혼진日本及び日本人)》 관련자들이 분노했습니다. 제게 당장 몰려오지는 않았지만, 당시 제 밑에서 일하던 사람에게 삭제를 요구해왔습니다. 그런데 본인이 직접 요청한 것도 아닙니다. 세쓰레이 씨의 똘마니-똘마니라고 하니 뭔가 노름꾼 같아서 웃기지만—, 글쎄요, 동인同人이라고 표현할 수 있는 분이시겠지만, 어쨌든 그런 분이 기사를 삭제하라고 요청했습니다. 사실 여부와 관련된 문제라면 삭제 요구가 당연하겠지만, 비평인 경우라면 어쩔 수 없는 노릇이지 않을까요? 저로서는 우리 쪽이 자유롭게 선택할 문제라고 답변할 수밖에 없는 상황입니다. 게다가 삭제를 요청한《일본 및 일본인》동인 중에는 매호에 걸쳐 저에 대한 악담을 쓰고 있는 사람도 포함되어있어서, 더더욱 사람을 깜짝 놀라게 만들었지요. 제가 직접 담판을 지었던 것은 아니지만, 그 이야기를 간접적으로 전해 들었을 때 희한한 기분이 들었습니다. 왜냐하면 저는 개인주의를 바탕으로 삼고 있는데 상대방은 당파주의로 활동하고 있다는 생각이 들었기 때문입니다. 당시 저는 제 작품을 나쁘게 평가한 글조차 제가 담당하고 있는 문예란에 실었을 정도였습니다. 그러니 이른바 동인이라는 그들이 몰려와 세쓰레이 씨에 대한 비평이 마음에 들지 않는다는 이유로 화를 냈다는 사실이 놀라웠습니다. 의아했고 실례일지 모르지만, 시대에 뒤처진다는 생각도 들더군요. 봉건시대 인간들이 모인 단체 같다는 느낌이었습니다. 그렇게 생각한 저는 결국 일종의 쓸쓸함에서 벗어날 수가 없었습니다. 저는 아무리 친한 사이라도 간혹 의견이 다를 수밖에 없다고 생각했기 때문에, 저희 집에 드나드는 젊은 사람에게 조언할 때도, 특별히 중대한 이유가 없는 한, 그 사람들의 의견에 대해 압력을 가하는 일을 결코 해본 적이 없습니다. 저는 타인의 존재를 그만큼 인정하고 있는 것이며, 다시 말해 타인에게 그만큼의 자유를 부여하고 있다고 말할 수 있습니다. 때문에, 상대방이 내키지 않으면 아무리 제가 모욕을 느끼더라도 결코 도와달라고 부탁할 수 없는 것입니다. 바로 그 점이 개인주의의 쓸쓸함입니다. 개인주의는 어떤 사람을 목표로 향배를 정하기 이전에, 우선 이치를 명확히 한 후 거취를 정하기 때문에, 경우에 따라서는 혈혈단신의 외톨이 신세가 되어 쓸쓸한 심정이 들게 됩니다. 당연한 일입니다. 장작개비도 다발로 묶여있으면 든든한 마음이 들겠지요.

아울러 행여라도 오해하실까 봐 추가로 말씀드리고 싶은 것이 있습니다. 개인주의는 자칫 국가주의와 반대되는 개념으로 국가주의를 무너뜨릴 것처럼 여겨지고 있는데 기실은 그처럼 이치에 맞지 않는 막연한 개념이 아닙니다. 애당초 저는 어떤 '주의'라는 것을 그다지 선호하지 않습니다. 인간이 그처럼 하나의 '주의'로 설명될 수 있는 존재가 아닐 거라고는 생각되지만 설명을 위해 예로 든 것이니 여기서는 어쩔 수 없이 '주의'라는 문자를 써가면서 이런저런 말씀을 드리겠습니다. 어떤 사람은 오늘날 일본의 경우, 국가주의로 나아가지 않는다면 아무래도 안 될 것이라고 주장하거나 그렇게 생각하고 있습니다. 심지어 개인주의란 존재를 유린하지 않으면 국가가 멸망할 거라고 주창하는 사람도 적지 않습니다. 하지만 그렇게 터무니없는 일이 생길 리가 없습니다. 사실 우리에게는 국가주의와 세계주의, 그리고 동시에 개인주의도 존재합니다.

　개인 행복의 기초가 될 개인주의는 개인의 자유가 그 알맹이임이 틀림없지만, 각 개인이 향유하는 자유는 국가의 안위에 따라 온도계처럼 오르락내리락합니다. 이론이라기보다는 오히려 사실에서 도출된 이론이라고 표현하는 편이 타당할지도 모릅니다. 요컨대 자연적으로 그런 상태가 됩니다. 국가가 위험해지면 개인의 자유가 축소되고 국가가 태평할 때는 개인의 자유가 확대됩니다. 당연한 이야기입니다. 적어도 인격이 존재하는 이상,

국가가 일촉즉발의 위험에 처해진 상황에서 개성의 발전만을 목표로 삼을 정도로 상황 판단에 미숙한 사람은 없을 것입니다. 제가 지금 말하는 개인주의 안에는 불을 다 껐는데도 여전히 방화용 쓰개가 필요하다고 말하며 쓸모도 없는 것에 연연해하는 사람들에 대한 충고도 포함되어있다고 생각해주시길 바랍니다. 다른 예를 들어보겠습니다. 과거에 제가 고등학교에 다니던 시절, 어떤 모임을 창설한 자가 있었습니다. 그 사람의 이름도 모임의 취지도 자세한 내용은 잊어버렸지만, 어쨌든 그것은 국가주의를 표방한 꽤나 떠들썩한 모임이었습니다. 물론 나쁜 모임은 아닙니다. 당시 교장이었던 기노시타 히로지木下広次 씨를 비롯한 많은 분이 지지를 해주셨던 것 같습니다. 그 회원은 모두 가슴에 메달을 달고 있었습니다. 저는 메달만은 사양했지만 그래도 회원이 되긴 했습니다. 물론 발기인은 아니기 때문에 제법 다른 생각도 있었지만, 일단 가입해도 무방할 거라는 생각에서 입회했습니다. 그런데 그 발회식이 넓은 강당에서 행해질 때, 어찌어찌하다 보니 한 회원이 단상 위로 올라가 연설 비슷한 이야기를 시작했습니다. 그런데 회원이긴 했지만 제 의견과는 상당히 반대되는 부분도 있었기 때문에 저는 그 전에 그 모임의 취지를 공격했던 것으로 기억합니다. 그런데 막상 발대식이 시작되어 지금 말씀드렸던 그 사내의 연설을 들어보니 제 이야기의 반박에 불과한 내용이었습니다. 고의인지 우연인지 파악이 어려웠지만, 당연히 제게는 그 이야기에 답변할 필요성이 생겼습니다. 저는 어쩔 수 없이 그 사람의 연설이 끝난 후 연단에 올라갔습니다. 당시 저의 태도나 행동은 매우 볼썽사나운 것이었다고 여겨지지만, 그래도 간단하게나마 해야 할 말을 하고 물러났습니다. 그때 어떤 말을 했냐고 물으실 분도 계실지 모르겠습니다. 더할 나위 없이 간단합니다. 저는 이렇게 말했습니다. ─국가가 중요할지 모르지만, 아침부터 오밤중까지 국가만 되뇌며, 마치 국가에 홀린 사람 같은 행위는 도저히 우리로서는 불가능하다. 행주좌와의 모든 순간마다 국가를 생각해야 한다고 말하는 사람이 있을지도 모르나, 매 순간 끊임없이 하나만 생각하는 사람은 사실 존재할 수가 없다. 두부 파는 사람이 두부를 팔러 다니는 일은 결코 국가를 위해서가 아니다. 근본적인 취지는 자신이 먹고 살 돈을 얻기 위해서다. 하지만 그 당사자의 생각이 어떠하든, 결과적으로는 사회에 필요한 것을 제공한다는 점에서 간접적으로 국가의 이익이 될지도 모른다. 이와 마찬가지다. 오늘 점심에 내가 밥을 세 그릇 먹었고 저녁에 그것을 네 그릇으로 늘렸다면, 이것이 꼭 국가를 위해 늘리거나 줄인 것은 아니다. 솔직히 말하면 내 위장 상태 때문이다. 하지만 이런 것들도 간접적으로 말하자면 천하에 영향을 끼치지 않는다고 장담할 수 없다. 아니, 어떻게 보느냐에 따라 세계 대세와 아무런 관계가 없다고는 할 수 없다. 정작 당사자 입장에서, 국가를 위해 어쩔 수 없이 밥을 먹거나 세수를 하거나 변소에 가야 한다면, 보통 어려운 일이 아닐 것이다. 국가주의를 장려하는 것은 얼마든 해도 무방하지만, 사실상 불가능한 일을 마치 국가를 위해 하는 것처럼 포장하는 것은 위선이다. ―제 답변은 대략 이런 정도였습니다.

국가라는 형태가 위험해지면 누구든 그 안부를 걱정할 것입니다. 국가 안위를 걱정하지 않을 사람은 단 한 사람도 없겠지요. 국가가 강력해 전쟁에 대한 우려가 적고 외부에서 침략을 당할 염려가 없으면 없을수록 국가적 관념이 희박해지는 것은 당연합니다. 그 공허함을 채우기 위해 개인주의가 점점 진행되는 것은 이치상 당연하다고 말할 수밖에 없습니다. 지금의 일본이 그 정도로 평화롭다고 할 수도 없지요. 가난한데다 나라도 작습니다. 따라서 언제 어떤 일이 일어날지 모릅니다. 그런 의미에서 보자면 우리는 국가를 살피지 않으면 안 됩니다. 하지만 그런 일본이 당장 망한다거나 멸망할 정도가 아닌 이상, 그토록 국가 운운하며 소란을 떨 필요는 없을 것입니다. 화재가 일어나기도 전에 미리부터 갑갑한 소방복 차림으로 시내 구석구석을 살피러 다니는 형국입니다. 결국 이런 상황은 실제로 정도의 문제일 것입니다. 결국 전쟁이 터졌거나 존망이 걸린 위급한 상황이 되면, 사고할 수 있는 두뇌를 가진 사람, 사고하지 않고는 견딜 수 없을 정도의 인격 수양을 쌓은 사람은 자연스럽게 그쪽으로 향해 갈 것입니다. 개인의 자유를 속박하고 개인의 생활을 제어해도 국가를 위해 최선을 다하게 되는 것은 지극히 자연스러운 일이라고 말할 수 있습니다. 그러므로 이 두 가지의 '주의'가 항상 모순되며 언제든지 서로를 없애버릴 정도로 껄끄러운 존재는 결코 아닐 거라고 믿습니다. 이 점에 대해서도 좀 더 자세히 말씀드리고 싶지만, 시간이 없어서 이 정도에서 마무리하기로 하겠습니다. 아울러 반드시 주의해주십사 말씀드리고 싶은 것은, 국가적 도덕은 개인적 도덕과 비교해 훨씬 등급이 낮은 것처럼 보인다는 점입니다. 원래 국가끼리는 겉으로 보이는 형식적인 대응이 아무리 갖춰져 있다 해도 도의심은 그다지 없기 마련입니다. 사기를 치고 대충 넘어가고 속임수를 쓰고, 그야말로 엉망입니다. 때문에, 국가를 표준으로 삼는이상, 국가를 하나의 단체로 보는 이상, 어지간히 저급한 도덕에 안주하며 태연해할 수 있어야 하는데, 개인주의의 기초에서 생각하면 그 기준이 매우 높아지기 때문에 깊이 생각해야 합니다. 그러므로 저는 국가가 평온할 때는 도의심이 높은 개인주의에 역시 중점을 두는 편이 온당할 것으로 생각합니다. 그 문제에 대해서는 시간이 없으므로 오늘은 더는 자세히 말씀드릴 수가 없습니다.

　모처럼 초대해주셨기에 오늘 이렇게 여러분 앞에 서서, 가능한 한 개인의 생애를 살아가실 여러분에게 개인주의의 필요성을 말씀드렸습니다. 이는 여러분이 세상에 나가신 후 얼마간이라도 참고가 될까 여겨졌기 때문입니다. 과연 제 이야기가 여러분에게 잘 전달되었을지알 수 없지만, 만약 제가 말씀드린 의미에 불명확한 점이있다면 그것은 제 표현방식이 부족했거나 좋지 않았기 때문일 겁니다. 그러므로 제가 말한 대목에 혹시 애매한점이 있다면 쉽사리 단정 짓지 말고 저희 집까지 찾아와

주시길 바랍니다. 가능한 한 언제든지 설명해드릴 생각
이니까요. 그런 수고를 하지 않아도 제가 말씀드린 내용
의 의미를 충분히 이해하셨다면 저는 더할 나위 없이 만
족할 수 있을 것입니다. 시간이 너무 길어지니 여기서 마
치고 이만 실례하겠습니다.

-1915년(다이쇼 4년) 3월 22일,
《호진카이잣시(보인회잡지輔仁会雑誌)》 수록

모방과 독립

—1913년(다이쇼大正 2년) 제1고등학교第一高等学校에서의 강연

오늘 뜻하지 않게 초대를 받아 갑자기 여러분 앞에 서게 되었습니다. 실은 저는 원래 이 학교에서 교육을 받았던 사람으로, 이 학교와는 매우 인연이 깊습니다. 그런데도 오늘처럼 변론부의 초대를 받아 여러분 앞에 선 적은 없었습니다. 물론 의뢰도 없었습니다. 또한 할 마음도 없었습니다. 조금 전 저를 소개해주셨던 하야미速水(심리학자이자 논리학자인 하야미 히로시速水滉를 지칭-역주) 씨는 지인입니다. 옛날에는 제자였고 지금은 친구, 아니 친구 이상인 훌륭한 사람입니다. 하지만 지인이기는 해도 하야미 씨에게 직접 부탁을 받았던 것은 아닙니다. 이번에 제가 여기에 나타난 것은 아베 요시시게安倍能成라는—이 사람도 훌륭한 사람이며 역시 제가 가르쳤던 사람입니다만—사람이 아마 변론부에 계신 분과 가깝다고 하시어, 아베

요시시게 씨를 통해 의뢰가 왔기 때문입니다. 그때 저는, 실은 거절하고 싶었습니다. 왜냐하면 최근 머리 상태가 좋지 않기 때문입니다. 좀 더 정확히 말하자면, 머리의 활동 기능이 이런 곳에 와서 조리 있는 이야기를 하기에 적절하지 않았기 때문입니다. 실은 한마디로 말해 성가신 일이어서, 일단은 거절했습니다. 하지만 제 거절 방법이 어지간히 정직했습니다. '꼭 해야 한다면 가겠지만, 아무쪼록 봐주었으면 좋겠다'라는 식으로 답변했거든요. 그런데 '꼭 해야 하니까 꼭 오라'는 것이었습니다. 나중에 생각해보니 제가 지나치게 정직했나 하는 생각이 들더군요. '꼭 해야 한다는 것'은 무슨 이유 때문이냐며 따지고 들 정도의 문제도 아니어서 결국 자연스럽게 '꼭 해야 하는 것'이 되어 여기에 오게 된 것입니다. 아베 씨는 군자입니다. 부탁한 일은 떠맡게 하게 한다는 쪽의 군자이지요. 하야미 씨도 군자입니다. 아예 부탁하지 않는 쪽의 군자, 삼가는 쪽의 군자라는 차이가 있긴 합니다만. 이런 연유로 오늘 여기에 왔기 때문에 연설하기 전 변명 비슷한 이야기를 하는 것은 매우 비겁하지만, 대단히 재미있는 이야기는 하지 못할 것 같습니다. 또한 문제가 있어도 학교 강의처럼 질서정연하게 이야기하기 어려울 것으로 여겨집니다. 아베 씨가 말하기를, 무슨 말을 해도 기꺼이 들을 거라고 하더군요.

심지어 저는 여기서 교사로 지냈던 적도 있습니다. 아마도 그 당시 학생들은 지금 여기에 한 사람도 없겠지요. 다들 졸업했을 것이고 여러분은 그 후예라고 해야 할까요. 어쨌든 아들 격이라 할 수 있는 당시 학생들이 그 부모 격 되는 사람을 이 교실에서 자주 괴롭혀서, 그 아들이나 손자뻘 되는 사람들에 대해서는 아무 생각이 없으므로, 제대로 준비해올 형편이 아니었습니다.

저는 이 학교에서 교수로 4년간 있었습니다. 그뿐만 아니라 그 이전에는 여러분처럼 학생으로서 이 학교에 있었습니다. 몇 년 동안 있었는지는 모르겠으나 그렇다고 낙제를 했다고 생각해서는 안 됩니다. 원래 저는 여기에 들어왔던 게 아니었습니다. 당시 이 학교는 예비문予備門이라고 해서, 히토쓰바시一ツ橋(현재의 간다神田 가쿠시카이칸学士会館 부근-역주) 바깥에 있었습니다. 지금의 고등상업(도쿄고등상업학교東京高等商業学校, 현재의 히토쓰바시대학一橋大学의 전신-역주)이 있는 모퉁이 일대가 이 학교 겸 대학이었습니다. 1884년(메이지 17년), 여러분께서 아직 태어나기도 전에 저는 그곳에 입학했습니다. 그리고서 실은 낙제했습니다. 낙제한 후 우물쭈물하고 있는 사이에 이 학교가 생겼습니다. 이 학교가 생긴 후 가장 먼저 들어온 사람은 바로 저입니다. 물론 저만 들어온 것은 아니지만, 저도 분명 그중 한 사람이었습니다. 저희의 교실은 본관의 가장 북쪽 끝에 있던 지금의 식당 자리에 있었습니다. 문과 교실이었지요. 그게 1889년(메이지 22년)경이었습니다. 그때 일을 지금의 여러분과 비교해보면 저의 학창 시절엔 서생書生이라는 존재는 난폭했고 상당히 불량소년에 가까웠는데, 사람에 따라서는 오히려 기개가 있었다고 할 수 있습니다. 천하와 국가의 운명을 짊어지고 있다며 우쭐해 있었지요. 우리 연배쯤 되는 사람들은 항상 요즘 젊은이들에 대해 이런저런 이야기를 하며, 젊었을 때 가장 잘났던 것처럼 말하지만 저는 그렇게 생각하지 않습니다. 지금도 그렇게 생각하지 않습니다. 여러분 앞에 서서 이렇게 이야기를 할 때는 더더욱 그렇게 생각하지 않습니다. 여러분이 우리 시대 학생들보다 훨씬 훌륭합니다. 조금 전 '훌륭하다'라는 단어를 하야미 씨가 몇 번이나 말씀하셨지만, 여러분이 훨씬 의젓하고 더 잘하고 계실 것으로 여겨집니다. 우리는 참으로 난폭했습니다. 못된 장난을 한 게 한두 번이 아닙니다. 그 이야기를 하려고 이 자리에 오른 것은 아니지만, 우리가 얼마나 나빴는지를 참회하기 위해 말씀드리는 것이니, 절대로 따라 하시면 안 됩니다. 저기 앞에 보이는 교실에 선생님의 책상이 있습니다. 우선 우리는 짬이 날 때마다 조금씩 완두콩을 사 와서 교실 안에서 먹습니다. 그 완두콩이 남으면 남은 완두콩을 선생님 책상 서랍 안에 넣어둡니다. 역사 선생님으로 나가사와 이치조長沢市蔵(훗날 중의원의원이 됨—역주)라는 분이 있었습니다. 우리가 카파도키아Cappadocia라고 부르던 선생님이었지요. 왜 카파도키아라고 불렀을까요. 잘은 모르겠지만, 카파도키아인지 뭔지 하는 그리스 지명 같은 게 있습니다. 지금은 잊어버렸지만, 그리스 역사를 가르칠 때 그 선생님이 카파도키아라는 지명을 한 시간에 몇 번이나 반복해서 말합니다. 그래서 카파도키아라는 별명이 붙었지요. 이 나가사와 이치조 선생님 시간으로 기억되는데, 선생님이 카파도키아를 읊어대며 흑판에 그것을 쓰려고 분필 서랍을 열자 그 서랍 안에서 완두콩이 와르르 나왔던 적이 있습니다. 선생님을 모욕하려 했던 것은 아닙니다. 선생님에게 보여주려고 일부러 넣어두었던 것도 아닙니다. 어쨌든 우리 시절에는 예비문 과정 학생들의 품행이 어지간히 거칠었던 것이지요. 실제로 당시 이 학교 안을 게다를 신고 걸어 다녔습니다. 저도 시종일관 게다를 신고 다녔던 사람 중 한 사람입니다. 말이 나온 김에 말씀드리면 제가 이곳에 들어왔을 때 마침 스기우라 시게타케杉浦重剛 선생님이 교장선생님이셨는데 이곳에서 유명한 분이었습니다. 그때 스물여덟 살이었지 않았나 생각됩니다. 매우 젊어 인기를 끌던 분이셨는데 얼마 지나자 이런 게시문이 걸렸습니다. '학교 안에서 게다를 신고 걸어 다니면 안 된다.' 당연한 이야기지만, 일부러 이런 게시문을 걸지 않으면 안될 정도로 게다를 신고 걸어 다녔다고 생각합니다. 그런데 그런 게시문이 걸린 후에도 한동안 저는 게다를 신고 걸어 다녔습니다. 어느 날의 일이었습니다. 마침 3시가 좀 지난 무렵이었습니다. 지금 정도 되는 시간이었지요. 이젠 아무도 없으리라고 생각하고 게다를 신고 우쭐대며 의기양양 걸어갔습니다. 그러다가 복도 끝 구부러진 모퉁이를 돌자마자 스기우라 시게타케 선생님과 딱 마주쳤던 것입니다. 저는 난폭한 학생은 아닙니다. 극히 소심하고 얌전한 학생입니다. 스기우라 선생님을 만나서 제가 어떻게 했다고 생각하십니까? 저는 급히 게다에서 뛰어내렸습니다. 뛰어내린 것만이 아닙니다. 뛰어내린 후 느닷없이 게다를 쥐고 쏜살같이 도망쳐버렸습니다. 때문에, 저는 전혀 혼나지도, 붙잡히지도 않고 끝나버렸습니다. 이것은 그냥 저 혼자만 기억하고 있고, 다른 사람에게 말한 적이 없었던 이야기입니다. 일전에 어떤 곳에서 스기우라 선생님을 오랜만에 뵙게 되었습니다. 선생님도 상당히 나이 드셨더군요. 그때 저는 선생님께 이 일을 기억하고 계신 지 여쭈어보았지요. 제가 게다를 신고 걸어가다가 마주쳤던 일화를 말이지요. 그랬더니 스기우라 선생님은, 전혀 그렇지 않다고 하시며, 본인도 게다를 신고 학교를 걸어 다니는 것에 대찬성이라고 하셨습니다. 게다를 신고 걸어 다니면 안 된다고 게시했던 것은 이런저런 요구가 많았던 문부성 입장이었을 뿐, 본인께서는 게다 예찬론자였다고도 말씀하셨지요. 저도 놀라서 게다 예찬론자이신 이유를 여쭈어보았지요. 그러자 선생님 말씀이, 애당초 게다는 이가 두 개밖에 없어서 아무리 학교 안을 게다를 신고 걸어본들 마룻바닥에 난 발자국은 두 개의 이빨 바닥뿐이라는 것입니다. 하지만 신발은 뒤꿈치에서 발가락 끝까지 발바닥 전체가 닿는 것이지요. 만약 양쪽 모두 비슷한 정도로 마룻바닥을 더럽힌다면 학교 마룻바닥을 더럽히는 면적은, 오히려 구두

쪽이 게다보다 훨씬 더하다는 생각이십니다. 그래서 본인께서 게다를 신고 다녀도 무방하다고 계속 주장했지만, 문부성 당국이 이를 이해하지 못해 어쩔 수 없이 그렇게 게시할 수밖에 없으셨단 말씀이셨지요. 그래서 저는, 그때 도망갈 게 아니라 매우 칭찬을 받았어야 마땅했는데 참으로 아까운 짓을 했다며 웃었습니다. 그 시절 스기우라 선생님도 스물여덟 살 정도로 아직 혈기왕성하셨기 때문에 거친 논리를 토로하시며 문부성을 난처하게 만드셨던 것이겠지요. 게다가 더 나을 리 없다고 생각되거든요. 어쨌든 여러분께서 그런 시절을 상상하신다면 상당히 난폭한 녀석들이 많이 있었을 거라는 사실을 짐작하실 수 있겠는데, 실제로 지금보다 나쁜 장난을 치는 녀석들이 아주 많았습니다. 난로를 계속 지펴 선생님에게 화공 작전을 펴거나 교실을 캄캄하게 만들어 선생님이 갑자기 들어와도 아무것도 분간할 수 없게 하거나, 그런 곳을 거쳐서 비로소 여기에 들어오기 마련이었습니다.

여기에 2년 정도 있다가 대학에 들어가 이곳과는 상당 기간 격조한 상태로 있다가 외국에 갔었고, 외국에서 돌아와서 다시 이곳에 들어왔습니다. 금의환향이라고 표현할 수 있을 정도는 아니지만, 어쨌든 교사가 되어 돌아왔습니다. 그리고 처음으로 가르쳤던 학생이 조금 전 말한 아베 요시시게 씨를 비롯한 학생들이었습니다. 여기를 거쳐 대학을 졸업한 후 각지를 배회하던 시절 가르쳤던 학생이 하야미 씨였고요. 하야미 씨를 가르쳤을 당시에는 구마모토에서 교원 생활을 하던 무렵이었으니 '유학생'이 아닌, 그야말로 '표류생'이었습니다. 하야미 씨를 가르치던 시절에는 훌륭하지 않았던 것일까요? 아니면 무엇이 훌륭한 것인지 몰랐던 것일까요? 어느 쪽일까요. 어쨌든 하야미 씨를 가르쳤던 것만은 확실합니다. 형식적으로. 물론 훌륭하지 않았기 때문에 학생의 자질을 진정으로 계발할 수 있을 정도로 가르치지는 않았지만, 교실 안에서 서로를 선생님이나 학생이라고 불렀던 적은 분명 있습니다. 아울러 자백하면 구마모토에 온 지 얼마 되지 않았던 시절의 일인데, 제 앞에서 누군가 영어를 가르치고 있어서 저는 그 뒤를 이어받은 상황이었습니다. 에드먼드 버크Burke(영국의 정치가-역주)가 쓴 어떤 제목의 책이었는데, 실은 제가 싫어하는 책입니다. 이토록 이해가 안 되는 책은 없을 겁니다. 연설이라도 영국인이 이해할 수 있는 내용이라면 일본인이 사전을 찾아 이해가 안 되는 경우는 없을 것입니다. 하지만 실제로 난해한 책입니다. 하필이면 그렇게 이해가 안 가는 것을 가르치고 있었을 당시 하야미 씨가 학생이었기 때문에, 스스로 훌륭하지 못하다는 생각이 계속 뇌리에서 떠나지 않는 것일지도 모릅니다. 그런데 그 후 영어도 제법 가르쳐서 내공도 쌓았기에 하야미 씨에게 이해를 구하고 싶습니다. 이후 좀 더 발전한 오늘날 제 영어 실력으로도 에드먼드 버크 씨의 논문은 역시 이해가 안 됩니다. 거짓말이라고 생각한다면 하야미 씨가 그것을 가르쳐보시면 당장 아실 겁니다. ─이렇게 변변치 않은 이야기를 해서 시간만 흘러 대단히 죄송합니다만, 실은 시간을 끌려고 이런 이야기를 하고 있습니다. 대단한 이야깃거리가 없기 때문이지요.

조금 전 강연 제목이라는 이야기가 나왔는데, 강연 제목이라고 할 만한 것이 없으니 뭔가 적당히 제목 하나를 여러분께서 나중에 만들어주십시오. 너무 복잡해서 단순한 제목이 될 것 같지 않은 고상한 것이겠지요. 뭔가를 이야기하려고 생각했는데 실은 조금 전 말씀드린 이유로 시간도 없었고 오늘도 손님이 찾아와서 전혀 경황이 없었습니다. 그러므로 제가 말씀드리는 것은 그다지 대단한 내용은 아니라고 생각합니다. 하지만 잠깐이나마 극히 대략적인 내용을 말씀드리고 마치기로 하지요.

저는 일전에 문부성에서 주최하는 미술전람회를 보러 갔었습니다(아시는 바와 같이 저는 직업이 직업이니만큼 이야기 내용이 일반적인 문제일 경우라도 문예가 자주 예시로 나오거나 혹은 문예에서 출발하는 경우가 많을지도 모릅니다. 해당 방면에 흥미가 없는 분에게는 죄송하지만, 어쩔 수 없는 일이니 아무쪼록 들어주시길 바랍니다). 다시 한번 말씀드리면 일전에 저는 문부성에서 주최하는 미술전람회를 보러 갔었습니다. 저는 문부성이 주최하는 전람회에 반대 입장이거나 박사를 사임한 적도 있고 해서 문부성에서 평판이 좋지 않은 사람입니다. 이번 미술전람회도 공개적으로 감상을 쓰지는 않았지만 매우 흥미롭지 않았습니다. 특히 저는 일본 그림 쪽에서 그런 느낌을 받았습니다. 서양 그림 쪽에 대해서도 말을 하자면 할 수도 있겠지만 그것은 나중으로 미루고 일본 그림 쪽에 대해서 이야기를 하겠습니다.

전람회에 나와 있던 모든 작품이 하나같이 흥미롭지 않았습니다. 개중에는 예외도 있지만 다 마찬가지입니다. 하지만 흥미롭지 않다고만 하면 이해가 잘 안 가실 테니 그 연유를 말해야겠지요. 모든 작품이 너무 평탄했습니다. 평탄하다는 의미는 솜씨가 좋다는 의미일 테니 지금 칭찬하고 있냐고 물으신다면, 실은 그렇지 않습니다. 나쁜 뜻으로 솜씨가 너무 좋다는 이야기입니다. 다른 표현으로 말하면 완력은 있습니다. 팔의 힘입니다. 그렇다면 대체 어디가 나쁘다는 의미일까요? 머리가 없습니다. 머리가 없이 손으로만 그리고 있습니다. 직공이 그린 그림 같습니다. 이렇게까지 말하면 너무 딱하니 이 내용만은 공식적으로 발표하기 어렵습니다—이 정도까지 공개하는 걸로도 충분하지만—. 저는 딱히 화가들이나 문부성의 미술전람회를 비난하고 있는 것은 아닙니다. 화가에 대해 개인적으로 험담하고 있는 것도 아닙니다. 그저 느낀 점에 대해 필요한 부분을 말씀드리고 있을 뿐입니다. 그저 평탄한 작품들이었습니다. 예를 들어 기미가 없고, 반점이 없고, 얼룩이 없고 마무리만 깔끔합니다. 그런 솜씨는 도제 제도를 통해 5년이고 10년이고 하지 않으면 불가능하겠지만, 그 이외에 뭐가 또 있냐고 물으신다면 저로서는 알 수 없습니다. 인간을 예로 말씀드리면 역시 '신사'와 아주 비슷하다고 생각합니다. 신사란 어떤 사람일까요. 신사란 그저 밋밋한 사람입니다. 얼굴만이 아닙니다. 매너가 —태도 및 거동이— 밋밋한 인간으로 손을 내밀며 악수를 하지요. 하층민 여성들이 종종 그런 사람들을 보고 멋지다고 하는데, 겉모습으로 여성을 반하게 하는 것은 남자로서 불명예스러운 일이라고 생각합니다. 겉모습이 멋지다는 것은 다른 사람의 기분을 해치지 않는다는 말입니다. 그냥 형식적인 이야기를 한다는 말이지요. 너무 퉁명스럽지 않고 모나지 않다는 소리입니다. 명확하고 온화하고 바람직합니다. 이것도 나쁘지 않다고 생각합니다. 야만인과 마주하느니 이런 사람과 응대하고 있는 편이 낫습니다. 말 한마디 잘못해서 감정을 해쳐도 당장 발끈하는 사람보다는 낫습니다. 그것을 공격하고 있는 것은 아닙니다. 그러나 그것만으로는 인격을 알 수 없습니다. 인격을 알 수 없다는 것은 무슨 말일까요. 제법 나쁜 짓을 해서 다른 사람의 돈을 거저로 얻는다거나 법률을 어기지는 않더라도 교활한 일을 한다거나, 이런 다양하고 잡다한 짓을 해도 훌륭한 집에 살고 자동차 따위를 굴리면서, 실제로 만나보면 분위기가 너무 좋고 품격도 있고 평탄합니다. 그리고 인격이 어떤가 하면, 그다지 감탄할 수 없는 사람들이 많이 있습니다. 그런 사람을 신사라고 생각해서는 안 됩니다. 하지만 그런 부류의 사람들이 신사로 통용되지요. 요컨대 인격에서 우러나오는 품위를 갖춘 진정한 신사가 없진 않겠지만, 인격을 도외시하면서 그저 매너만 보고 신사라고 생각하는 사람 쪽이 더 많을 것입니다. 대략 8할은 그러리라고 생각합니다. 그래서 문부성에서 주최한 미술전람회에 나온 그림을 보고, 과연 어느 쪽에 속하는 신사가 많을까를 생각해보니, 역시 인격이 결핍된 그림 쪽이었습니다. 인격이 결핍된 그림이라고 해도 결코 도둑이 그린 그림이라는 이야기는 아닙니다. 그런 모욕적인 의미는 아닙니다. 하지만 물론 존경한다는 의미도 아닙니다. 뭐라고 불러야 좋을지 모르겠지만 아무래도 정신적인 측면이, 고고한 품격이 없습니다. 여러분도 보시면 알 것입니다. 품격이 있다는 것은 후지산이나 부처님이나 선인仙人을 그려야 품격이 있는 것은 아닙니다. 설령 말을 그려도 고고한 품격이 있을 수 있습니다. 고양이를 그린다면 더더욱 품격이 있습니다. 초목이든 금수든 아무리 작은 대상을 그려도, 아무리 변변치 않은insignificant 대상을 그려도 얼마든지 품격이 있을 수 있습니다. 문부성에서 주최한 미술전람회에는 그런 의미를 지닌 그림이 너무 부족합니다. 거꾸로 말하면 그런 그림을 문부성이 주최한 미술전람회에서는 배척하고 있는 것입니다. 그러니 솜씨라도 좋지 않으면 안 됩니다. 솜씨가 안 좋으면 모조리 떨어지는지는 확실치 않지만, 어쨌든 그런 것을 저는 문부성 주최 미술전람회에서 인정하고, 동시에 미술전람회에서의 그림의 특색과 인간의 특색을 신사(젠틀맨)과 비교해서 고찰해보았습니다.

그런 다음 어떤 사람이 외국에서 돌아와 전람회를 열었다기에 그것을 보러 갔었습니다. 두 사람이었습니다. 그중 한 사람의 그림을 보았더니 유화였는데, 서양의 여러 그림을 그리고 있었습니다. 인상파 작품 같은 그림을 그리고 있었습니다. 클래식하고 루벤스의 그림과 매우 유사한 그림이었습니다. 프랑스 유파의 그림인데, 공평히 생각해보면 그 사람은 어디에 특색이 있는 것일까요. 다른 사람의 그림을 그리고 있는 것입니다. 화가 본인이 어디에도 없는 것 같았습니다. 그림의 완성도는 둘째치고 다른 사람이 그린 것 같은 것은 얼마든지 그릴 수 있는데, 만약 그렇다면 그 본인은 도대체 어디에 있는 것일까요. 화가가 도대체 어디에 있는지가 보이지 않는 그림을 전람회에서 볼 수밖에 없었습니다. 다음으로 외국에서 돌아온 또 한 사람의 그림을 보았습니다. 품격 있고 차분한 그림이었습니다. 누가 봐도 나쁜 감정이 생기지 않을 그림이었습니다. 저는 그중 하나를 사서 저희 집 서재에 걸 생각도 해보았습니다. 하지만 결국 그만두었습니다. 하지만 사도 좋을 것 같다고는 생각했습니다. 어째서 사도 좋을 것 같다고 말씀드리느냐면, 제법 완성도가 높았기 때문입니다. 집에 가지고 와서 왜 걸어둘 생각을 했냐 하면, 영국풍 그림을 제법 잘 그렸기 때문입니다. 실내에 장식해두었을 때 튀지 않고 적당히 평범해서 마침 좋을 것 같았습니다. 그래서 사 올까 싶었지만, 결국 사 오지는 않았습니다. 그 사람의 그림은 누가 봐도 배운 그림이라는 것을 알 수 있습니다. 배워서 어느 정도까지 진도가 나간 그림입니다. 그 때문에 봐줄 만한 그림이라는 사실을 알 수 있습니다. 대신 해당 작가에 의해 처음으로 그려진 것 같은 그림은 하나도 없었습니다. 예를 들어 그중 하나를 골라 저희 집에 걸어둔다손 치더라도, 굳이 해당 화가를 번거롭게 하지 않아도, 즉 다른 사람에게 부탁해도 그와 똑같은 그림이 나올 수 있을 것 같은 그림이었습니다. 그리고 저는 또 다른 작품을 보았습니다. 이것은 일본에 있는 사람이 그린 이국적인 그림이었습니다. 앞에 나왔던 두 가지는 데이코쿠帝国 호텔(일본의 굴지의 호텔로 각별한 명성을 지닌 호텔-역주)과 세이요켄精養軒(우에노 공원에 있는 프랑스 레스토랑으로 화려한 문명개화의 상징적 존재-역주) 등 훌륭한 레스토랑에서 보았습니다. 손님들도 무척이

나 화려한 사람들이 많았습니다. 그중에는 후리소데振袖
(소매가 긴 화려하고 격조 높은 일본 전통의상-역주)를 입고 있는 여
성도 있었습니다. 그런 여성분들에게 이해가 될까 싶은
생각이 들 정도였습니다. 세 번째로 보았던 것은 이와 너
무도 반대로군요. 장소는 요미우리신문사読売新聞社 3층
이었습니다. 구경한 사람은 우리 정도의 신사였지만 어
딘가 묘한, 화가인지 뭔지 묘한 수수께끼 같은 사람과,
폰치에(영국의 풍자만화 잡지《펀치Punch》에서 따온 말로 우키요에의
그림체를 답습했던 초기의 풍자적 일본 만화-역주)의 광고 같은 사
람, 긴 망토를 입고 뾰족한 모자를 쓴 네덜란드 식민지에
있을 것 같은 사람 등, 하나같이 특별한 인간들이 오가고
있었습니다. 그림도 그런 분위기였습니다. 구경하는 사
람도 아름다운 사람은 한 사람도 없었습니다. 아무래도
그 그림은 잘 정돈되어있지 않은 것처럼 여겨집니다. 그
러나 자신이 자신의 그림을 그리고 있다는 느낌은 분명
전해져왔습니다. 하지만 색깔이 지저분한 편인 그 그림
은 아직은 미완성품이라고 생각합니다. 공감도 가고 그
것을 그린 사람에게 존경심도 품지만, 굳이 일부러 돈을
내면서까지 사서 자기 집 서재에 걸고 싶다는 생각은 들
지 않는 그림일 뿐이었습니다.

이런 식으로 다양한 그림이 있다는 사실에서 출발해 이야기를 시작해보도록 합시다. 문부성 주최 미술전람회의 화가들이나 서양에서 돌아온 두 사람은 스스로 자신의 그림을 그리지 않았습니다. 그리고 조금 전 말씀드린 일본의 그림은 자신이 자신의 그림은 그렸지만, 미완성 작품입니다. 감상은 이것뿐입니다. 그것에 대해 철학적으로 고찰해봅시다. 실은 그런 현상을 억지로 가져다 붙여서 철학적 고찰의 대상으로 삼아 연설의 형식을 갖추려고 안간힘을 쓰고 있습니다. 어떤 식으로 가져다 붙이는지가 문제입니다. 그게 잘 되면 제법 들어줄 만한 연설이 되겠지요. 잘 안 되면 어쩔 수 없습니다. 어떤 식으로 마무리가 될지, 솜씨가 어떨지는 큰 상관이 없으니까요.

인간이라는 존재는 매우 거대합니다. 저라는 인간이 저 혼자 이렇게 서 있을 때, 여러분은 어떤 생각을 하십니까? 막연한 질문입니다만, 어떻게 생각하십니까? 훌륭한 사람이라고 하야미 씨는 생각할지 모르지만, 그런 의미가 아닙니다. 저는 거리를 오가는 한 인간을 데려다 놓고 이렇게 관찰합니다. 이 사람은 인간의 대표자입니다. 이렇게 생각합니다. 그렇지 않습니까? 신을 대표하는 사람은 아니지요. 틀림없이 인간을 대표할 것입니다. 금수의 대표자가 아니라 인간의 대표자임이 틀림없습니다. 따라서 제가 여기에 이렇게 서 있으면 인류human race를 대표represent하는 사람으로 서 있는 것입니다. 제가 홀로 수많은 인간을 대표하고 있다고 하면 '그럼 안 되지, 당신은 고양이다'라고 짓궂게 말할 사람이 있을지도 모릅니다. 만약 여러분이 그렇게 말하신다면, 정말로 그렇게 하면 '아니, 고양이가 아니다, 나는 인류를 대표하고 있는 것이다'라고 단언할 생각입니다. 제 생각에 반대하시는 분은 없으시겠지요. 그러면 됩니다.

하지만 그것뿐일까요? 그렇지는 않습니다. 그럼 무엇을 대표하고 있을까요? 그 사람은 인간 전체를 대표하고 있는 동시에 그 인간 한 사람을 대표하고 있습니다. 변변치 않은 내용이지만 사실입니다. 저는 이렇게 인간 전체의 대표자로 서 있는 동시에, 자기 자신을 대표해서 서 있습니다. 여러분도 아니고, 여기가 아닌 다른 곳에 있는 그 누구도 아닌, 나쓰메 소세키라는 한 개인을 대표하고 있습니다. 이때 저는 제너럴general한 존재가 아니라, 스페셜special한 존재입니다. 저는 저를 대표하고 있고 저 이외의 사람은 어느 한 사람도 대표하고 있지 않습니다. 부모도 대표하고 있지 않을뿐더러 자식도 대표하고 있지 않고 그 당사자 스스로를 대표하고 있습니다. 아니, 당사자 스스로입니다.

그럼 인간이라는 존재는 그런 식으로 두 종류를 대표하고 있다고 할 수 있습니다. 이렇게 말하면 어폐가 있을지도 모르겠네요. 두 종류가 된다고 해야겠습니다. 바로 그 점입니다. 그것을 말하지 않으면 잘 이해가 가지 않습니다.

그래서 이 인류의 대표자라는 편에서 먼저 고찰해보면, 인간이라는 존재는 어떤 특색, 어떤 성질을 가지고 있을까요? 우선 저는 인간 전체를 대표하는 인간의 특색으로 우선 '모방'을 들고 싶습니다. 인간은 인간의 흉내를 내기 마련이지요. 저도 다른 사람의 흉내를 내면서 지금까지 커왔습니다. 저희 집에 있는 어린아이들도 다른 사람들 흉내를 몹시 냅니다. 한 살 터울의 남자 형제가 있는데, 형이 뭔가를 달라고 말하면 동생도 따라서 뭔가를 달라고 말합니다. 형이 필요 없다고 말하면 동생도 필요 없다고 하지요. 형이 오줌이 마렵다고 말하면 동생도 그 말을 합니다. 정말 너무합니다. 모든 것을 형이 말하는 대로 합니다. 마치 그 뒤에서 한 걸음 한 걸음 따라서 걷고 있는 것 같습니다. 두렵고 놀라울 정도로 그는 모방자입니다.

최근 읽은 책은 아니지만, 파올로 만테카차Paolo Mantegazza의 『Physiognomy and Expression(관상과 표현)』이라는 책 안에서 이미테이션imitation에 대한 많은 예들이 나열되어 있습니다. 저는 지금 인간이 모방한다는 사실에 대해 일일이 구체적인 예를 기억하고 있지 않지만, 여기에 두세 가지 나와 있습니다. 예를 들어 한 사람이 거리에서 양산을 펼치려고 하면 옆에서 동행하던 여자도 분명 양산을 펼친다고 합니다. 이런 식으로 일반적으로 어느 정도까지는 그렇습니다. 거리에서 하늘을 올려다보고 있으면 두세 사람은 아무 이유 없이 그렇게 합니다. 하늘에 무엇이 있느냐 하면, 아무것도 없습니다. 비행선 같은 게 날고 있지도 않습니다. 하지만 비행선이 날고 있다든가 하는 말을 하면 수많은 군중이 틀림없이 하늘을 올려다봅니다. 그 순간 공중에서 비행선이 발견하지 말란 법도 없습니다.

그 정도로 인간이란 다른 사람의 흉내를 내는 한심한 존재입니다. 다른 사람의 흉내를 낸다는 것은 어린 시절부터 시작되어 지금 말한 것처럼 사소한 일에 국한되지 않고 도덕적으로 혹은 예술적으로, 사회적으로도 그렇습니다. 물론 유행이란 것도 다른 사람의 흉내를 내는 것입니다. 우리가 아주 어렸던 시절, 도쿄 사람들은 이런 사쓰마薩摩 면직물 따위를 결코 입지 않았습니다. 시골 사람들만 입던 옷이었습니다. 하지만 요즘 학생들은 하나같이 사쓰마 면직물을 입습니다. 싸기 때문인지도 모르지만 결국 모두 입게 되었습니다. 그리고 한때는 하얀 하오리羽織 끈으로 사용되는 털실처럼 긴 것을 묶어서 가슴에서 등 쪽으로 메어 목에 걸었습니다. 그것도 한 사람이 하자 그렇게 된 것입니다. 저희가 젊은 시절에는 하오리 문양이 하나밖에 없는 것을 입고는 뭘 좀 아는 사람인양 기뻐했었지요. 하지만 최근에는 문양을 다섯 개 넣게 되었습니다. 그것도 커다란 것이 점점 작아지게 된 것 같습니다. 요즘은 어느 정도나 되었을지 모르겠지만요. 저는 하오리 문양이 너무 컸기 때문에 유행에 뒤처지지 않기 위해 작게 다시 했습니다. 그 정도로 유행이란 것은 사람을 압박하지요. 압박하지는 않지만, 사람이 먼저 유행 쪽으로 향해가지요. 모방자로서 다른 사람의 흉내를 내는 것이 인간의 거의 본능입니다. 다른 사람의 흉내를 내고 싶어집니다. 이런 옷만 해도 20년 전의 옷은 그다지 입지 않습니다. 일전에 입고 있던 사람을 봤는데 우스꽝스럽습니다. 그다지 보기 좋지 않습니다. 특히 여성들은 20년 전의 사진에 나온 여성들이 무척 우스꽝스러울 것입니다. 원래 의미에서는 우스꽝스럽다고 생각하지 않지만, 찬찬히 뜯어보면 우스꽝스럽게 보입니다. 역시 모방이라는 것에 중점을 둔 결과, 아무래도 그 자신과 다른 존재, 혹은 세간의 사람들과 다른 존재는 그렇게 보이는 것이지요. 실은 이것을 도덕적, 혹은 예술적으로 응용할 수 있습니다. 그런 예는 많이 들어도 좋겠지만 시간이 없으므로 생략하기로 하겠습니다. 어쨌든 사람들은 모방을 무척 즐긴다는 사실, 그리고 그것은 압박이 아니라 자신의 의지에 의한다는 사실이 중요합니다. 자기가 좋아서 모방하는 것이지요.

동시에 세상에는 법률이나 법칙이라는 것이 있습니다. 이것은 외압적으로 인간이라는 것을 한 다발로 묶으려고 합니다. 여러분도 이렇게 하나씩 뭉뚱그려져 교육받고 있습니다. 그렇게 하지 않으면 감당이 되지 않기 때문에 어쩔 수 없이 외압적으로 여러분을 압박하고 있는 것입니다. 이것도 일종의 약속입니다. 그렇게 하지 않으면 교육상 곤란하기 때문이지요. 그런 약속, 법칙은 정치적으로, 교육적으로, 심지어 사회적 태도social manner에도 있습니다. 밥을 먹을 때 소리를 내면 안 된다고 합니다. 그런 것도 법칙이겠지요. 도덕상의 법칙, 당연한 이야기지만 돈을 빌리면 꼭 갚아야 합니다. 그리고 예술상의 법칙이라는 것도 있습니다. 전통적인 일본화라든가 노能라든가 무대예술로서의 무용 등에는, 매우 갑갑하고 귀찮지만, 반드시 지켜야 할 고정된 법칙이 있습니다. 그런 예들을 하나하나 열거하는 것도 좋겠지만 지금은 하지 않겠습니다. 예를 생략하면 이야기가 재미없어지지만, 이야기를 빨리 끝내야 해서 생략하기로 하겠습니다.

　법칙이라는 것은 사회적으로나 도덕적으로, 그리고 법률적으로도 존재하는데 가장 강한 것은 군대일 것입니다. 모든 예술에도 그런 일종의 법칙이라는 것이 있어서 그것을 지켜야 한다고 주위가 우리를 압박합니다. 한편으로는 모방(이미테이션), 스스로 자진해서 다른 사람의 흉내를 내고 싶어 합니다. 다른 한편으로는 일정한 법칙이 있어서 다른 사람으로부터 자신을 압박하고 자신도 다른 사람에게 그것을 따르게 합니다. 이 두 가지 원인으로 인해, 한 사람의 인간이라는 특수성을 상실하고 평등한 존재가 되는 경향이 있습니다. 그런 의미에서 나라면 내가 인간 전체를 대표할 수 있는 자격을 가질 수 있게 됩니다.

나는 인간을 대표하는 동시에 나 자신도 대표하고 있습니다. 나 자신을 대표한다는 점에서 출발해 고찰해보면, 모방이라고 말하는 대신 독립(인디펜던트)이라는 것이 그 무게를 더하지 않으면 안 됩니다. 다른 사람이 하니까 나도 하는 것이 아닙니다. 다른 사람이 그렇게 하면, 예를 들어 타인이 아침밥으로 죽을 먹으면 나는 빵을 먹습니다. 타인이 메밀국수를 먹으면 나는 떡국을 먹습니다. 우리는 자기 마음대로 하지요. 너는 세 잔 마셔라, 난 다섯 잔 마실 테다. 이런 행동은 모방이 아닙니다. 다른 사람이 다섯 잔 마시면 나는 여섯 잔 마신다. 이것이 모방이 아닌지는 모르겠으나, 경우에 따라서는 고의로 반대하는 경우도 있습니다. 세상에는 기인이라는 존재가 있어서 다른 사람이 할 법한 일을 해버리면 재미가 없으므로, 뭐든지 다른 사람과는 반대되는 일을 해야 직성이 풀립니다. 그중에는 광고하기 위해 하는 사람도 있습니다. 평범하면 재미가 없으니 뭔가 특별한 것을 해보고 싶어서 머리카락을 길러보거나 겨울에 여름 모자를 써보지요. 여기 계신 학생들도 자주 그러시겠지요. 하지만 그것은 알아차리지 못했기 때문일 겁니다. 다른 사람이 겨울 모자를 쓰고 있다는 사실을 깨닫게 되면 자기도 쓰고 싶어지겠지요. 작정하고 고의로 여름 모자를 쓴 날은 어지간한 기인이 됩니다. 제가 여기서 독립이라는 표현을 사용할 때, 이런 고의적인 예는 제외하도록 하겠습니다. 기인도 빼겠습니다. 본인이 깨닫지 못하는 예도 포함하지 않겠습니다. 그러면 어떤 경우가 독립에 해당될까요. 인간은 태어날 때부터 독립적인 경향이 있습니다. 인간은 한편으로는 모방, 한편으로는 독립 자존이라는 경향이 있습니다. 그 안에서 구별해보면 제멋대로인 자와 제멋대로가 아닌 자, 제멋대로가 아니지만 뭘 몰라서 제멋대로 행동을 해서 아침 8시에 일어날 수 있는데 자연스럽게 10시 무렵까지 잠을 자는 사람이 있습니다. 독립임이 틀림없지만, 아무래도 매우 바람직하지 않은 일일지도 모릅니다. 제멋대로의 행동이지만 사실 자연스럽기도 합니다. 독립이라고 평가할 수 있지만, 이것도 제외가 될 것입니다. 마지막으로 남는 것은, 여러분 사이에서 자주 거론되는 유혹이라는 것이겠지요. 다른 사람과 보조를 맞춰 같이 가고 싶다는 유혹을 느끼지만 유감스럽게도 자신은 그 유혹에 따를 수가 없습니다. 마치 군대식 체조에 절름발이를 데려다 놓은 것 같은 형국입니다. 유감스럽게도 도저히 보조를 맞출 수가 없지요. 여러분과 행동을 함께하고 싶지만 아무래도 그게 잘 안되어서 어쩔 수가 없는, 그런 것을 독립이라고 말하는 것입니다. 물론 그것은 체질상 발생하는 일종의 요구demand가 아닙니다. 정신적인, 긍정적positive이고 내심에서 우러나오는 요구입니다. 혹은 이것이 도덕적으로 발현되는 경우도 있겠지요. 혹은 예술적으로 발현되는 경우도 있겠지요. 정신적인 것이 되면 어떨까요? 글쎄요, 진부한 예를 드는 것 같지만 스님이라는 존재는 육식을 멀리하고 가족도 갖지 않는 주의입니다. 하지만 진종真宗(정토종의 한 종파인 정토진종-역주)에서는 옛날부터 쭉 고기를 먹었고 아내도 있었습니다. 이것은 사상적으로 대혁명이겠지요. 애당초 신란 親鸞(일본 정토진종의 개조-역주)에게 대단한 사상과 힘이 없었다면, 대단히 강한 근성의 사상을 지니고 있지 않았다면, 이 정도의 대개혁은 불가능했을 것입니다. 다른 표현으로 말하자면 신란은 대단히 독립적인 사람이라고 말하지 않을 수 없습니다. 그 정도의 일을 하려면 애당초 탄탄한 바탕이 있었겠지요. 그리하여 자신이 취해야 할 길은 그래야 한다고, 다른 스님들과 보조를 맞추고 싶지만 애석하게도 홀몸인 본인은 그저 아내를 갖고 싶고 육식을 하고 싶다는, 그런 의미가 아닐 것입니다. 지금도 그렇지만, 그 당시에 과감히 아내를 맞이하고 육식을 하겠노라고 말로만 공언할 뿐만 아니라, 실제로 그것을 행동으로 단행해보십시오. 과연 얼마나 많은 박해를 받을지 알 수가 없습니다. 물론 박해 따위를 두려워하고 있었다면 그런 개혁은 불가능했겠지요. 그런 사소한 일을 근심해서는 이런 일을 추진할 수 없을 것입니다. 바로 그 점에 그 사람의 자신감, 확고한 정신이 있습니다. 그 사람을 지배한 권위가 있었기에 비로소 그런 일을 할 수 있었던 것입니다. 그러므로 신란은 한편으로 인간 전체의 대표자였을지도 모르지만, 한편으로는 명확히 스스로 자신을 대표했던 사람입니다.

조금 전에는 오래된 예를 들었지만, 이번엔 좀 더 최근의 예를 들어봅시다. 입센이라는 사람이 있습니다. 입센의 도덕주의는 아시는 바와 같이 과거의 도덕을 부정합니다. 부정하는 이유는 남자에게만 유리하기 때문입니다. 여자에 대해서는 안중에도 없었기 때문에, 강한 남자가 자신의 권리를 휘두르기 위해, 자신의 편리함을 도모하기 위해, 일종의 제재나 법칙을 만들어놓고 약한 여자를 무시하고 그녀들을 철창 속에 가두었던 것이 오늘날까지의 도덕이었다고 말합니다. 따라서 입센의 도덕이라는 것은 두 가지로 나누어 생각해봐야 합니다. 남자의 도덕, 여자의 도덕, 이렇게 나눠야만 하지요. 여자 쪽에서 보면 그것은 반대로 되지 않으면 안 됩니다. 가장 현저한 예가 『인형의 집』의 노라의 경우일 겁니다. 입센이라는 사람은 인간의 대표자이면서 동시에 그 자신의 대표자라는 특수성을 발휘하고 있습니다. 모방이 아닙니다. 지금까지의 도덕이 그러하므로, 설령 그 도덕이 부적합하다고 생각되더라도 어쩔 수 없으므로, 대충 그것에 따르는 걸로 해두자는 식이 아닙니다. 그렇게 여유가 있는 자아가 아닌 거지요. 좀 더 특별하고 맹렬한 자아입니다. 그래서 입센은 대단한 박해를 받았습니다. 물론 실제로 불우한 사람이기도 했습니다. 그뿐만 아니라 그 사람은 특수한 사람으로 인간 전체를 대표한다기보다는 그 자신을 대표하고 있는 쪽이 훨씬 많습니다. 그래서 자기 나라를 떠나 여러 곳을 유랑했습니다. 가끔 고국에 돌아와도 평판이 좋지 않았기 때문에 좀처럼 돌아오지 않았습니다. 그런데 한번은 자기 나라로 돌아왔지요. 돌아와도 집이 없어서 숙박업소에 머물고 있었습니다. 그때 브란데스Georg Morris Cohen Brandes(덴마크의 비평가-역주)라는 사람이 입센의 환영회를 열자고 했습니다. 입센은 그런 환영회라면 사양하겠노라고 말하지요. 하지만 모처럼 주최하는 것이며 인원수도 열두 명 정도라고 말해 가까스로 입센을 설득시켰습니다. 번거로움을 줄이기 위해 입센이 묵고 있는 숙소인 예컨대 데이코쿠 호텔 같은 곳에서 열게 되었습니다. 드디어 환영회 당일, 개최 시간이 다가오자 브란데스는 입센이 묵고 있는 객실로 가서 문을 두드린 후, 의복 준비가 되었는지 문밖에서 물어봅니다. 그러자 입센 왈, 의복 따위는 가지고 있지 않으며 본인은 결코 의복 따위를 바꿔 입어본 적이 없다고 말합니다. 셔츠를 입고 있다는 것이지요. 셔츠라고는 해도 러시아 주변에서는 이런 겨울에 실내 온도가 70도(본문에 70도라고 되어있으므로 화씨70도/섭씨 21도 정도로 추정됨-역주) 정도 됩니다. 책이라도 읽을라치면 윗옷을 입어야 하지요. 바깥에 나갈 때는 이런 것을 입겠지요. 그래서 셔츠를 입은 것은 무방하지만, 다른 사람들은 연미복을 입고 와있노라고 말합니다. 그러자 입센은 자신의 짐 가방에는 연미복 따위 들어있지 않다고 말합니다. 만약 연미복을 반드시 입어야 한다면 참석을 못 하겠다고 말하지요. 손님들이 이미 다들 와있는 마당에, 이제 와 사양하겠다고 말하니 곤란했을 것입니다. 그래서 그러지 말고 빨리 나와

달라고 하자 결국 나오긴 합니다. 그런데 이번에는 브란 데스가 실은 열두 명이었는데 점점 인원이 늘어나 스물 네 명이 되었노라고 말합니다. 그러자 그런 거짓말을 한 다면 나가지 않겠다고 합니다. 무척이나 까다롭게 굴어 안절부절못했다는 내용을 브란데스 본인이 쓰고 있습니 다. 우여곡절, 천신만고 끝에 가까스로 입센을 데리고 나 와 그 자리에 앉혔습니다. 그런데 그 자리의 대장급인 입 센이 무척 심기가 나빠져 한마디도 입을 열지 않았던 것 입니다. 아직 재미있는 이야기가 더 있지만, 이 정도로 일단 마무리합시다. 어쨌든 누군가가 인간을 대표하든 동물을 대표하든, 입센은 입센을 대표한다고 말하는 편 이 나을 것입니다. 입센은 결국 입센이었다고 말하는 편 이 정확합니다. 그토록 특별한 사람입니다. 유치한 이야 기지만 입센이 가진 도덕의 견해에서 보면 입센은 모방 이라는 측의 반대에 섰던 사람이라고 말할 수밖에 없습 니다.

인간에게는 이렇게 두 종류가 있습니다. 양쪽 편이 정 반대로 나뉘어져 있는 것처럼 보이지만, 한 사람이 양면 모두를 가지고 있다고 생각하는 편이 가장 적절합니다. 인간에게는 두 종류의 부류가 있다는 이야기를 자주 하지만, 그것은 큰 착각입니다. 만약 그렇다면 한쪽 편은 한쪽 편의 성격만 갖추고 있다는 말이 됩니다. 논의를 하는 사람들이 그런 식으로 생각하기 때문에 결국 사실에서 벗어난 논의가 되어버립니다. 어쨌든 인간이 두 종류가 있다는 식으로 논의되지만, 실은 한 인간이 양면을 다 가지고 있다는 것이 사실에 좀 더 가깝겠지요. 아무리 독창적인original 인간이라도 모방의 요소를 어딘가에 가지고 있습니다. 모방 측에 서서 생각하면 어떤 사람이 모방자일까요. 요컨대 모방자는 다른 사람의 흉내를 냅니다. 때문에 스스로에게 표준이 없습니다. 혹은 있어도 끝까지 견지할 정도의 강렬한 용기가 결핍되어있습니다. 모방자는 이 둘 중 하나일 것입니다. 하지만 독립적인 사람은 자신에게 일종의 기준이 있습니다. 이상적 감각ideal sensation이 개인적으로 설정되어있어서, 어쨌든 그것을 표현하고 그것을 실행하지 않으면 견딜 수 없어 합니다. 특이하긴 하지만 다른 사람에게 아무리 비난받아도, 특이하다고 지적당해도 반드시 그렇게 해야 합니다. 사팔 뜨기는 사팔뜨기입니다. 어떤 경우든 옆만 바라보지요. 이것은 독립적인 쪽의 요소를 지나치게 가지고 있는 사람입니다. 때문에, 이런 사람은 참으로 다루기 까다로운 사람이며 세상 사람들과 보조를 맞출 수 없습니다. 온천탕에 들어가자고 하면 샤워하겠노라고 하고, 산책하자고 하면 참선을 하겠다고 하며, 밥을 먹지 않겠느냐고 하면 빵을 먹겠노라고 합니다. 이런 독립적인 사람이 되면 손을 쓸 방법이 없습니다. 도저히 함께 살기가 어렵습니다. 그러나 다른 사람을 곤란하게 만들기 때문에 측은지심이 없느냐 하면, 꼭 그렇지는 않습니다. 그저 그런 것들에 대해 생각하고 있을 수 없겠지요. 진정으로 독립적인 사람이라고 말할 수 있는 사람들입니다. 모방하는 사람, 혹은 자기 표준이 결여되어있어서 다른 사람과 살아가는 데 모나지 않는 쪽이 안심할 수 있는 대상이라고 말할 사람도 있을 것이다. 하지만 까다롭기는 해도 자기 표준이 있는 것만으로도 인정받을 만하고 존경받을 만한 사람도 있을 것입니다. 과연 어떤 사람들일지는 모르겠지만, 실제로 존경할 수 있는 사람도 있겠지요. 어쨌든 독립적인 사람에게는 인정할 수 있는 부분이 있다고 생각합니다.

　원래 저는 이런 생각을 하고 있습니다. 도둑질해서 징역살이하는 사람, 살인해서 교수대에 오른 사람, 이렇게 법률상 죄가 된다는 것은 덕의상 죄이기 때문에 공적으로 처형당하지만, 그 죄를 저지른 인간이 자신의 마음의 경로를 있는 그대로 나타낼 수 있었다면, 그리고 그것이 다른 사람에게 감명impress을 줄 수 있었다면 모든 죄악이 사라지리라고 생각합니다. 모두 성립하지 않으리라고 생각합니다. 그렇게 생각하도록 만들기 위해 가장 좋은 것은 있는 그대로를 있는 그대로 쓴 소설, 잘 만들어진 소설입니다. 있는 그대로를 있는 그대로 쓸 수 있는 사람이 있다면 그 사람은 어떠한 의미에서 나쁜 짓을 저질렀다고 해도, 있는 그대로를 있는 그대로 숨기지 않고 모조리 묘사할 수 있었다면, 그 사람은 그 모든 것을 묘사한 공덕에 의해 그야말로 성불할 수 있습니다. 법률에 저촉되면 징역을 살아야 합니다. 하지만 그 사람의 죄는 그 사람이 묘사한 대상에 의해 충분히 청산되리라고 생각합니다. 저는 분명히 그렇게 믿고 있습니다. 하지만 그렇다고 세상에 법률 따위가 필요치 않다거나 징역형에 처할 필요가 없다는 의미는 아닙니다. 이런 이치를 좀 더 자세히 설명하면, 옆에서 봤을 때 아무리 미치광이 같고 부도덕한 내용을 썼더라도, 아무리 부도덕하게 풍기를 문란하게 했더라도 그 과정을 전혀 숨기지 않고, 과시하지 않고 깊숙한 내면을 고스란히 묘사할 수 있었다면, 그 사람은 그 사람의 죄가 충분히 사라질 정도로 훌륭한 증명을 보여주었다고 생각합니다. 따라서 앞서 독립된 주의나 표준을 굽히지 않는다는 것이 인정받을 만하다고 말했던 것처럼, 이 경우에도 충분히 인정받을 만하다고 말할 수 있을 것입니다.

이런 식으로 독립적인 사람의 존재는 인정받을 만하고 때로는 존경할 만한 존재일지도 모르지만, 대신 독립 정신이라는 것은 매우 강렬하지 않으면 안 됩니다. 그뿐만 아니라 그 배후에는 대단히 깊은 배경을 짊어진 사상이나 감정이 있어야 합니다. 만약 박약한 배경이 있을 뿐이라면 독립을 헛되이 악용해 그저 세상에 민폐를 끼칠 뿐, 성공은 도저히 불가능합니다.

성공의 의미에 관해서도 설명해둘 필요가 있습니다. 또한 강한 배경이라는 점도 설명이 필요합니다. 강한 배경이라는 것은 과연 무엇일까요. 딱히 특별한 것은 아닙니다. 예를 들어 나라면 내가, 세상의 관습에 반하기로 단언하면서 이를 선언하고 실행합니다. 그때 만약 근본이 없는 일을 한다면 내게 그것이 아무리 필연적인 결과이며 아무리 필요하더라도, 인간으로서 타인에게 전혀 도움을 줄 수 없습니다. 아무런 영향력을 끼칠 수 없습니다. 아무런 영향력을 끼칠 수 없다면 글로 표현된 독립일 뿐입니다. 글로 표현된 독립을 하다가 결국, 글로 표현된 독립으로 죽어야 합니다. 다른 사람에게 아무런 영향을 끼치지 않을 뿐만 아니라 그런 독립은 타인의 감정을 해치고, 법칙이라는 데 일종의 파동을 일으켜 사람들에게 일종의 불쾌감을 자아낼 뿐입니다. 그렇다면 어떤 식의 깊은 배경을 가지고 있어야 할까요. 예를 들어 매우 개인주의처럼 보이는 프랑스혁명, 메이지유신이어도 좋습니다. 도쿠가와 가문이 쇼군이 된 이후, 그다지 기세는 강하지 않았지만 어쨌든 쇼군이 정권을 잡고 있으며 그 위에 천자님天子樣(일본의 덴노[천황]를 가리킴-역주)이 있다고 합니다. 그런데 관습적으로 이어져 내려온 막부라는 것을 뒤집어엎었을 때, 사람의 가슴 속에 있을 동정을 이끌어낼 수 없었다면 성공할 수 없었을 것입니다. 때문에, 무턱대고 독립적이어서는 안 됩니다. 인간의 자각은 계속해서 한 걸음씩 앞으로 나아가기 마련입니다. 한 걸음 늦으면 다른 사람보다 한 걸음 늦게 걸어가야 합니다. 인간은 그럴 만한 시기가 오면 그대로 될 운명을 지니고 있으므로 그보다 한 걸음 앞서 계발해야 합니다. 그것이 강하고 깊은 배경이라고 할 수 있습니다. 그것이 없다면 성공할 수 없습니다.

성공이라는 것에 대해 역사적인 예를 들었는데 오해를 하시면 안 되기 때문에 여기서 가까운 예를 하나 더 들어두고 싶습니다. 학교에 소동이 일어나 그 학교 교장 선생님이 바뀝니다. 오해하지 마셔요. 이 학교는 아닙니다. 그러면 나중에 새로운 교장 선생님이 오겠지요. 그리고 학교의 소동을 진압하려고 할 것입니다. 다양한 고민도 할 것이며 계획도 필요하겠지요. 다양한 쇄신도 이어질 것입니다. 그리고 상황이 잘 진행되면 그 사람은 성공했다고 일컬어집니다. 보통 성공했다고 하면 그 사람의 방식이 쇄신되었거나 개혁되었거나 정리되지 않더라도, 결과만 좋으면 성공했다고 평가되고 훌륭한 사람이 됩니다. 하지만 소동 사태가 더더욱 심각해집니다. 그러면 지금까지 했던 그 사람의 모든 행위가 비난당합니다. 똑같은 일을 똑같이 해도 결과가 좋으면 성공, 결과가 나쁘면 당장 실패로 간주되어 그 사람이 행한 방식은 나쁜 것이 됩니다. 그 사람이 행한 방식의 실제 내용을 보지 않고 결과만 보고 평가합니다. 그 방식 자체의 장단점을 보지 않고 그저 결과만 보고 판단합니다. 이렇게 결과를 보고 성공이나 실패를 말하지만, 제가 말하는 성공이란 그런 단순한 의미가 아닙니다. 가령 그 결과가 비록 실패로 끝났더라도, 좋은 행위를 하고 그것이 공감할 만하고 경탄할 만한 가치 있는 관념을 일으켰다면 그것은 성공입니다. 그런 의미의 성공을 성공이라고 부르고 싶습니다. 십자가에 못이 박혀도 성공입니다. 그다지 좋은 성공이 아닐지도 모르지만, 성공임이 틀림없습니다. 이것은 세속적인temporal 의미로 종교적인 의미는 아닙니다. 노기乃木 씨가 죽었지요? 노기 씨의 죽음은 지성至誠에서 나왔습니다. 하지만 일부에서는 나쁜 결과가 생겨났지요. 노기 씨를 따라 여러 사람이 죽었으니까요. 노기 씨가 죽음을 선택했던 정신을 제대로 이해하지 못한 채, 그저 형식적인 죽음만 흉내 내는 사람이 많았다고 생각합니다. 그런 사람들이 나왔던 것은 좋지 않은 결과지만 설사 그렇다고 해도 노기 씨가 절대 성공하지 않았던 것은 아닙니다. 결과에 다소 바람직하지 않은 부분이 있다손 치더라도, 노기 씨의 행위가 지성의 발로였기 때문에 여러분을 감동시킬 수 있었습니다. 그런 부분으로 인해 저는 성공적이라고 인정할 수 있습니다. 그런 의미에서 성공입니다. 따라서 독립적이 되어도 좋지만, 깊은 배경을 가진 독립이 전제되지 않는 한 성공적일 수 없습니다. 저는 지금 성공이라는 의미를 그런 의미로 말하고 있습니다.

인간이라는 존재에는 두 종류의 색조가 있다고 말씀드렸습니다. 앞서 말씀드린 모방과 독립입니다. 한쪽은 연합된unite 경로를 따라 다른 사람의 흉내를 내거나 법칙에 얽매이는 자입니다. 나머지 한쪽은 자유, 독립의 경로를 통해 갑니다. 이를 통해 인간의 다양성variety이 형성됩니다. 인간이 이런 양면을 모두 지니고 있기는 하지만, 일단 과거에 개정이나 개혁, 쇄신이라는 이름이 붙었던 것들은, 그런 의미에서 독립적인 사람이 나오지 않았다면 불가능했던 일이었을 것입니다. 지식이나 감정, 경험을 나름대로 풍부하게 만들어줄 수 있는 토대가 중요합니다. 만약 그런 것들이 가능하지 않았다고 가정하고 우리의 과거 역사를 돌아보면, 그런 사람이 우리의 경험을 얼마나 풍부하게 해주었는지를 잘 알 수 있습니다. 그런 의미에서 독립이라는 것은 매우 필요한 존재입니다. 제가 지금 모방을 비난하고 있는 것은 아니지만, 만약 인간이 가지고 태어난 고상한 것을 제거해버렸다면 마음의 발전은 불가능했을 것입니다. 마음의 발전은 바로 그 독립이라는 향상심이나 자유라는 감정에서 오는 것이므로 저도 여러분도 이 방면에 대해 수양할 필요가 있습니다. 물론 그것을 굳이 하지 않더라도 살아갈 수는 있습니다.

또한 자신의 내면에서 그에 대한 절실한 요구가 없는데 군이 표면적으로만 특이한 행동을 할 필요도 당연히 없습니다. 오히려 모방으로 끝낼 수 있는 사람은 그렇게 하면 됩니다. 독립적으로 일하고 싶은 사람은 독립적으로 해나가면 됩니다. 독립의 자격을 방치해두는 것은 아까운 일이므로, 만약 그것을 가지고 있다면 그것을 발달시켜 가는 것이 자신을 위해서나 일본 사회를 위해서나 다행스러운 일일 것입니다. 제가 말하고 싶은 것은 이런 이야기입니다.

반복해서 말씀드리지만, 모방이 결코 나쁘다고는 생각하지 않습니다. 아무리 독창적인original 사람이라도 사람들로부터 완전히 벗어나, 자기 자신과 분리되어, 스스로 새로운 길을 걸어갈 수 있는 사람은 단 한 사람도 없습니다. 화가의 그림이라도 항상 새로운 그림만 그릴 수는 없는 노릇입니다. 고갱이라는 사람은 프랑스인인데 야만인이 나오는 묘한 그림을 그립니다. 프랑스에서 태어났지만, 야만인이 사는 땅으로 찾아가 그 정도의 그림들을 그렸던 것입니다. 프랑스에 있었을 당시 다양한 그림을 보았기 때문에 야만인의 땅에 간 이후에도 그 정도의 그림을 그릴 수 있었던 것입니다. 아무리 독창적인 사람이라도 이전에 다른 그림을 보지 않았더라면 이런 힌트를 얻을 수 없었을 것입니다. 힌트를 얻는다는 것과 모방한다는 것과는 차이가 있지만, 힌트도 한 걸음 더 나아가면 모방이 됩니다. 하지만 모방은 계발하는 것은 아니라고 생각합니다.

아울러 모방은 외압적인 법칙이며 규칙이기 때문에 그냥 깨부수는 것이 좋다는 말도 아닙니다. 필요가 없어지면 자연스럽게 훼손될 것입니다. 이익이나 존재 의의에 의해 예상했던 것보다 10년 전에 스스로 무너져버릴 수도 있고 예상 밖으로 10년 후에나 쓰러질 수도 있습니다. 아울러 독창적인 쪽이 먼저 자연스럽게 멸망할지, 모방 쪽이 먼저 멸망할지도 큰 차이가 없습니다. 한쪽만이 나쁘다고 결코 말하고 있지 않습니다. 양쪽 모두 각각 존재할 수 있었던 데는 존재할 만한 이유가 있었을 것이고, 실제로 존재하고 있습니다. 특히 교육을 받는 여러분에게 규칙을 없애면 감당이 안 될 것이다. 또한 군대식 체조 따위도 불가능합니다. 어린아이였을 때는 부모가 하는 말만 듣고 있었지만, 점차 자라서 어른이 되면 독립이라는 것이 자연스럽게 발달합니다. 또한 발달해야 마땅할 시기에 이르게 됩니다. 천편일률적으로 오로지 독립적이어야 한다고 주장하고 있는 것은 아닙니다.

하지만 최근 경향을 보고 세상의 모습을 살펴보면, 대체로 독립적인 것에 찬성합니다. 오늘날 상황을 이유로 학교 규칙을 깔보고 자기 멋대로 하라는 소리가 아닙니다. 그것은 다른 문제입니다. 현재 일본 상황을 보고 어느 쪽에 무게를 둘지를 고민해봤을 때, 독립이라는 쪽에 좀 더 무게를 두고 그런 각오로 앞으로 나아가야 한다고 생각합니다. 일본의 인민은 타인의 흉내를 내는 국민으로 스스로가 자신을 허용하고 있습니다. 그리고 사실 그렇게 되고 있습니다. 과거에는 중국 흉내만 냈지만, 지금은 서양 흉내만 내는 형국입니다. 왜 그럴까요? 서양 쪽이 일본보다 조금 앞서 나갔기 때문에 똑같이 흉내를 내는 것입니다. 여러분 같은 젊은 분들은, 훌륭한 인간이라고 존경하는 사람 앞에 나서면, 자기도 그 사람처럼 되고 싶다고 생각할까요. 글쎄요, 꼭 그렇게 생각할지는 모르겠지만, 만약 그렇게 생각한다고 가정하면, 선배가 지금까지 밟아왔던 경로를 그대로 따라 하지 않으면 그곳에 도달할 수 없을 것 같다는 기분이 들겠지요. 마치 그런 경우처럼, 일본이 서양 앞에 나서면 서양이 간 곳만큼 가기 위해 그 경로를 흉내 내야 한다는 심정이 드는 게 아닐까요. 그리고 사실 그렇습니다. 그렇지만 생각해보면 그렇게 흉내만 내지 말고 이제는 스스로 본격적인 독창성, 본격적인 독립성을 획득할 수 있는 시기를 맞이해도 좋을 것입니다. 그리고 그런 시기가 빨리 와야 할 것입니다.

러일전쟁은 매우 독창적인 것입니다. 독립적인 것입니다. 전쟁이 조금 더 계속되었다면 졌을지도 모릅니다. 적절한 시기에 잘 끝냈습니다. 그 대신 돈은 많이 얻지 못했습니다. 하지만 어쨌든 군인이 독립적이라는 사실은 그것으로 증명되었습니다. 이제는 서양을 상대로 일본이 예술에서도 독립적이라는 사실을 증명해도 좋을 때입니다. 일본은 자칫 공로병恐露病(당시 자연주의를 신봉하는 사람들 사이에서 러시아문학을 높이 평가하는 풍조가 강했던 것을 야유한 표현-역주)을 앓거나 중국 같은 나라도 두려워하고 있지만, 저는 경멸하고 있습니다. 그렇게 무서운 존재는 아니라고 생각합니다. 여러분을 격려하기 위해 하는 말이 아닙니다. 아울러 일본인은 잡지 등에 나오는 사소한 작품을 보고 서양의 것과 거의 비교가 되지 않는다고 말하는데 그것은 거짓말입니다. 제가 쓴 소설도 잡지에 나오는데 그것을 말하는 것은 아닙니다. 오해하시면 곤란합니다. 제 작품 이외의 것 중에서, 문단의 훌륭한 사람들이 쓴 것은 대체로 훌륭합니다. 절대 나쁘지 않습니다. 서양 작품과 비교해 손색이 없습니다. 그저 세로로 읽느냐, 가로로 읽느냐의 차이가 있을 뿐입니다. 가로로 읽으면 무척 뛰어난 것처럼 보인다는 것은 오해입니다. 스스로 나름대로 독창성을 가지고 있으면서 정작 자신의 독창성을 깨닫지 못한 채 서양 것이라면 무조건 격찬을 아끼지 않고 있습니다. 조금 더 독립적이 되어 서양을 해치워버릴 정도까지는 되지 않더라도, 조금만 더 모방을 자제했으면 좋겠습니다. 예술적으로만 그런 것은 아닙니다. 저는 문예와 관계가 깊어서 어쨌든 문예 쪽에서 예를 들고 있지만, 다른 방면에서도 결코 서양을 따라잡지 못할 것은 없습니다. 돈의 문제에서는 따라잡지 못할지도 모르지만, 두뇌의 문제라면 그렇지 않다고 생각합니다. 여러분도 대학에 들어가서 더더욱 독립적이 되어, 새로운 방면에서 진정으로 새로운 사람이 되어야 합니다. 과거를 되풀이하는 새로운 것이 아니라 진정으로 새로운 것이어야 합니다.

요컨대 어느 쪽이 더 중요할지를 생각하면, 결국엔 양쪽 모두가 중요합니다. 인간에게는 겉과 속이 있습니다.

저는 저를 나타내고 있는 동시에 인간을 나타내고 있습니다. 그것이 인간입니다. 양면을 가지고 있지 않으면 인간이라고 일컬어질 수 없을 것입니다. 그저 지금 당장 어느 쪽이 중요한지를 생각해보았을 때, 다른 사람과 하나가 되어 타인의 뒤를 따라가는 사람보다, 스스로 뭔가를 하고 싶은 사람 쪽이, 현재의 일본 상황을 돌아보았을 때 귀중한 존재라고 생각하고 있을 뿐입니다.

문부성에서 주최한 미술전람회를 봐도, 아무래도 그쪽 방면이 결여되어있는 것처럼 보이기 때문에 특히 그런 점에 중점을 두고 참고해주십사 말씀드렸습니다(제1고등학교 교우회잡지에 실린 필기에 의한다).

무제

–1914년(다이쇼 3년) 1월 17일
도쿄공업고등학교東京工業高等學校에서의 강연

제가 이 학교는 오늘 처음 왔지만, 강연은 이번에 처음으로 의뢰를 받았던 것은 아닙니다. 2~3년 전 다나카田中 씨로부터 의뢰를 받았습니다. 그때 부탁을 하러 와주었던 사람은 이미 졸업하셨겠지요. 그 이후 10여 차례 의뢰를 받았지만 모두 거절했습니다. 거절하는 것이 재미있어서가 아니라 어쩔 수 없이 거절해야 할 상황이었습니다. 하지만 이 어쩔 수 없는 일이 거듭 이어지다 보니 딱한 마음이 들어서 결국 오늘 여기로 왔습니다. 말하자면 끈기를 겨루다 끈기가 다해 나온 형국입니다. 따라서 재미있는 이야기를 할 수 있을지도 걱정스럽습니다. 지금부터 어쨌든 한 시간 정도 이야기를 하겠습니다. 그런 까닭에 제목 같은 것도 없습니다.

제 전공은 여러분과 완전히 다릅니다. 이런 기회가 아

니라면 서로 얼굴을 마주할 일이 없겠으나, 그래도 과거 저는 공업 부문에 속하는 전문가가 되려고 했었던 적이 있습니다. 저는 건축가가 되려고 했습니다. 대단한 문제는 아니지만, 이야기가 나온 김에 그 이유에 대해 말씀드리도록 하겠습니다.

아직 어린 시절의 저는, 돈이 없었기 때문에 스스로 돈을 벌어 먹고살아야 한다는 사실은 알고 있었습니다. 바쁘지 않고 시간을 너무 쏟지 않으면서 밥벌이를 할 수 있는 일에 대해 많은 생각을 했습니다. 훌륭한 기술만 있으면 괴짜든 완고한 사람이든 사람들이 일거리를 주리라고 생각했습니다. 사사키 도요佐々木東洋라는 의사가 있습니다. 무척이나 괴짜 의사여서 환자를 마치 장난감이나 인형처럼 다루는 붙임성 없는 사람입니다. 그래서 찾는 이가 없을까요? 신기할 정도로 사람들이 찾아와 문전성시 상태입니다. 그토록 붙임성 없는 사람이 그토록 잘나가는 것은 역시 기술이 있기 때문이라고 생각했습니다. 그래서 건축가가 되면 저도 문전성시를 이루리라고 생각했습니다. 고등학교 다니던 시절의 일인데 절친한 친구로 요네야마 야스사부로米山保三郎라는 사람이 있었습니다. 요절한 친구인데 이 친구가 저를 타일렀습니다. 세인트

폴 대성당 같은 곳은 일본에서는 인기가 없을 것이다. 변변치 않은 집을 짓느니 차라리 문학자가 되라고 말했지요. 당사자에게 문학자가 되라고 말한 것은 본인이 상당히 제 재능에 대해 자신감이 있었기 때문이었겠지요. 그래서 저는 건축가가 되겠다는 생각을 그냥 접었습니다. 저는 돈을 벌고 문전성시를 이룰 생각, 완고하고 괴짜여도 가능한 방법에 관한 생각뿐이었기 때문에 요네야마는 저보다 무척 훌륭하다는 생각이 들었습니다. 두 사람을 비교해보면 제가 너무도 하찮은 사람으로 여겨졌기 때문에 그때까지 가지고 있던 생각을 접어버렸던 것입니다. 그리고 문학자가 되었습니다. 그 결과는, 글쎄요, 잘 모르겠습니다. 아마 죽을 때까지 모르겠지요. 그래서 저와 여러분과는 전공 분야가 결국 다르지만, 이 모임은 문예 모임으로 베르그송 같은 사람도 다룬다기에 다소나마 공통된 부분도 있을 거라고 여겨집니다. 그래서 저도 여기서 이야기를 하게 된 것입니다. 강연이라고 하면 서양인 이름 따위가 자주 나와서 알아듣기 어렵다는 사람도 있지만, 제가 오늘 하는 이야기에는 외국 사람 이름이 전혀 나오지 않습니다.

저는 일찍이 어떤 곳(아사히신문사 주최로 와카야마에서 열린 강연을 말한다-역주)에서 의뢰를 받아 강연했을 때 '일본 현대의 개화'라는 제목(정확하게는 '현대 일본의 개화'라는 제목이며, 이 책에 실려있다-역주)으로 이야기를 했습니다. 오늘은 제목이 없습니다. 잘 모르겠다는 생각 때문에 준비를 하지 못했습니다.

지난번에 강연할 때 개화의 '정의definition'를 내렸습니다. 개화란 '인간의 활력(에너지energy)의 발현 경로'로 그 활력이 두 가지 상반된 방향으로 뻗어간 후 서로 뒤엉켜 만들어졌다고 보았었지요. 때문에, 두 가지 상반된 활력 중 하나는 '활력 절약의 행동'이라고 해서 '에너지'를 절약하려는 우리의 노력, 다른 하나는 활력을 소모하려고 하는 경향, 즉 '활력 소모의 취향consumption of energy'입니다. 이 두 가지가 개화를 구성하는 커다란 '요소factors'이며 이것 이외에는 아무것도 없지요. 때문에, 이 두 가지는 개화의 '요소'로 '필요충분한sufficient and necessary' 조건입니다.

우선 활력을 절약하려고 하는 노력은 다양한 방향으로 표출되는 데 우선 거리를 좁히거나 시간을 절약합니다. 손으로 하면 1시간 걸릴 일도 기계로 하면 30분이면 충분하지요. 혹은 손으로 하면 1시간 걸려 고작 한 개 정도 만들 수 있었지만, 기계로 하면 열 개든 스무 개든 얼마든지 만들지요. 그래서 우리 생활에 편의를 도모해줍니다. 이것이 여러분의 전공이 되겠습니다. 그 외의 '요소', 즉 '활력 소모의 취향'의 노력은 적극적인 것입니다. 어떤 성향의 사람은 국력 등을 고려해 자칫 소극적인 것으로 오해해버리는 문학, 미술, 음악, 연극 등은 이 방면에 속합니다. 이런 것들은 없어도 되는 것이지만, 있으면 좋은 것입니다. 이런 것들은 나머지 한쪽에서 절약해 남은 '활력'을 이쪽으로 잡아당기기 때문에 어찌 보면 억지가 강한 편입니다. 만약 우리가 이 방향으로 향해간다고 칩시다. 이 방향에서 보자면 시간이나 거리 따위는 전혀 고려하지 않습니다. 비행기처럼 빠를 필요도 없고 굳이 견고하지 않아도 되며 숫자로 밀어붙일 필요도 없습니다. 평생 비록 하나만이라도 양질의 것을 쓸 수 있으면 됩니다. 즉 저희와 여러분은 이토록 반대입니다. 두 가지 것의 성질을 개괄해서 말하면 여러분 쪽은 규율에 따라 진행되고 저희 쪽은 규율 없이 진행됩니다. 대신 보수는 극히 좋지 않습니다. 부자가 될 사람, 되고 싶은 사람은 규율에 복종해야 합니다. 여러분 쪽은 '기계적 과학mechanical science'의 응용이고 저희는 '정신적인mental' 것이기 때문에 유리할 것 같지만, 실은 매우 손해를 보고 있습니다.

하지만 여러분은 자유가 적지만 저희는 자유라는 것이 없으면 일을 할 수 없습니다. 다시 말해 여러분은 일에 복종해서 자아라는 것을 없애야만 합니다. 각자 자기 마음대로 각각의 방면으로 가버리면 일을 할 수 없습니다. 하지만 저희는 자아를 발휘하지 않으면 오히려 아무런 일도 할 수 없습니다.

　여러분 쪽에서 하는 일을 살펴보면 '보편적인universal' 성질을 가지고 있습니다. 저희 쪽은 '보편적인' 것이 아니라 '개인적인personal' 성질을 가지고 있습니다. 그뿐만 아니라, 부연해보면 여러분은 우선 공식을 머릿속에 넣은 후 그에 대한 '응용application'을 필요로 합니다. 이것은 인간이 생각해낸 것이 틀림없지만, 제가 이것이 싫다고 해도 양해를 얻을 수는 없습니다. '보편적'이라는 것은 '개성personality'이라는 개인으로서의 인격이 아니라, '개성'을 '제거할eliminate' 수 있는 일입니다. 이 철도를 누가 부설했는지, 아마추어에게는 그다지 참고가 되지 않습니다. 이 강당을 누가 만들었더라도 큰 문제가 되지는 않습니다. 저기에 매달려있는 램프 혹은 전기 따위에는 아무런 '개성'도 없습니다. 즉 자연의 법칙을 '적용apply'시켰을 뿐입니다.

그렇다면 우리의 문예는 법칙을 완전히 무시하고 있을까요? 실은 그렇지도 않습니다. 베르그송의 철학에는 일종의 법칙 비슷한 어떤 것이 있습니다. 프랑스에서는 베르그송을 토대로 프랑스의 문예가 최근 대두되고 있습니다. 그러나 우리 쪽에서는 '섹스sex'의 문제라든가 '자연주의naturalism'라든가 세간에 널리 알려진 법칙 등에서 출발하고자 할 때, 그 '추상abstraction'의 윤곽을 그려, 그 안에 내용을 밀어 넣는 것으로는 큰 의미가 없습니다. 내부에서 자연스럽게 우러나온 것이 아니기 때문입니다. 일부러 준비해놓은 것이 됩니다. 즉 이쪽 방면에서는 '추상'에서부터 출발할 수 없습니다. 만약 그렇다면 문학자가 만든 것에서 하나의 법칙을 '추출reduce'하는 것은 불가능할까요? 아니요, 가능합니다. 하지만 그것은 작가가 자연스럽게 쓴 작품을 타인이 읽고 그것에 '철학적philosophical' 해석을 부여했을 때 그 작품 속에서 포착된 것입니다. 애초부터 법칙을 만들고 거기에 살을 붙이는 것이 아닙니다. 우리 쪽에서도 때로는 법칙이 필요합니다. 어째서 필요할까요. 그것으로 인해 작품의 '깊이depth'가 생겨나기 때문입니다. 여러분의 법칙은 '보편적인' 것이지만, 저희의 경우 '개성적인' 것 깊숙이에 '법칙law'이 있습니다. 왜냐하면 이미 만들어진 작품을 읽는 사람들의 머리와 머리 사이를 잇는 공통된 것이 있을 경우, 거기에 '추상적인' '법칙'이 존재한다는 증거가 발견될 것입니다. '개성적인' 것이 '보편적인' 것이 아니어도 1백 명이든, 2백 명이든 독자를 얻었을 때 그 독자의 머리를 잇는 공통적인 것이 없어서는 안 될 것입니다. 이것이 즉 하나의 '법칙'입니다.

문예는 '법칙'에 의해 '지배govern'당해서는 안 됩니다. '개성적인' 것이어야 합니다. '자유free'가 중요합니다. 그렇다면 완전히 안하무인일까요. 전혀 그렇지 않습니다.

이렇게 여러분의 출발점과 우리 문예가들의 출발점은 서로 다릅니다.

그 대상의 성질 측면에서 말하자면, 우리 쪽의 것은 '개성적인'인 것으로 작품을 보고 그것을 만든 사람에 대해 생각이 미칩니다. 전차의 궤도는 누가 깔았는지를 고려할 필요가 없지만, 예술가의 작품은 누가 쓴 것인지가 당장 문제가 됩니다. 따라서 제 작품에 대한 정서가 이에 옮겨가고 작품에 대한 감정이 작가에게로 옮겨갑니다. 또한 좀 더 발전해 작가 자신에 대한 감정이 되면서 결국 도덕적 문제가 됩니다. 그런 연유로 당연히 작품으로부터만 얻을 수 있어야 할 감정이 작가에게 미쳐, 결국에는 '공평 justice'이라는 것이 없어지며 무조건적 지지자, 후원자라는 존재가 생겨납니다. 예술을 하는 사람들에게는 이런 일방적인 지지자, 후원자가 특히 엄청납니다. 스모 같은 경우도 그렇습니다. 제 친구 중 스모를 좋아하는 사람이 있는데, 이 사람은 이긴 편을 좋아한다고 말합니다. 이 친구 같은 경우는 정의롭고 공평한 친구라서, 결코 특정한 사람만 편들지 않습니다. 누군가의 지지자가 되면 이런 식은 불가능합니다. 예술의 완성도를 떠나 그 당사자가 문제가 되는 경우는 스모나 무대 배우들에게 많습니다. 문학 작품의 경우에는 그 정도는 아닌 것으로 보입니다.

예술이나 문예는 이토록 '개성적'입니다. '개성적'이기 때문에 자기 자신에 무게를 두는 것이지요. 자기 자신이 없어지면 당연히 더는 '개성적인' 것일 수 없게 되는데, 그러면 예술은 끝장이 납니다.

여러분이 소중히 할 것은 자기 자신이 아니라 능숙한 솜씨입니다. 능숙한 솜씨만 있다면 능사필, 해야 할 일을 마침내 끝냈다고 해도 좋습니다. 공장에서는 인간이 쓸데없이 많이 있어도 그 인간은 기계의 일부분이나 마찬가지입니다. '기계적인mechanical' 솜씨, 기계보다 능숙하게 기능할 수 있는 실력이 필요합니다. 하지만 우리 쪽에서는 인간이 중요합니다. 사회적으로 말할 때는 서로 똑같이 사회의 일원이지만, 여러분 전공과 비교해 인간이 중요해집니다.

그런데 여기에 기술과 관련된 사람도 아니고 두뇌와 관련된 사람도 아닌 일종의 사람이 있습니다. 자본가라는 존재가 그렇습니다. 이 '자본가capitalist'가 되면 기술도 인간도 중요하지 않고 그저 돈이 중요합니다. '자본가'에게서 돈을 빼면 제로가 됩니다. 마찬가지로 여러분에게서 기술을 빼면 아무것도 남지 않습니다. 제 분야는 기술이나 돈을 빼도 상관이 없지만, 인간을 빼면 그야말로 큰일이 납니다.

여러분 쪽에서는 기술과 자연 사이에 아무런 모순도 존재하지 않습니다. 그러나 제 분야에서는 모순이 존재합니다. 다시 말해 얼마든지 속임수를 쓸 수 있습니다. 슬프지도 않은데 울거나 기쁘지도 않은데 웃거나, 화가 나지도 않는데 성을 낼 수 있습니다. 이런 강단 위에 서서 여러분에게 잘난 척하는 것도, 글쎄요, 어느 정도까지는 성공할 수 있습니다. 이것은 일종의 '아트art'입니다. '아트'와 인간 사이에는 거리가 생겨서 모순이 발생하기 쉽습니다. 여러분도 '아트'로 술수를 부려본 적이 많이 있습니다. 즉 (지금처럼 제 이야기가) 졸리지만 졸리지 않은 체하는 것도 그런 일례입니다. 이처럼 '아트'는 대단한 것입니다. 우리 입장에서 '아트'는 두 번째이고 인격이 첫 번째입니다. 공자님이 아니라고 인격이 없는 것은 아닙니다. 인격이라고 해서 대단한 것도 아닌가 하면, 대단하지 않은 것도 아닙니다. 개인의 사상이나 관념을 중심으로 생각한다는 의미입니다.

한마디로 말해 문예가가 하는 일의 본체, 즉 '본질 essence'은 인간이며 다른 것은 부속품, 장식품입니다.

이런 견지에서 세상을 둘러보면 재미있어집니다. 물론 이렇게 말하는 것은 저뿐일지도 모르지만, 세상은 자신을 중심으로 생각해야만 합니다. 물론 부모가 저를 낳았고, 부모는 또 그 부모에게서 태어났습니다. 저라고 하는 사람이 혼자 덩그러니, 나무에서 뚝 떨어진 존재는 아닙니다. 그래서 이런 문제가 대두됩니다. 인간은 자신을 통해 조상을 후세에 전할 방편으로 살아가고 있는 것인지, 혹은 자신 그 자체를 후세에 전달하기 위해 살아가고 있는 것인지. 이것은 그 어느 쪽이든 상관없는 일이긴 하지만 어떻게 해석하느냐에 따라 두 가지로 나뉠 수 있습니다. 부모가 죽었기 때문에 그를 대신해서 살아가고 있다고도 해석할 수 있고, 그게 아니라 자신 스스로 살아가고 있기에 부모란 이런 자신을 낳기를 위한 방편이며 자신이 사라져버리는 것이 불쌍하므로 자식에게 스스로를 전해주었다는 식으로 생각해도 무방합니다. 조금 비합리적이긴 하지만, 이 논법으로 말하면 예술가 처지에서 과거의 예술을 후세에 전하기 위해 살아간다는 태도는 역시 필요하겠지요. 특히 고전 무대예술이나 예능 따위는 좋은 예입니다. 회화에도 그것이 있습니다. 가노 모토노부狩野元信(일본 굴지의 유파인 가노파를 대표하는 화가-역주)를 위해 살아가고 있는 것이지 결코 나를 위해 살아가는 것이 아니라는 간판을 건 사람도 많이 있습니다. 이것이 바로 자신을 죽여 '인仁'을 이룬다는 것이겠지요. 그러나 '개성'이라는 논법에서 생각하면 이것은 문제가 되지 않습니다. 이런 사람은 제쳐두고 진정으로 자각하면 어떨까요. 즉 '개성'에서 출발하려고 하면 어떨까요? 가노 모토노부를 위해 살아가는 것을 그만두고 자기 자신을 위해 살아가 보면 어떨까요? 세상에는 완전히 똑같은 일은 결코 다시는 일어나지 않습니다. '과학'에서는 어떤지 잘 모르겠지만, 정신세계에서는 완전히 똑같은 경우가 다시 일어나지는 않습니다. 때문에, 아무리 과거를 지켜내려고 해도 과거로는 결코 돌아갈 수 없습니다. 또 다른 하나는 과거로 돌아가는 것이 아니라 새로운 '출발departure'을 하는 것입니다. 이런 것들에 의해 '본질적essential'인 '개성'을 발휘할 수 있습니다.

과거의 예술 형식을 전달하는 문예가나 미술가도 필요할지 모르겠지만, 인간의 본분이라고 모든 사람이 자각해야 합니다. 이 점이 중요한 대목이기 때문에 충분히 설명해야 하겠지만 오늘은 시간이 없어서 이것으로 마치겠습니다.

여러분과 저와의 직업적 차이점에서 출발해 제 분야의 내용을 상세히 말씀드렸습니다. 제가 말씀드린 내용은 동시에 여러분 쪽에도 어느 정도까지는 응용가능할지도 모르겠습니다. 물론 문예부 모임이기 때문에 응용이 되지 않더라도 뽐내면서 그렇게 말할 권리가 있습니다. 그러나 개인적으로든 직업상으로든 여러분에게 참고가 되었다면 저로서는 무척 기쁠 것입니다. 이상입니다(도쿄고등공업학교東京高等工業学校 교우회 잡지에 실린 약기略記에 의한다).

교육과 문예
-1911년(메이지 44년) 6월 18일
나가노현회의사원長野県会議事院에서의 강연

　저는 뜻하지 않게 이전부터 이곳 교육회의 초대를 받았습니다. 대략 한 달 전에 통지가 있었는데, 저는 좀 더 시일이 다가와 봐야 참석할 수 있을지를 알 수 있으므로 바로 답변을 드릴 수가 없었습니다. 하지만 너무 간곡히 초대를 해주셔서 참석하는 것이 도리라고 생각해 얼굴이라도 내민다는 심정으로 이곳에 왔습니다. 특별히 재미있는 강연을 할 수 없을 듯합니다. 앞서 말씀드린 대로, 참가하는 것이 도리라고 생각해온 것이라고 할 수 있겠습니다.

　이런 교육회 회장에서의 강연 경험이 없어서, 강연 제목을 정하는 데 난처했습니다. 하지만 모임의 명칭이 교육회이고, 강연할 저는 문학과 관련된 인간이기 때문에 '교육과 문예'로 하는 것이 좋으리라고 생각해서 이런 제목으로 결정했습니다. '교육과 문예'라는 것은 여러분이 주인이시기 때문에 일부러 교육을 앞에 두었습니다.

자주 오해되는 경우가 있는데 그런 일이 있어서는 안 되기 때문에 미리 주의사항을 말씀드리겠습니다. '교육'이라고 하면 주로 학교교육인 것처럼 간주했는데, 지금 제가 교육이라고 말한 것은 사회교육 및 가정교육까지도 포함한 것입니다.

아울러 제가 여기서 말하는 이른바 문예는 문학입니다. 일본에서 문학이라고 하며 우선 소설·희곡을 생각합니다. 순서는 반대지만 광의의 교육, 특히 덕육德育과 문학 방면, 특히 소설·희곡과의 연관 관계에 관해 이야기하겠습니다. 일본에서의 교육을 과거와 현재로 구별해서 서로 비교해보면, 과거의 교육은 일종의 이상을 세우고 그 이상을 꼭 실현하려고 하는 교육입니다. 예를 들어 충이나 효 같은 일종의 추상적 개념을 이상으로 삼은 후, 그것이 실제로 이 세상에 있을 수 있다고 간주했던 것입니다. 즉 공자를 본가로 삼아, 기실은 전혀 공자님 말씀대로 되지 않더라도 어쨌든 그것을 목표로 삼아 나아가는 것입니다.

좀 더 상세히 말씀드리면 성인은 공자, 부처님은 석가

모니입니다. 열녀·정녀貞女·충신·효자도 일종의 이상 그 자체이지요. 세상에 실제로 거의 있을 수 없는 이상적인 예를 들며 나아가야 했습니다. 아이들이 말을 안 들을 때 부모는 『이십사효』(효행이 탁월한 인물 스물네 명의 예를 든 중국 서적-역주)를 들먹이며 아이를 훈계하지요. 아이들은 기가 막혀 말을 잇지 못하는 상황이었습니다. 결국 과거엔 윗사람에게는 속박이 없고 윗사람이 아랫사람만 속박하려 했던 것입니다. 이것은 좋지 않습니다. 자식에 대해 부모가 가졌던 이상은 존재하지만, 자식이 부모에 대해 이상을 가지지 않았지요. 아내가 남편에게, 신하가 군주에게 이상이 없었습니다. 즉 충신, 열녀 따위를 완전한 존재로 간주해 효자는 부모만, 충신은 군주만, 열녀는 남편만 생각했지요. 참으로 훌륭합니다. 원인은 과학적 정신이 부족했기 때문에 그런 이상을 비판하지 않고, 음미하지 않고 그냥 그것을 행했기 때문입니다. 그리고 과거엔 계급제도가 엄격했기 때문에 과거의 영웅호걸이 무척 훌륭한 사람인 것처럼 보였고 자신보다 윗사람도 너무 훌륭한 존재였습니다. 동시에 고인이 여전히 세상에 존재할 수 있다는 신앙이 있었기 때문이지요. 또 하나의 원인은 지역적으로 멀리 떨어져 있어서 눈으로 직접 좀처럼 볼 수 없었기 때문에 멀리 떨어진 곳에 사는 사람은 무척 확대·과장해서 생각하는 경향이 있었습니다. 오늘날에는 교통이 편리해서 그렇지도 않습니다. 저처럼 하찮은 사람도 여기저기로 나가지 않으면 대가로 보일지도 모릅니다.

한편 당시엔 이상을 눈앞에 두고, 자신의 그런 이상을 실현하고자 일종의 '감격'을 우선시했기 때문에 일종의 '감격교육' 형태가 되었습니다. '지知' 쪽이 주主가 아니라 영감inspiration이라고도 말할 수 있는 '정서 교육' 양상을 보인 것이지요. 뭐든지 할 수 있다고 생각하는 '정신일도하사불성精神—到何事不成'을 사실이라고 생각했거든요. 의기가 하늘을 찔렀다거나, 분노는 하늘을 찔렀다거나, 해와 달처럼 밝아야 한다거나, 이런 표현을 옛날 사람들은 자주 사용했지요. '감격적'이라는 말은 이런 양상으로 '정서적 교육'이었기 때문에, 일반인의 생활 상태도 감정적emotional이었고 '노력주의'였습니다. 그런 교육을 받은 사람은 앞서 말한 대로 '감격적'인 양상을 보였는데 사회는 과연 어땠을까요. 매우 엄격해서 일말의 잘못도 허용하지 않았습니다. 조금이라도 변명할 여지가 없게 되면 삭발하거나 할복을 합니다. '감격주의', 즉 사회의 본능에 의한 것이었으며 전반적으로 일본에서 중요한 부분이었습니다.

하지만 메이지 시대가 되자 무척 양상이 달라졌습니다.

메이지유신 이후 40여 년간의 역사를 살펴보면 과거에는 이상에서 출발했던 교육이 지금은 사실에서 출발하는 교육으로 변화되는 중입니다. 사실에서 출발하는 쪽은, 이상은 있지만 실행이 불가능하며, 인간은 개념적 정신에 의해 성립하지 않고 애당초 표리가 있는 존재라고 파악합니다. 이런 사고방식으로 사회는 물론 자기 자신도 교육하는 것입니다. 과거에는 공적으로나 사적으로나 하나같이 효를 매우 강조했습니다. 하지만 지금은 한쪽에 효가 있다면 다른 한쪽에는 불효가 있다고 생각합니다. 즉 과거에는 일원적, 지금은 이원적입니다. 모두 효나 충으로 관철할 수는 없습니다. 이것은 상상의 결과입니다. 과거의 감격주의에 반해 오늘날의 교육은 그것을 상실한 교육입니다. 서양에서는 '망상에서 깨어나다'라는 말이 있습니다. 일본에서는 의미가 약간 다르지만, '미몽을 깨우치다disillusion', '눈을 뜨다'라는 의미겠지요. 어째서 과거에는 그랬을까요. 여담이지만 독일 철학자는 개념을 만들고 정의를 만들었지요. 그러나 순사의 개념으로 하얀 옷을 입고 사벌sabel(군인이나 경찰이 허리에 차던 칼-역주)을 차고 있다고 정해버리면 곤란해집니다. 순사

중에는 일본 전통 복장에 허리띠를 차는 일도 있거든요. 정의로 고정해버리면 세상일이 잘 이해가 안 가는 경우가 있다고 프랑스 학자도 말하고 있지요.

사물은 항상 변해갑니다. 세상도 항상 변해가지요. 그래서 공자라는 개념을 확정해 이것을 이상으로 삼아왔지만, 나중에 이것이 잘못된 것이었음을 깨닫는 경우도 생겨납니다. 이런 변화는 어째서 일어났을까요. 물리·화학·박물博物 등의 과학이 진보해 사물을 잘 보고 연구하기 때문입니다. 이런 과학적 정신을 사회에도 응용하게 된 것입니다. 또한 계급도 없어지고 교통도 편리해졌습니다. 이런 여러 가지 사정으로 인해 결국 오늘날과 같은 사상으로 변화된 것이지요.

도덕적으로 옛사람이 조금도 허용하지 않았던 일들을 요즘 사람들은 상당 부분 허용합니다. 제멋대로 구는 것도 용서해주지요. 사회가 관대해지면서 필경 도덕적 가치의 변화라는 것도 가능해졌습니다. 요컨대 자신이라는 개성을 발휘해 단점이나 결점을 일일이 드러내는 일을 아무렇지도 않게 생각합니다. 그리고 무리한 일이 없어지지요. 옛날에는 실패를 인정하지 않고 억지를 부리곤 했지요. 가혹한 일도 견뎌냈습니다. 지금은 그것이 점점 없어져서 자신의 약점을 그다지 두려워하지 않고 세상에 드러내는 일을 아무렇지도 않게 생각합니다. 그래서 과거 사람들의 폐해는 어떤 것이었는지를 생각해보면 다소 거짓된 구석이 있었습니다. 오늘날의 사람들은 정직해서 자신을 속이지 않고 그대로 드러냅니다. 이런 식으로 관용적 정신이 발달해왔던 것입니다. 그리하여 사회 역시 이것을 허용하게 되었습니다. 과거에는 한 번 사회에서 매장된 사람은 좀처럼 회복할 수 없었는데 오늘날에는 '타인의 소문도 75일까지'라는 말이 있듯이 관대해졌습니다. 사회의 제재가 느슨해졌다고 말할지도 모르지만, 한편으로 생각해보면 실제로 그런 결점이 있을 수 있음을 이원적으로 인정하고 이에 관용적 태도를 보이게 되었기 때문입니다. 이제는 무리한 일을 밀어붙이지 않게 되었고 개념의 속박이 없어졌으며 사실이 있는 그대로 드러나게 되었습니다. 과거 스파르타 교육에서는 이런 이야기가 나옵니다. 여우를 감추었는데 결국 그 여우가 자신의 내장을 할퀴고 파헤쳐도 계속 침묵을 지켰다는 이야기지요. 오늘날에는 이토록 무리하게 태연한 척하는 경우는 없어졌습니다. 오늘날 교육의 결과, 자신의 단점조차 노골적이고 정직하게 타인에게 드러내고,

이에 대해 별반 치욕적으로 느끼지 않게 되었습니다. 이것은 '사실'이라는 우선적 원칙이 결코 '일원적'이지 않다는 사실을 사전에 허용해주었기 때문입니다. 우리 집에 젊은이들이 자주 찾아옵니다만, 그 학생들이 돌아간 후 편지를 보내줍니다. 그중에는 우리 집을 방문할 때 과감히 들어갈지 아니면 뒤돌아설지를 한동안 망설였다는 사람이 있습니다. 가능하면 제가 집에 없기를 내심 빌었다고 내용도 있고, 심지어 차라리 제가 만나지 않겠노라고 말해주길 원했다는 노골적인 내용이 적혀있습니다. 과거에 제가 서생이었을 시절에는 어떤 사람을 방문했을 때 설령 부재중이길 원했다고 해도, 차마 그런 내용을 당사자 앞에서 대놓고 고백하지 못했습니다. 그렇게 정직하고 실제적인 일은 절대 하지 않았던 것이지요. 무리하게 참으며 태연한 척, 당당한 척을 하면서 타인 앞에서도 이것을 자랑삼아 떠들어대곤 했습니다. 감격적 교육 개념에 사로잡힌 '훈화'가 정직하지 못하고 억지로 참는 인간을 만들어냈던 것입니다.

한편 문학을 크게 나누어 고찰해보면 로맨티시즘과 내추럴리즘의 두 종류로 파악할 수 있습니다. 전자는 적당한 번역어가 없으므로 제가 만든 낭만주의라는 표현으로 바꿔놓았고, 후자인 내추럴리즘은 자연파라고 칭하고 있습니다. 이 두 가지를 앞서 나온 교육과 대조해 말씀드리면 로맨티시즘과 과거의 덕육, 즉 개념에 사로잡힌 교육은 그 특징이 비슷합니다. 내추럴리즘은 사실을 중심으로 하는 오늘날의 교육과 일맥상통하는 측면이 있습니다. 이전에 문예는 도덕을 뛰어넘는다는 논의가 있었고 이에 대해 논했던 대가도 있었지만, 이것은 대단한 오류입니다. 도덕과 문예는 접촉하지 않는 측면도 있지만, 대부분은 서로 중첩됩니다. 드물지만 논리와 예술이 양립할 수 없는 경우가 있습니다. 즉 어느 한쪽을 포기하지 않을 수 없는 경우가 없다고는 할 수 없습니다. 예를 들어 제가 이 책상을 밀고 있다가 어느새 이 책상과 함께 단상에서 떨어졌다고 칩시다. 단상에서 떨어졌다는 사실에 대한 반응으로, 여러분은 분명 웃을 것입니다. 하지만 논리적으로 말씀드리면, 사람이 떨어진 마당에 웃음이 나올 리 없습니다. 일단 딱하다는 동정심을 응당 느껴야 합니다. 심지어 저처럼 초대를 받아 여기까지 온 사람에 대한 예의가 있으니, 웃는 것은 분명 비윤리적입니다. 하지만 웃는다는 것과 딱하다고 생각하는 것, 어느 쪽인가를 버려야만 하는 경우, 골계적 취미를 중시하여 이를 보고 즐기는 것은 일종의 예술적인 시각입니다. 하지만 제가 뇌진탕을 일으켜 쓰러져 버렸다고 칩시다. 여러분의 웃음은 분명 윤리적인 동정으로 변할 것임이 틀림없습니다. 이런 식으로 어느 정도까지는 예술과 윤리가 서로 어긋나는 부분이 있지만, 최후 혹은 그 바탕에는 윤리적 허용이 있어야만 합니다. 따라서 소설·희곡의 제재는 70퍼센트까지 덕의적 비판에 호소해 취사선택 됩니다. 사랑을 표현하는 데 있어서 낭만주의의 경우라면 길을 가다 그저 얼굴만 스쳤을 뿐인데도 당장 연정이 생겨나 맹목적인 사랑에 빠지거나 절름발이가 되거나 해서 번민하고 고뇌에 빠진다는 상황이 됩니다. 그러나 이것은 실제로는 있을 수 없는 일이지요. 그런 부분이 '감격파'의 소설로 어떤 정서를 과장해 추상적 이상을 구체화한 것을 만들어낸 것이라고 할 수 있습니다. 사실에서 멀리 벗어나 있지만, 감격스러운 요소가 풍부한 것이 특징입니다.

로맨티시즘의 도덕은 대상을 크고 위대하게 느끼게 합니다. 내추럴리즘의 도덕은 자기 결점을 폭로시킬 수 있는 정직하고 깜찍한 구석이 있습니다.

로맨티시즘의 예술은 정서적·감정적이어서 타인을 크고 위대하게 느끼게 해줍니다. 내추럴리즘의 예술은

이지적이어서 정직하게 실제를 생각하게 만듭니다. 즉 문학적으로 봤을 때 로맨티시즘은 거짓을 전하지만, 동시에 사람의 정신이 위대하다거나 숭고한 현상을 인정하게 만들기 때문에 사람의 정신을 미래에 결합합니다. 내추럴리즘은 제재를 다루는 방법이 정직하고 현재의 사실을 발휘시키는 데 힘쓰기 때문에 인간의 정신을 현재에 결합시킵니다. 예를 들어 인간을 처음부터 불완전한 대상으로 보고 타인의 결점을 평한 것입니다. 로맨티시즘은 본인보다 위대한 대상을 제재로 다루기 때문에 감격적이긴 하지만, 그 제재가 독자들과는 전혀 교섭이 없던 것이라 서먹한 느낌을 주기도 합니다. 반면 내추럴리즘은 아무리 더럽고 변변치 않은 것이라도 자신이라는 것이 그 거울에 비춰 친숙하고 절절히 느낄 수 있게 해줍니다. 곰곰이 생각해보면 인간이란 평상시에는 경미한 정도의 로맨티시즘의 주창자여서, 어떤 사람을 비판하거나 요구할 때 자신의 힘 이상의 것을 가지고 그렇게 합니다.

대체로 인간의 마음은 자신 이상의 것을 갈망하는 근본적 요구가 있습니다. 오늘보다는 내일에 어떤 소망을 품습니다. 자신보다 더 훌륭한 존재, 자신보다 더 높은 존재를 희망하는 것처럼 현재보다 미래에서 광명을 발견하려고 하지요. 이상과 같이 로맨티시즘 사상, 즉 하나의 이상주의의 흐름은 영구히 변하지 않을 것이며 인간의 마음 깊숙이 오랜 생명을 간직하고 있습니다. 따라서 낭만주의 문학은 영구히 생존의 권리를 가질 것입니다. 인간의 마음이 이에 접하고 있는 한, 낭만주의 사상은 영원히 살아남을 것입니다. 이에 반해 내추럴리즘의 도덕은 앞서 언급한 바와 같이 관용적 정신이 풍부합니다. 사실을 사실로써 있는 그대로 그려낸 것이 진정한 내추럴리즘 문학입니다. 자기 해부, 자기비판의 경향이 점점 인간의 마음에 널리 확산되고 있는 중이며, 정신은 극히 평민적으로 변해가고 있습니다. 바꿔 말하면 평범해지는 것이겠지요. 인간의 인간다운 부분을 있는 그대로 묘사하는 것이 자연주의의 특징입니다. 낭만주의는 일반적인 인간 이상, 본인 이상의 존재, 즉 거의 바랄 수 없을 정도로 지고한 인간적 이상을 그려냈지만, 자연주의는 지극히 보통의 것을 그대로, 있는 그대로 표현하는 측면에 중점을 두고 있습니다. 세태를 있는 그대로, 열점이나 약점이나 겉과 속 모두를 일원적이 아니라 이원적 이상에 걸쳐 실제 모습을 묘사해내고 있습니다. 따라서 칼라일의 영웅 숭배적 경향을 보이는 욕구가 영구히 존재할 것임은 앞서 언급했던 바와 같지만, 요즘은 이에 다소의 변화가 초래되었다고 할 수 있습니다.

한편 자연주의의 도덕 문학 때문에 자기 개량의 마음이 옅어지고 향상을 갈망하는 동기가 적어진다는 점은 분명 존재할 것입니다. 이것이 결점이라는 사실은 분명합니다.

따라서 현대교육의 경향, 문학의 조류가 자연주의적이기 때문에 종종 그 폐해가 드러나 일본의 자연주의라는 말은 대단한 경멸의 대상이 되고 있습니다. 하지만 이것은 잘못된 일입니다. 자연주의는 그런 비윤리적인 것이 아닙니다. 자연주의 그 자체는 일본 문학의 일부에 나타나고 있는 성질의 것이 아닙니다. 그들은 단순히 그 결점만 보여주고 있을 뿐입니다. 앞서 말한 대로 아무리 문학이라고는 해도 결코 윤리 범위를 벗어난 것은 아닙니다. 적어도 윤리적 갈망의 마음을 어딘가에 간직한 채, 그 씨앗을 뿌릴 수 있는 존재이기 때문입니다.

인간의 마음 깊숙이에 낭만주의의 영웅 숭배적·정서적 경향이 영원히 존재하는 한 이 마음 역시 영원히 존재하겠지만, 그것을 완전히 무시하고 인간의 약점만 보여주는 것은 문학으로서의 진가를 갖추지 않은 반쪽짜리 불완전한 예술에 불과합니다. 아무리 인간의 약점을 쓴 것이라도 그것을 읽다 보면 어딘가에 이에 대한 혐오감이라든가, 혹은 그와 별개로 윤리적 요구 같은 것이 독자의 마음속에 꿈틀거릴 수 있는 문학이어야 합니다. 이런 것이 사람의 마음이 자연스럽게 요구하는 바이며, 예술 역시 이 범주에 있습니다. 지금 일부 소설들이 사람들에게 혐오감을 주는 이유는 자연주의 그 자체의 결점이 아니라 그것을 취급하는 자연주의파 문학자의 실패에 불과합니다. 이는 필시 과거의 극단적 낭만주의의 반동일 것입니다. 반동은 애당초 반동을 초래시킨 움직임보다 정상 궤도를 벗어납니다. 그 때문에 우리는 반동으로서 조금이나마 이 부분에 대한 사정을 양해해주어야 합니다.

한편 자연주의는 있는 그대로의 사실을 서슴없이 폭로하거나 묘사하기 때문에 다양한 결점을 발생시키기에 이르렀지만, 이것을 구제할 수 있는 것은 과거의 낭만주의를 부흥시키는 것이 아니라 새로운 낭만주의, 가히 신낭만주의라고 부를 만한 것을 일으키는 데 있지 않을까 싶습니다. 신낭만주의라는 것도 이전의 낭만주의와는 전혀 별개의 것입니다. 무릇 역사는 반복되기 마련이라고들 하지만, 역사는 절대 반복되지 않습니다. 반복된다는 것은 오류입니다. 그 어떤 경우에도 퇴보하지 않고 오로지 앞으로만 내달립니다.

교육과 문예 역시 마찬가지입니다. 자연주의에 폐해가 있다고 해도 결코 과거로는 되돌아가지 않습니다. 설령 되돌아가도 그것은 완전히 새로운 형식이나 내용을 가진 것입니다. 천박한 관찰자에게는 과거로 돌아간 듯한 느낌을 일으킬지 몰라도 기실은 그렇지 않습니다. 그리하여 자연주의에 대한 반동으로 나타난 것이라면, '신낭만주의'라고도 부를 만한 것은 '자연주의 대 낭만주의'의 마지막에 생겨날 것입니다. '신낭만주의'라고 일컬어지지만, 결코 과거의 낭만주의로 되돌아간 것이 아니라 전혀 다른 성질의 것입니다.

즉 '신낭만주의'는 과거의 낭만주의처럼 공상에 가까운 이상을 내세우지 않고 실제에 가까운 낮은 수준의 실현 가능한 목표를 세워나갑니다. 사회는 항상 이원적입니다. 낭만주의의 조화는 때와 장소, 그 요구에 따라 양자가 적당히 어울립니다. 어떤 경우에는 자연주의 60퍼센트, 낭만주의 40퍼센트처럼 시대와 장소의 요구에 따릅니다. 양자가 완전한 조화를 유지할 경우, 신낭만주의를 인정할 수 있을 것입니다. 미래는 아마 그렇게 될 것으로 추정됩니다.

과거의 '감격적' 교육과 '정서적' 낭만주의 문예, 과학적인 진리를 중시하는 오늘날의 교육주의와 결코 공상적이지 않은 자연주의 문예, 서로 다른 이 두 가지의 변천 및 관계가 명료해지고 있습니다. 인간의 마음에 향상심이 있는 이상 영원히 낭만주의가 존속할 것임을 인정하는 동시에, 모든 '진眞'에서 가치를 발견하는 자연주의 역시 충분한 생명력을 가지고 있으며 이 양자의 조화가 향후의 중요한 경향이 되리라고 생각합니다.

최근 교육자에게는 문학이 불필요하다고 지적하는 사람이 있지만, 제가 지금까지 여러분에게 드린 말씀처럼 문학과 교육이 무관하다고는 결코 말할 수 없습니다. 현재 교육의 경우, 초등학교·중등학교에서는 낭만주의였지만 대학교 수준에 이르면 자연주의적 교육으로 바뀝니다. 이 양자는 밀접한 관계가 있으며 두 가지가 결국엔 하나로 중첩되는 것으로 봐도 무방할 것입니다. 때문에, 앞서 말씀드린 대로 문학과 교육은 결코 별개일 수 없습니다(이 글의 책임은 기술한 자에 있음).

-1911년(메이지 44년) 7월 1일, 『시나노교육信濃敎育』수록

『동양미술도보』

위대한 과거를 자부할 수 있는 국민은 기세 좋은 보스를 모시고 있는 개인이나 마찬가지여서 항상 마음이 든든하기 마련이다. 어떨 때는 이런 자각 때문에 교만한 마음이 꿈틀거려 당장 해야 할 임무를 게을리하거나 미래 설계를 간혹 망각할 때도 있다. 불안감을 느끼지 않고 침착하게 지낼 수 있긴 하지만 자칫 패기를 잃어버릴 우려가 있는 것이다. 그러나 개천에서 용 나기 위해 최선을 다해 분투하며 악착같이 매달릴 필요가 없다. 느긋하고 매사에 동요 없이 많은 사람의 시선을 한 몸에 받으며 처세가 가능한 것은 오로지 조상님들이 뼈를 깎는 노력을 기울여주신 결과라고 말하지 않을 수 없다.

나는 일본인으로서 진무神武 덴노[천황] 이후 일본인이 어떤 역사적 업적을 남겨왔는지, 이런 커다란 문제에 대한 답변을 과거 속에서 찾아가며 살아가는 사람이다. 애당초 나의 일은 나의 개인적인 일일 것이기 때문에 나라는 개인의 의지로 성취해내거나 파괴할 생각이지만 나의 과거, 좀 더 넓게 말하면 내 조상이 내가 태어나기도 전에 남겨주고 간 과거가 나의 일의 일정 부분을 내가 태어나기도 전에 이미 한정시켜버린 것 같은 기분이 든다. 나는 나의 일에 대해 어디까지나 책임을 질 요량이지만, 스스로 이런 책임을 지게 만드는 것은 나 자신뿐만이 아니라 저 멀리 과거에서부터 있어왔다.

그렇게 생각하면서 새로운 눈으로 일본의 과거를 되돌아보니 다소 불안한 부분이 있다. 한 나라의 역사는 인간의 역사이며 인간의 역사는 모든 능력의 활동을 포함하고 있다. 그런 이유로 정치, 군사, 종교, 경제 등 각 방면에 걸쳐 거시적으로 조망하면 어떤 믿음직스러운 회고가 불가능하다고 잘라 말할 수 없을 것이다. 특히 나와 밀접한 관련이 있는 부문, 즉 문학만으로 국한해 말하면, 과거로부터 얻는 영감inspiration이 거의 없어서 그 결핍으로 인해 고통받는 형국이다. 사람들은 『겐지모노가타리』(헤이안시대에 나온 일본 굴지의 고전 장편 모노가타리 작품-역주)나 지카마쓰近松(일본의 셰익스피어라고 일컬어지는 극작가인 지카마쓰 몬자

엔몬-역주)나 사이카쿠西鶴(『호색일대남』 등을 쓴 에도시대의 대표적
작가-역주)를 들먹이며 일본의 과거를 장식하는 데 충분한
천재성이 발휘된 경우로 인정할지도 모르지만, 내게는
도저히 그런 자아도취가 불가능하다.

　현재의 내 머리를 지배하고 미래의 나의 일에 영향을
끼치는 것은 애석하게도 내 조상이 선사한 과거가 아니
라, 오히려 나와는 다른 인종이 바다 저편에서 가져다주
었던 사상이다. 어느 날 나는 내 서재에 앉아 사방에 꽂
혀있는 책장을 바라보았다. 그 안을 가득 메우고 있는 금
박으로 된 이름이 하나같이 서양어라는 사실을 깨닫고
깜짝 놀란 적이 있다. 지금까지는 다양한 빛깔의 눈부심
속에 다소나마 의기양양해 있었는데, 문득 정신을 차리
고 보니 이런 것들은 모두 외국인들이 작성한 사상을 파
란색이나 빨간색 표지로 철해 완성시킨 책들에 불과했
다. 단순히 그런 것들을 소유하고 있다는 점에서 약간 부
자라는 생각이 들었는데, 알고 보니 그것은 부모의 유산
을 물려받아 부유해진 것이 아니라 남의 집 양자로 들어
가 낯선 이에게 얻게 된 재산이었다. 이것을 이용할 수
있는 것이 양자의 권리일지는 모르겠으나, 이런 것들의
은혜를 입는 것은 당당한 한 사내로서 지나치게 무개념

하다는 생각이 들었다. 그러자 사방에 온갖 책들이 쌓여 있음에도 심정적으로 매우 위축되었다.

『동양미술도보東洋美術図譜』는 내가 한참 이런 생각에 사로잡혀있을 당시 출판된 책이었다. 친구인 다키(다키 세이이치滝精一—역주) 씨가 교토대학교에서 일본미술사 강연을 의뢰받았을 때, 청중에게 설명할 필요가 있다고 판단하여 건축, 조각, 회화 등 세 분야에 걸쳐 과거부터 보존된 실물을 사진으로 담아낸 책이었다. 한 장씩 눈으로 직접 확인해가며 이 방면에서 일본인이 어떤 과거를 우리를 위해 준비해주었는지 잘 이해할 수 있었다. 나처럼 미약한 재력을 가진 사람에게는 참고 자료로서 매우 값진 출판이다. 문학 분야의 과거에 비관했던 나는 이 책을 통해 불안감에서 다소나마 벗어날 수 있었다. 수록된 건축·조각·회화의 각 방면에서, 공평한 잣대로 평했을 때 어쩌면 변변치 않다고 할 수 있는 작품도 간혹 있으리라고 생각한다. 어떤 것들은『겐지모노가타리』나 지카마쓰近松, 사이카쿠西鶴 이하일지도 모른다. 하지만 탁월한 작품의 경우, 문학 분야의 수준에 머물고 있다고 결코 말할 수 없는 수준에 도달한 작품들이었다. 후대에 자부심을 느낄 수 있도록 선조들이 미리 만들어놓았다고 표현했을 때, 전혀 부끄럽지 않은 것들이 상당수 존재한다.

호기심 많은 일부 서양인들이 끊임없이 일본의 미술에 대해 거론한다. 그러나 이것은 천 명 중 한 사람에 불과하며, 어디까지나 호기심 많은 일부의 학설이라고 생각해야 한다. 그런 호기심 많은 사람도 대체로 역시 서양 미술이 일본의 그것보다 훌륭하다고 생각할 것이다. 유감스럽게도 나 역시 그렇게 생각한다. 만약 일본에 문학이나 예술이 가능하다면 그것은 이제부터일 것이다. 하지만 과거 일본인이 이미 이 정도까지 와있었다는 자각은 미래의 발전에 틀림없이 적지 않은 감화를 줄 것이다. 그런 이유로 나는 기꺼이 『동양미술도보』를 독자들에게 소개하고자 한다. 이 중에서 동양에만 있고 서양의 미술에서는 발견할 수 없는 특징을 발견해낼 수 있다면, 설령 그 특징이 전체에 두루 미치지 못하는 일종의 정취에 불과하다고 해도, 어쨌든 발견할 수 있었다는 사실만으로 그 사람의 과거를 위대하게 할 수 있을 것이다. 따라서 그 사람의 미래에 그만큼의 영감을 불어넣어 줄 수 있을 것이다.

-1910년(메이지 43년) 1월 5일,
《도쿄아사히신문東京朝日新聞》수록

'이즘'의 공과

대부분의 '이즘ism'이나 '주의'는 이를테면 꼼꼼한 남자가 무수한 사실들을 하나의 다발로 만들어 머릿속에만 존재하는 서랍에 넣기 쉽도록 미리 준비해둔 것이다. 한 묶음으로 깔끔하게 정리되는 대신, 서랍에서 선뜻 꺼내기가 어렵거나 묶인 것을 푸는 데 시간이 걸리기 때문에 여차하는 순간에 꺼내 쓰기 어려운 경우가 많다. 이런 점 때문에 대부분의 '이즘'은 실생활에서의 행위를 직접 지배하기 위해 만들어진 지남차指南車라기보다는 우리의 지식욕을 채우기 위해 모여진 함(상자)이라고 할 수 있다. 문장이라기보다는 사전이다.

동시에 대부분의 '이즘'은 아주 작은 비슷한 예들이 비교적 치밀한 두뇌에 여과되어 응결되었을 때 취하는 일종의 형形이다. '형'이라기보다는 오히려 윤곽이다. 내용을 이루는 알맹이가 없다. 내용을 버리고 윤곽만 집어넣는 것은 덴포天保 시대의 동전을 짊어지는 대신 지폐를 품속에 넣는 것이나 마찬가지다. 몸집이 작은 인간은 휴대하기 간편하다.

이런 의미에서 '이즘'은 회사의 결산보고서와 비교해야 마땅하다. 나아가 학생들의 학년별 성적에 필적할 만한 것이기도 하다. 달랑 한 줄의 숫자 이면에, 겨우 2위의 성적을 얻은 배경에, 도저히 과거 그대로 재현할 수 없는 수많은 시간과 사건들과 인간들, 그 인간들의 노력과 희비와 성패가 깊숙이 감추어져 있다.

따라서 '이즘'은 이미 통과한 사실을 토대로 성립된 것이다. 과거를 총괄한 것이다. 경험의 역사를 간략히 한 것이다. 주어진 사실들의 윤곽이다. 틀型이다. 이 틀을 가지고 미래에 임하는 것은 하늘이 전개시킬 미래의 내용을, 인간의 두뇌로 만들어놓은 그릇에 담아내고자 기다리고 있는 형국이다. 기계적인 자연계 현상 가운데 지극히 단조로운 중복을 기피하지 않는 자는 당장 이 틀을 응용해 실생활의 편의를 도모하는 것이 가능할지도 모른다. 과학자의 연구가 미래에 반영되는 것은 바로 이런 점 때문이다. 하지만 인간의 정신적인 삶에 있어서, 우리가 혹시라도 일개 '이즘'에 지배당하려고 하는 순간이 오면, 우리는 제시된 윤곽을 위해 생존하는 것에 당장 고통을 느끼기 마련일 것이다. 그저 누군가에게 부여받은 윤곽의 방편으로 생존하는 것은 빈껍데기形骸를 위한 도구가 되는 것이나 마찬가지기 때문이다. 어쩌면 그 순간, 우리의 정신적 발전이 스스로나 자연의 법칙에 따라 당사자에게 진실한 윤곽을 직접 부여할 수 없다는 사실에 굴욕을 느끼며 분노하는 경우도 있을 것이다.

정신이 이런 굴욕을 느낄 때, 우리는 이것을 과거의 윤곽이 무너지려는 전조로 간주한다. 미래로 미룰 수 없는 것을 미루려고 무리하게, 혹은 맹목적으로 이용하려고 한 죄과罪過로 파악한다.

과거 이런 '이즘'들에 의해 지배당했기 때문에 앞으로도 역시 이런 '이즘'에 지배당할 거라고 억측해서는 안 된다. 짧은 기간의 과정을 통해 얻은 윤곽에 연연하며 모든 것들을 단정하려고 하는 것은, 양을 재는 되를 가지고 높이나 길이를 재려는 것이나 마찬가지다. 이 역시 폭거라고 할 수 있다.

이른바 자연주의가 발흥한 지 어언 5, 6년이 되었다. 이것을 입에 담는 사람은 모두 각자 근거가 있을 것이다.

내가 아는 한에서는, 그리고 내가 이해할 수 있는 한에서는(이해할 수 없는 논의에 대해서는 잠시 접어두고) 꼭 비난해야 할 점만 있는 것은 아니다. 하지만 자연주의 역시 하나의 '이즘'이다. 인생과 예술 모두에 걸쳐 일종의 인과에 의해 서양에서 발전한 역사의 단편들이 윤곽을 만들었고, 그 것이 일본에 도입된 것이다. 우리가 이 윤곽의 내부를 구성하는 알맹이를 가득 채우기 위해 살아가고 있는 것은 분명 아닐 것이다. 우리의 활력 발전의 내용이 자연스럽게 이 윤곽을 그려내는 순간, 비로소 자연주의의 의의가 생겨날 것이다.

세상 사람들은 전반적으로 자연주의를 싫어한다. 자연주의자는 이것을 영원한 진리처럼 말하며 우리 생활 전반에 걸쳐 그것을 강요하려 하고 있다. 자연주의자들도 좀 더 상대방이 힘겨워할 정도로 맹렬히, 지금보다 좀 더 끈기 있게 나아간다면, 언젠가는 저절로 뒤바뀔 미래가 자신들에 의해 앞당겨지고 있다는 사실을 깨닫게 된것이다. 인생의 모든 국면을 아우를 커다란 윤곽을 그린 후 미래를 그 안에 몰아넣으려고 하기보다는, 막연한 윤곽 속에 존재하는 작은 조각 하나를 견고히 포착한 후 거기서 자연주의의 항구성을 인식시키는 편이 그들을 위한 득책이 되지 않을까 싶다.

-1910년(메이지 43년) 7월 23일,

《도쿄아사히신문》 수록

박사 문제와 머독 선생님과 나

상上

내가 박사로 추천되었다(1911년[메이지 44년] 2월 24일 《아사히신문》에 실린 「박사문제博士問題」에 상세한 경위가 나와 있다. 이 글은 『소세키전집』 16권에 수록되어 전한다 -역주)는 통지가 신문지상을 통해 세간에 알려졌을 때, 나를 아는 사람들 가운데 어떤 이는 일부러 편지를 보내 영광스럽게 선발된 사실을 축하해주었다. 내가 박사를 사퇴했다는 소식이 마찬가지로 신문지상에 발표되었을 때도, 나는 오래된 친구들이나 새로운 친구들, 혹은 미지의 사람들에게 여러 통의 편지를 받았다. 많은 분이 애써 보내주신 편지에는 내 의견에 찬성이나 동정의 뜻이 듬뿍 담겨있었다. 이요伊予(에히메현愛媛県를 부르던 옛 명칭-역주)에 있는 한 오래된 친구(모리 엔게쓰森円月를 가리킴-역주)는 내가 학위를 수여받았다는 소식을 읽고 축하의 편지를 쓰려고 하던 차였는데 곧바로 사퇴 보도를 듣게 되어, 이번엔 사퇴 쪽을 경사스럽게 생각했다고 한다. 박사학위를 받든 사퇴하든 양쪽 모두 축하할 만한 일이라는 것이 이 친구의 감상이었다. 그런가 하면 짓궂은 장난을 좋아하는 회사 친구는 내가 사퇴했다는 사실을 알면서도 일부러 나를 괴롭히기 위해 수신인 부분에 '나쓰메 문학박사 귀하'라고 써서 편지를 보내왔다. 편지 내용은 퇴원을 축하한다는 내용이 전부였기 때문에 한 줄이면 족할 편지였다. 따라서 수신인 부분에 '나쓰메 문학박사 귀하'라고 일부러 쓰는 쪽이 본문을 적는 것보다 번거로웠을 것이다.

하지만 이런 모든 편지는 받기 전까지 예상하지 않았지만 받았어도 그다지 의외라고 느끼지 않았던 것들뿐이었다. 그러나 이 사건과 관련해 은사님인 머독James Murdoch 선생님에게서 느닷없이 편지가 왔을 때는 무척 놀랐다.

머독 선생님과는 20년 전에 헤어진 후 단 한 번도 만난 적이 없거니와 서신조차 주고받은 적이 없다. 완전히 소원한 상태로 오랜 세월을 보냈다. 그렇지만 학창 시절엔 매주 대여섯 시간 동안 선생님의 교실에 반드시 가서 영어나 역사 수업을 받았을 뿐만 아니라, 때때로 선생님 댁까지 쫓아가서 선생님 말씀을 들었을 정도로 가까운 분이셨다.

선생님은 원래 모국에 있던 대학의 그리스어 교수였다. 그런데 어찌어찌한 사정으로 갑자기 영국을 떠나 혈혈단신으로 일본에 오겠다는 마음이 드셨다는 것이다. 때문에, 내가 선생님에게 교육을 받을 무렵엔 일본에서 아직은 생소했던 순연한 스코틀랜드어를 그대로 사용하면서 강의나 설명, 담화를 하셨다. 동급생들은 모두 곤란해하는 기색이 역력했지만, 반론을 하지 못하는 것이 학생의 본분이라는 마음가짐으로 임했다. 선생님도 학생들의 태도에 별다른 반응을 보이지 않으며 태연한 것처럼 보였다. 어차피 가르치는 내용이 변변치 않기 때문에 학생들 입장에서 이해가 안 되더라도 큰 상관없다는 생각이었을 것이다. 선생님의 성격이 너무나 담박하고 정중해서 근사한 영국풍 신사와 극단적인 보헤미아니즘Bohemianism을 합친 것 같은 독특한 인품을 갖추고 있었기 때문에 수업에 불만을 토로하는 사람은 한 사람도 없었다.

하얀 와이셔츠를 입은 선생님의 모습은 좀처럼 볼 수 없었고 대부분 쥐색 플란넬flannel을 입고 있었다. 거기에 마치 보자기를 만들다 남은 천 조각처럼 보이는 넥타이를 달랑 매면 끝이었다. 심지어 보자기천 같은 넥타이가 때때로 조끼 가슴팍에서 삐져나와 바람에 하늘거리는 것을 본 적도 있었다. 고등학교 교수가 검은 가운을 입던 것은 그 무렵부터여서, 선생님도 당시엔 그 쥐색 플란넬 위에 공단인지 무엇인지로 만든 가운을 법의처럼 걸치고 계셨다. 가운 소매에는 노랗고 납작한 끈이 뱅그르르 돌려가며 기워져 있었다. 장식을 위한 끈인 것 같았지만 어쩌면 소맷부리를 묶기 위한 용도로도 보였다. 하지만 선생님 입장에서는 양쪽 모두의 의미를 상실한, 그저 끈에 불과했다. 선생님은 교실에서 수업에 몰입하다가 스스로 흥미롭다고 생각하는 문제가 나오면, 가운이건 쥐색 셔츠건 모조리 망각해버린다. 결국에는 지금 자신이 있는 장소가 교실이라는 사실조차 망각해버리는 것 같았다. 이럴 때는 성큼성큼 교단에서 내려와 우리 앞에 수염투성이의 얼굴을 불쑥 들이밀곤 했다. 만약 우리 앞에 결석자라도 있어서 책상 하나가 비어있기라도 할라치면 반드시 거기에 앉곤 했다. 그리고는 가운 소맷부리에 달린 노란 끈을 한 자(약 30센티미터-역주) 정도의 길이로 만들어 놓고 그것으로 계속 소리가 나도록 책상 위를 두드려대곤 했다.

당시 나는 아직 어렸기 때문에 선생님의 학식이나 조예를 비판할 능력이 전혀 없었다. 우선 선생님께서 구사하시는 말부터 내가 알고 있던 영어와 매우 거리가 먼 것이었다. 그래도 나는 다른 동급생보다 비교적 열심히 영어를 공부하던 학생이었기 때문에, 이해가 충분히 되지 않더라도 최대한 귀와 머리를 정리해서 선생님에게 다가갔다. 때로는 선생님 댁까지 방문하기도 했다. 선생님이 사시던 집은 선생님의 플란넬 셔츠와 선생님의 모자(선생님은 쭈글쭈글해진 중절모에 자기 멋대로 천을 희한하게 동여매 쓰는 경우가 있었다), 선생님의 모든 복장과 조화를 이룰 정도로 극히 단순했던 것 같다.

중中

그 무렵 나는 서양 예법에 대해 거의 아는 바가 없었기에 방문 시간이라는 개념에 조금도 개의치 않고 선생님 댁에 느닷없이 들이닥치는 무례를 서슴지 않았다. 어느 날 아침 일찍 선생님 댁에 가자, 선생님은 한참 아침 식사를 준비하던 중이었다. 집이 좁았기 때문이었는지, 혹은 나를 별실에 안내할 번거로움을 생략하기 위해서였는지, 선생님은 나를 자신의 식탁 앞에 앉히고 밥을 먹었는지 물어보셨다. 선생님은 그때 달걀프라이를 드시고 계셨다. 서양인들은 역시나 아침에 이런 것을 먹는다고 생각하며 나는 식사가 진행되고 있는 것을 오로지 바라보고 있었다. 실은 지금 생각해보면 그때까지 달걀프라이라는 것을 먹어본 적이 없었던 것 같다. 달걀프라이라는 단어 자체도 훨씬 나중에 알게 되었을 것이다.

선생님은 결국 드시던 도중에 나이프와 포크를 내려놓으셨다. 그러더니 의자에서 일어나 책장 안에서 검은 표지의 작은 책을 꺼내 어느 페이지를 낭랑하게 읽기 시작했다. 잠시 후에 책을 덮고 어땠는지 물으셨다. 솔직히 나에게는 단 한마디도 이해되지 않았기 때문에, 그게 도대체 영어냐고 여쭈어보았다. 그러자 선생님은 천성적인 익살을 문득 깨우친 것처럼 거리낌 없이 웃어대기 시작했다. 그리고 이것은 그리스 시라고 대답하셨다. 영국에서도 '횡설수설 종잡을 수 없는 말'을 그리스어 같다고 표현한다는 것이다. 그리스어는 서양에서도 그만큼 까다로운 말로 취급되었다는 말일 것이다. 당연히 고등학생인 내가 이해할 수 있을 리 없다. 선생님은 그 당시 어째서 그것을 내게 읽어주었을까. 자세한 이유는 기억나지 않지만 아마도 그리스 문학을 칭찬하다 못해 결국 그렇게 흘러갔던 것으로 여겨진다. 어쨌든 선생님은 그런 성격의 분이셨다.

선생님이 지으신 「일본에서의 돈 후안Don Juan의 손자」라는 장시도 분명 들려주셨던 것 같다. 하지만 어느 행에 어떤 간투사間投詞가 두 개 계속 이어지던 것이 막연히 떠오를 뿐, 나머지는 완전히 잊어버렸다.

선생님께서 베인Alexander Bain(영국의 심리학자, 철학자—역주)의 『논리학』을 읽어보라며 빌려주셨던 적도 있다. 나는 그것을 통독할 작정으로 집에 가지고 왔지만, 과제 등 여타 일에 쫓겨 독서를 점점 미루게 되었다. 결국 아무리 시간이 지나도 목적 달성이 어려웠다. 상당한 시일이 지난 후 선생님이 빌려주신 책을 돌려달라고 말씀하셨다. 당시 내게 빌려주신 베인의 책은 선생님의 은사님의 저서이므로 보관해두고 싶다는 말씀이셨다. 그 책은 안팎 양쪽 모두 표지가 너덜너덜해져 있을 정도라 무척 구석구석 꼼꼼히 읽으신 것으로 보였다. 그것을 빌렸을 때도 돌려드렸을 때도 선생님이 철학 쪽 소양도 가지고 계신 것으로 생각되어 어린 마음에 부럽기 그지없었다.

언젠가 선생님에게 질문을 드린 적이 있었다. 어떤 영

어책을 읽으면 좋을지를 묻는 나의 물음에 선생님은 즉시 주변에 굴러다니던 종잇조각에 열 개 정도의 책 제목을 적어 바로 내게 건네주셨다. 나는 시간을 끌지 않고 당장 그중 어떤 책을 읽었다. 즉시 입수할 수 없었던 것은 기회를 봐서 얻게 되자마자 읽었다. 도저히 찾아볼 수 없었던 것은 런던에 갔을 때 사서 읽었다. 선생님이 적어주셨던 종잇조각을 받은 후 대략 10년 만에, 나는 비로소 선생님이 써주신 모든 책을 읽을 수가 있었다. 아마 선생님은 그 종잇조각에 그만큼의 무게를 두지 않았을지도 모른다. 모든 것을 읽고 나서 다시 또 10년이 흐른 지금 돌이켜 생각해보면, 선생님의 종잇조각에 그토록 무게를 두었던 스스로가 우습게 느껴지기도 한다.

외국에서 돌아왔을 당시(소세키는 1903년 영국 유학에서 돌아왔다-역주), 선생님의 소식을 다른 사람에게 전해 듣게 되었다. 선생님이 가고시마鹿児島의 고등학교에서 여전히 영어를 가르치고 계신다는 사실도 알게 되었다. 가고시마에서 온 사람을 만날 때마다 나는 머독 선생님이 어떻게 지내시는지 묻지 않은 적이 없었다. 하지만 두 사람 사이의 서신 왕래는 전혀 없었다. 그저 선생님에 대해 내가 얻을 수 있었던 마지막 소식은 선생님이 드디어 학교를 그만두시고 시외의 고지대에 거처를 정하신 후 과일나무 재배에 여념이 없으신 것 같다는 이야기였다. 선생님은 '일본에 기거하는 영국인 은자'라고 표현할 만한 고상한 삶을 보내시는 것으로 여겨졌다. 박사 문제에 관해 느닷없이 내게 보내주셨던 한 통의 서간은 실로 그런 은자가 20여 년간의 무소식을 깨뜨릴 가치가 있다고 믿어 의심치 않으며 특별히 나를 위해 보내주신 것으로 보였다.

하下

편지에는 일상적인 담화와 하등 차이가 없는 평이한 영어로 진술하게 나의 학위사퇴를 기뻐한다는 취지가 적혀있었다. "이번 일은 자네가 '도덕적 지주moral backbone'를 가지고 있다는 증거이므로 축하할 만한 일이다"라는 구절이 보였다. 도덕적 지주라는 평범한 영어를 번역하자 '도덕적 척추'라는 신기하고도 농밀한 글자가 생겨났다. 내 행위가 이런 유용한 신조어만큼의 가치가 있을지는 선생님의 식견에 맡겨둘 생각이다(나로서는 그만큼 새로운 척추가 없어도 누구에게나 가능한 일이라고 생각하지만).

선생님은 또 글래드스턴이나 칼라일, 스펜서 등의 이름을 대시며 "자네의 동료도 상당히 있다"라고 말씀하셨다. 이런 말씀에는 그저 송구스러울 따름이었다. 내가 박사학위를 거절했을 때 이런 사람들의 선례는 전혀 내 뇌리에 스치지 않았기 때문이다(내가 결단을 촉구할 동기의 일부분도 형성하지 않았기 때문이다). 물론 선생님이 이렇게 유명 인사들의 이름을 거론하셨던 이유는 사임이 결코 예의에 벗어난 일이 아니라는 증거를 내게 알려주시기 위함이었을 뿐, 이런 유명 인사들을 나와 비교하기 위해서가 아니었다.

선생님의 말씀은 다음과 같다. "우리가 세속적인 사람들 이상으로 걸출하고자 힘쓰는 것은 인간으로서 응당 해야 마땅할 일이다. 하지만 우리는 사회에 대한 영예로운 공헌에 의해서만 걸출해야 한다. 걸출을 요구하는 최고의 권리는 그 어떤 경우든 우리의 인품과 우리가 해낸 일에 의해서만 결정되어야 한다."

선생님께서 이런 '주의'를 몸소 실천하고 있다는 사실은 선생님의 일상적인 삶은 차치하더라도 선생님의 저서 『일본 역사日本歷史』에서 분명히 엿볼 수 있다. 실토하자면 나는 아직 이 '표준저서standard work'를 읽지 못한 상태다. 하지만 선생님께서 10년의 세월과 10년의 정력, 그리고 10년의 인내를 모조리 이 책에 쏟아내셨다는 고충을 선생님 애제자인 야마가타 이소오山県五十雄 씨에게 상세히 들어 익히 알고 있었다. 선생님은 이 책의 집필을 시작하셨을 때 온갖 나라에서 해당 국가의 언어로 출판된 일본에 관한 모든 기록을 거의 모조리 독파하셨다고 한다. 야마가타 이소오 씨는 우선 그 어학 실력에 경탄했다. 네덜란드어든 다른 외국어든 술술 읽는다며 넋이 나간 얼굴로 내게 말했다. 저술 작업 시 지나치게 머리를 혹사시킨 탓에 결국에는 하늘을 쳐다본 상태로 졸도해 여러 시간이 흘렀을 정도라 사모님이 무척이나 걱정하셨다는 이야기도 들었다. 뿐만이 아니다. 선생님은 오로지 이 작품을 완성하기 위해 일본어와 한자 연구까지 축적하셨다는 것이다. 야마가타 씨는 선생님의 기량을 못내 확신할 수 없어서 일부러 까다로운 한자를 선생님에게 써보라고 했더니 명필이라고까지는 말할 수 없지만 적어도 획수는 틀림없이 제대로 쓰셨다며 감탄했다. 다양한 기초 작업의 결실이라고 할 수 있는 선생님의 『일본 역사』는 모든 출처를 1차 자료인 원전에서 찾아내 총괄적인 내용으로 완성한 저서다. 돈을 벌기 위한 저서가 아니라는 사실은 명백하지만, 그와 동시에 학자의 양심에 일말의 부끄러움도 없는 덕의로 가득 찬 저서라는 사실 또한 논란의 여지가 없다.

"나는 인간의 능력이 닿는 한 공평과 무사無私를 염원하며 영예로운 그대 나라의 역사를 지금도 여전히 쓰는 중이다. 따라서 나의 저서는 일부 인사의 불만을 초래할지도 모른다. 하지만 그것은 어쩔 수 없는 일이다. 존 몰리John Morley가 말한 대로 어떤 사람이든 성실함을 방해하는 자는 인류 진보의 활력을 방해하는 것이나 마찬가지다. 진정한 일본의 진보는 내 마음을 깊고 진지하게 움직이게 하는 주제임이 분명하다."

나는 선생님의 인품과 선생님의 목적을 믿고 여기에 선생님의 편지 한 구절을 있는 그대로 번역해보았다. 선생님은 신간 제3권의 모두冒頭에 있는 서론을 특히 사려 깊은 일본인이 봐주길 바란다고 말씀하셨다. 선생님으로부터 이 책을 기증받는 날, 그것을 읽고 만족스러운 비평을 쓸 수 있다면, 그리하여 선생님의 저서를 천하에 소개할 수 있다면 나로서는 무척 행복할 것이다. 선생님의 뜻은 학위를 사퇴한 인간으로서의 나쓰메 아무개가 당신의 저술을 읽고, 마찬가지로 박사를 사퇴했던 인간으로

서의 나쓰메 아무개가 그 저술을 천하에 소개해주었으면
한다는 부분에 있으리라고 생각하기 때문이다.

-1911년(메이지 44년), 3월 6일~8일,
《도쿄아사히신문》 수록

머독 선생님의『일본 역사』

상上

선생님은 약속대로 요코하마 총영사를 통해 '캘리앤왈시(주)Kelly and Walsh, LTD.'로부터 선생님의 저서인『일본 역사』를 내게 보내도록 조치를 취하신 것 같았다. 무려 700여 페이지나 되는 묵직한 서적이 그 후 얼마 되지 않아 내게 우송되었다. 그런데 그것은 제1권이었다. 권말에는 1910년(메이지 43년) 5월 발행이라고 적혀있었다. 그 때야 비로소 나는 이 책의 출판 순서에 관해 내가 오해한 부분이 있었음을 깨달았다.

선생님은 일본사 중에서 16세기에 포르투갈인이 처음으로 일본을 발견한 이후 오다 노부나가, 도요토미 히데요시, 도쿠가와 이에야스라는 세 사람을 거쳐 '시마바라의 내란'에 이를 때까지, 이른바 서양과의 교류에 있어서

초기라고 칭해야 마땅할 때를 뽑아 그 부분만 앞서 출판하셨던 것이다. 순서로 보자면 제2권이 먼저 공개된 셈이다. 작년 5월 간행된 신간은 오히려 제1권에 해당하는 상대부터의 역사였다. 마지막 권, 즉 17세기 중엽부터 '메이지 변明治の変'(메이지유신을 가리킴. 본문에서 사용된 표현을 그대로 옮김-역주)에 이를 때까지의 연혁은 지금도 계속 저술 중이라 미완성 상태였다. 심지어 작년에 나온 제1권과 장차 나올 제3권은 선생님의 단독 기획이 아니라 일본 아시아협회가 맡아 간행한다는 사실도 알게 되었다. 따라서 선생님이 읽어달라고 말씀하신 신간의 서론은 제3권에 있는 것이 아니라 역시 제1권의 제1편을 말한다는 사실을 알게 되었다. 그래서 기증받은 묵직한 저서 앞부분에 있는 서언 부분만 일단 먼저 읽어보았다.

메이지유신이라는 혁명과 동시에 태어난 내게 메이지의 역사는 곧 나의 역사였다. 나 자신의 역사가 자연스럽게 오늘날까지 발전해온 것과 마찬가지로, 메이지의 역사도 40년의 세월을 거쳐 오늘날까지 발전해왔다. 내가 세간으로부터 받았던 처우나 일반인으로부터 받는 평가에는 내가 미처 생각지 못했던 점이 있을 수도 있겠으나, 스스로가 어떤 과정을 거쳐 결국 이런 인간이 되었는지,

그 경로나 인과관계나 변화양상에 대해서 그에 대한 평가와 무관하게 의아해할 여지가 전혀 없다. 그저 이렇게 태어나 이렇게 성장하다가 이런 사회적 감화를 받아 결국 이런 인간이 되었다고 자각할 뿐, 그 자각 이외에 그어떤 놀랄 만한 점도 없다. 따라서 아무런 호기심도 일어나지 않고 그것에 관해 연구할 마음도 생기지 않는다. 이런 이치가 당연하다는 생각이 스스로를 지배하는 것처럼, 내가 현재 살아가고 있는 메이지라는 시대의 역사에도 이것이 당연하다는 관념이 항상 맴돌고 있다. 해군이 발전했고 육군이 강력해졌으며 공업이 발달하고 학문이 융성해졌다고는 생각된다. 하지만 그것을 인정하는 동시에, 응당 그래야 한다는 생각이 들 뿐 여태껏 '어떻게' 라든가 '어째서'라며 의아해본 적이 없다. 필시 우리는 일종의 조류 속에서 살아가고 있어서 그 조류에 떠밀려가고 있다는 자각은 있다. 하지만 그냥 이렇게 흘러가는 것이라고 근육과 신경과 뇌수 등, 모든 것이 자연스럽게 그 사실을 숙지하고 있기에 묘하다거나 이상하다는 감정이 생겨날 여지가 전혀 없다. 마치 나뭇잎 뒷면에 숨어있는 벌레가 새의 눈을 피하려고 파란 보호색으로 바뀌어도 벌레 스스로 그 색깔에 전혀 신경 쓸 이유가 없는 것이나 마찬가지다. 보호색으로 변하는 게 당연하다고 이미 터득하고 있기 때문이다. 정작 신기하다고 생각하는 사람은 벌레 자신이 아니라 벌레 연구자, 동물학자들 쪽이다.

일본인에 대한 머독 선생님의 태도는 느닷없이 파랗게 변하는 벌레를 보고 느끼는 동물학자 측의 경탄과 마찬가지다. 유신 이전까지 거의 서구의 14세기경 문화 수준에 불과했던 국민이 갑자기 불과 50년 만에 20세기의 서양과 비교될 정도로 발전했다는 사실을 신기해하고 있었다. 겨우 다섯 척의 페리 함대에 어쩔 줄 몰라 했던 일본이 동해에서 벌어진 해전에서 트라팔가르 이후 가장 큰 승리를 얻었다는 사실에 흥분을 감추지 못하고 있었다.

하下

선생님의 경탄 어린 심정은 호기심으로 변했다가 다시 연구심으로 안착되어 이 어마어마한 저작을 공개하기에 이르렀던 것 같다. 때문에, 일본 역사 전체 중 선생님의 마음을 가장 자극했던 것은, 일본인이 어떻게 서양과 접촉하기 시작했고 그 영향이 어떤 결과를 낳았기에 흑선 도착 이후 모든 국면에서 극적인 변화가 일어났는지에 있었던 것으로 보인다. 여러 조사를 거쳐 일단 대략적으로 파악이 되었지만, 여전히 미진한 구석이 있었기 때문에, 역시 상대 시대부터 순차적으로 내려오며 인문 발전의 흐름을 꼼꼼히 파악해나가지 않으면 이런 급작스러운 발흥의 진수를 납득할 수 없다는 의미에서, 처음으로 거슬러 올라가 상대 이후 아시카가足利 씨에 이를 때까지를 정리해 제1권으로 출간하신 듯하다. 그런 내용을 직접 구구절절 설명하시지는 않았지만, 서론을 읽어보니 그런 전반적인 사정을 다소나마 짐작할 수 있었다.

서론에서 선생님은 최대한 광범위하게 최근 50년간 일본인이 표변했다는 사실을 조목조목 순서를 매겨 명료하게 열거하고 있다. 그중에는 우리가 미처 예상하지 못했던 해석도 있다. 서양인이 예기치 못한 일본의 문명에 놀란 까닭은, 그들이 개화라는 관념을 잘못 전달해 기독교적 문화와 같은 의의가 있는 것이 아니면 개화라는 단어로 형용해서는 안 된다고 자신하고 있었기 때문이라는 부분이 그 일례였다. 서양의 개화와 기독교적 문화가 밀접한 관계가 있다는 사실은 누구나 알고 있지만, 기독교적 문화만 개화라고 말할 수 있다면 보통의 일본인들로서는 도저히 납득하기 어려울 것이다. 하지만 그것이 서양인의 일반적인 판단이라는 선생님의 설명을 읽자 저절로 수긍이 가지 않을 수 없다. 이런 점에서 선생님의 저서는 일본을 외국에 소개할 때 대단히 유용할 뿐만 아니라, 연구심이 왕성한 외국인이 일본인을 어떤 시각으로 관찰하고 있는지 알 수 있다는 점에서 편의적인 측면이 상당하다고 할 수 있다.

서양 잡지를 보면 일본에 관한 저서 광고가 일주일에 한두 권은 반드시 나온다. 최근에는 이런 서적들을 모조리 모으기만 해도 해당 도서관이 가득 찰 거라고 생각될 정도다. 하지만 진정한 관찰과 노력, 공감과 연구를 바탕으로 완성된 것은 극히 드물다. 나는 극히 드문 저서 중 하나로 선생님의 역사서를 일본인들에게 소개할 기회를 얻게 되었다는 사실이 유쾌하다.

역사는 과거를 되돌아보았을 때 비로소 잉태된다. 슬프도다. 지금의 우리는 매 순간 떠밀려서 한순간도 같은 곳에서 배회하면서 우리가 걸어왔던 길을 돌아볼 여유가 없다. 우리의 과거는 존재하지 않았던 과거처럼 미래를 위해 유린당하는 중이다. 우리는 역사가 결여된 졸부(벼락부자)처럼 그저 앞으로만 떠밀려 나가고 있다. 재력, 지력, 체력, 도덕적 능력에 엄청난 격차가 존재하는 국민이 코를 맞대고 마주했을 때, 상대적으로 낮은 쪽은 갑자기 자기의 과거를 잊어버린다. 과거 따위를 돌아볼 겨를이 없기 때문이다. 어서 빨리 높은 쪽과 비슷한 수준에 이르지 않으면 현재의 자신조차 상실하게 될 것이라는 두려움이 그들을 벼랑 끝으로 내몬다.

우리는 그저 눈 두 개를 가지고 있다. 두 눈 모두 낮이건 밤이건 앞만 바라보고 있다. 그리고 발이 눈에 미치지 못하는 것을 원망하며 초조해 마지않으며, 땀을 흘리거나 숨을 헐떡인다. 두려운 신경쇠약은 페스트보다 독한 병균을 사회에 심어두고 있다. 야번夜番을 위해 명검 마사무네正宗와 서양식 갑옷을 어쩔 수 없이 상납해야 하는 가족은 단무지의 꼬리를 씹으며 낮이고 밤이고 악착같이 일하는데, 야번 쪽에서는 칼이며 갑옷이 부족하다고 끊임없이 호소한다. 우리는 온 힘을 다해 우리의 과거까지 희생하면서 당장이라도 쓰러질 만큼 전진을 거듭하고 있을 뿐이다. 심지어 결국 우리가 쓰러졌을 때, 우리의 것들이 서양에 환영을 받을지 매우 의심스럽다. 우리의 굴뚝이 서양의 굴뚝처럼 거대한 연기를 뿜어내고 우리의 기차가 서양 기차처럼 넓은 궤도를 달리고 우리 자본이 공채가 되어 서양에 유통되고 우리의 연구와 발명과 정신노동이 존중을 받으며 과연 서양에 수용될 수 있을까. 아무리 스스로 자만심에 도취되었다고 해도 역시 매우 의심스럽다고 하지 않을 수 없다. 머독 선생님은 우리의 현재에 경탄해 우리의 과거를 연구하고 있지만, 우리는 우리의 현재에서 매 순간 쫓기며 우리의 미래를 비관하고 있다. 나는 우리의 과거에 대한 선생님의 저서를 소개하는 차제에, 우리의 운명에 관한 미래관도 선생님에게 한마디 말씀드려두고 싶다.

-1911년(메이지 44년) 3월 16~17일,
《도쿄아사히신문》수록

박사문제의 경과(전말)

2월 21일 박사학위를 사퇴한 후 거의 2개월 가깝게 지난 오늘까지, 당국자와 나는 아무런 교섭 없이 지내왔다. 그런데 4월 11일이 되자 뜻밖에도 우에다 가즈토시上田万年, 하가 야이치芳賀矢一 등 박사님 두 분이 호의적으로 방문하였다. 두 분이 내 의견을 당국에 전달한 결과 같은 날 오후, 나는 다시 후쿠하라福原 전문학무국장專門学務局長의 내방을 받았다. 국장은 나에게 문부성의 의지를 고했고 나는 다시 국장에게 내 소견을 되풀이했다. 그리고는 서로 견해가 다른 점을 유감스럽게 생각한다며 이야기를 나눈 후 헤어졌다.

다음 날인 12일이 되자, 후쿠하라 국장은 문부성의 의지를 공개하기 위해 나에게 아래와 같은 서간을 보냈다. 실은 두 달 전에 내가 국장에게 보냈던 사퇴 신청에 대한 답장이었다.

"삼가 아룁니다. 2월 21일자로 학위 수여 건에 대해 사퇴하고 싶다는 뜻을 청하셨으나, 이미 발령이 완료되었기에 새삼스레 사퇴하실 방도가 없는 상황임을 헤아려 주시고, 대신의 명에 의해 별지로 학위기를 돌려드릴 겸 이런 사정을 말씀드리는 바입니다."

나 역시 다시 내 소견을 공적으로 전달하기 위해 다음 날인 13일에 아래와 같은 서면을 후쿠하라 국장에게 보냈다.

"삼가 아룁니다. 학위사퇴 건은 이미 발령 완료 후의 신청이기에 저의 희망대로 선처하기 어렵다는 내용이 담긴 답변을 받고 재차 답신 올립니다.

저는 학위 수여 통지를 접했기에 사퇴의 건을 말씀드린 것입니다. 그보다 이전에는 사퇴할 필요도 없고 사퇴할 능력도 없다는 사실을 고려해주시길 바랍니다.

학위령의 해석상, 학위사퇴가 가능하다고 판단을 내릴 만한 여지가 있음에도 불구하고 전혀 저의 의지를 안중에 두지 않고 오로지 사퇴할 수 없다고 결정하신 문부대신에 대해 저는 불쾌한 심정을 품게 된다는 사실을 여기서 명확히 밝힙니다.

문부대신이 문부대신의 의견으로 저를 학위 있는 자로 인정하시는 것은 어쩔 수 없는 일이라 쳐도 저는 학위령의 해석상 저의 의사에 반해 반드시 받아야 할 의무가 있지 않다는 사실을 여기서 명확히 밝힙니다.

마지막으로 저는 현재 우리나라(일본)에서의 학문계와 문예계에 공통된 추세를 돌아보며 현재의 박사제도가 그 공功이 적고 폐해가 많음을 믿는 한 사람이라는 사실을 여기서 명확히 밝힙니다.

이상 대신에게 제 소견을 전달해주시길 부탁드립니다. 학위기는 재차 보내드립니다.”

요컨대 문부대신은 수여를 취소하지 않겠노라고 하고, 나는 사퇴를 취소하지 않겠다고 말할 뿐이다. 세간에서 나의 사퇴를 인정할지, 혹은 문부대신의 수여를 인정할지는 세간의 상식과 세간이 학위령에 대해 어떤 해석을 내릴지에 따라 결정된다. 하지만 나는 문부성이나 세간이 어찌 생각하든 나 자신을 내 생각대로 인정할 수 있는 자유를 지니고 있다.

내가 먼저 문부성에 취소를 요청하지 않는 한, 혹은 문부성이 나에게 의지의 굴종을 강요하지 않는 한, 이 문제는 현재 이상의 단계로 진전되어 매듭이 지어질 리 없다. 따라서 '마무리되지 않은 일'로 '마무리되어' 세월만 흘러갈지도 모른다. 해결 불가로 해석된 일종의 사건으로 종결되어, 통일이나 철저함을 추구하고 싶어 하는 사람의 마음을 괴롭히는 '예외'가 될지도 모른다.

박사제도는 학문 장려 수단으로 정부 입장에서 보자면 틀림없이 유효할 것이다. 하지만 일국의 학자 모두가 모조리 박사가 되기 위해 학문에 임하는 기풍을 양성하거나, 그렇게 여겨질 정도로 극단적인 경향을 띠고 행동하게 된다면, 국가적으로 봤을 때 폐해가 클 것이라는 사실을 짐작할 수 있다. 박사제도를 없애버려야 한다고까지는 생각하지 않는다. 그러나 박사가 아니면 학자가 아닌 것처럼 세간에서 여길 정도로 박사에 가치를 부여한다면, 학문은 소수 박사의 전유물이 될 것이고 극소수의 학자적 귀족이 학문의 권리를 모조리 장악하게 될 것이다. 이와 동시에 선발에서 누락된 사람들은 일반인들로부터 완전히 등한시되는 결과를 낳을 것이다. 바람직하지 않은 폐해가 속출하게 된다는 점을 나는 절실히 우려하는 바다. 이런 의미에서 나는 프랑스에 아카데미가 있는 것조차 유쾌하게 생각하지 않는다.

따라서 내가 박사를 사퇴한 것은 '철두철미 주의'의 문제다. 이 사건의 경과(전말)를 공개하면서 나는 이 한 구절만은 마지막에 반드시 덧붙여두고 싶다.

-1911년(메이지 44년) 4월 15일,

《도쿄아사히신문》수록

문예위원은 무엇을 하는 사람들인가?

~√

상上

정부가 관선官選 문예위원의 명단을 발표할 날이 가까워지고 있다고 한다. 과연 몇 사람이 자진해서 그 임무에 응할지 내 알 바 아니다. 다만 나는 그저 문단을 위해 한마디쯤 발언을 해서 여러분이 한 번쯤은 고민해보셨으면 좋겠다고 생각할 뿐이다.

정부는 어떤 의미에서 국가를 대표하고 있다. 적어도 마치 국가를 대표하기라도 하는 것처럼 만사를 충분히 행할 수 있는 권력가다. 지금 정부가 신설하려고 하는 문예원은 이 점에서 그야말로 국가적 기관이다. 따라서 문예원을 구성하는 위원들은 일반적인 문사의 격을 떠나 느닷없이 국가를 대표할 문예가가 되어야 할 상황이다. 심지어 자신만의 고유한 작품이나 평론, 식견이 가져다

준 가치에 의해 국가를 대표하게 된 것이 아니다. 실질적인 권력이라는 측면에서 자기보다 훨씬 우위에 있는 위대한 '정부'를 등에 업은 덕분에, 그야말로 느닷없이 물고기가 용이 된 형국이다. 스스로 그 소임을 다하고자 하는 문예가나 문학자들에게는 필시 커다란 고통일 것이다.

오로지 국가를 위한 일이기에 여러분이 만일 이런 고통을 기꺼이 감수해주겠노라고 말씀하신다면 참으로 탄복할 일이다. 그 대신 과연 어떤 점이 국가를 위해서인지, 명확하게 여러분의 입지를 우리에게 설명해줄 의무가 발생할 것이다.

정부가 국가적 사업의 일환으로 문예에 대한 보호 및 장려를 실행하려 함은 문명 당국자로서 응당 해야 할 생각이다. 하지만 고작 문예원 하나를 세워놓고 그 목적이 멋지게 달성될 것으로 기대한다면, 마치 과일나무를 재배하는 사람이 가장 중요한 토양 문제를 등한시한 채 자기가 보기에 흡족한 가지에만 봉지를 씌워서 큰 수확을 얻고자 하는 잔재주나 마찬가지다. 문예의 발달은 그 발달의 대상으로 문예를 받아들일 수 있는 사회가 존재할 것을 가정해야 한다. 그 정도의 사회를 만들어내는 것이야말로 문예를 보호하고 장려하고자 하는 정부의 우선

적 목적이어야 한다는 사실도 이미 모르는 이가 없을 정
도다. 그리하여 그것은 뿌리 깊은 국민교육의 결과에 따
라 비로소 일반 세간의 표면에 떠오르는 것밖에는 방도
가 없다. 이미 그 근본이 여기서 결판난다면 다른 설비는
거의 장식에 불과하다(그 폐해를 셈에 넣지 않을 때조차). 나는
정부가 문예 보호를 위한 가장 시급한 정책으로 어째서
학교교육이라는 아득한 근본에서부터 손을 쓰지 않았는
지 의아스럽다. 대대적인 규모의 번거로움이라는 이유
로 꺼릴 정도라면, 내친김에 문예원을 건설할 번거로움
도 꺼리는 편이 경제적일 것이다. 짐짓 국가를 대표하는
양 행동하는 문예위원이라는 존재는, 그 성질상 직접 사
회를 향해 이상과 같은 큰 힘을 행사하기 어려울 단체이
기 때문이다.

만약 문예원이 더 많은 비근한 목적을 가지고 문예를
산출하는 사람에 대해 그 작품에 관한 평가 결과에 따라
미미한 수준에서든 수시로든 개별적인 편의를 제공하려
한다면, 나는 그 효과가 비교적 적은 데에 반해 그 폐해
가 생각보다 클 것이라고 단언하는 바다.

우리는 스스로 제각각에 상응하는 감상력을 갖춘 문사
라고 자임하며 항상 다른 작품에 대해 자기가 정당하다

고 믿는 평가를 공개하는 데 주저함이 없다. 그뿐 아니라 예술적으로 상호 발전하고 진보할 여지는 이것밖에 없다는 생각마저 갖고 있다. 하지만 우리의 비판은 어디까지나 우리 개인의 비판이다. 만약 이것이 개인적인 비판을 넘어설 때는 비판 그 자체의 성질로서 반드시 보편적일 수밖에 없는 권위를 내부적으로 갖추었기 때문에, 이른바 상대방과 충분히 의논한 결과 얻었던 자연스러운 세력에 불과하다. 우리의 배후에는 그저 다른 사람보다 우수한 감상력과 다른 사람을 초월한 판단력이 있을 뿐, 오로지 이것으로 인해 자신의 언사에 그에 상응하는 권위가 생기는 것이다.

이런 권위가 최후이자 최고의 권위이길 간절히 바라는 것은 우리의 욕망에 불과할 뿐, 일반적으로 통용되는 사실은 아니다. 이것을 사실로 만들어주는 것은 상대방, 혹은 공평한 제3자다. 적어도 이 양쪽의 허락을 얻지 못한 자는 어디까지나 한 개인의 비판에 불과하다. 그것이 당연하다. 그런데 문예가나 문학가가 국가를 대표하는 정부의 위신 아래 느닷없이 국가를 대표하는 문예가로 둔갑한 결과, 천하가 그들의 비판이야말로 최종적이고 최상의 권위라는 오해를 불러일으키게 한다면, 과연 어찌

될 것인가. 오해를 불러일으킬 소지를 제공한 곳이 문예 자체와 아무런 교섭이 없는 정부의 위력에 바탕을 둔 만큼, 더더욱 일반 사회—특히 문예에 뜻을 품고 있는 청년—에 악영향을 끼칠 수 있다. 이것을 일러 문예의 타락이라고 말한다면 이는 널리 통용될 수 있을 것이다. 하지만 보호라는 표현에 이른다면 그 의미를 이해하기 위해 고통스러워하지 않을 수 없다.

중中

한 개인의 비판을 한 개인으로서의 최후의 비판, 최상의 비판이라고 믿는다면 아무도 이에 대해 토를 달 수 없다. 하지만 그것을 비교적 보편적인 것으로 만들기 위해, 다시 말해 그것을 세간에 통용되는 사실로 변화시키기 위해, 문예 감상과 아무런 인연도 연관도 없는 정부의 힘을 빌리는 것은 비겁한 행동이다. 자기의 소신을 객관화하여 공중이 그렇게 인정하게 할 근거가 없을 때조차, 그들은 자유롭게 천하를 기만할 권리를 미리 점유하게 되기 때문이다.

폐해는 이것만이 아니다. 정부의 위력을 짊어진 문예위원이 개인적이 아닐 수 없는 문예상의 비판을 국가적으로 팽창시켜 자기의 세력을 펼치는 수단으로 삼는다면 과연 어떻게 될까. 정부가 문예위원을 마치 문예에 관한 최종 심판자처럼 내세워 이 기관을 통해 가장 불쾌한 방법으로, 건전한 문예 발달을 도모한다는 막연한 핑계로, 행정상 유리한 작품만 장려하고 그 외의 것들을 압박할 것이라는 사실은 불을 보듯 뻔한 이치다. 공평한 문예 감상자라면 자신이 생각하는 건전성과 정부의 건전성이 일치하지 않는 대부분 경우에서, 문예원 설립을 도리어 불편하고 성가신 일로 여길 것이다.

이런 폐해는 일단 접어두더라도 문예원 건설이 여전히 문예 발전상 효력이 있어서, 어떤 종류의 양질의 작품은 틀림없이 나올 거라고 주장하는 사람도 있을지 모른다. 나는 그런 사람들에게, 설령 일본에 문예원이 없더라도 양질의 작품은 나오기 마련이라고 말해주고 싶다. 일찍이 문부성 전람회 심사원이었던 모 씨를 만났을 때 일본 회화도 최근엔 상당히 우수해졌다고 말했더니 모 씨 왈, 문부성 미술전람회가 생기고 나서 무척 좋아졌다는 것이었다. 일본 회화가 해마다 진보한다는 것은 논란의 여지가 없는 사실이지만, 그 원인을 모 씨처럼 일괄적으로 문부성 전람회로 돌리는 것은 잘못된 것으로 여겨진다. 일본의 화가들이 고작 그 정도의 일에 자극받아 비자발적으로, 인공적으로 실력이 향상되었다면 그들은 문부성 덕분에 실력이 올라간 동시에 문부성 덕분에 고개가 내려간 것이기 때문에 한편으로는 딱할 정도로 식견이 없는 사람들의 집합체라고 평할 수밖에 없다.

내가 모 씨의 말에 의아해했던 것은 나와 가장 밀접한 관계가 있는 문단의 근황을 비추어볼 때 결코 그리 되지 않을 거라는 자신이 있었기 때문이다. 정부는 오늘까지 우리 문예에 대해 아무런 보호를 해주고 있지 않다. 오히려 간섭만 했다고 보인다. 그런데도 일본 문학은 과거 수년 동안 현저한 발전을 거듭했다. 내가 보는 바로는, 현재 매월 발간되는 문학잡지에 게재되는 다수의 소설 대부분이 영국의 《윈저Windsor》 등에 속속 실리는 유치한 소설보다 얼마나 더 예술적인지 모른다. 이미 최근 수년 동안 이처럼 진보의 기운이 무르익고 있다면 돌연 그것을 저해할 사정이 생기지 않는 한, 문예원 같은 부자연스러운 기관의 도움을 굳이 빌려 무리하게 온실 속에 가두지 않아도 야생 상태 그대로 내버려 두면 순리에 따라 향후 발전해나갈 것이다. 우리 문사들도 문부성 입맛에 맞는 몇몇 사람만 추려내고 나머지는 애매하게 처리한다면 도리어 달갑지 않을 것이다.

현대의 문사가 저작 활동에 필요한 것이 국가를 대표하는 문예위원 분들의 주의나 비판, 평가라고 생각한다면, 그것은 정부의 오만에 불과하다. 이것들은 응당 각자가 이미 가지고 있을 것이다. 스스로 의문스러울 때는 개인적인 선배나 벗들, 신뢰할 수 있는 외국인이 저술한 책을 통해 배우고 자기 생각을 정리하면 충분하다. 현대를 살아가는 문사가 저작 활동에서 가장 요구하고 있는 바는 그런 것이 아니다. 돈이나 비교적 살아가기 손쉬운 생활이다. 그들은 보기 딱할 정도로 금전적인 어려움을 겪고 있다. 이른바 문단의 부진은 문단에 제공되고 있는 작품이 부진하기 때문이 아니다. 작품을 사주는 호주머니 사정이 부진한 것이다. 문사 처지에서 말하면 쌀독의 부진이다. 신설되어야 할 문예원이 이런 부진의 구제를 급선무로 삼아 적당한 일을 시작한다면, 설령 영구히 그 필요성을 인정할 수는 없다고 해도, 시급한 곤란을 구할 일시적 방편이 된다는 점에서, 문단에 인연이 깊은 우리는 한걸음 양보하여 무리하나마 찬성의 뜻을 표하고 싶다. 하지만 어떻게 그것을 해낼 수 있는지, 실행 문제에 대해 생각해보면 나로서는 전혀 그 가능성을 확신할 수 없다.

근래 일본 문단은 거의 소설 문단이다. 각본과 비평은 이에 버금갈 정도로 중요한 요소임이 틀림없으나, 분량적으로나 일반인의 관심으로나 결국 소설에는 미치지 못할 것이다. 그런 존재인 소설에 대해, 이 방면에 관계된 우리가 간과하기 어려운 특수한 현상이 매월 간행되는 잡지에서 현저히 나타나고 있다. 그것은 전체 소설이 예술적 작품으로서 어떤 수준에 도달하고 있다는 점과 그 수준이 해가 갈수록 점점 높아지고 있다는 사실이다. 이 두 가지 사실을 좌우의 날개 삼아, 논리적으로 한 발자국 교섭을 진전시킬 수 있다면, 우리는 (문단과 무관한) 국외자를 향해 흥미로운 일종의 결론을 제공할 수 있다. 그 결론이란 다음과 같다.

'우리 소설계는 위대한 한두 명의 천재를 가지는 대신, 우열이 그다지 현격하지 않은 다수의 천재(혹은 인재)의 결합과 노력으로 진보하는 중이다.'

이 경향에 수긍하면서 문예위원이 한다는 선발 및 상여의 실제 문제와 마주할 경우, 공평한 태도로 문학계의 앞날을 심사숙고하는 자라면 누구라도 이 사업에 동반되는 위험성과 곤란함을 느껴야 마땅하다. 그다지 우열의 등급을 매길 필요가 없는 작품에 대해 국가적 대표자의 권위와 위신을 가지고 굳이 상하 등급을 천하에 선고한 다는 사실에 일말의 거리낌조차 없다. 문명의 추세와 교화가 두루두루 미침으로써 초래되는 집합단체의 노력을 무시하고 전부에 주어야 할 보수를 굳이 특정 개인에게만 부여하려는 것은 거의 악의적인 취사선택과 마찬가지의 행위라고 할 수 있다.

선호와 혐오 같은 호오好惡의 감정은 개개인의 자유다. 이에 수반된 물품 및 금전의 증여 역시 개개인의 자유다. 영국 왕가가 계관시인이라는 칭호를 스윈번에게 부여하지 않고 오스틴에게 부여해 매년 200, 300파운드의 연금을 주는 까닭은 단순히 왕가가 가진 이 시인에 대한 호오의 표현이라고 보면 그뿐이다. 하지만 국가가 부여해야 할 보수는 단돈 1원이라도 호오에 의해 지배당해서는 안 된다. 반드시 우열에 따라 결정되어야 한다. 그리고 그 우열은 명확하게 공중의 눈에 비추어져야만 한다. 이런 필요조건을 갖추지 않는 국가적 보호와 장려라도 '그나마 없는 것보다는 낫다'라고 너그러이 봐주기보다는 오히려 '있어서 짐이 된다'(만약 그런 말이 의미가 통한다면)라고 응당 비난해야 한다.

작품들의 현 상황과 문사들의 궁핍함에 대해서는 이미 언급한 바와 같다. 지금 그들의 보호를 위해 사용할 수 있는 돈이 약간이라도 있다면 그것을 분배할 수 있는 비교적 무난한 방법은 그저 한 가지가 있을 뿐이다. 매월 월간 잡지에 게재된 모든 소설까지는 아니더라도 그 대부분, 즉 어떤 수준 이상에 도달해있는 작품에 대해서는 보호금이든 격려금이든 평등하게 나누어 당분간 원고료의 부족을 충당할 수 있도록 하면 될 것이다. 물론 문사들 모두에게 적당히 배분하면 적은 액수에 불과하겠지만 단편 한 작품에 대해 30엔 또는 50엔 정도의 상여금을 받을 수 있다면 상여에 동반되는 명예 따위는 아무래도 상관없다손 치더라도 실제 생활상 다소의 편의는 있을 거라고 믿을 수 있다. 이렇게 하면 잡지 편집자나 구매자에게는 전혀 영향을 끼치지 않고 그저 잡지를 장식하는 작가만이 안정된 수익이 발생하므로 잡지 하나에 실리는 소설의 숫자가 터무니없이 증가할 우려는 없다. 물론 직접 쓰고 직접 잡지에 내는 도락적인 문사가 다소 늘어날지는 모르지만, 그것은 일단 실시한 후 살펴보지 않으면 알 수 없는 일이다.

이상과 같이 나는 근본적으로 문예원 설치에 반대를

주창하는 사람이지만 만약 보호금 사용법에 대해 다행스럽게도 문예위원이 이런 공평한 수단을 강구한다면 그런 점에 대해서는 기꺼이 찬성의 뜻을 표할 작정이다. 물론 기타 기획에 대해서도 모조리 비난할 필요는 없다. 하지만 큰 틀에서 이런 내용은 정부로부터 독립된 문예 조합이나 작가단체 같은 조직 아래서 제안되고 그 조직 아래에서 행정당국자와 협상해야 마땅하다. 안타깝게도 지금의 일본 문예가들은 시간적으로나 금전적으로, 그리고 정신적으로도 동류 보전의 방안을 강구할 여유마저 가질 수 없을 정도로 빈약한 고립자 혹은 에고이스트의 집합이다. 자기가 만들어낸 우리 안에서 포효하며 서로가 서로를 헐뜯는 술책만 터득하고 있다. 한 발자국이라도 우리 밖을 향해 사회적으로 동류 전체의 지위를 높이겠다는 생각은 하지 않는다. 서로를 업신여기는 문학을 거리낌 없이 육호활자(한 변의 길이가 약 3밀리미터쯤 되는 활자-역주)로 늘어놓거나 하면서, 오히려 자신들이 사회로부터 경멸당할 수 있는 지반을 굳이 일부러 굳히면서 말짱한 표정을 짓고 있는 형국이다. 일본의 문예가가 작가 클럽이라고 말할 수 있을 정도의 단순한 조직마저 구성할 수 없는 미력한 무리라는 점을 떠올리면 정부가 계획한 문예원이 순탄하게 성립되는 것도 무리가 아닐지도 모른다.

-1911년(메이지 44년) 5월 18일~20일,

《도쿄아사히신문》 수록

학자와 명예

기무라항木村項의 발견자 기무라 박사의 이름은 놀랄 만큼 빠른 속도로 열흘이 채 되지 않은 사이에 일본 전역에 퍼졌다. 박사의 공적을 표창한 학사회원과 그 표창 소식을 놓치지 않고 긴박하게 보도한 도쿄의 각 신문사는, 오랜만이라기보다는 오히려 처음으로, 순수한 과학자에 관해 정객이나 군인, 실업자에 뒤지지 않는 주의를 사회에 요구했다. 학문을 위해서도 축하할 만한 일이며, 박사를 위해서도 기쁜 일임이 틀림없다.

하지만 지금부터 한 달 전, 기무라 박사가 어디서 무엇을 하고 있었는지를 알고 있던 사람은 전국을 통틀어 백명도 되지 않을 정도다. 박사가 느닷없이 저명해진 것은, 지금까지 전혀 사람들 눈에 띄지 않았던 과학계라는 암흑세계에 갑자기 황홀하게 빛나는 한 지점이 생긴 것이나 마찬가지다. 그곳이 밝아진 것은 다행스러운 일이나, 그곳만 밝아진 것은 부적절한 일이다.

사회는 불과 2, 3주 전까지만 해도 박사의 존재에 대해 전혀 신경 쓰지 않았다. 오늘날에도 여전히 과학이라는 세계의 존재에 대해 사회는 거의 무관심한 상태다. 암흑 세계나 다름없는 과학계가 사회적으로 봤을 때도 온통 어둡게 비춰질 동안은, 사회 근저에 있는 인생의 활력이 어떤 대상에 대해 공평하게 무감각하다고 비난받으면 끝 날 일이었다. 적어도 그 어둠 속의 한 지점이 기무라항이 라는 이름으로 온통 빛나는 이상, 다른 곳이 여전히 어둠 으로 적막한 이상, 사회가 지금까지 소유하고 있던 '공평 한 무감각'은 느닷없이 '불공평한 감각'으로 변할 수밖에 없다. 여태까지는 그저 '무지함'으로 통용될 수 있었다. 하지만 순식간에 그것이 '부도덕함'으로 전환된 것이다. 문제의 핵심이 '깨달음과 어리석음'을 나누는 이성의 담 장을 넘어 '도의의 권역' 안으로 들어온 것이다.

기무라항은 속인들의 눈에 환히 빛나게 되었지만, 기 무라항 주위에 있는 암흑면은 여전히 기무라항이 알려지 기 이전과 마찬가지로 사람들로부터 외면된 존재로 남는 다면, 일본의 과학은 기무라 박사 한 사람의 과학에 불과하며 그 외의 물리학자, 수학자, 화학자, 혹은 동식물학자 등등은 하나의 단위조차 충족시킬 수 없는 불량품이어야 한다. 나 역시 일본이 빈약하다는 점을 인정하지만, 그렇다고 그 정도로 얼뜨기가 모여 과학을 연구하고 있다고는 생각되지 않는다. 과문하여 해당 방면의 지식에 밝지 못한 나의 머릿속에도, 이런 단정을 부정할 만한 재료는 충분할 것이다.

사회는 지금까지 과학계를 그저 만연하고 어두운 세계로 바라보고 있었다. 과학계를 조직하는 학자의 연구와 발견에 대해서도 그 상대적 가치는커녕, 자기 가정의 의식주와 전혀 교섭이 없는 무의미한 존재로 간주해왔다. 그런데 학사회원의 표창에 화들짝 놀라 갑자기 기무라 씨에 대해 무척이나 떠들썩하게 다루기 시작했다. 떠들썩함의 정도가 기무라 씨의 위대함에 비례한다손 치더라도, 기무라 씨와 다른 학자 모두를 모조리 똑같이 한 구덩이 속에 파묻어버렸던 한 달 전의 무지한 공평함은 어쨌든 산산조각이 난 셈이다. 일단 기무라 박사를 찬양하고자 한다면 기무라 박사의 공적에 따라 다른 학자 역시 적당한 명예를 부여하는 것이 정당한데도 불구하고, 다른 학자들은 기무라 박사의 표창 이전과 똑같은 암흑면에 내버려 둔 채 오로지 기무라 박사만이 오늘날까지 학자 사이에서 유지되어온 상대적 위치를 뛰어넘어 대중들 눈앞에 홀로 위대하게 보이게 되었다. 이는 도의적인 불공평을 굳이 마다하지 않아 사회에 묘한 오해를 줄 수 있는 호의적인 나쁜 결과다.

사회는 그저 신문 기사를 믿고 있다. 신문은 그저 학사회원의 조치를 믿고 있다. 학사회원은 애당초 그 자신을 믿고 있을 것이다. 나라고 기무라항이 명예로운 발견이라는 사실을 의심한다는 소리는 아니다. 하지만 학사회원이 그 발견자에게 상대적인 위치를 부여할 방안을 강구하지 않고, 표창 의식을 제전처럼 보여주려는 부질없는 욕심에, 상을 받는 사람에게 자칫 절대적인 우월권을 부여하는 것처럼 보이는 행동을 취한다면, 주도면밀한 사고와 분별을 표방하는 학자의 조치로서 내가 제기하고자 하는 불공평의 비난을 감수할 자격이 있을 것이다.

학사회원이 만약, 영예로운 다수의 학자 중에서 올해는 우선 기무라 씨만 뽑고 다른 사람은 매년 순차적으로 표창한다는 뜻을 애초부터 가지고 있었다고 변명한다면, 기무라 씨를 표창하는 동시에 그런 취지가 일반인들에게 널리 알려지도록 미리 손을 써두는 것이 학자가 해야 할 준비였을 것이다. 기무라 씨가 500엔의 상금과 직경 3촌(1촌寸이 약 3.3센티미터 정도이므로 그 세 배인 9.9센티미터-역주) 크기의 상패를 받을 만하다는 데 반해, 다른 학자는 단 한 푼의 상금이나 한 치의 상패만큼의 가치도 없는 존재인 것처럼 일반 대중이 생각하게 만든 것은, 기무라 씨의 공적을 표현하기 위해 다른 학자에게 굴욕을 주는 것이나 마찬가지의 결과를 초래할 것이다.

-1911년(메이지 44년) 7월 14일, 《도쿄아사히신문》 수록

유리문 안에서(초抄)

1

　유리문 안에서 창밖 너머를 바라다보면 볏짚으로 덮은 파초, 빨간 열매가 맺힌 낙상홍 가지, 무심코 곧게 서 있는 전봇대 따위가 눈앞에 성큼 다가서는데, 그밖에 이렇다 할 정도의 것은 거의 시야에 들어오지 않는다. 서재에 있는 내 시야는 무척이나 단조롭고, 그리하여 또 무척이나 협소하다.

　게다가 나는 작년이 저물어갈 무렵 감기에 걸려 거의 집 밖으로 나가지 못한 채, 날마다 이 유리문 안에만 앉아 있다. 세상이 어떤 모습일지 도무지 알 수 없다. 마음이 좀 그래서 독서도 거의 하지 않는다. 나는 그저 앉았다가 누워있기를 반복하며 그날그날을 보내고 있을 뿐이다.

　하지만 내 머릿속은 때때로 움직인다. 기분도 조금씩

은 변한다. 아무리 좁은 세계 안이라 해도 나름대로 사건이 일어나기도 한다. 그리고 작은 나와 넓은 세계를 갈라놓고 있는 이 유리문 안으로 때때로 사람들이 들어온다. 미처 생각지도 못했던 사람들이 내게로 와서는 내가 미처 생각지도 못했던 말들을 한다. 나는 흥미로 가득 찬 눈으로 그들을 맞이하거나 배웅한다.

나는 그런 이야기를 조금 써 내려 가볼까 한다. 그런 종류의 글이 바쁜 사람의 눈에는 얼마나 하찮은 일로 여겨질지 모르겠다. 전철 안에서 신문을 꺼내 들고 커다란 활자에만 시선을 쏟고 있는 구독자 앞에, 나의 이런 한적한 글을 나란히 집어넣어 가득해진 지면을 보여주는 것은, 나 자신을 부끄럽게 여기게 만드는 일 중 하나다. 이런 사람들은 화재나 도난사건, 살인이나 모든 그날그날의 사건 가운데 자신이 중요하다고 생각하는 사건이나 자신의 신경을 제법 자극할 수 있는 신랄한 기사 외에는 신문을 집어 들 필요성을 인정하지 않을 정도로 시간에 각박한 사람들이기 때문이다. 왜냐하면 그들은 정류장에서 전차를 기다리는 동안 신문을 사고, 전차를 타고 있는 동안 어제 일어난 사회 변화를 인지하고, 관청이나 회사에 도착하자마자 주머니에 집어넣은 신문지 따위 까맣

게 잊어버릴 정도로 바쁠 테니까.

나는 지금 이토록 시간에 쫓기며 촉박하게 사는 사람들의 경멸을 각오한 채 이 글을 쓰고 있다.

작년부터 서양에서는 대규모 전쟁(1차 세계대전을 가리킴-역주)이 시작되고 있다. 전쟁이 언제 끝날지도 예측할 수 없는 상황이다. 일본도 그 전쟁의 작은 일부를 떠맡았다. 전쟁이 끝나자 의회가 해산하게 되었다. 다가올 총선거는 정치계 사람들에게는 중대한 문제다. 쌀 가격이 지나치게 하락한 결과 농가에 돈이 들어오지 않기 때문에 여기저기서 불경기라고 볼멘소리를 한다. 연중행사로 말하면 봄에 실시하는 정규 스모경기가 이제 곧 시작되려고 한다. 요컨대 세상은 매우 다사다난하다. 유리문 안에서 홀로 가만히 앉아있는 나 따위는 여간해서 신문에 얼굴을 내밀지 못할 것 같다. 내가 글을 쓰면 정치가나 군인, 실업가나 스모 애호가를 제치고 쓰는 셈이 된다. 나 혼자만으로는 도저히 그 정도의 담력이 생기지 않는다. 그저 봄에 뭔가를 써보라는 이야기를 들었기에 나 이외의 사람과는 그다지 관계가 없는 하찮은 이야기를 쓰는 중이다. 이 글이 언제까지 이어질지 지금으로서는 장담할 수 없다. 내 글이 써지는 상황과 지면의 편집 사정에 따라 결정될 일이기 때문이다.

6

　나는 그 여자를 네댓 번 만났다.

　그녀가 처음 방문했을 때 나는 부재중이었다. 현관에 나가 응대하던 하녀가 소개장을 가지고 오라고 당부하자 그녀는 딱히 그런 것을 받을 만한 곳이 없다며 그대로 돌아갔다고 한다.

　하루 정도가 지나 그 여자는 편지로 직접 내게 사정을 물어왔다. 편지 겉봉에 적힌 주소를 보니 그녀는 아주 가까운 곳에 살고 있었다. 나는 바로 답장을 써서 만날 날을 정해주었다.

　여자는 잊지 않고 약속 시간에 와주었다. 떡갈나무 문양이 그려진 화려한 빛깔의 축면(치리멘縮緬, 직물 표면에 오글오글한 요철이 드러난 견직물-역주)으로 된 겉옷인 하오리羽織를 걸친 것이 가장 먼저 내 눈에 들어왔다. 여자는 내가 쓴 것들을 대부분 읽은 것 같아서, 이야기는 대부분 그쪽 방면으로만 이어져 갔다. 내 작품에 대해 초면인 사람에게 찬사만 듣는 것은 자칫 고마울 것 같지만, 의외로 무척이나 겸연쩍기 마련이다. 솔직히 털어놓으면 나는 매우 곤혹스러웠다.

일주일 후 여자는 다시 찾아왔다. 그리고 나의 작품을
또 칭찬해주었다. 하지만 내심 그런 화제를 피하고 싶은
심정이었다. 세 번째 왔을 때 여자는 감정이 북받쳐 오른
것처럼 보였다. 품속에서 손수건을 꺼내 연신 눈물을 닦
더니, 자신이 여태껏 겪어왔던 슬픈 개인사를 글로 써주
지 않겠느냐고 내게 부탁했다. 아직 이야기를 들어보지
도 않은 입장에서 아무런 확답을 할 수 없었다. 나는 여
자에게, 만약 그것을 썼을 때 입장이 난처해질 사람이 있
느냐고 물어보았다. 여자는 의외로 명확한 어조로, 실명
만 나오지 않으면 괜찮다고 답했다. 그래서 나는 일단 그
녀의 이야기를 듣기 위해 따로 시간을 만들었다.

그런데 막상 그날이 되자 여자는 나를 만나고 싶어 한
다는 또 다른 여성을 데리고 와서는, 정작 나누기로 했던
이야기는 다음으로 미루고 싶다고 말했다. 약속을 저버
린 그녀를 탓할 생각은 없었다. 두 사람과 나는 세상 사
는 이야기를 하고 나서 헤어졌다.

그녀가 마지막으로 내 서재에 앉았던 것은 그다음 날 밤
이었다. 그녀는 자기 앞에 놓인 자그마한 오동나무 재질
의 화로를 놋쇠 부젓가락으로 찌르면서 기구한 자신의 신

세를 털어놓기 전에, 잠자코 있던 나에게 이렇게 말했다.

"일전에는 흥분한 나머지 제 이야기를 써주십사 말씀 드렸지만, 그건 그만두기로 했습니다. 그저 선생님께서 제 이야기를 들어주시면 되는데, 부디 그렇게 생각하시고……"

나는 그 말에 대해 이렇게 답변했다.

"당신의 허락이 없는 한, 아무리 쓰고 싶은 내용이 나와도 결코 쓸 생각이 없으니 안심하십시오."

내가 여자에게 단단히 약조해두자 여자는 그렇다면 이야기를 하겠노라며 7, 8년 전부터 지금까지 지내온 내력을 말하기 시작했다. 나는 묵묵히 여자의 얼굴을 응시했다. 그러나 여자는 대부분 시선을 아래로 내린 채 화로 속만 응시하고 있었다. 그러더니 고운 손가락으로 놋쇠 부젓가락을 손에 쥐고 재를 찔렀다.

간혹 이해가 가지 않는 대목이 나오면 나는 여자를 향해 짧은 질문을 던졌다. 여자는 간단히 내가 납득할 수 있도록 답변했다. 그러나 대개는 자기 혼자 이야기를 이어나갔기 때문에 나는 오히려 목석처럼 가만히 잠자코 있었다.

이윽고 여자의 뺨이 붉게 상기되었다. 분을 바르지 않

은 탓인지, 한껏 달아오른 뺨의 빛깔이 내 눈에 성큼 다
가왔다. 고개를 숙이고 있었기 때문에 삼단같이 검은 머
리카락도 자연히 나를 사로잡았다.

7

여자의 고백은 숨이 멎어버릴 만큼 비통하기 그지없었
다. 그녀는 나를 향해 이런 질문을 던졌다.

"만약 선생님이 소설을 쓰신다면 이 여자의 마지막을
어떻게 하시겠습니까?"

나는 어찌 답변해야 할지 곤란해졌다.

"여자가 죽는 편이 낫다고 생각하십니까? 아니면 계속
살아간다고 쓰시겠습니까?"

나는 어느 쪽으로든 쓸 수 있다고 대답하고 넌지시 그
녀의 기색을 살폈다. 여자는 좀 더 확실한 표현을 요구하
는 것처럼 보였다. 나는 어쩔 수 없이 이렇게 대답했다.

"산다는 것을 인간의 중심점으로 생각한다면 그대로
두어도 지장이 없겠지요. 그러나 아름다움이나 고귀함
을 으뜸에 두고 인간을 평가한다면 문제는 달라질지도
모릅니다."

"선생님은 어느 쪽을 택하시겠습니까?"

나는 다시 망설였다. 잠자코 여자가 하는 이야기를 듣고 있을 수밖에 없었다.

"지금 제가 가지고 있는 이 아름다운 마음이 시간이 흐르면서 점점 희미해져 갈까 봐 견딜 수 없이 두렵습니다. 이 기억이 사라져버린 후 그저 멍하니, 영혼이 빠져나간 빈껍데기처럼 살아갈 미래를 상상하면 너무나 고통스럽고 두려워서 견딜 수 없습니다."

나는 여자가 지금 넓은 세간世間(세계) 안에 홀로 선 채 꼼짝달싹할 수 없는 위치에 있다는 사실을 알고 있었다. 그리고 나의 힘으론 어떻게도 해줄 수 없을 정도로 절박한 처지라는 사실도 알고 있었다. 나는 타인의 처절한 고통에 아무런 도움을 주지 못한 채 그저 방관하는 위치에 가만히 서 있을 수밖에 없었다.

나는 약을 먹을 시간을 확인하기 위해 손님 앞에서 거리낌 없이 회중시계를 방석 옆에 두는 버릇이 있었다.

"벌써 열한 시이니 돌아가 주시지요."

결국 나는 이렇게 말했다. 여자는 언짢아하는 기색 없이 자리에서 일어났다. 나는 다시,

"밤이 깊었으니 바래다 드리지요."

라고 말하며 여자와 함께 댓돌 위로 내려섰다.

그때 아름다운 달빛이 고요한 밤을 온통 적시고 있었다. 거리로 나가자 적막한 땅 위에 울리는 게다 소리는 전혀 들리지 않았다. 나는 양손을 품에 넣고 모자도 쓰지 않은 상태로 여자의 뒤를 따라 걷고 있었다. 구부러진 길모퉁이에서 여자는 살짝 눈인사하더니,

"선생님께서 이렇게 배웅해주시니 너무 황송합니다"라고 말했다.

"황송할 게 뭐가 있겠습니까, 다 같은 사람인걸요"라고 나는 답했다.

다음 길모퉁이까지 왔을 때 여자는 다시 말했다.

"선생님께서 배웅해주시다니, 영광입니다."

나는 진지하게 물어보았다.

"정말로 영광이라고 생각하십니까."

"생각합니다."

여자는 짧고 확실하게 대답했다. 나는 다시 그녀에게 말했다.

"그렇다면 죽지 말고 살아주셔요."

나는 여자가 그 말을 어떻게 해석했는지 알 수 없다. 그리고 나서 백 미터쯤 갔다가 다시 집 쪽으로 되돌아왔다.

숨이 막힐 듯 괴로운 이야기를 들을 수밖에 없었던 나

는, 그날 밤 오히려 인간다운 흐뭇함을 오랜만에 경험했다. 그리고 그것이 고귀한 문예 작품을 읽은 후의 심경과 비슷하다는 사실을 문득 깨달았다. 유라쿠자有楽座(도쿄 유라쿠정有楽町에 세워진 일본 최초의 서양식 극장-역주)나 데이코쿠 극장帝国劇場(유라쿠자와 함께 다이쇼大正 시대를 대표하는 극장-역주)에 가서 우쭐해하던 과거 자신의 옛 그림자가 어쩐지 한심스럽게 여겨졌다.

8

불쾌함으로 가득 찬 인생을 터벅터벅 걸어가고 있던 나는 자신이 언젠가 한 번은 도착하지 않으면 안 될 죽음이라는 경지에 대해 항상 생각하고 있다. 그리고 그 죽음이라는 것을 삶보다는 더 안락한 것이라고 믿고 있다. 어떨 때는 인간으로서 도달할 수 있는 가장 지고至高의 상태라고 생각하는 경우도 있다.

"죽음은 삶보다 고귀하다."

이런 말이 최근에는 끊임없이 내 가슴 속을 스쳐 지나가곤 한다.

하지만 현재의 나는 이런 모습으로 살아가고 있다. 나의 부모, 조부모, 증조부모, 그리고 순차적으로 거슬러 올라가 백 년, 2백 년, 혹은 천 년, 만 년 동안 길들여진 관습을 나의 대에 와서 느닷없이 해탈할 수는 없기에 나는 여전히 이 삶에 집착하고 있는 것이다.

때문에, 내가 타인에게 해줄 수 있는 조언은 아무래도 이 삶이 허락하는 범위 안에서만 이루어져야 할 것이다. 어떤 식으로 살아가야 할지를 생각하는 좁은 영역 안에서만 나는 인류의 일원으로 인류의 또 다른 일원과 마주해야 한다. 이미 삶 속에서 활동하는 자신을 인정하고, 그런 삶 속에서 호흡하는 타인을 인정하는 이상, 서로의 근본 의의는 아무리 괴로워도 아무리 추해도 이 삶 위에 놓인 것이라고 해석하는 게 당연하기 때문이다.

"만약 살아있는 것이 고통이라면 죽으면 되겠지요."

이런 말은 아무리 세상을 하찮게 여기며 체념한 사람이라도 쉽사리 입 밖에 낼 수 없을 것이다. 의사들은 편안하게 저세상으로 가려는 병자들에게 일부러 주사를 놓아 환자의 고통을 조금이라도 연장하려고 온갖 방법을 궁구한다. 고문이나 다름없이 이런 짓이 인간의 덕의로 허용되고 있는 것을 보면 우리가 얼마나 끈질기게 삶이라는 한 글자에 집착하고 있는지를 이해하게 된다. 나는 결국 그 사람에게 죽음을 권할 수가 없었다.

그 사람은 도저히 회복을 기대할 수 없을 정도로 가슴 깊이 상처 입고 있었다. 동시에 그 상처는 여느 사람이 결코 경험할 수 없는 아름다운 추억의 씨앗이 되어 그 사람의 얼굴을 빛나게 하고 있었다.

그녀는 그 아름다운 추억을 보석처럼 소중히, 그녀의 가슴 깊숙이 영원히 간직하고 싶어 했다. 그러나 불행하게도 그 아름다운 추억은 분명 그녀를 죽음 이상으로 고통스럽게 하는 처절한 상처 그 자체였다. 종이의 앞뒷면처럼 이 둘은 떼려야 뗄 수 없는 것이었다.

나는 그녀를 향해 모든 것을 치유해줄 '시간'의 흐름에 따라달라고 말했다. 그녀는 만약 그렇게 하면 이 소중한 기억이 점차 사라져갈 것이라고 탄식했다.

공평한 '시간'은 소중한 보물을 그녀의 손에서 빼앗는 대신 그 상처 또한 치유해줄 것이다. 격렬한 생의 환희를 꿈처럼 희뿌옇게 만들어버리는 동시에 환희에 동반되는 지금의 선연한 고통도 기꺼이 사라지게 해줄 것이다.

나는 깊은 연애에 뿌리를 내리고 있는 열렬한 기억을 도려내서라도 그녀의 상처에서 뚝뚝 흘러내리고 있는 선연한 피를 '시간'으로 하여금 닦아내게 해주고 싶었다. 아무리 평범한 삶이라도 살아가는 편이 죽는 편보다는 내가 본 그녀에게 어울렸기 때문이다.

이리하여 항상 삶보다 죽음을 고귀하다고 믿는 나의 희망과 조언은, 결국 이 불쾌함으로 가득 찬 삶이라는 것을 초월할 수가 없었다. 심지어 나에게는 그것을 실행함에 있어서 스스로 범용한 자연주의자임을 절실히 입증하고 있는 것처럼 보였다. 나는 지금도 반신반의하는 눈으로 물끄러미 자기 마음을 응시하고 있다.

22

최근 2, 3년 동안 나는 대체로 1년에 한 번꼴로 병치레를 하며, 자리에 누웠다가 다시 일어날 때까지 거의 한 달이라는 세월을 허비한다.

내 병으로 말할 것 같으면 항상 위장장애이기 때문에 결정적인 순간에는 절식 요법밖에는 손을 쓸 방법이 없어진다. 비단 의사의 명령 때문만이 아니라 병의 성질상 나는 어쩔 수 없이 이 절식을 택할 수밖에 없다. 때문에, 앓기 시작할 때보다 회복기에 접어들었을 무렵 더욱 수척해지고 휘청거린다. 털고 일어나는데 한 달 이상이 걸리는 까닭도 대부분 이렇게 쇠약해져 버리기 때문일 것이다.

내 거동이 자유로워질 무렵엔 검은 테두리를 두른 인쇄물이 종종 내 책상 위에 놓여있다. 나는 운명을 향해 씁쓸한 미소를 보내는 사람처럼 실크 해트 따위를 쓴 채 인력거를 타고 장례식장으로 달려간다. 죽은 사람 중에는 노인이나 노파도 있었지만, 간혹 나보다 나이가 젊고 평소에 자신의 건강을 뽐내던 사람도 종종 있었다.

귀가 후 책상 앞에 앉아 인간의 수명이란 참으로 알 수 없는 노릇이라고 생각한다. 병치레가 잦은 나는 어찌해서 살아남았는지 의아한 생각도 든다. 그 사람은 어떤 연유로 나보다 먼저 갔을까 싶다.

나로서는 이런 묵상에 잠기는 것이 오히려 당연하다고 말하지 않을 수 없다. 하지만 자신의 지위나 몸이나 재능, 이 모든 것이 자신이라는 존재가 있어야 할 곳임을 자칫 망각하기 쉬운 한 사람의 인간으로서, 나는 죽지 않는 것이 당연하다고 생각하면서 살아가고 있는 경우가 많다. 독경하는 동안에도, 혹은 영전에 향을 피우며 고인의 명복을 비는 순간에조차 먼저 세상을 떠난 사람 뒤에 살아남은, 나라고 하는 형해形骸의 존재를 조금도 의아해하지 않으며 말짱한 얼굴로 있곤 한다.

어떤 사람이 나에게 다음과 같은 말을 한 적이 있다.

"타인이 죽는다는 사실은 마치 당연한 일처럼 생각되지만 나 자신이 죽는다는 것만은 도저히 그렇게 생각할 수 없네요."

전쟁터에 나간 적이 있는 사내에게 물어본 적도 있다.

"그렇게 같은 부대 동료가 계속 쓰러지는 것을 보면서 자기만은 죽지 않으리라고 생각하실 수 있던가요?"

"그럴 수 있더군요. 대부분의 사람이 죽기 전까지는 자기가 죽을 거로 생각하지 않잖아요."

그 사람은 그렇게 대답했다. 그 후 대학의 이과 계열의 사람에게 비행기에 관한 이야기를 듣게 되었을 때, 그와 이런 문답을 했던 기억도 난다.

"그렇게 계속 떨어지거나 죽거나 하면 나중에 탈 사람은 무섭겠네요. 이번엔 내 차례일 거라는 기분이 들 것 같은데, 그렇지 않을까요?"

"그런데 그게 그렇지 않은 것 같더군요."

"어째서요?"

"어째서냐 하면, 정반대 심리상태에 지배당하게 되는 것 같더라고요. 역시 그 녀석은 떨어졌지만 나는 괜찮을 거라고. 그런 마음이 드는 모양이더군요."

나 역시 아마도 이런 사람 같은 심정으로 비교적 태연

할 수 있을 것이다. 당연한 일일지도 모른다. 죽기 전까지는 누구든 살아있을 테니까.

신기하게도 내가 누워있는 동안에는 검은 테두리를 두른 부고가 거의 오지 않는다. 작년 가을에도 병석에서 일어난 후 서너 명의 장례식에 참석했다. 그 서너 명 가운데 신문사의 사토 씨도 포함되어있다. 사토 씨가 어느 연회 자리에 회사에서 받았던 은잔을 들고 와 내게 술을 권해주던 일이 문득 떠올랐다. 그때 그가 추었던 괴상한 춤도 여전히 기억난다. 그토록 건강하고 다부진 사람의 장례식에 간 내가, 그가 가고 내가 남은 것을 딱히 의아해하지 않는 경우가 많다. 그러나 가끔은 내가 살아있는 편이 부자연스럽다는 마음이 드는 순간도 있다. 그렇게 운명이 일부러 나를 우롱하는 것은 아닌지 의심하고 싶어진다.

30

내가 이렇게 서재에 앉아있으면 나를 찾아오는 사람들 대부분이 "이제 완전히 쾌차하셨는지요?"라고 묻곤 한다. 나는 몇 번이나 똑같은 질문을 받으면서 몇 번이고 답변에 머뭇거렸다. 그러다 결국 항상 똑같은 말을 되풀이하게 되었다. 그것은 바로, "글쎄요, 그럭저럭 살고 있습니다"라는 희한한 인사였다.

'그럭저럭 살고 있다.' 나는 이 한 구절을 오랫동안 사용했다. 그러나 사용할 때마다 어쩐지 부적절하다고 느껴졌다. 실은 나도 그만 쓰고 싶어서 대안으로 사용할 수 있는 말에 대해 고민해보았는데, 내 건강 상태를 표현할 수 있는 다른 적당한 말이 도무지 떠오르지 않았다.

어느 날 T 씨가 왔을 때 이 이야기를 해주었다. 나았다고도 할 수 없고 낫지 않았다고도 할 수 없고, 어찌 답변해야 할지 모르겠노라고 했더니, T 씨는 얼른 이렇게 대답하는 것이었다.

"나았다고 말씀하시기도 그러시겠네요. 이렇게 자주 재발하시니. 원래의 병이 계속되고 있다고 해야 할까요."

'계속'이라는 단어를 들은 순간, 나는 좋은 것을 배웠다는 생각이 들었다. 그 뒤로는 "그럭저럭 살고 있습니다"라는 인사 대신 "병이 아직 계속되고 있습니다"라고 말하고 있다. 그리고 계속이라는 의미를 설명할 때는 반드시 유럽에서 일어난 세계대전을 예로 들었다.

"저는 마치 독일이 연합군과 전쟁을 하는 것처럼 병마와 전쟁 중입니다. 지금 이렇게 당신과 마주 앉아있을 수 있는 것은 천하가 태평해졌기 때문이 아니라 참호에 들어가 병과 대치하고 있기 때문입니다. 제 몸은 난세입니다. 언제 어떤 변이 생길지 모릅니다."

어떤 사람은 내 설명을 듣고 재미있다는 듯이 껄껄 웃었다. 어떤 사람은 잠자코 있었다. 또 어떤 사람은 안쓰러운 표정을 지었다.

손님이 돌아간 후 나는 또다시 생각했다. 계속되고 있는 것은 아마도 내 병만이 아닐 것이다. 내 설명을 듣고 농담이라고 생각하고 웃는 사람, 이해가 안 되어 입을 다물고 있는 사람, 동정심에 휩싸여 안쓰러운 표정을 짓는 사람, 이런 모든 사람의 내면 깊숙이에는 내가 모르는, 혹은 본인조차 미처 알아차리지 못하는 '계속 중'의 어떤 것이 얼마든지 잠재되어있는 게 아닐까. 만약 그들 가슴에 울릴 만큼 커다란 음으로 그것들이 한순간에 파열해버린다면 그들은 과연 어떻게 생각할까. 그 순간 그들의 기억은 그들을 향해 더는 아무 말도 걸어오지 않을 것이다. 과거의 자각은 진즉 사라져버렸을 것이기 때문이다. 지금과 과거와, 더 먼 과거 사이에 아무런 인과관계를 인정할 수 없는 그들은 그런 결과를 마주하게 되었을 때 과연 어떤 말로 스스로 해석해볼 생각일까. 어차피 우리는 각자가 자기의 꿈을 꾸는 동안 제조한 폭탄을 제각각 품고 있으며, 결국엔 모두들 죽음이라는 저 멀리로 담소를 나누며 걸어가고 있는 게 아닐는지. 다만 각자가 어떤 것을 품고 있는지, 다른 사람도 모르고 자기도 알지 못하기에 그나마 행복한 것은 아닐는지.

나는 내 병이 계속되고 있다는 사실을 인식했을 때, 유럽의 전쟁도 어쩌면 과거 언젠가부터 계속되는 중이라고 생각했다. 하지만 그것이 언제부터 어떻게 시작되어, 앞으로 과연 어떤 우여곡절을 거칠지의 문제에 대해서는 아무런 지식이 없기에, 계속이라는 단어에 이해가 가지 않는 일반인을 오히려 부러워하고 있다.

Ⅱ 부

런던 소식(초抄)

1

　(전략) 그래서 오늘, 즉 4월 9일 온밤을 지새워가며 어떻게든 보고를 하고자 하네. 보고하고 싶은 일은 무척 많지. 이쪽에 오고 나서 어찌 된 영문인지 인간적으로 성실해져서 말이야. 많은 것들을 보고 들을 때마다 일본의 장래라는 문제가 계속 머릿속에 맴도네. 어울리지 않는다며 놀리지 말게나. 나 같은 인간이 이런 문제를 고민하는 것은 결코 날씨나 '비프스테이크' 탓이 아니라, 하늘이 그렇게 만드니 결국 하늘의 뜻인 거지. 이 나라의 문학과 미술이 얼마나 성대한지, 그 성대한 문학과 미술이 얼마나 국민의 품성에 감화를 끼치고 있는지, 이 나라의 물질적 개화가 얼마나 진보했으며 그 진보의 이면에는 과연 어떤 조류가 흐르고 있는지, 영국에는 무사라는 말은 없지만, 신사라는 말이 있는데 그 신사가 어떤 의미가 있는지, 일반인들이 얼마나 점잖고 근면한지, 여러 가지로 눈에 띄는 동시에 거슬리는 일들이 떠오르네. 때론 영국이

싫어져 빨리 일본으로 돌아가고 싶어진다네. 그럼 또 일
본 사회가 어떤 모습을 하고 있을지가 떠올라 미덥지도
않고 한심하다는 생각이 들지. 일본의 신사가 덕德, 체体,
미美라는 측면에서 매우 부족한 점이 많다는 생각을 떨
쳐 버릴 수 없네. 일본의 신사들이 얼마나 태연한 표정으
로 우쭐대는지, 얼마나 쓸데없이 사치스러운지, 얼마나
공허한지, 현재의 일본에 안주한 나머지 자신들이 일반
국민을 타락의 심연으로 이끌고 있는지를 알지 못할 정
도로 얼마나 근시안적인지, 여러 가지 불만이 머릿속에
맴도네. 일전에 일본 상류사회에 대해 장문의 편지를 써
서 친척에게 보냈다네. 그렇지만 이런 것들은 영국에 오
고 나서 더더욱 느끼게 되었을 뿐 영국과 무관한 이야기
이기에, 자네들에게 들려줄 필요도 없고 듣고 싶은 내용
도 아닐 터이니 생략하고 다른 이야기를 해볼까 하네. (이
하 생략)

2

(전략) 나도 때로는 선승이나 괴짜 철학자처럼 이미 다
깨달음을 얻은 것처럼 말하지만 역시 알다시피 전반적
으로 속물이기 때문에 이런 궁핍한 생활에 대해 "안회는

그것을 즐거움이라 여기고 고치지 않으니 현명하구나, 안회야"(공자가 제자 안회를 칭찬한 『논어』 속 표현-역주)라며 칭찬 받을 권리는 전혀 없거든. 그렇다면 어째서 좀 더 쾌적한 곳으로 옮기지 않느냐고 물을지도 모르지만, 거기에는 그럴 만한 충분한 이유가 있지. 먼저 들어보게나. 정말 그렇더군. 유학생의 학자금은 터무니없을 정도로 적다네. 런던에서는 더더욱 빠듯하다고 할 수 있지. 하지만 적다고 해도 이 유학비를 몽땅 의식주 쪽으로 쏟아부으면 나도 조금이나마 좀 더 편한 생활을 할 수 있거든. 일본에 있을 당시처럼 체면을 유지할 정도가 될지는 모르겠지만(일본에 있다면 고등관 1등에서 다섯 칸 내려오면 바로 내 차례가 되니까. 물론 밑에서부터 차례로 올라가면 네 번째에 불과하니 일본에서도 썩 으스댈 처지는 아니지만), 어쨌든 적어도 이보다는 좀 더 나은 집에 들어갈 수 있지. 그런데도 온갖 근검절약을 하며 이런 허름한 집에 사는 것은 말일세, 우선은 내가 지금 일본에 있는 게 아니기 때문에 그저 한 사람의 학생이라는 느낌이 강하다는 사실, 그리고 두 번째는 모처럼 서양에 왔기 때문에 가능하면 한 권이라도 더 전문적인 서적을 사 가고 싶다는 욕심이 있기 때문이라네. 그래서 집을 얻고 하인을 부릴 생각은 하지 않은 채, 그저 10년 전 대학 기숙사에서 셋타雪駄(일본 전통식 신발 중 하나-역주)의 뒤축 같은 '비프스테이크'를 먹었던 시절을 생각하면, 그것보다는 조금 낫다고? 일단 낫다고 생각하지. 사람들은 '캠버웰Camberwell' 같은 가난한 지역에 틀어박혀 있다며 비웃을지도 모르지만 그런 것에 신경 쓸 필요는 없다네. 누추한 마을에 있긴 하지만 호객행위를 하는 사람들과 가까이한 적도 없고 밤거리 여인들과 이야기를 나눠본 적도 없다네. 내면 깊숙이까지는 장담할 수 없지만 우선 거동만큼은 가히 군자라고 할 수 있거든. 참으로 훌륭하다고 스스로 대견해하고 있다네.

하지만 겨울밤 찬 바람이 몰아치는 날 난로에서 역류한 새카만 연기가 실내를 가득 채울 때나 창문 틈새에서 차가운 바람이 사정없이 들어와 다리에서 허리까지 견딜 수 없이 차가워질 때나 나무 의자가 너무 딱딱해 산증 환자처럼 엉덩이가 아파질 때나, 차츰 색이 바래가는 옷을 보며 나까지 점점 나락으로 떨어지는 것 같은 한심한 심정이 들 때는, 과연 무엇을 위해 이렇게 허리띠를 졸라매고 사는지 회의가 들 때도 있다네. 이젠 아무래도 상관없어, 책이고 뭐고 사지 않아도 좋으니, 돈이란 돈은 모조리 하숙비에 쏟아붓고 인간다운 생활을 해보고 싶다는 기분이 드네. 그리고 서양식 지팡이라도 휘두르면서 여기저기를 산책하는 거지. 저편에 나가보면 마주치는 사람마다 죄다 엄청나게 키가 크다네. 게다가 붙임성이라고는 도무지 찾아볼 수 없는 얼굴들을 하고 있지. 이런 나라에서는 사람의 신장에 세금이라도 물려야 그나마 키 작은 검약한 동물이 나올 거로 생각하네만, 그야말로 분한 마음에 괜한 억지를 부리는 인간이라고 할 수 있지. 공평하게 생각했을 때 그쪽이 훨씬 훌륭하고, 어쩐지 스스로가 초라해지는 심정이 드네. 저쪽에서 유독 다른 사람보다 훨씬 키가 작은 사람이 왔다네. 이번엔 내 차지라고 생각하고 스쳐 지나가 보니 나보다 2촌(1촌寸이 약 3.3센티미터 정도이므로 그 두 배인 6.6센티미터-역주) 정도 크더군. 이번엔 저쪽에서 묘한 안색을 한 일촌법사(잇슨보시一寸法師, 일본 동화에 나오는 이른바 엄지 동자-역주)가 오는가 싶었는데 제대로 다시 보니 내 그림자가 거울에 비친 것이었다네. 별수 없이 쓴웃음을 지었더니 상대방도 따라서 쓴웃음을 짓더군. 이치상 당연한 일이지. 그리고 공원에라도 가보면 가쿠베 사자탈(가쿠베에지시角兵衛獅子, 곡예 등이 가미된 사자춤, 혹은 사자탈-역주)에 그물망을 뒤집어쓴 것 같은 여자들이 사방에 걸어 다니고 있네. 그중에는 남자도 있

324

지. 직공도 있다네. 놀랍게도 대개는 일본의 주임관奏任官(관리의 신분 명칭, 혹은 호칭-역주) 이상의 복장을 하고 있더군. 이 나라에서는 의복만으로 그 사람의 신분을 짐작할 수 없다네. 소고기 배달부 같은 사람도 일요일이 되면 실크 해트에 프록코트 따위를 입고 한껏 점잔을 빼지. 하지만 일반적으로 사람들의 기질이 좋다네. 나를 붙들고 욕을 하거나 고함을 지르는 사람은 한 사람도 없지. 뒤를 다시 돌아보는 사람도 없고. 이곳에서는 만사에 점잖고 태연히 임하는 것을 신사의 자격 중 하나로 꼽거든. 소매치기처럼 함부로 가까이 붙거나 희한하다는 듯이 사람 얼굴을 자꾸만 빤히 쳐다보는 것은 천박한 행위로 간주한다네. 특히 부인들의 경우 뒤를 돌아보는 동작조차 품격이 낮은 행위로 여겨지지. 손가락으로 타인을 가리키는 행위는 당연히 더할 나위 없는 실례지. 관습이 이런데다가 런던은 세계의 만물상이므로 너무 신기하다는 듯이 사람을 가지고 희롱하지 않는다네. 그리고 인간 대부분이 너무 바쁘지. 머릿속이 온통 돈 생각으로 가득한 상태이기 때문에 일본인 따위를 놀려대고 있을 여유가 없는 거야. 우리 같은 황색인—황색인이란 만만하게 붙인 명칭이지. 완전히 노랗지. 일본에 있을 때는 그다지 흰 편이 아니었지만, 그래도 어느 정도 인간 색이라는 색에 가깝다고 생각했는데, 이 나라에서는 마침내 '인-간-이-라-고-는-생-각-되-지-않-는-색(인간임을 회피하는 색)'이라고 할 수밖에 없다는 사실을 깨닫게 되었다네—그 황색인 인파 속을 뚜벅뚜벅 걸어 다니거나 무대극 따위를 보러 다니지. 간혹 나에게 들리지 않게끔 내 고국에 대해 평하는 자가 있다네. 일전에 어느 가게 앞에 서 있었더니 뒤에서 두 명의 여성이 와서 "least poor Chinese"라고 말하고는 사라졌지. 'least poor'란 해괴한 형용사라네. 어느 공원에서 남녀 둘이 나를 놓고 중국인일지 일본인일지, 서로 옥신각신 언쟁하는 것을 들은 적이 있다네. 2, 3일 전 어느 곳에 초대받아 실크 해트에 프록코트를 입고 외출했더니 반대편에서 오던 직공 같은 두 명이 "a handsome Jap"이라고 말하더군. 칭찬인지 실례인지 알 수가 없더군. 일전에는 어느 무대극을 보러 갔지. 사람들이 많아서 들어갈 수 없어서 갤러리에 서서 보고 있었더니 옆에 있던 사람이 저쪽에 있는 두 사람은 포르투갈 사람이라고 말했다네. 이런 내용을 쓸 생각은 아니었어. 엉뚱한 이야기로 흘러가 핵심 줄거리를 모르겠군. 잠시 쉬었다가 다시 이어가도록 하지.

우선 산책이라도 하고 돌아오면 기분이 전환되어 상쾌해질 거야. 이런 생활도 어차피 2, 3년이면 끝나. 고국으로 돌아가면 보통 사람들이 입는 옷을 입고 보통 사람들이 먹는 것을 먹고 보통 사람들이 자는 곳에서 잘 수 있지. 조금만 참고 견디면 된다. 견디어라, 견디어라. 이렇게 혼잣말을 하고 잠을 청하지. 잠들어버리면 좋은데, 잠을 이루지 못하고 또다시 생각에 잠기는 경우가 있어. 원래 견디라는 말은 현재에 안주할 수 없기 때문이지—점점 상황이 힘들어진다—종종 자포자기 기미를 보이는 것은 가난이 괴롭기 때문이네. 최근까지 자신이 고민했던, 혹은 자신이 어느 정도 실행해왔던 처세의 방침은 도대체 어디로 갔을까. '앞뒤를 나누어라', '헛되이 과거에 집착하지 말지어다', '쓸데없이 미래에 희망을 의탁하지 말지어다', 이렇게 온 힘을 다해 현재에 충실한 것이 나의 '주의'지. 고국으로 돌아가면 편하게 지낼 수 있으니 그것을 기대하며 참자는 것은 부질없는 생각이라네. 귀국하면 편히 지낼 수 있다는 보증은 아무도 해주지 않았어. 스스로 그럴 것이라고 지레짐작하고 있을 뿐이지. 자신이 그렇게 믿는 것은 아무래도 상관없지만, 만약 편히 살아갈 수 없으면 곧바로 방향을 바꿔 과거의 망상을 잊을 수 있으면 되는데, 지금처럼 오로지 미래만 믿고 있다면 도저히 그 미래가 만족스럽지 못한 상태에서 과거를 쉽사리 잊을 수 없을 거야. 더군다나 보수를 목적으로 일하는 것은 더할 나위 없이 품위 없는 일이지. '죽으면 천당에 갈 수 있다', 혹은 '미래엔 청개구리와 함께 연꽃잎 위에서 극락왕생할 수 있으니 이 세상에서 선행하자'라는 천박한 생각과 똑같은 논법이며, 그것보다 한층 더 비열한 생각이지. 나라를 떠나기 전 5, 6년 동안, 이런 천박한 생각은 떠오르지 않았어. 그저 현재를 살고 의무를 다하고 희로애락을 느낄 뿐이었지. 쓸데없는 걱정을 사서 하거나 횡설수설 넋두리를 늘어놓거나 불평불만을 말하는 일은 그냥 입에 담는 일도 없었거니와 애당초 마음속에도 그다지 없었지. 그래서 조금 의기양양해져 외국에 가더라도, 돈이 부족하더라도 소쿠리에 담긴 밥과 표주박에 담긴 물만 마시면 태연히, 멋지게, 그리고 침착하게 지낼 수 있다고 자부하고 있었던 거라네. 너무 자신에게 자만했던 거지! 이래서야 앞으로 가야 할 길이 그야말로 삼천리지! 우선 내일부터는 심기일전해 공부에 매진해야지. 이렇게 마음을 굳히고 잠자리에 들어버린다. (이하 생략)

우견수칙 愚見數則

이사理事가 와서 학생을 위해 뭔가를 쓰라고 한다. 내 머리는 요즘 가진 게 동이 나서 자네들에게 보여줄 것이 없다. 하지만 꼭 쓰라고 하니 어쩔 수 없이 뭔가를 써야 할 것이다. 하지만 입에 발린 말을 하는 것은 싫다. 때로는 마음에 들지 않는 말도 있을 것이다. 아울러 머릿속에 떠오르는 대로 조목조목 나열한 것이나 마찬가지여서, 글이 전혀 재미있지 않을 것이다. 하지만 글이란 애당초 겉만 번지르르하게 만든 사탕공예 같은 것이다. 엿처럼 늘리려고 하면 얼마든지 늘어나지만 대신 알맹이는 줄어드는 것임을 알아야 하리라.

과거의 서생書生은 궤(수행하는 사람이 불상, 향, 경문 등 불교 관련 도구를 넣어, 지고 다니던 궤-역주)를 등에 지고 사방을 유력遊歷하다가, 바로 이 사람이다 싶은 스승에게 정착해 그 제자가 된다. 때문에, 스승을 존경하는 마음은 부모에 대한 마음을 능가할 정도다. 스승 역시 제자를 대함에 있어서 친자식과 같다. 이렇지 아니하면 진정한 교육이란 불가능하다. 오늘날의 서생인 학생은 학교를 여관처럼 여긴다. 돈을 내고 잠시 머무는 곳에 지나지 않으며 싫어지면 금방 숙소를 옮긴다. 이런 학생들을 대하는 교장은 여관의 주인장이나 마찬가지며, 교사는 고용살이하는 월급쟁이에 지나지 않는다. 주인인 교장마저 때로는 손님들의 기분을 맞추느라 여념이 없는 마당에, 하물며 고용살이하는 월급쟁이는 말해 무엇하랴. 제자에 대한 훈도는커녕 해고당하지 않는 것을 다행이라고 여길 정도다. 학생들이 우쭐대며 거들먹거리고 교원이 위축되는 것은 당연한 일이다.

공부하지 않으면 제대로 된 인간이 될 수 없음을 각오해야 한다. 나 스스로 공부하지 않으면서 여러분을 대할 때마다 공부하라고 거듭 당부한다. 여러분이 나 같은 어리석은 사람이 될까 두렵기 때문이다. 은감불원(殷鑑不遠. 거울삼아 경계하여야 할 전례는 가까이 있다는 뜻으로, 다른 사람의 실패를 자신의 거울로 삼으라는 말. 『시경』의 「탕편蕩篇」에 나오는 말이다–역주)이니, 나의 실패를 거울삼아 더더욱 힘써야 한다.

나는 교육자에 적합하지 않다. 교육에 종사할 자격이 없기 때문이다. 그토록 부적합한 사내가 입에 풀칠하고

자 했을 때 가장 손쉽게 구할 수 있는 자리가 교사의 지위다. 이는 현재 일본에 진정한 교육자가 없다는 사실을 보여줌과 동시에 현재의 서생(학생)에게는 가짜 교육자라도 대충 얼버무리며 가르칠 수 있다는, 가히 슬퍼할 만한 사실을 반증한다. 세상에 있는 열혈 교육자 중에도 나와 같은 생각을 가진 사람들이 많을 것이다. 진정한 교육자를 길러내고, 이런 가짜 교육자를 내쫓아버리는 것이 바로 국가의 책임이다. 훌륭한 학생이 되어 이런 이들이 도저히 교사가 될 수 없음을 깨닫게 해주는 것이 그대들의 책임이다. 내가 교육의 장에서 축출될 때는 일본의 교육 현장이 바로 섰을 때라고 생각하라.

월급의 많고 적음으로 교사의 가치를 정하지 말지어다. 월급은 운이 좋거나 나쁨에 의해 하락할 때도 있고 비등할 때도 있는 법이다. 신분이 낮은 관리들이 때로는 최고위 정승보다 우월한 기량을 가지고 있다. 이런 사실은 누구나 쉽사리 읽을 수 있는 기초적인 책만 봐도 알 수 있다. 그저 이론적으로 이해만 하고 실제로 적응할 수 없다면 모든 학문이 부질없는 짓이니 차라리 낮잠을 자는 편이 나을 것이다.

교사가 반드시 학생보다 탁월하다고는 할 수 없기에 종

종 그릇된 내용을 가르치는 일이 없다고는 할 수 없다. 그런 연유로 학생은 항상 교사의 말에 따라야만 한다고는 말하지 않겠다. 따를 수 없는 일에 대해서는 응당 항변해야 마땅하다. 하지만 자신의 잘못임을 깨우치게 되었다면 즉각 송구하게 생각해야 한다. 이 점에 대해서는 한 점의 궤변도 용인될 수 없다. 자신의 그릇됨을 사죄하는 용기는 이것을 끝까지 해내려는 용기보다 백 배 더 크다.

의심하지 말지어다. 주저하지 말지어다. 곧장 쏜살같이 나아가라. 한 번이라도 비겁하거나 미련을 보이는 버릇이 생겨버리면 쉽사리 이를 없애기 어렵다. 먹을 갈 때 한쪽으로 기울어져 버리면 쉽사리 다시 평평해질 수 없는 법이다. 사물은 맨 처음이 가장 중요하다는 점을 터득하라.

세상에 착한 사람만 있다고 생각하지 말지어다. 화가 나는 일이 많을 것이다. 악인만 있다고 규정하지 말지어다. 마음 편할 날이 없을 것이다.

다른 사람을 숭배하지 말지어다. 다른 사람을 경멸하지 말지어다. 태어나기 전을 생각하라. 죽은 다음을 고민하라.

사람을 보면 그 깊은 내면을 보라. 그것이 불가능하다

면 손을 대지 말라. 수박이 익었는지는 두드려봐야 한다. 인간의 크기는 그 흉중을 예리한 칼로 휘둘러 두 개로 쪼개본 후 판단하라. 두드려보기만 해도 알 수 있다고 생각한다면 엄청난 부상을 당할 것이다.

다수를 제 편으로 삼은 후 한 사람을 업신여기지 말지어다. 자신의 무기력함을 천하에 널리 알리는 것과 다르지 않다. 이런 자는 인간의 찌꺼기다. 두부 찌꺼기는 하다못해 말에게라도 먹일 수 있지만 인간 찌꺼기는 저 멀리 에조치 마쓰마에蝦夷松前(당시에 지금의 홋카이도를 부르던 표현-역주) 끝까지 가도 팔 곳이 없다.

스스로에 대한 믿음이 클 때는 타인이 이것을 부수고 자신감이 희박할 때는 스스로 이것을 부순다. 오히려 타인이 부술지언정 스스로 부수지는 말지어다. 남에게 불쾌감을 주는 말과 태도를 버려라. 알지 못하는데 아는 척을 하거나 다른 사람의 말꼬리를 물고 늘어지거나 조롱하거나 혹평하는 것은 남에게 불쾌감을 주는 태도를 버리지 못하기 때문이다. 인간 자신뿐만 아니라 시가나 하이쿠에도 그런 짓궂음이 있는 것 중에 아름다운 것은 없다.

교사에게 질책을 당했다고 자신의 가치가 떨어진다고 생각하지 말지어다. 또한 칭찬을 받았다고 자신의 가치가 올라갔다며 우쭐해하면 아니 된다. 학은 하늘을 날아도 자리에 누워도 학일 뿐이다. 돼지는 울어도 신음해도 결국 돼지다. 사람을 비난하거나 칭찬해서 변하는 것은 순간적인 시세일 뿐 진정한 가치가 아니다. 시세의 높고 낮음을 목적으로 처세하는 것을 재자才子라고 말한다. 진정한 가치를 표준으로 삼아 행하는 자를 군자君子라고 부른다. 때문에 재자에게는 영달이 많으나 군자는 침륜沈淪을 개의치 않는다.

평상시에는 처녀처럼 조신하라. 변이 생겼을 때는 날쌔게 임하라. 앉을 때는 큰 바위처럼 요지부동하라. 하지만 처녀도 때로는 나쁜 평판에 피해를 입고 날쌘 것도 때로는 사냥꾼에게 희생되며 큰 바위도 지진이 일어나면 구르게 된다는 사실을 알지어다.

잔꾀를 부리지 말지어다. 권모술수에 능하면 아니 된다. 두 점 사이에 가장 빠른 길은 직선임을 알라.

권모술수를 사용하지 않을 수 없을 때 자신보다 바보에게 그것을 사용하라. 사리사욕에 눈먼 자에게 사용하라. 비난이나 칭찬에 동요되는 자에게 사용하라. 정에 허술한 자에게 사용하라. 기도로도 저주로도 산이 흔들린 예는 없다. 늠름한 인간이 여우에게 홀린 일도 이학 관련

저서에는 보이지 않는다.

사람을 보라. 금시계를 보지 말지어다. 의복을 보지 말지어다. 도둑은 우리보다 더 멋지게 차려입은 자들이다.

우쭐대지 말지어다. 굽실대지 말지어다. 실력에 자신이 없는 자는 자신의 몸을 지키기 위해 6척이나 되는 봉을 가지고 다니고 싶어 하며, 빚이 있는 자는 술을 권해 돈을 빌려준 사람을 현혹하려고 애쓴다. 모두 자신에게 약점이 있기 때문이다. 덕이 있는 자는 우쭐대지 않아도 사람들이 존경하고, 굽실대지 않아도 사람들이 사랑한다. 북이 울리는 것은 안이 비어있기 때문이다. 여자가 아부에 능한 것은 완력이 없기 때문이다.

부질없이 다른 사람을 평가하지 말지어다. 그런 사람이라고 마음속으로 생각하고 있으면 그것으로 끝날 일이다. 악평해본들, 입에서 나온 말을 다시 입으로 집어넣으려고 해본들, 소용이 없는 짓이다. 하물며 건네 들은 소문이라는, 빈약한 토대 위에 세워진 비평은 어떠하겠는가. 학문적인 사항에 대해서는 쓸데없이 논의하지 말라. 타인의 공격을 받아 파탄을 드러낼까 두렵기 때문이다. 다른 사람의 신상에 대해서 꼬리에 꼬리를 달아 말을 퍼뜨리는 것은 타인을 이용해 간접적으로 다른 사람을 내리치는 것이나 다름이 없다. 부탁을 받은 일이라면 어쩔 수 없다.

부탁을 받지도 않았는데 이런 일을 하는 것은 취흥 중의 취흥이라는 것이다.

바보는 백 사람이 모여도 바보다. 자기편이 많으므로, 자기 쪽이 지혜롭다고 생각하는 것은 짧은 소견이다. 소는 소끼리, 말은 말끼리 유유상종이라 한다. 자기편이 많다는 사실이 때로는 그 바보스러움을 증명해주는 경우도 있다. 옆에서 보기에 이처럼 딱한 일도 없다.

일을 도모하고자 한다면 때와 장소와 상대방, 이 세 가지를 간파해야 한다. 그 하나를 놓치면 물론이지만, 그 백 분의 일만 부족해도 성공은 보장할 수 없다. 그러나 반드시 성공만이 목적이 되어서는 안 된다. 성공을 목적으로 어떤 일을 완성하는 것은 월급을 받기 위해 학문을 하는 것이나 마찬가지다.

누군가가 자신을 계략에 빠뜨리려 한다면 별 지장이 없는 한 속아주는 척해도 좋다. 결정적인 순간이 오면 상대방에게 뼈아프게 돌려주어야 한다. 이를 굳이 복수라고 표현할 필요는 없다. 널리 세상 사람들을 위한 일이다. 좁은 그릇의 소인은 이익에 민감하므로 자신에게 손해가 간다는 사실을 알면 조금이나마 악한 짓을 덜 하게 될 것이다.

입으로 말하는 자는 아무것도 알고 있지 아니하고, 알고 있는 자는 아무 말도 하지 않는다. 쓸데없이 불확실한 이야기를 떠들어대는 것은 보기 흉할 뿐이다. 하물며 독설 따위는 어떠하랴. 무슨 일이든 삼가 조심하라. 그윽하게 하라. 무턱대고 삼가라는 것은 아니다. 한마디 말도 상황에 따라서는 천금의 가치가 있다. 방대한 책이더라도 변변치 않은 내용밖에 없다면 뒷간에서 사용하는 종이나 마찬가지다.

손득損得과 선악을 혼동하지 말지어다. 경박함과 담박함을 혼동하지 말지어다. 진솔함과 허황됨을 혼동하지 말지어다. 온후함과 나약함을 혼동하지 말지어다. 임기응변을 발휘할 수 있고, 하나만이 아니라 다음 수를 지닌 사람이 탁월한 자질을 가지고 있다.

이 세상에 악인이 있는 이상 싸움은 피할 길 없다. 사회가 불완전한 이상 불평과 소동도 필시 일어날 것이다. 학교 역시 학생이 소동을 피우기 때문에 조금씩 개선된다. 평온하고 무사한 것은 축하할 일임이 틀림없으나 때로는 근심스러운 현상이다. 이렇게는 말하지만, 결코 자네에게 반란을 일으키라고 부추기고 있는 것은 아니다.

무턱대고 난폭한 행동을 하면 매우 곤란하다.

천명에 만족하는 자는 군자다. 운명을 뒤집는 것은 호걸이다. 운명을 원망하는 자는 부녀자다. 운명을 피하려는 자는 소인배다.

이상을 높게 가지라. 꼭 야심을 크게 가지라는 말은 아니다. 이상이 없는 자의 말이나 동작을 보라. 그 추함이 더할 나위 없이 극심하다. 이상이 낮은 자의 행동거지나 예의를 보라. 아름다운 구석이라곤 없다. 이상은 식견에서 나오며 식견은 학문에서 태어난다. 학문을 해도 인간으로서 자질이 향상되지 않는다면 애초부터 배우지 않는 편이 낫다.

속아서 악한 일을 하지 말라. 그것은 그저 어리석음일 뿐이다. 접대를 받아 악을 행하지 말라. 천박함을 증명할 뿐이다.

말수가 적다고 눌변이라 생각하지 말지어다. 팔짱을 끼고 있다고 양팔이 없다고 생각하지 말지어다. 세간의 평판을 개의치 않는다고 귀가 들리지 않는다고 생각하지 말지어다. 먹는 것을 고르지 않는다고 입이 없다고 생각하지 말지어다. 화를 낸다고 인내심이 없다고 생각하지 말지어다.

다른 사람을 복종시키고자 한다면 우선은 스스로 굽혀라. 다른 사람을 죽이려고 한다면 우선 자기를 죽여라. 다른 사람을 업신여기는 것은 자신을 업신여기는 것과 마찬가지다. 다른 사람을 지게 하려는 것은 자신에게 지고 있는 것이나 마찬가지다. 공격할 때는 위태천韋馱天(불법 사원의 수호신-역주)처럼 하고 지킬 때는 명왕(부동명왕不動明王으로 추정됨-역주)처럼 하라.

이상의 조条들은 그저 머릿속에 떠오르는 것을 그대로 적어본 것이다. 길게 쓰면 한이 없으므로 생략한다. 자네들에게 반드시 읽어보라고는 말하지 않겠다. 하물며 어찌 마음속 깊이 새겨두라고 당부할 수 있겠는가. 자네들은 젊고 인생 속에서 가장 유쾌한 시기에 있다. 나 같은 자의 말에 귀를 기울일 겨를 따위 없을 것이다. 하지만 수년이 지나 학교생활을 그만두고 갑자기 사회로 나갔을 때 생각하고 또 생각해보면, 혹은 지당한 이야기라고 수긍할 경우도 있을 것이다. 그러나 그것 역시 장담할 수는 없다.

-1895년(메이지 28) 11월 25일, 에히메현 심상중학교
《호케이카이잡지保恵会雑誌》수록

인생

공空을 나눈 것을 물物이라고 하고, 시時에 따라 일어나는 것을 사事라고 한다. 사물事物을 떠나 마음이 없고, 마음을 떠나 사물이 없다. 때문에, 사물의 변천과 추이를 인생이라 한다. '균신우미마제麕身牛尾馬蹄'를 가리켜 린麟이라고 부르는 것과 마찬가지다(『시경』의 「국풍國風」 주남周南 제11편 인지지麟之趾 3장의 내용으로 추정됨-역주). 이렇게 정의를 내리면 매우 까다롭지만 히라가나로 번역하면 우선 지진, 벼락, 불(화재), 아버지가 얼마나 두려운 존재인지를 깨닫고, 설탕과 소금을 구별하고, 애정이 사람을 얼마나 짓누르며 의리가 사람을 얼마나 얽매이게 하는지를 납득하고, 순역順逆이라는 두 경계를 넘고, 화복禍福이라는 두 문을 지난다는 의미에 불과하다. 그러나 그런 의미에 불과하다고 보면 조봉遭逢이 각양각색에 천차만별인지라, 열 사람에게는 열 사람의 인생이 있고 백 사람에게는 백 사람의 인생이 있으며 천백만 명의 사람에게는 역시 제각각의 인생이 존재한다. 때문에, 무사한 사람은 정오를 알리는 소리를 들은 후 점심밥을 먹지만 바쁜 사람은 '공석불가난 묵돌부득검'(공자와 묵자가 천하를 주유하고 있었기 때문에, 공자는 자리가 따뜻할 겨를이 없고 묵자의 집 굴뚝은 검댕이가 묻을 시간이 없었다는 고사 참조-역주)이라고도 한다. 변화가 많은 것은 새옹지마요, 불평을 한다는 것은 추방당해 호반을 거닐며 시를 읊조리는 것이며(초나라 굴원屈原의 고사 참조-역주), 장렬하기로는 비수를 품에 넣고 예측하기 어려운 진나라로 진입하는 것이고(연燕의 태자 단丹을 위해 자객이 되어 진秦으로 간 형가荊軻를 가리킴-역주), 고집스럽기로는 수양산 고사리로 연명하는 것이며(은殷의 백이伯夷와 숙제叔齊 형제의 고사 참조-역주), 세상을 가볍게 보기로는 죽림에서 수염을 꼬는 것이고(난세를 피해 죽림으로 도망친 죽림칠현 참조-역주), 배짱이 두둑하기로는 난젠사南禅寺의 산문山門에서 낮잠을 자며 나랏법을 두려워하지 않는 것이니, 하나하나 열거하면 하루해가 모자랄 정도로 좀처럼 갈피를 잡기 어렵기 마련이다. 그뿐만 아니라, 개인의 하나하나의 행위가 그 원인이 다르며, 그것이 미치는 바도 같지 아니하다. 사람을 죽이는 것은 똑같지만 독살하는 것과 칼로 찌르는 것은 같지 아니하다. 고의가 있었다면 생각지 않은 사건이라고 할 수 없다. 때로는 간접적이고 혹은 직접적이기도

하다. 이것을 분류하는 것만으로 어지간히 수고스러울 것이다. 심지어 나라마다 말이 다르며 사람에게는 상하의 구별이 있다. 같은 사물에도 다양한 기호가 있어서 우리 앞을 어지럽히는 것이야말로 성가실 따름이다. 차마 비교하기조차 송구스러우나 천하를 통치하는 사람에게는 붕어崩御라는 표현을 쓰고 필부에게는 "뻗었다"라고 말을 쓰며 새에게는 떨어졌다고 하고 물고기에게는 뭍에 올라왔다고 한다. 그러나 죽음이란 결국 다 똑같은 법이다. 만약 인생을 아주 잘게 나눌 수 있다면 하늘 위에 떠 있는 별이나 해변의 모래알 숫자도 쉽사리 셀 수 있을 것이다.

소설은 이토록 복잡하기 그지없는 인생의 한 측면을 고스란히 보여주는 것이다. 한 측면 역시 결코 단순하지 않다. 하지만 한 측면을 보여주면서 도저히 인간이 해낸 일로 여겨지지 않을 경지에 도달했을 때, 얽히고 설킨 사물의 복잡한 양상을 종합해서 하나의 이치를 충분히 가르쳐줄 수 있다. 나는 엘리엇George Eliot의 소설을 읽고 타고난 악인이 없음을 알았고, 죄지은 자를 용서하고 가엾이 여겨야 함을 알게 되었으며, 일거수일투족이 나의 운명과 무관하지 않음을 깨닫게 되었다. 새커리William Makepeace Thackeray(영국의 소설가-역주)의 소설을 읽고 정직한 것이 바보스럽다는 것을 알게 되었으며, 교활하고 간교한 것이 세상에서 귀한 대접을 받으리라는 사실을 깨우치게 되었다. 브론테의 소설을 읽고 인간에게 감응이 있다는 사실을 알게 되었다. 무릇 소설에는 처지를 서술하는 부분이 있고 품성을 나타내는 대목이 있으며, 심리적인 해부를 시도하는 부분도 있고 직관적으로 인간 세상을 간파하는 부분도 있다. 네 가지가 각각의 방면에서 우리에게 가르쳐주는 바가 없지 아니하다. 그러나 인생이란 심리적 해부로 종결되는 것은 아니며, 직관으로 간파한 후 끝나서도 안 된다. 이런 것들 이외에도, 인생에는 일종의 불가사의한 것이 존재한다는 사실을 나는 믿는다. 이른바 불가사의함이란 『오트란토 성The Castle of Otranto』 안에 나오는 사건이 아니며, '태머섄터Tam o'Shanter(스코틀랜드 출신 영국의 시인 로버트 번스Robert Burns의 작품에 등장하는 주인공 이름-역주)'를 쫓는 요정이 아니며, 맥베스의 눈앞에 나타난 유령도 아니며, 호손Nathaniel Hawthorne(『주홍글씨』의 작가-역주)의 글, 콜리지Coleridge(새뮤얼 테일러 콜리지Samuel Taylor Coleridge, 영국의 시인, 비평가-역주)의 시 안에 들어가야 할 인물의 비유도 아니다. 나는 손을 흔들고 눈을 움직이지만 어떤 이유로 손을 흔들고 눈을 움직이는지 알지 못한다. 인과의 대법大法을 업신여기며 자기의 의사와 무관하게 느닷없이 생겨나 쏜살같이 덮쳐오는 것이 있다고 한다. 세속에서는 이것을 광기라고 부른다. 광기라는 것이 원래는 나쁜 것이 아니다. 그러나 이런 종류의 행동을 마주한 후 광기라고 부르는 사람들은, 타인에게 이런 불경한 칭호를 사용하기에 앞서 그 자신 역시 일찍이 광기였음을 자인해야 할 것이다. '사람이 어찌 자신을 알지 못하겠는가'라는 말은 중국의 호걸이 한 말이다(후조를 건국한 석륵石勒의 발언-역주). 사람들이 스스로 알고 있다면 애당초 불만이 없을 것이다. 다른 사람을 가리켜 바보라고 말하는 것은 자기가 현명할 때 발할 비평이며, 자기도 언제든 바보 무리 속으로 들어갈 만한 충분한 가능성을 구비하고 있다는 사실을 알아차리지 못하는 자의 비평이다. 직접 대국하는 자는 갈팡질팡하고, 방관하는 자는 옆에서 그것을 비웃는다. 하지만 방관자가 꼭 바둑을 잘 둔다고 단정할 수 없음을 어찌하면 좋단 말인가. 세간에서 말하기를 스스로 깨닫는 통찰력을 가진 이는 적다고 한다. 나는 인간에게 스스로 깨닫는 통찰력이 없다는 사실을 단언하려고 한다. 이것을 '포'(에드거 앨런 포 Edgar Allan Poe로 추정-역주)에게 물으니 포가 답하기를, '공명이 눈앞에 있는데, 사람들이 어찌 자기 생각을 쓰고 자기 마음을 말하지 않겠는가. 하지만 어떤 이가 자신이 생각하는 바를 그대로 쓰려고 펜을 들면 펜이 순식간에 벗겨지고 종이를 펼치면 종이가 순식간에 줄어들어 버린다. 좋은 평판은 심기일전하여야만 얻어질 수 있는 것임을 알면서도, 수많은 사람이 주저하면서 결국 해내지 못한 것은 바로 이 때문이다'라는 것이다. '포'의 말을 거듭 반복해서 깊이 읽어보니, 사람이 어찌 자신을 알지 못하겠느냐는 생각은, 짧은 생각에 지나지 않는다. 무릇 인간은 꿈을 꾸는 존재다. 미처 생각지도 못했던 꿈을 꾸는 존재다. 꿈에서 깨어나면 식은땀이 등줄기에 흥건해 망연자실해질 때도 있는 존재다. 꿈이라고 일소에 부쳐버릴 수 있는 자는 하나만 알고 둘은 모르는 사람이다. 꿈은 꼭 한밤중에 잠자리에 누워있을 때만 꿀 수 있는 것은 아니다. 하늘이 푸를 때나 대낮에도 꿈꿀 수 있으며 큰 거리 한가운데에서도 꿈꿀 수 있기 마련이다. 의관을 갖추고 있을 때조차 가차 없이 문을 열고 덮쳐든다. 징조가 보일 때 갑자기 우리를 괴롭고 부끄럽게 만들며, 어디서 오는지조차 알 수 없다. 어디로 가는지도 물어볼 길 없다. 심지어 인생의 진상은 반쯤은 이 꿈속에 은연중에 나타난다. 자기의 진상을 발휘하는 것은, 즉 명예를 얻는 첩경이며, 이 첩경에 따르는 것은 비겁한 인류 입장에서 더할 나위 없이 어려운 난관이다. 바라건대 '사람이 어찌 자신을 알지 못하겠는가'라고 말한 사람으로 하여금, 그 자신의 마음의 역사를 성실히 쓰게 하라. 그는 필시 스스로 그 자신에 대해 알지 못했다는 사실에 새삼 놀랄 것이다.

산리쿠三陸의 쓰나미(1896년 이와테현岩手県 동쪽 산리쿠 해역의 거대 지진으로 인한 해일-역주), 미노·오와리의 지진(1891년 기후현岐阜県에서 발생한 거대 지진-역주), 이것을 칭해 천재지변이라고 한다. 천재지변은 사람의 뜻으로 어찌할 수 없는 노릇이다. 인간의 행위는 양심의 제재를 받으며 자신의 의사에 따른다. 일거수일투족에 책임이 있다. 원래 홍수나 기근이 일어난 날 논해서는 안 되겠지만, 양심이 항상 주권자는 아니며 나의 사지조차 꼭 내 의사를 따른다고도 할 수 없다. 느닷없이 하루아침에 자신의 영혼이 빛을 잃고 나락으로 빠졌다가 어둠 속에서 뛰어오를 일이 없다고는 할 수 없다. 이런 시기를 맞이하면 나의 심신에 질서와 계통이 없어지며, 사려와 분별이 없이 그저 한순간의 맹목적인 움직임에 내맡길 뿐이다. 만약 쓰나미나 지진이 사람의 뜻과 무관하다면 이런 맹목적인 동작

역시 사람의 마음으로 어찌할 수 없는 노릇일 것이다. 사람을 죽인 자는 죽어야 마땅하다. 이는 이미 천하가 정해놓은 법이기 때문이다. 하지만 스스로 죽을 각오를 하고 사람을 죽이는 자는 많지 않을 것이다. 서슬 퍼런 칼날이 번득이며 향해오는 찰나, 이미 내 몸이 있음을 알지 못하니 어찌하여 적이 있음을 알 수 있으랴. 전광영리電光影裏(인생은 한순간이지만 인생을 깨달은 자는 영구히 멸하지 않고 존재한다는 의미-역주), 즉 번갯불이 봄바람을 벤다電光影裏斬春風는 것은 사람의 뜻일까, 혹은 하늘의 뜻일까.

청문노포青門老圃(청나라 무진武進의 소장형邵長衡-역주)가 홀로 한 방 안에 앉아 명상에 잠긴다. 두 뺨이 붉어지기가 마치 불이 난 것 같고, 목구멍 사이로 괴로운 기침 소리를 토해내기에 이른다. 원고 요청을 받았으나 시일이 아무리 지나도 보내주지 못한 채 온갖 고뇌에 빠져있을 때는 무척이나 고통스러웠던 것 같다. 바야흐로 자신에게 왔다면 그야말로 크게 기뻐하며 옷자락을 끌고 마루를 돌아 미친 듯이 외친다. 번즈는 시를 지을 때 강가를 배회한다. 혹은 신음하거나 낮게 읊조린다. 순간적으로 큰 목소리로 노래를 부르거나 훌쩍거리며 눈물을 흘린다. 서양 사람들은 이런 종류의 행위를 영감inspiration이라고 부른다. 영감이란 사람의 뜻일까, 아니면 하늘의 뜻일까.

드 퀸시(토머스 드 퀸시Thomas De Quincey, 영국의 소설가, 수필가-역주)가 말하기를, 세상에는 사람의 마음이 얼마나 선한지, 얼마나 악한지 모른 채 살아가는 사람이 있다고 한다. 타인에 대해서라면 물론 그러할 것이다. 나는 드 퀸시에 반문하고 싶다. 당신은 당신 자신이 얼마나 선한 사람인지, 얼마나 악한 사람인지 알고 있느냐고. 어찌 비단 선악만 그러하랴. 겁이 많은지 용맹한지, 강한지 약한지, 높은지 낮은지, 온갖 반문이 가능할 것이다. 평탄할 때는 하늘이 무너지고 땅이 갈라져도 놀라지 않을 거라고 생각하지만, 일단 일이 터지면 쥐똥이 들보에서 떨어지는 미미한 일도 혼비백산의 씨앗이 된다. 스스로 생각해도 안타깝기 그지없지만 어쩔 수 없는 노릇이다. 미나모토 씨源氏 정벌의 명령을 받고 아득히 먼 후지강富士川(현재 시즈오카현静岡県 후지시富士市-역주)까지 쳐들어온 7만이 넘는 기마 대군이, 물새들의 날갯짓 소리에 활 하나 쏘지 못하고 도망쳐 돌아온다. 『헤이케모노가타리平家物語』(일본 중세시대의 군키모노가타리軍記物語의 대표 걸작-역주)를 읽어봐도 바보스럽다고 여겨질 대목이다. 후대를 살아가는 우리에게 바보스럽게 여겨질 뿐만 아니라, 정작 당사자인 헤이케平家(미나모토 씨와 전투를 벌인 다이라 씨平氏 가문-역주) 무사들도 다음 날엔 필시 분하다고 생각했을 것이다. 하지만 그들은 하필 후지강에서 잠을 청했던 그날 밤, 갑자기 모조리 겁쟁이 병에 걸렸다는 것이다. 이 병은 23일 한밤중에 홀연히 찾아와 7만여 기마부대가 진을 치고 있는 곳을 내달려 다음 날인 24일 새벽하늘이 나타나자 숙연히 숨을 거두었다. 이 병의 행방을 아는 이가 누가 있으랴.

개에 물렸다고 혹여 스스로 도둑이라고 결론짓는 자가 있다면, 어지간한 바보거나 엄청난 덜렁쇠일 것이다. 하지만 세간에는 스스로 현자賢者라고 자부하며, 타인에게 지자智者라고 평가받음에도 불구하고, 역시 이 병에 걸리는 경우가 있다. 대장부라고 으스댔지만 결정적인 순간에 위축되어 비겁하다고 알려진 자가 갑자기 맹렬한 기세를 보인다면, 이 역시 본인조차 해석이 불가능한 현상일 것이다. 하물며 타인은 어떠하랴. 2점을 얻을 수 있으며 이것을 통과하는 직선 방향을 안다는 것은 기하학에 나오는 내용이다. 우리의 행위는 2점을 알고 3점을 알고 나아가 100점에 도달해도 인생의 방향을 정하는 데 충분치 않다. 인생이란 하나의 이치로 정리하여 총괄할 수 있는 대상이 아니다. 소설이 하나의 이치를 암시하는 데 그치는 이상, 사인과 코사인을 사용해 삼각형의 높이를 재는 것이나 마찬가지다. 우리의 마음속에는 그 바닥을 가늠할 수 없는 삼각형이 있다. 두 변이 평행한 삼각형이 있는데 어쩌란 말이냐. 만약 인생이 수학적으로 설명할 수 있는 존재라면, 만약 부여된 재료를 통해 특정한 X의 인생이 발견된다면, 만약 인간이 인간의 주재主宰일 수 있다면, 만약 시인과 문인과 소설가가 적어놓은 인생 이외의 인생이 없다면, 인생은 제법 편리하고 인간은 무척이나 대단한 존재일 것이다. 예측할 수 없는 변고는 바깥세상에서 발생하고, 생각지도 못했던 마음은 마음 깊숙한 곳에서 솟아오른다. 가차 없이 난폭하게 솟아오른다. 쓰나미와 지진이 산리쿠나 미노·오와리에서만 일어나는 것은 결코 아니다. 자기 몸속 3촌寸의 단전 한가운데에서도 쓰나미와 지진은 존재한다. 위험하기도 하여라.

-1896년(메이지 29년) 10월, 제5고등학교
《류난카이잣시竜南会雑誌》 수록

Ⅲ 부

일기

1901년(메이지 34년) 1월 25일

아내에게 답장을 보내다. 아이 출산 후 아이의 이름을 지어달라고 내게 부탁했다.

서양인은 일본의 진보에 깜짝 놀란다. 놀란다는 소리는 지금까지 깔보고 무시해왔던 자가 건방지다고 생각해 놀라는 것이다. 사람들 대부분은 놀라지도 않고 알지도 못하는 것 같다. 몇 년 후에나 진정으로 서양인을 경탄하게 만들 수 있을지 모르겠다. 애초부터 일본 혹은 일본인에게 전혀 관심과 흥미interest를 가지고 있지 않은 자가 많다. 변변치 않은 하숙집 노인네가 일본을 알아주지 appreciate 않을 뿐만 아니라 마음속으로 경멸하는 기색을 보였기에 스스로 계속해서 허풍을 떨며 나와 내 나라에 대해 잘난 척 이야기를 하면 할수록 상대방은 이쪽을 더더욱 바보 취급을 한다. 이쪽이 아무리 좋은 이야기를 해도 상대방이 가지고 있는 지식 이상의 내용은 전혀 통하지 않을 뿐만 아니라 이것을 모두 자만conceit이라고 간주하기 때문일 것이다. 그저 묵묵히 해나가야 한다.

1901년(메이지 34년) 3월 15일

　일본인을 보고 중국인이라고 하면 싫어하는데, 이를 어찌하면 좋을까. 중국인은 일본인보다 훨씬 명예로운 국민이다. 단지 불행하게도 현재 부진한 상태에 빠져있을 뿐이다. 사려 깊은 사람은 일본인이라고 불리는 것보다 중국인이라고 불리는 것을 명예롭게 생각해야 한다. 설사 그렇지 못하더라도 일본은 지금까지 얼마나 중국에 폐를 끼쳤는지, 조금이나마 생각해보는 것이 좋을 것이다. 서양인은 중국인은 싫지만, 일본인은 좋다고 말한다. 입에 발린 말이다. 이것을 듣고 기뻐하는 것은 이제까지 우리를 도와주던 이웃에 대한 험담이 재미있다고 생각하며, 우리 쪽이 경기가 더 좋다는 아첨에 감지덕지해 하는 경박한 근성이다.

1901년(메이지 34년) 3월 16일

　일본은 30년 전에 눈을 떴다고 한다. 하지만 경종 소리에 급히 튀어 오르듯 일어났다. 그렇게 눈을 뜨는 것은 진정한 의미에서 눈을 뜬 것이 아니다. 낭패한 상태다. 그저 서양으로부터 받아들이는 데 급급해 소화할 틈이 없다. 문학, 정치, 상업 모두 그러하다. 일본은 진정으로 눈을 뜨지 않으면 안 된다.

가나자와金沢의 후지이藤井 씨에게 편지가 왔다. 서적 구매 위탁 건이다. 문부성으로부터 송금이 오지 않았다. 매우 곤혹스럽다.

영국인은 천하에서 가장 강한 국가라고 생각하고 있다. 프랑스인도 천하에서 가장 강한 국가라고 생각하고 있다. 독일인도 그렇게 생각한다. 그들은 과거에 역사가 있었다는 사실을 망각하고 있는 셈이다. 로마는 멸망했다. 그리스도 멸망했다. 지금의 영국, 프랑스, 독일이라고 멸망하는 날이 과연 오지 않을까. 일본은 과거에 비교적 만족스러운 역사를 가지고 있다. 비교적 만족스러운 현재를 누리는 중이다. 미래는 과연 어떠해야 할까. 스스로 우쭐대지 말지어다. 스스로 단념하지 말지어다. 소처럼 묵묵히 하라. 닭처럼 부지런히 하라. 마음을 겸허히 하고 큰소리를 내지 말라. 진지하게 숙고하라. 성실하게 말하라. 진지하게 행하라. 네가 현재 뿌리는 씨앗은 결국 네가 거둘 미래가 되어 나타나리라.

단편斷片

1901년(메이지 34년) 4월경

(1) 돈에 힘이 있음을 알았음.

(2) 돈에 힘이 있다는 사실을 알게 되었고 동시에 돈을 가진 자가 위세를 얻었음.

(3) 돈을 가진 자의 대다수는 무학, 무지, 야비함.

(4) 무학에 덕의가 부족해도 돈만 있으면 세상에서 위세를 가질 수 있음을 사실로 보여주었기 때문에, 국민은 궁핍한 덕의를 버리고 그저 돈을 취해 뽐내려는 지경에 이르렀음.

(5) 자유주의는 질서를 파괴하고 혼란스럽게 만듦.

(6) 그 결과 어리석은 자, 교육을 받지 않은 자, 나란히 함께하기에 부족한 자, 덕의를 갖추지 않은 자도 사대부 사회에 합류함.

(7) 과거에는 돈의 힘으로 사회적 지위가 높아지지는 않았음. 어용상인들은 천한 직업 중 하나로 돈이 있다는 이유로 존경받지는 않았음.

(8) '원숭이가 손을 가지고 있다'("The Ape has hands." 당시
의 중학교용 영어 교과서에 나온 첫 문장으로 추정됨-역주)에서 시작
해 '클라이브'(메이지 시대의 영어 독해 교재로 많이 활용된 『클라이
브경 전기The life of Robert, lord Clive』를 가리키는 것으로 추정됨-역주)
로 끝나는 교육은 실로 두려운 존재임. 영어를 배워 영어
를 통해 문화Culture를 얻을 때까지는 충분히 읽어 소화할
수 없고, 그렇다고 영어로 된 책 이외의 문화(한적이나 일본
의 책에서 얻는)는 전혀 없음. 이런 사람은 선과 악의 구분
조차 하지 못한 채 덕의가 무엇인지도 모른 채, 그저 각
각의 분야에서 기계적으로 국가에 쓸모 있는 일을 할 뿐
임. 국민의 품위를 높이는 데 전혀 도움이 되지 않을 뿐
만 아니라 기계적으로 자신의 역할을 하는 동시에 한편
에서는 국가를 무너뜨리는 중임.

사람들은 일본인에 대해 미련未練이 없는 국민이라고
말한다. 수백 년 동안 이어진 풍습이나 관습을 하루아침
에 내던지고 전혀 유감스럽게 생각하지 않는 것을 보면
과연 미련이 없는 국민이라고 할 수 있다. 하지만 좋은
의미에서 미련이 없는 것인지, 나쁜 의미에서 미련이 없
는 것인지 의문스럽다. 서양인이 일본을 칭찬하는 것은

반쯤은 자기들을 모방해 자신들에게 배우고 있기 때문이다. 중국인을 경멸하는 것은 자신들을 존경하지 않기 때문이다. 그들의 칭찬 중에는 우리 국민이 미련을 가지지 않는 점도 포함되어있을 것이다. 하지만 이것을 명예라고 생각하는 것은 잘못된 일이다. 심사숙고한 후 버려야 한다고 각오하고 과거의 추잡한 병폐를 버린다면, 이것은 좋은 의미에서 미련이 없다는 의미일 것이다. 눈앞의 신박한 경물에 온통 현혹되어 일시적인 충동적 호기심으로 백 년의 관습을 버린다면, 이것은 나쁜 의미에서 미련이 없다는 의미다. 침착하게 결단하면 후회할 일이 없을 것이며 충동적으로 움직이면 역시 퇴보할 일이 생길 것이다. 일본인은 일시적인 충동으로 모든 풍속을 버린 후, 다시금 내버렸던 것들을 주워 모으는 중이다. 하이쿠는 버려졌다가 부활했다. 다도는 배척당했다가 부활했다. 우타이謠(일본전통 가면극 노가쿠에서 춤을 출 때 함께 나오는 노래로 우타이만 따로 공연하는 경우도 있음-역주)는 폐지되었다가 부활했다. 악한들이 존재해 버려진 이것들을 주워갔던 것은 여러분을 위해 매우 축하할 만한 일이다. 하지만 여러분이 미련이 없다는 사실에 대해서는 축하할 마음이 들지 않는다.

일본인은 창조력이 부족한 국민이다. 유신 이전의 일본인은 오로지 중국을 모방하며 열광했다. 유신 이후의 일본인은 이번엔 오로지 서양을 따라 하려는 것 같다. 애처로운 일본인은 오로지 서양인을 모방하려고 해도 경제적으로나 편의적으로, 그리고 충동적으로 일어나는 회고적 심정에서, 결국 모든 방면에서 서양처럼 될 수 없다는 사실을 깨닫게 되었다. 과거의 일본인은 당나라를 모방하고 송나라를 모방하고 원, 명, 청을 모방해왔지만, 한편으로는 일본과 중국이 섞인 형태를 잔존시켰다. 현재의 일본은 모든 점에서 서양화될 수 없으므로 어쩔 수 없이 일본과 서구, 양자의 충돌을 피하기 위해, 그 충돌을 완화하기 위해 기꺼이 이것을 융합하고자 고민하는 중이다. 일본 옷에 모자는 조화롭다고 말하기 어렵다. 양복에 게다는 결국 전혀 어울리지 않는다. 그렇게 말하지 않을 수 없다. 미술, 문학, 도덕, 공업, 상업에 동서의 요소가 서로 어지럽게 합쳐지려 해도 결국 합쳐지지 못한 형국이다. 일본의 글은 오른쪽에서 시작해 세로로 쓰고 서양의 글은 왼쪽에서 시작해 가로로 읽는다. 양자가 어떻게 합쳐질 수 있으랴. 일본의 가나는 v, d, th 등의 발음을 나타낼 수 없다. 여러분은 어떻게 양자의 조화를 도모

할 것인가. 중국인은 요순堯舜시대가 황금시대였다고 생각했다. 요계澆季(이하 대략 네 글자가 찢겨져 누락됨), 즉 말세임을 느끼기 때문이다. 서양인은 미래에 황금시대가 올 거라고 믿고(이하 대략 네 글자가 찢겨져 누락됨)는 진보하는 중이라고 자각하기 때문이다. 일본인은 어느 (이하 네 글자 찢겨져 누락됨) 시대를 두어야 할까.

1905년(메이지 38년) · 1906년(메이지 39년)

○자의식이 강한Self-conscious 세대는 개인주의individualism를 발생시킨다. 사회주의를 발생시키는 평탄 추세levelling tendency를 유발시킨다. 도토리 키 재기를 발생시킨다. 수천의 예수, 공자, 석가가 있다고 해도(원서 이 부분 위에 原이라는 한자가 달려 있음, '원문대로 표기'의 뜻으로 파악됨-역주), 결국 수천의 공민公民에 지나지 않는다.

헨리Henley가 말하는 스티븐슨R. L. Stevenson은 자의식을 면할 수 없는 사람이다. 잽Japp(일본인 및 일본인 계통에 대한 차별용어-역주)을 보라.

○자의식의 결과는 신경쇠약을 유발시킨다. 신경쇠약은 20세기가 공유하는 병이다.

인지人智, 학문, 온갖 사물이 진보하는 동시에, 진보를 유래시킨 인간은 한 걸음씩 후퇴하고 쇠약해진다.

그 극에 이르러 "무위無爲하니 교화된다"(『노자』에 나오는 말로, 『나는 고양이로소이다』 11에 나와 있다-역주)라는 말이 무척 명언이라는 사실을 새삼 자각하기에 이른다. 하지만 그런 자각을 할 때는 이미 신경과민으로 구제 불능 상태에 빠졌을 때다.

○전 세계 국민 중에서 가장 빨리 신경쇠약에 걸릴 국민은 건국이 가장 오래되었고 인문人文이 가장 진보한 나라여야 한다. 그들은 스스로가 보았을 때 가장 높은 등급의 국민이라고 생각하고 있음에도 불구하고 실은 한 층마다 지하로 몰락하는 중이다. 어느 날 그들은 아메리카 내지의 원주민(원서에는 赤人이라고 되어있음-역주)을 사모하거나 타이완의 원주민을 사모하기에 이를 것이다. 하지만 일단 회전하는 인과의 수레바퀴는 이것을 과거로 역전시킬 수 없다. 알코올중독자가 애주가를 부러워하면서 혼수상태로 무덤에 들어가는 것과 마찬가지다.

부자 관계를 소홀하게 하고 사제의 정을 약화시키고 부부 사이를 갈라놓고 붕우의 즐거움을 없애는 경향이다. 옛날 사람 같은 관계라면 도저히 오늘날 정도의 신경 상태로 견딜 수 없기 때문이다.

영국인은 이 경향에 저항하기resist 위해 집home이라는 것을 매우 중시한다. 집은 신성하여 타인이 함부로 난입하기 어려운 곳이라고 한다. 일요일에든 평일이든 함부로 집에 찾아온 손님을 접하지 않는다. 그들은 여기에 있지 않으면 신경을 진정시킬 수 없다. 훗날 만약 신경쇠약 때문에 멸망하는 나라가 있다면 영국이야말로 그 첫 번째가 될 것이다.

그들의 이런 경향은 그들의 근세문학을 보고 입증할 수 있다. 헨리 제임스Henry James 등의 초고 분석minute analysis을 진행해보면, 인간이란 그저 신경의 덩어리, 민감한 자극을 받는 동물, 번잡한 도발에 응하는 도구라는 사실을 입증해준다. 그저 인간이 자잘해질 뿐이다. 위험해질 뿐이다. 신경쇠약 준비에 머물 뿐이다.

호메로스Homer의 시대를 보라. 체비 체이스Chevy Chase 의 시대를 보라.

그들이 병적인 까닭은 자연의 자극으로 만족할 수 없기 때문이다. 인위적으로 이런 자극들을 창조해서 쾌락으로 삼는다. 어리석은 일본인은 이런 병적인 영국인에게서 배워, 스스로 병적이라는 사실을 알지 못한다. 기꺼이 자살하는 것과 마찬가지다. 영국(원서 이 부분 위에 原이라는 한자가 달려 있고 세 글자 정도 공란으로 비워둠-역주) 여왕은 목덜미가 상처가 있어 어쩔 수 없이 도그 칼라Dog Collar(개목걸이와 유사한 넓은 목걸이-역주)로 치장했다. 궁정의 여성들이 모두 이것을 따라 한다. 요즘 일본인은 이런 궁정 여성들의 흐름이다.

○영국인의 문학은 안위를 주는 문학이 아니라 자극을 주는 문학이다. 속세를 탐하는 인간의 마음을 없애주는 문학이 아니라 더더욱 사람을 세속적으로 만들어버리는 문학이다. 그들은 스스로 폐해 가운데 앉아 더더욱 그 폐해를 조장한다. 아편을 탐닉하는 병자나 마찬가지다.

○정靜을 나타내는 것은 잠재potentiality다. 잠재는 무엇으로 변할지 모른다. 정이 변해 동動이 될 때 활성activity이 된다. 활성은 활발한 동시에 한정되어있다. 그 무능함을 발표하고 그 미약함을 증명한다. 영국 문학은 이런 움직임이 가장 약하고 한심한 문학이다. 천박하다. 개구리발에 전기를 통하게 해서 꿈틀거리게 하는 것이나 마찬가지다. 소매치기 문학은 틀림없이 쇠망의 문학이다.

천하에 영국인만큼 거만한 국민도 없을 것이다. 세상 사람들은 중국인이 거만하다고 말한다. 중국인은 태평하기 그지없어 느긋하고 점잖다. 영국인은 약삭빠르기 그지없고 소매치기 스타일로 타국 사람들을 경멸하며 스스로 가장 영리하다고 믿고 있는 듯하다. 신경쇠약 초기다. 흥분 상태의 병적 징후다.

○개성이 중요한 세상이다. 가능한 한 자신을 터질 듯이 긴장시켜 결국 찢어져 넘치게 살아가야 하는 세상이 되었다. 옛날에는 부부를 이체동심異体同心이라고 칭했다. 개성이 발달한 오늘날 그런 소박한primitive 사실이 존재할 리 없다. 아내는 아내, 남편은 남편, 명확하게 물과 기름처럼 구별된다. 심지어 그 개성을 한없이 확장하지 않으면 문명의 추세에 뒤떨어지게 된다. 그래서 어느 철학자가 등장해 부부를 속박해서 같이 살게 하는 것은 인간의 본성에 어긋난다는 말을 꺼냈다. 원래 인간은 개성적인 동물이며 이 확장이 문명의 추세인 이상, 적어도 이 경향을 해치는 것은 모조리 야만스러운 풍습이다. 부부가 동거한다는 것은 야만 시대에 발생한 유물이며 도저히 오늘날에 실행해서는 안 되는 나쁜 관습이다. 며느리, 시어머니가 태곳적 몽매한 시대에 동거했던 것처럼 부부가 동거하는 것도 인류의 폐해다. 한 걸음 더 나아가 논하면 결혼 그 자체가 야만이다. 이렇게 개성을 중시하는

세상에 두 사람 이상의 인간이 보통 이상의 친밀함을 가지고 연결되어야 할 이유가 없다. 이 진리는 이른바 전 시대의 유물인 결혼이 십중팔구 실패로 끝나기 때문에 명료하다. 운운.

· · · · ·

○2와 2가 4가 된다는 것은 오늘날 세상의 논리 법칙이다. 옛날에는 그렇게 시세가 형성되어있지도 않았다. 결정되어있지 않은 부분에 흥미로움이 존재했다. 사물은 뭐든지 향후가 보이지 않는 부분이 기대된다.

○니체는 초인superman에 대해 말한다. 버나드 쇼George Bernard Shaw도 이상인ideal man에 대해 말한다. 웰스Wells(H. G. Wells, 영국의 소설가이자 사회학자를 가리키는 것으로 추정됨-역주)는 거인giant에 대해 말한다. 칼라일Thomas Carlyle도 영웅hero에 대해 말한다.

이런 사람들이 영웅에 대해 이야기하는 것은, 호메로스가 「일리아드Iliad」를 노래하고 체비 체이스에서 용맹스러움을 노래하는 것과는 분위기가 전혀 다르다. 현대는 개성이 최대한 팽창된 세상이다. 그리고 자유로운 세상이다. 자유는 나 홀로 자유롭다는 의미가 아니다. 사람들이 자유롭다는 의미다. 사람들이 자신의 개성을 최대한 주장한다는 의미다. 최대한 자유로울 수 있는 만큼 개성을 자유 놀이free play에 끌어온bring 이상, 사람과 사람 사이에는 항상 긴장감tension이 있을 것이다. 사회의 존재를 파괴destroy하지 않는 범위 내에서 최대한 '나'를 크게 하려는 듯하다. '나'는 이미 부풀 대로 부풀어서 앞으로 한 발자국만 나가면 다른 사람 영역 안으로 파고 들어가 다른 사람과 싸움을 해야 할 정도로 예민한 상태다. 하지만 마음속에 있는 '나'는 제한이 없다. 이상은 현실 이상을 의미한다. 이상은 실현realization을 의미한다. 그들은 자유를 주장하며 개인주의를 주장하며 개성의 독립과 발전을 주장하고 있으므로 그 결과, 세상이 생각보다 갑갑하고 좀처럼 자유롭게 움직일 수 없다는 사실을 발견하는 동시에 이 경향을 한없이 확대시키지 않으면 자기 의지의 자유를 매우 해칠 수 있다. 백척간두에 앉는다. 한 걸음 나아가면 고통이다. 한 걸음을 나아가면 모든 것이 끝난다. 여기서 그들은 한 걸음의 개척을 실제적으로 시도하는 대신, 문필로 이를 시도하려 한다. 백지 위에서 초인을 논하는 사람은 그 어리석음을 비웃는다. 자신 역시 그 어리석음을 모르는 바 아니다. 하지만 내면의 본능적 요구는, 무의미한 종이와 먹으로 이런 어리석음에 대한 활로를 어떻게든 열려고 한다. 발언을 금지당한 자가 어쩔수 없이 하품이라도 하는 시늉을 하며 살짝 몇 마디 흘려본 것이나 마찬가지다. 때문에 그들의 이상인은 불평을 드러낸 사람이다. 호메로스의 유쾌함이 없으며 체비 체이스의 단순함simplicity이 없다.

그들은 굴욕humiliation을 노예적으로 간주하며 멀리 내던져버린 채, 독립적인 방향으로 향한다. 독립적인 방면으로 착실히 걸어가고 있는 오늘날, 무척이나 '자유로운 부자유'를 새삼 깨닫게 된다. 과거의 굴욕으로 되돌아가고 싶지만 결국 되돌아갈 수 없다. 봉건적인 세상은 그저 하나의 가설assumption을 필요로 한다. '자기 분수에 만족한다'라는 것이다. 이 가설이 존재하는 이상은 다른 그어떤 자극도, 해악도 없이 태평한 삶을 살아갈 수 있다. 오늘날의 세상은 분수에 만족하지 말라는 격언 아래 성립되어있다. 분수에 안주하지 않는 자가 가까스로 예의, 아부의 힘으로 자타의 마찰을 피하고 있다. 과거엔 공자를 성인이라 하고 석가를 부처님이라 하고 예수를 신의 아들이라고 주창하며, 자신은 이에 한없이 미치지 못하는 사람으로 생각했다. 이것은 굴욕이다. 이런 굴욕이 있었기 때문에 세상은 안온할 수 있었다. 오늘날엔 자기들도 공자며 석가라고, 천하가 다 생각하는 세상이 되었다. 공자인 이상 숭배자가 없어서는 안 된다. 석가인 이상 제자가 없어서는 안 된다. 제자 없는 공자와 석가란 벌거벗은 임금님이나 마찬가지다. 그런데도 자기가 공자이기 때문에 옆집 사는 인력거꾼도 역시 공자며 앞집 사는 생선가게주인도 역시 석가다. 사람들이 모조리 석가와 공자인 이상, 석가와 공자의 세력 범위는 자기의 발을 고정시키는 2척 사방 이내에 지나지 않는다. 애당초 공자든 석가든 그 가치value는 자신의 개성을 범인凡人 위에 누르는 데 있다. 공자, 석가가 되어 천하에 고립된다면 모처럼 개성을 여기까지 갈고 닦아온 것이 다 쓸데없는 짓이 된다. 10년을 힘들게 공부해서 예상과 달리 순사에 채용되는 것 같다. 그들이 순사에 만족할 리 없다. 순사 이상이 되려고 하지만, 사회의 질서를 파괴해서는 안 된다. 이런 순간 붓을 들고 길게 읊조리며 불평 가득한 그 심정을 종이 위에 쏟는다. 초인, 이것이다.

○옛날에는 임금의 위광威光이 있으면 무엇이든 가능

했던 세상이다.

ㅇ지금은 임금의 위광이 있어도 불가능한 일은 불가능한 세상이다.

ㅇ다음엔 임금의 위광이 있어서 불가능한 시대가 올 것이다. 위광을 삿갓처럼 쓰고 끝까지 억지를 쓰는 것만큼 개인을 모욕하는 일이 없기 때문이다. 개인과 개인 간이라면 참을 수 있는 일도 임금의 위광이 있는 경우 아무도 복종할 자가 없기에 이를 것이다. 이것은 개성이 중시되는 세상이기 때문이다. 오늘날 문명의 대세이기 때문이다. 메이지의 조대照代(원서에 원原이라는 표식이 위에 달림, '원문대로 표기'의 의미로 추정됨-역주)에 임금의 위광을 삿갓처럼 쓴 채 세력이 많은 것만 믿고 일을 도모하고자 하는 것은, 가마를 타고 기차보다 빨리 달리려고 노심초사하는 것과 같다.

· · · · ·

ㅇ오늘날의 사람에 대해 가장 주의할 점은 자각심이 너무 강하다는 것이다. 자각심이란 직지인심견성성불直指人心見性成仏이라는 뜻이 아니다. 영성靈性의 본체를 실증

해준다는 뜻이 아니다. 자기와 천지가 하나의 일체임을 발견한다는 뜻이 아니다. 자기와 타인이 확연히 구별됨을 자각한다는 뜻이다. 이 지각은 문명과 함께 절실하고 예민해지므로 일거수일투족도 자연스러울 수 없다. 사소한 일에 얽매이는 사람들이 많아서 좀처럼 느긋한 사람을 볼 수 없게 되었다. 탐정이란 자는 사람들의 눈을 피해 모르는 사이에 제멋대로 하는 자를 말한다. 때문에, 탐정이란 자는 이런 의미에서 자각심이 가장 강하지 않으면 안 된다. 하지만 현재의 문명은 천하의 대중을 자극해 모든 사람이 탐정 수준의 자각심을 갖도록 예민하게 만드는 세상이다. 생각건대 자각심이 예민한 사람은 안심할 수 없다. 깨어있는 동안은 물론이며, 잠을 자거나 밥을 먹을 때도 차분해지지 않는다. 때문에, 탐정을 개라고 말한다. 차분한 구석이 없기 때문이다. 그들도 인간이기 때문에 침착해지고 싶을 때가 있을 것이다. 하지만 그들의 직업 때문에, 결과적으로 자기 스스로 자각심을 예민하게 한 결과, 자기 신세를 한탄하든 세상을 원망하든 결국 안심할 수 있는 시기를 맞이할 수 없다. 이런 예민한 자각심은 역시 도둑의 자각심을 가진 강도와 마찬가지여서 온종일 사방을 힐끔거리며 몰래몰래 행동하며 무덤에 들어갈 때까지 한순간도 편안할 겨를이 없다. 현대 문명의 폐해는 탐정도 아니고 도둑도 아닌 사람에게 탐정 수준의, 도둑 수준의 자각심을 요구하는 것에 있다.

천하에 무엇이 약이 될까. 자기 자신을 잊어버리는 것보다 의젓한 일은 없다. 무아의 경지보다 더 큰 환희는 없다. 예술 작품의 고귀함은 일순간일지언정 황홀하게 자신을 잊어버리게 하며 자타의 구별을 잊게 해주기 때문이다. 이것이 강장제tonic다. 이런 강장제 없이 20세기에 존재하려고 하면 사람은 반드시 탐정이나 도둑처럼 될 것이다. 섬뜩해진다.

이런 폐해를 구제하기 위해서는 설령 천 명의 예수가, 만 명의 공자가, 1억 명의 석가가 있다 해도 어찌할 수 없다. 그저 전 세계를 24시간 동안 해저에 잠기게 해서 기존의 자각심을 궤멸시킨 후, 다시 꺼내 일광日光에 비춰 말리는 것 이외에는 구제가 불가능하다.

• • • • •

○설령 천자의 위광이라 해도 가정 안에 들어와 이유 없이 부부 사이를 이간하도록 허락지 않는다. 이유 없이

부자지간의 정을 없애는 것을 허락지 않는다. 설령 천자의 위광이라 해도 이것에 맹종하는 남편이 있다면, 이것에 맹종하는 아내가 있다면 이것은 인격을 버린 자다. 남편으로서, 아내로서, 자식으로서 자격이 없는 자다. 걸주桀紂(폭군의 대명사인 중국 하나라의 걸왕과 은나라의 주왕을 가리킴-역주)라 해도 이렇게 제멋대로 포악함을 일삼을 수 있는 권위가 있어서는 안 된다. 하물며 20세기에는 어떠할 것인가. 한 개인이라면 어떠할 것이며, 돈을 가지고 있되, 배움이 없는 자는 어떠할 것인가. 말이나 소가 끄는 수레를 부리는 사람은? 탐정은?

하늘은 반드시 이를 벌할 것이다. 하늘이 이를 벌할 때는 박해를 받는 사람의 손을 빌려야만 한다. 이것이 공公의 길이며, 환히 오랜 세월에 걸쳐 조금이라도 변해서는 안 되는 도道다.

개화가 무가치함을 깨달을 때, 비로소 염세관이 고개를 치켜든다. 개화가 무가치하다는 것을 알면서도 이것을 면할 길이 없음을 알았을 때 두 번째로 염세관을 발생시킨다. 이 시점에서 발전의 길이 끊어지면 진정으로 염세적인 문학이 된다. 만약 발전하면 형이상적으로 편안함을 추구해야 한다. 형이상적이기 때문에 실질적인 역할을 하는 일은 없다. 실질적인 역할을 하지 않기 때문에 안락하다. 형이상이란 과연 무엇인가. 무엇을 가리켜 형이상이라고 부르는가. 세간에서 통용되는 의미에서 편안할 수는 없다. 편안할 수 있다고 생각하는 것은 잘못된 것이다.

1906년(메이지 39년)

현대 청년에게는 이상이 없다. 과거에 이상이 없었고 현재에도 이상이 없다. 가정에서는 부모를 이상적인 대상으로 삼을 수 없다. 학교에서는 교사를 이상적인 대상으로 삼을 수 없다. 사회에서는 신사를 이상적인 대상으로 삼을 수 없다. 사실상 그들은 이상이 없다. 부모를 경멸하고 교사를 경멸하고 선배를 경멸하고 신사를 경멸한다. 이런 대상들을 경멸할 수 있는 것은 훌륭한 일이다. 그러나 경멸할 수 있는 사람은 스스로에게 자신의 이상이 있어야 한다. 자신에게 아무런 이상도 없이 이런 대상들을 경멸하는 것은 타락이다. 현대의 청년들은 힘차게 날마다 타락하고 있다.

영국풍을 고취하는 자가 있다. 딱한 일이다. 스스로 아무런 이상이 없다는 사실을 보여주고 있는 셈이다. 어떤 점에서 영국인을 모범으로 삼아야 한다는 말인가. 어리석음도 이쯤 되면 극한에 도달한다.

매일 거울을 보는 자는 어제의 나와 오늘의 나를 같은 사람으로 생각한다. 오늘의 나와 내일의 나도 같은 사람으로 생각한다. 이렇게 10년이 지나 비로소 10년 전의 자신과 크게 달라진 점을 깨닫는다. 메이지의 세상에 사는 사람도 이와 마찬가지다. 올해는 내년과 같고 작년과도 비슷하다고 생각한다. 메이지 40년이 되어 메이지 원년을 회고하고 있을 때 비로소 그 변화가 크다는 사실에 화들짝 놀란다.

속인은 이를 알지 못한 채 어제로 오늘을 다스리고 오늘로 내일을 다스리려고 한다. 세월이 멈추지 않음을 알지 못하며, 사상이 시시각각 변해간다는 사실을 깨닫지 못한다.

어제까지는 대신이 아무리 제멋대로 굴어도 제지할 수 없었던 세상이었다. 때문에, 오늘도 대신이면 무엇이든 할 수 있는 세상이라고 여긴다. 어제까지는 이와사키岩崎(메이지明治 시대의 굴지의 실업가-역주)가 가진 기세라면 뭐든지 제 뜻대로 할 수 있었기 때문에, 오늘도 이와사키의 기세라면 가능하지 않은 일이 없을 것으로 생각한다. 대신이든 이와사키든, 그들 또한 이렇게 생각하고 있다. 그들은 자기 얼굴을 매일 거울에 비추고 어느새 용모가 쇠락하고 있음을 자각하지 않는 어리석은 인간이나 마찬가지다. 선례를 가지고 미래를 가늠하려고 한다. 어리석음 또한 지극하다.

나라에 큰 공을 세운 원로들은, 자기 자신이 후세에 보여주기 위한 만족스러운 선례라고 생각하고 있을 것이다. 메이지의 역사에서 커다란 광채를 발한 인물로 생각하고 있을 것이다. 오쿠보 도시미치大久保利通가 죽은 후 얼마나 왜소해졌는지를 생각하지 않는다. 기도 다카요시木戸孝允가 오늘에 이르러 잊히고 있음을 생각하지 않는다. 딱하기 그지없는 자들이다.

메이지 시대가 이어진 40년 사이에 점점 남루해진 무리는 40년이 길다고 생각한다. 그런 긴 세월 동안 명예로운 우리는 메이지의 공신으로 후세에 전해져야 마땅하다는 자만심을 가지고 있다.

멀리서 이 40년을 보면 일탄지(손가락을 한번 튕길 정도의 짧은 시간, 불교 용어-역주)일 뿐이다. 이른바 메이지의 원로라는 자들은 벼룩처럼 작은 인간으로 변화했음을 모른다.

메이지의 사업은 이제야 비로소 궤도에 오른 듯하다. 지금까지는 뜻밖에 운이 좋았을 뿐이다. 요행의 세계였고 준비의 시간이었다. 만약 진정으로 위인이 존재해 메이지의 영웅이라고 불려야 마땅할 자가 있다면, 바로 지금부터 나와야 할 것이다. 이 사실을 깨닫지 못한 채, 메이지 40년이 유신의 위업을 대성한 시일이라고 생각해 자신이야말로 공신이든 모범이라고 한다면, 이른바 자만심과 광기를 겸비한 바보이자 병자일 것이다. 40년이 흐른 오늘까지, 모범이 되어야 마땅할 자는, 단 한 사람도 없다. 우리는 너희를 모범으로 삼을 정도로 자잘한 인간이 아니다.

1910년(메이지 43년)

○근래에는 '현대적' '요즘' 등의 단어를 무턱대고 사용한다. 그리고 그 내용은 제쳐두고 이런 단어들을 사용하면서 해당 글자 자체를 아는 것이, 혹은 그 의미를 이해하는 것이, 혹은 스스로 그 특색을 가진 것이 자랑스럽다는 듯이 행동한다.

딱히 특별한 일도 아닌 것 같지만, 조금만 생각해보면 과거와는 반대라는 사실을 알 수 있다. 과거에는 '옛사람들'이나 '고대'를 존경하곤 했다. 중국이나 일본은 물론이지만, 서양에서도 셰익스피어William Shakespeare나 단테Dante, 마이클 앤젤로Michael Angelo(미켈란젤로로 추정됨-역주) 같은 사람을 아트의 유형type으로 이에 대해 언급했다 (오늘날 역시 다소 그러하다. 생존 작가living author를 대학에서 강의하는 경우는 거의 없다. 품격dignity에 관한 일이다). 그런데도 지금은 (특히 일본은) 로댕François Auguste René Rodin이나 입센Andreief Ibsen인지 뭔지 하는 새로운 사람의 이름을 입에 올리는 것이, 마치 권위가 있는 것처럼 보이는 경향을 띤다.

서양은 그 정도로 격하지는 않지만, 이것도 대체로 그럴 것이다. 적어도 과거의 대가에게 그 정도로 경의를 표하지 않게 된 것은 사실일 것이다.

그렇다면 20세기의 인간은 자신과 인연이 먼 과거의 사람을 우상화하기idolize보다는 자신과 동시대에 사는 사람을 존경하거나 존경할 수 있게 된 것이다.

이 경향을 극단적으로 가지고 가면 자기 숭배라는 말이 된다(개인주의Individualism, 에고이즘egoism).

(아니? 오히려 우리는 에고이즘egoism에서 출발하는 게 아닐까? 자기 숭배가 우선이고 타인은 오히려 두 번째이지 않을까? 어쩔 수 없기에 다른 사람을 숭배하는 것이겠지. 고인은 숭배하지 않아도 되지만 숭배해도

자신과 이해관계가 없으므로, 다른 세계의 일이니까 공평하게 숭배하는 것이다. 요즘 사람은 동시에 함께 살아가고 있어서 이러니저러니 해도 나쁘게 보일 것이다. 우리 집 하녀가 세간을 향해서 자신이 일하는 곳의 주인, 평소에는 조심스러운 주인의 결점을 열거하는 것이나 마찬가지일 것이다)

옛사람 숭배가 쇠퇴하고, 요즘 사람 숭배가 쇠퇴하고, 자아 숭배가 근본이 된다. 오늘날 일본인이 서양인의 이름 중 새로운 이름을 들고나오는 이유는, 이런 것들을 숭배하기보다는 이런 것들을 입에 담는 프라이드pride 때문이다. 그러므로 결국은 다른 사람을 존경하는admire 목소리가 아니라 자기를 존경하는 방편이다.

○마치 박경아薄輕児(위에 원原이라고 적혀있음, '원문대로 표기'의 뜻으로 간주하며 의미는 미상임-역주)가 부귀와 권위를 가진 사람의 이름을 계속 들먹이며, 마치 친교가 있는 것처럼 말해 자신의 허영심을 충족시키는 것이나 마찬가지다. 그 사람이 일단 부를 잃고 권위가 실추되면 언제 그랬느냐는 듯이 태도가 돌변해, 어제의 일을 망각하는 것이나 마찬가지다. 최근 서양에서 명망 있는 '대가'의 명성을 갑자기 실추시킨 후, 그간 그런 사람들을 들먹였던 일본인의 얼굴을 한번 보고 싶다. 전혀 다른 태도로 돌변해 언

제 그런 사람이 있었느냐는 식으로 나오지 않을 자가 과연 몇 명이나 있을까.

그런 것을 시험할 수 있겠느냐고, 칭찬할 만해서 칭찬하는 것이라고, 그런 증거를 보고자 그런 대가의 명성을 하루아침에 실추시킬 인공적 수단도 없지 않느냐고 반문할지도 모른다. 그럴지도 모른다. 하지만 나는 공公들을 신용하지 않는다. 공들이 만약 나의 신용을 얻고자 한다면 기성의 명성을 입에 담지 말고 본가인 진정한 서양인이 아직 눈치채기 전, 진정으로 가치가 있는 대가의 이름을 밝히라.

일기

1912년(메이지 45년) 6월 10일 (월)

행계노行啓能(황족이 관람하는 노가쿠 공연-역주)를 보다. 야마가타山県(야마가타 아리토모山県有朋로 추정됨-역주), 마쓰카타松方(마쓰카타 마사요시松方正義ま로 추정됨-역주) 등의 원로와 노기乃木(노기 마레스케乃木希典로 추정됨, 그해 9월 13일에 순사함-역주) 씨 등이 있음.

폐하와 전하의 태도는 근엄하고 차분하여 가장 경애敬愛할 만한 가치가 있다. 이에 반해 이를 보던 신민臣民들은 참으로 무식하고 무례하다.

(1) 착석 후 마치 구경거리처럼 폐하와 전하의 얼굴을 빤히 뚫어지게 쳐다본다.

(2) 공연 관람 중 혹은 공연 관람 후 쓸데없이 자리에서 벗어나 혼잡하게 만든다. 그리고 황족분은 정숙하게 의자에 앉는다. 음악회 쪽이 훨씬 우아하다(하긴 프로그램에 몇십 분 동안 쉬는 시간인지 전혀 적혀있지 않아서 사람들이 아무 때나 일어섰다고 여겨진다. 노가쿠能楽 학회의 생각이 짧았던 탓이다).

(3) 폐하와 전하 모두 정숙하게 노能를 보시는데 신민

들이, 심지어 폐하와 전하가 자리를 뜨시는 지척에서 큰 목소리로 담소를 한다.

귀가하는 상황을 보니 자동차, 인력거, 마차가 끊임없이 오고 가서 혼잡했다. 이런 예의와 분별이 없는 자들이 바로 일본의 상류사회다. 참으로 한심하기 그지없다.

황후 폐하와 황태자 전하가 담배를 피우신다. 우리는 담배를 피우지 않는다. 이것은 폐하와 전하 쪽에서 우리 신민을 위해 마땅히 배려해야 한다. 만약 자신이 담배를 피워도 무방하다고 생각한다면 신민에게도 똑같은 자유를 허락되어야 한다. (누군가가 담배를 담뱃대에 눌러 담아드렸다. 불을 붙여드리는 것은 옆에서도 차마 보기 민망한 일이다. 죽은 사람 死人[원서 '死' 위에 '원原'이 첨부되어있음. '원문대로 표기'의 뜻으로 추정됨-역주]이나 어딘가 불편한 사람이 아니라면 이런 것을 다른 사람에게 부탁할 사람은 없을 것이다. 담배에 불을 붙이거나 담뱃대에 담배를 채우는 것이 건강한 사람 입장에서 얼마나 노력이 필요한 일이란 말인가. 이런 하찮은 일을 다른 사람이 대신 해주는 모습을 신민이 보고 있는 앞에서 꺼리시지 않는 것은 차마 보기 민망한 일이다. 직언해서 그만두시도록 하고 싶을 정도다. 구나이쇼宮内省[메이지 시대 덴노[천황] 보좌 전담 기관-역주]에 있는 자들은 이 정도의 일도 눈치채지 못한단 말인가. 아니면 눈치 챘지만 그런 내용을 차마 입에 담기 어렵단 말인가. 놀랄 만한 일이다.)

(4) 제국의 신민들은 폐하나 전하를 입에 올릴 때 지나칠 정도로 공손한 말씨를 사용하면 된다고 생각한다. 진정한 경애심에 대해서는 오히려 제대로 이해하지 못하고 있는 것이나 마찬가지다. 말투가 거칠면 당장 불경사건으로 죄를 물으니, 진정한 불경죄인은 어찌할 생각이란 말인가. 이것도 바보스러운 일이다.

(5) 황실은 신들이 모인 곳이 아니다. 다가가기 쉽고 친숙해서 우리가 공감할 수 있고 우리로부터 경애심을 얻을 수 있어야 한다. 그것이 가장 견고한 방법이다. 그것이 가장 오래가는 방법이다.

정부와 황실 관리의 수법이 만약 도리에 어긋난다면 황실은 결국 심각한 상황에 빠질 것이다. 그리고 동시에 결국 신민의 가슴heart에서 멀어질 것이다.

1912년(메이지 45년) 7월 20일 (월)

저녁에 천자天子(원문 반영, 여기서는 메이지 덴노[천황]를 가리킴-역주)의 병이 위중하다는 호외를 접하다. 요독증이라는 소식으로, 혼수상태라고 보도되었다. 올해의 강 놀이 개시를 축하하는 연중행사가 일단 중지되었다. 천자는 아직 붕어하지 않았다. 강 놀이 개시 행사를 금할 필요가 없다. 영세민들은 이로 인해 매우 곤란해질 것이다. 당국자의 몰상식에 놀라움을 금치 못한다. 연극과 기타 무대극들도 중단 여부에 대한 논의로 소란한 모양이다. 천자의 병은 모든 신하가 동정할 만하다. 하지만 모든 백성의 생업이 직접 천자의 병에 해를 끼치지 않는 한 마땅히 진행되어야 한다. 당국이 이에 대해 간섭처럼 느껴질 만한 행동을 해서는 안 된다. 만약 신민중심臣民中心(원서에는 '민중民中' 사이 위에 '원原'이 첨부되어있음, '원문대로 표기'의 의미로 추정됨-역주)으로 그렇게 하겠다는 의사가 있다면, 생업을 자기 의사로 잠시 중단하는 것도 자기 뜻에 따른 것임은 당연하다. 그렇지 아니하고 당국의 권위가 두려워, 옆에서 덩달아 떠들어대는 소리가 두려워 당연히 해야 할 생업을 멈춘다면 표면적으로는 더할 나위 없이 황실에 대해 예의가 돈독하고篤く(원서 '독篤' 위에 '원原'이 첨부되어있음, '원문대로 표기'의 의미로 추정됨-역주) 정이 깊은 것처럼 보여도 기실은 황실을 원망하고 불평을 마음에 쌓아두는 것이나 다름없다. 가히 두려워할 만한 결과를 발생시킬 원인을 자기도 모르는 사이에 조성하는 것이나 마찬가지다(엉뚱하게 소란을 떨지 않는 이상, 평상시와 마찬가지로 신민도 이를 행해야 한다. 당국도 이를 그냥 내버려 두어야 한다). 신문을 보면 그들이 이구동성으로 말하기를 도쿄 전체가 적막하게 불이 꺼진 것 같다고 한다. 쓸데없이 허둥대며 억지로 불을 끄게 만든 장본인이면서 자연스럽게 불이 꺼진 것 같다고 떠들고 다닌다. 천자의 덕을 칭송하는 방법은 이게 아니다. 오히려 그 덕에 상처를 입히는 짓이다.

편지

1900년(메이지 33년) 12월 26일

나쓰메 교코夏目鏡子에게 보낸 편지(초抄)

(전략) 이곳에서는 돈이 없는 것과 병에 걸리는 것이 가장 불안하오. 병은 귀국할 때까지는 사절할 작정이지만 돈이 없는 데에는 무척 난처하다오. 일본의 50전은 이곳에서는 10전이나 20전 정도의 된다오. 10엔 정도의 돈은 두세 번 눈을 깜빡거리는 사이에 연기처럼 사라진다오. 이번 하숙집은 무척이나 더럽지만 싼 가격을 봐서 가까스로 참고 있소. 최대한 먹고 입는 것을 아껴 책만이라도 최대한 사가져 갈 생각이기에 매우 갑갑하다오. 특히 유학생은 매우 드물고 이곳에 머무는 사람들은 관리, 상인들이라서 모두 나보다는 경제적으로 여유가 있는 사람들뿐이라오. 딱히 부러운 것은 없으나 엉뚱한데 돈을 쓰거나 쓸모없는 유흥이나 사치품에 들떠 지내는 것이 못내 안타깝다는 심정이라오. 그들만큼의 재력이 있다면 필요한 책도 맘껏 살 수 있으리라 생각하오. 집에서도 20엔 정도로 지내려면 필시 어려운 처지겠지만 이곳에 있는

나를 봐서 아무쪼록 잘 참고 지내주시길 바라오. (중략)

런던이 얼마나 번화한지는 직접 눈으로 보지 않으면 좀처럼 짐작하기 어려울 정도여서 마차, 철도, 전철이나 지하철, 지하 전철 등 거미줄을 놓은 것 같은 상태라오. 익숙하지 않은 자는 종종 길을 잃고 헤매다 엉뚱한 곳에 가게 되는 경우도 있어 위험하다오. 나도 하숙집에서 번화한 데로 가기 위해서는 마차나 지하전기고가철地下電気高架鉄, 철도마차 등이 있지만 사방으로 가기 때문에 간혹 엉뚱한 곳으로 가는 경우도 있다오.

런던 중심가에서는 일본인 따위를 신기하다는 듯이 다시 돌아다보는 사람은 전혀 없고, 모두 자기 일만으로도 몹시 바쁜 모습이라오. 과연 세계적인 대도시답소.

하지만 날씨가 너무 나쁜 것에는 완전히 질려버렸다오. 여기 도착한 이후 좋은 날씨는 손에 꼽을 정도밖엔 없었고, 심지어 일본처럼 완전히 맑게 갠 하늘은 도무지 볼 수 없다오. 혹시라도 안개가 끼는 날이면 낮에도 어두운 밤처럼 가스등을 켜야 하오. 더할 나위 없이 불쾌하다오.

이곳의 일반 사람들은 공중도덕을 잘 지킨다는 사실에 매우 감탄하고 있다오. 기차 같은 곳에서도 자리가 없어서 서 있으면 낮은 계층의 인부처럼 보이는 사람일지라도 자리를 나눠 양보한다오. 일본에서는 혼자서 두 사람 자리를 다 차지하고 득의양양하게 앉아있는 한심한 사람들이 있소. 그리고 여기저기서 물건을 살 때도 훔치려고 작정만 하면 얼마든지 훔칠 수 있게 되어있소. 고서점 같은 곳도 창밖으로 진열해두고 이를 지키는 사람도 없는 곳이 있소. 철도의 수하물 따위도 '플랫폼'에 내던져져 있는 것을 각자 자유롭게 가지고 간다오. 일본에는 약삭빠른 자들이 기차에 무임 승차하거나 1전만 내고 철도마차를 2구간 타거나, 이렇게 남을 속이거나 부도덕한 일을 하고는 우쭐대는 어리석은 인간이 매우 많소. 그런 무리를 잠시 이곳에 데리고 와서 보여주고 싶을 지경이오.

아직 쓰려면 얼마든지 쓸 것이 있지만 시간이 없어서 여기서 이만 줄이오. 신년의 인사를 모두에게 잘 부탁하오. (이하 생략).

1902년(메이지 35년) 3월 15일

나카네 시게카즈中根重一에게 보낸 편지(초)

(전략) 영일동맹 이후 유럽 여러 신문이 일제히 이에 대한 평론을 연일 게재했는데 요즘 겨우 좀 잠잠해졌습니

다. 이곳에 재류 중인 일본인들이 서로 이야기를 나누어 하야시林 공사관의 노고에 감사할 선물 기증을 계획해서, 저도 5엔 정도 기부했습니다. 유학비가 빠듯한 상황에서 이런 임시비를 지출하라는 명령이 내려오니 몹시 난감하더군요. 신문의 전보란電報覽에서 보고 알았는데, 영일동맹이 체결된 이후 일본이 아주 떠들썩하다더군요. 이런 일로 소란을 떠는 건 부자와 결혼한 가난뱅이가 기쁨에 겨운 나머지, 종을 치고 북을 울리며 온 마을을 도는 형국입니다. 애당초 오늘날의 국제 관계라는 것이 도의보다 이익을 중시하기 마련이라, 영일 간의 관계를 앞서 나온 개인의 예로 비유하는 건 타당하지 않을 거라는 시각도 존재할 수 있겠지만, 이 정도 일로 그렇게나 만족하다니 몹시 불안하게 여겨집니다. 어찌 생각하시는지요?

국운의 진보가 재원財源에 달려있음은 두말할 것도 없으나, 말씀하신 대로 재정 정리와 국제무역이 현재의 급선무라고 여겨집니다. 동시에 국운의 진보는 결국 이 재원을 어떻게 사용하느냐에 달렸습니다. 그저 자기밖에 모르는 수많은 인간에게 만금을 쥐여줘 본들 재산 불평등으로 국가의 운명이 어지러워지지 않을까 우려스러울 뿐입니다. 현재 유럽 문명의 실패는 현저한 빈부 격차에서 비롯된 것입니다. 이런 불평등으로 인해 몇몇 유능한 인재가 매년 굶어 죽거나 얼어 죽거나 교육받을 기회를 박탈당해, 도리어 평범한 부자가 자신들의 어리석은 주장을 실행에 옮기게 하는 경향이 없지 않나 여겨집니다. 다행히 평범한 사람도 오늘날의 교육을 받으면 어느 정도의 분별력을 갖추게 되고, 그리스도교의 가르침과 더불어 프랑스혁명에서 얻은 은감불원을 거울삼아 평범한 부자들도 마냥 이기적으로 행동하지 않고 타인과 인류를 위해 사력을 다하려는 흔적이 보입니다. 덕분에 오늘날 실패한 사회의 수명을 다소나마 연장시키지 않았나 싶습니다. 일본에서 이와 비슷한 상황으로 나아간다면(현재 진행 중으로 여겨짐), 육체노동자의 지식과 문자가 발달할 미래에는 매우 심각한 문제가 될 것입니다. 카를 마르크스의 지론은 단순한 순수 이론으로서도 결점이 있긴 하지만, 요즘 같은 세상에서 이런 설이 나오는 것도 당연하지 않을까 싶습니다. 저는 원래 정치와 경제에는 어둡지만, 기염을 토하고 싶어지다 보니 저도 모르게 이런 말씀을 드리게 되었습니다. "나쓰메가 제대로 잘 알지도 못하면서"라고 비웃지 말아주시길 바랍니다.

저술 작업을 위해 자료를 수집하시는 건 바람직하다고 여겨집니다. 저도 이곳에 도착한 후(작년 8, 9월경부터) 책을 쓰기로 마음먹고 현재 밤낮으로 독서를 하고 노트에 기록해가며 제 생각을 조금씩 써나가느라 여념이 없습니다. 이왕 책을 쓸 거라면 서양인이 남긴 찌꺼기 같은 하찮은 책이 아니라, 사람들 앞에 내보여도 최소한 부끄럽지는 않은 글을 쓰려고 노력하고 있습니다. 하지만 다루는 문제가 너무 방대하다 보니 어쩌면 중간에 엉뚱한 곳으로 흘러가지 않을까 싶습니다. 설사 앞뒤가 일관되게 잘 마무리된다고 해도, 2, 3년 안에 완성할 수 있을지 걱정스럽습니다. 완성도 되지 않은 마당에, 책에 대해 큰소리치는 것은 아직 태어나지도 않은 아이에게 이름을 붙여가며 소란을 떠는 짓이나 다름없지만, 말이 나온 김에 말씀드려봅니다. 소생은 "세계를 어떻게 봐야 할지에서 시작해, 인생을 어떻게 해석해야 할지의 문제로 이어간 후, 인생의 의의와 목적과 그 활력 변화를 논하고, 그다음으로 개화가 무엇인지 논하면서 개화를 이루는 모든 요소를 해부한 후 그것들을 서로 연관시키고 발전시켜, 결국 문예가 개화에 어떤 영향을 미치는지, 개화의 정체가 과연 무엇인지 논할" 생각입니다. 문제가 이처럼 방대하다 보니 철학과 역사, 정치와 심리를 비롯해 생물학, 진화론까지 모조리 연관되어 제가 봐도 지나치게 대담한 이론이라 어이가 없으나, 이왕 마음먹은 이상 갈 데까지 가볼 생각입니다. 이 결심을 실행하는 데 있어서 필요한 것은 오직 시간과 돈뿐입니다. 일본에 돌아가 어학 교사 일에 쫓기다 보면 사색에 잠기거나 독서할 여유도 없지 않을까 걱정스럽습니다. 가끔은 길에서 돈 10만 엔을 주워 도서관을 세운 다음 거기서 책을 쓰는 상상까지 하곤 하니 참으로 한심할 뿐입니다. (이하 생략)

1902년(메이지 35년) 12월 1일 다카하마 기요시高浜清

(다카하마 교시高浜虚子의 본명-역주)에게 보낸 편지

시키子規의 병세에 관해서는 매번 보내주는 《호토토기스》를 통해 이미 알고 있었다네. 마지막 모습을 하나하나 상세히 전해주어 감사하네. 출발할 때부터 살아서 다시 만나고 싶다는 소망이 결국 이루어지기 어려울 것이라 짐작하고는 있었다네. 둘 다 같은 마음으로 헤어졌기에 새삼 놀라지도 않았지. 그저 가엾다는 말밖에는 할 수가 없네. 하지만 그런 병고에 시달리느니 빨리 왕생하는 게 어쩌면 본인에게는 더 행복이지 않을까 싶기도 하네. 「런던 소식」은 시키가 살아있을 적에 위로를 겸해 그저 생각나는 대로 적어 보낸 글이니 변변치 않은 농담으로 봐주었으면 하네. 그 후에도 뭔가 써 보내고 싶다는 생각은 했으나, 알다시피 내가 워낙 부지런하지 않은 자인데다가 시간이 없다느니 공부해야 한다느니, 건방진 말만 늘어놓으며 소식을 전하지 못하던 와중에 고인은 백옥루의 사람이 되고 말았구먼. 참으로 대형들에게도 면목이 없고 망우에게도 부끄럽기 짝이 없다네.

시키가 살아있을 때의 이야기를 써달라는 말은 잘 알겠는데, 막상 쓰려고 하니 뭘 써야 좋을지 막막하고, 쓰다 보니 너무 두서없는 글이 되어서 두 손을 들어버린 상태라네.

아무튼 나는 오는 5일 드디어 런던에서 출발해 귀국길에 오르니 도착하면 오랜만에 얼굴을 보고 이런저런 이야기를 나누기로 하고, 일체 이야기는 그때까지로 미뤄주게나. 이 편지는 미국을 거쳐 나보다 4~5일 먼저 도착하지 않을까 싶네. 시키를 추도하는 하이쿠를 지어보려고 고민 중인데 이렇게 서양 옷차림새로 비프스테이크만 먹으며 지내다 보니 쉽사리 좋은 구가 떠오르질 않는군.

어젯밤 난롯가에 앉아 아래와 같은 변변치 않은 구를 얻었다네. 얻었다기보다는 억지로 쥐어 짜낸 상황이니 그저 면피를 위한 것으로 웃어넘기며 봐주시길 바라네. 요즘에는 반쯤 서양인, 반쯤 일본인이라 무척이나 이상야릇하다네.

글을 쓸 때도 일본어로 쓰면 서양말이 불쑥불쑥 튀어나와 버려 그런 낭패가 없지. 그런가 하면 서양말로 쓰는 건 그것대로 또 힘들어서 다시 일본어로 돌아가고 싶어지니, 이러지도 저러지도 못하는 물건이 되어버렸네. 일본에 돌아가면 이런 하이칼라들이 제법 있을 테니, 가슴에 꽃을 꽂고 자전거를 타고서 자네를 만나러 가는 것쯤은 대수로운 일도 아니겠지.

런던에서 시키의 부고를 듣고倫敦にて子規の訃を聞きて

서양 옷 입고 가을 장례 행렬도 따르지 못해
筒袖や秋の柩にしたがはず
그대를 위해 피울 향 하나 없이 저무는 가을
手向くべき線香もなくて暮の秋

노란빛 안개 자욱한 도시에서 춤추는 음영

霧黄なる市に動くや影法師

귀뚜라미여 옛날 그리워하며 돌아가려나

きりぎりすの昔を忍び帰るべし

불러주는 이 없는 참억새 밭에 나 돌아가네

招かざる薄に帰り来る人ぞ

하나같이 난잡한 구들이로군. 꾸짖어 바로잡아주게.

(12월 1일 런던, 소세키)

1906년(메이지 39년) 7월 24일

나카가와 요시타로中川芳太郎에게 보내는 편지(초)

(전략) 학교를 졸업한 지 하루 만에 세상이 두려워졌기에 앞으로는 상당히 주의하며 주도면밀하게 살겠다는 취지는 좋다고 생각하네.

그러나 주도면밀이라는 말의 뜻에는 고차원적인 것과 저차원적인 것이 있지. 자신의 지력智力으로 충분히 숙고하여 자신의 감정으로 최대한 느끼고, 그렇게 함으로써 상대방과 나 사이에 부적절한 파탄이 없게끔 하는 것은 고차원적인 주도면밀함이지. 하지만 사람을 볼 때 도둑놈 보듯 의심하면서 몰래몰래 뭐든지 먼저 제어하려 드는 것은 저차원적인 주도면밀함일세.

자네가 느끼는 그것이 과연 어느 쪽일지는 모르겠군. 만약 전자라면 현명한 방향으로 한 발짝 나아간다는 말이겠군. 후자라면 어리석은 방향으로 한 발짝 나아가는 것이라네. 세상에 있는 수많은 재능 있는 이들은 어리석음에 다가가면서도 스스로 현명한 방향으로 가고 있다고 철석같이 믿지. 이해관계가 없는 제3자 입장에서 기탄없이 이들을 평해보게나. 학교에 있을 때가 오히려 훨씬 고차원적이었고 졸업하고 세상에 나가면 이보다 훨씬 못하게 되지. 심지어 스스로는 무척이나 와이즈wise해졌다고 믿는 사람도 많다네. 이것만큼 탐탁하지 않은 현상도 없지.

자넨 세상이 무섭다고 했지만, 무서울 것 같으면서도 의외로 무섭지 않은 게 세상이라네. 자네의 단점을 말해보자면 자네는 학교에 있을 때부터 세상을 너무 겁내더군. 집에서는 아버지를 무서워했고 학교에서는 벗들을, 졸업하고 나서는 세간의 눈과 선생님을 무서워했지. 그러더니 이제 와 세상의 무서움까지 깨닫는다면 오히려 곤란할 정도라네. 무서움을 깨달은 이는 매사 조심하게 되지. 조심성은 대개 인격을 저하시키는 요인이지. 세상에 있는 이른바 '조심성 있는 사람들'을 한번 보게나. 세상을 그렇게 살면 안 되지. 그런 사람을 절친한 벗으로 삼을 수 있겠나? 중요한 일을 맡길 수 있겠나? 이해관계 이상의 것을 주고받을 만한 사람이라고 할 수 있겠나?

세상을 두려워하는 것은 잘못된 일이야. 기껏 태어난 세상이 그토록 무섭다면 주눅이 들어 어찌 살겠는가. 살아 있는 것 자체가 고통일 걸세.

나는 자네에게 좀 더 담대해지라고 권하겠네. 세상을 겁내지 말라고 권하겠네. 스스로 돌이켜보아 곧으면(이치에 맞으면) 천만 명이 앞을 가로막아도 나아가겠노라는(자반이축自反而縮 수천만인雖千萬人 오왕의吾往矣, 『맹자』「공손추公孫丑」상-역주) 자세를 가지라고 권하겠네. 천하는 자네가 생각하는 것처럼 무서운 곳이 아니라네. 의외로 태평한 곳이지. 어떤 특정한 지위가 생기느냐 마느냐로 갑자기 무서운 곳으로 바뀌지도 않는다네. 언제 무슨 일이 생기든 무서워할 만한 곳이 아닐세. 면직이나 봉급 인상 이외에 인생의 목적이 존재하지 않는다면 어쩌면 무서운 곳이라 여겨질지도 모르겠군. 천하의 무사, 당대의 학자라면 그 이상으로 무서운 이유를 응당 말해야 할 걸세. 그러지 못

한다면 치욕일걸세. 아무쪼록 노력하시게. (후략)

1906년(메이지 39년) 10월 23일

가노 고키치狩野亨吉에게 보낸 편지(초)

조금 전에 긴 편지를 보냈습니다. 이번 주는 고등학교 행군이라 내일은 쉬는 날입니다. 지금 막 씻고 나와 조금 전 보내드린 편지에 이어서 조금 더 쓰도록 하겠습니다. 이런 편지는 일단 쓰기 시작했을 때, 마저 다 써버리지 않으면 좀처럼 다시 쓰기 힘드니까요. 쓰고 싶다고 아무에게나 쓸 수 있는 편지도 아니고요. 잘 모르는 사람에게 이런 편지를 써 보내면 겉만 요란한 속 빈 강정, 가짜 기염을 토하는 사람이 되고 맙니다. 모든 것이 사실로 증명되기 전까지는 진정한 기염이라고 할 수 없습니다. 저도 마찬가지입니다. 제가 어느 정도나 되는 인간이고 어떤 일을 할 수 있을지는 죽은 후에나 비로소 증명될 테니 지금 울부짖어봐야 촌스러울 따름입니다. 하지만 일전부터 교토대학에 오라고 초대해주기도 했고 아울러 가노 씨는 그 누구보다 이치에 밝은 분인데다 제 생활의 많은 부분을 알고 계시니, 이왕 이렇게 된 마당에 가노 씨의 벗인 나쓰메라는 인간이 도대체 어떤 사내인지 소개하고자 합니다.

아시다시피 저는 졸업하고 나서 시골로 내려가 버렸지요. 여기에는 여러 이유가 있었지만 그건 아무래도 상관없다고 치고, 제가 시골로 간 것은 이른바 대승적으로 보면 도쿄에 있는 것이나 마찬가지였습니다. 하지만 세간의 관점에서 보면 매우 바람직하지 않은 결정이었습니다. 제 출세를 염두에 두었을 때 바람직하지 않았다는 말이 아닙니다. 세상에 나선 세간의 한 사람으로서 큰 실패였다는 말입니다. 그도 그럴 것이 그 당시에 제가 도쿄를 떠났던 것은 다음과 같은 이유들 때문이었습니다. —세상은 저차원적이다. 사람을 바보 취급하며 깔본다. 지저분한 놈들이 여타의 고려를 하지 않은 채 그저 대중에 기대고 시류에 편승해 무례하기 짝이 없는 짓을 한다. 이런 곳에 있고 싶지 않다. 그러니 시골로 가서 좀 더 아름답게 살자—이게 가장 큰 목적이었습니다. 그런데 막상 시골에 가보니 도쿄와 마찬가지로, 불쾌한 경우들을 마찬가지 수준으로 당하게 되더군요. 그때 저는 뼈저리게 느꼈습니다. 나는 어째서 도쿄에서 참고 견디지 않았을까. 그들이 이토록 잔혹하다는 사실을 알았다면, 이쪽도 목숨을 걸고 죽을 때까지 싸워 끝장을 봤어야 했는데. 저는 비교적 악의 없는harmless 사내입니다. 자진해서 남들과 싸우는 걸 좋아하지 않기 때문에 뒤로 물러나(다양한 편의를 버리고, 갖가지 공상을 버리고, 미래의 희망까지도 버리고) 그저 혼자 조용히 살면 그만이라는 겸손한 태도로 도쿄를 버린 것입니다. 그런데도 그들은 제게 그만큼의 희생을 강요한 걸로도 모자라 이전과 다름없는 수준의 압박을 가하려 했습니다. 이것은 이치에 맞지 않는 일입니다. 문명의 옷을 걸친 야만인에 불과합니다. 이런 것들을 눈감아주어서 혹여 제가 털끝만치라도 그들에게 득이 되는 일을 했다면, 저는 사회의 일원으로서 이 사회에 그만큼의 악덕을 조장한 셈입니다. 실제로 제가 도쿄를 떠난 것이 그들의 악덕을 조장하는 근본적인 원인을 간접적으로나마 만들었던 것이지요. 저는 저와 같은 처지에 놓인 사람들에게 나쁜 선례를 만들었습니다. 나 하나만 떳떳하게 살겠다고 다른 사람은 전혀 돌아보지 않았던 셈입니다. 이건 아니지요. 만일 앞으로 언제든 그런 상황에 놓인다면 결코 다시는 물러나지 않을 겁니다. 아니, 이번엔 꼭 먼저 나서서 적을 물리쳐줄 것입니다. 사내로 태어난 이상 그 정도쯤이야 마음먹으면 얼마든지 할 수 있습니다. 할 수 있는데도 제 안위만 생각해 시골로 도망쳐서 그들을 조장한 셈입니다. 마치 냉수욕의 자극이 싫다며 과거의 인습을 탈피하지 못하고 자꾸만 이불 속으로 파고드는 형국입니다. 견딜 수 없었던 것이 아닙니다. 견딜 수 있었는데 일부러 도망친 것이지요. 제게 남은 모든 힘을 쥐어짜지 않고 일부러 숨죽이고 있는 것이나 마찬가지였지요. 당시 저는 속으로 이렇게 결심하고 구마모토로 향했습니다. 구마모토로 갔을 때는 도망치듯 갔던 것은 아니었습니다. 사람을 어찌 대접해야 하는지, 그 방법을 터득하지 못한 마쓰야마 사람을 벌주기 위해 가자는 생각이었지요. 겉으로 언뜻 보기에 중학교에서 고등학교로 가는 것은 영전이었기 때문에, 그래서 갔을 거라고 보였겠지요. 영전이라는 단어는 도쿄를 떠날 때 이미 단호히 버렸습니다. 마쓰야마가 제 예상대로 순박한 곳이었다면 저는 인정에 얽매여 지금까지 마쓰야마에 머물면서 시골 신사로 안주했을지도 모릅니다. 구마모토에서는 마쓰야마에서보다 즐겁게 지냈습니다. 그러고는 유학갔지요. 유학 중에는 영국인이 바보 같다고 느껴졌습니다. 일본인들은 늘 영국인을 본받으라고 강조하는데 도대체 어디를, 어떻게 본받아야 하는 건지 아직도 잘 모르겠습니다.

영국에서 돌아온 뒤 저는 대형들의 호의 덕에 도쿄에서 지위를 얻었습니다. 지위를 얻고부터 오늘에 이르기까지 저의 가정사를 비롯한 모든 역사는 끔찍하게 불쾌한 것이었습니다. 10년 전의 저였다면 진작 시골로 도망쳤을 테지요. 글을 써서 평판이 좋아지든, 수업 성적이 오르든, 대학생들이 칭찬하든, 그 모든 것을 뒤로 하고 미련 없이 시골로 가버렸을 겁니다. 교토에서 부르면 그대로 쏜살같이 날아갔을 겁니다. 대형이 있으니 더 반갑게 날아갔겠지요. ─하지만 저는 이미 마쓰야마로 갔을 당시의 제가 아닙니다. 저는 영국에서 돌아오는 배 안에서 마음속으로 맹세했습니다. 무슨 일이 있더라도 10년 전의 실수를 되풀이하지는 않겠다고요. 지금까지는 스스로 제가 얼마나 위대한지 시험해볼 기회가 없었습니다. 스스로 신뢰한 적이 한 번도 없었지요. 오로지 벗들의 동정이나 윗사람의 온정, 주위 사람들 호의에 기대어 살아왔습니다. 앞으로는 그런 것에 절대 의지하지 않을 겁니다. 아내나 친척에게조차 기대지 않을 생각입니다. 저는 다만 홀로 갈 데까지 가다가 도달한 지점에서 쓰러질 겁니다. 그러지 않고서는 진정한 삶의 의미를 알 수 없습니다. 아무런 느낌이 없지요. 살았는지 죽었는지도 파악할 수 없습니다. 제 삶은 하늘이 주신 것인데, 그런 삶의 의의를 절실히 음미하지 않는다면 너무 아깝습니다. 돈을 쌓아두고 그저 망만 보는 꼴이지요. 돈을 쓰지 않으면 돈을 이용했다고 말할 수 없듯이, 하늘이 주신 목숨을 온전히 이용해서 스스로가 정의라고 생각하는 곳으로 한 걸음이라도 나아가지 않는다면 하늘의 뜻을 헛되게 하는 것입니다. 저는 그렇게 결심하고 그렇게 행하고 있는 중입니다. 지금도 여기저기를 둘러보면 불행하고 불쾌한 일이 존재합니다. 생각해보건대 저와 비슷한 처지에 놓인 사람이라면 누구든 이런 불행을 느끼고 이런 불쾌감을 받겠지요. 저는 이 불쾌감이 결코 저의 과오나 죄악에서 비롯된 것이라고는 생각지 않기 때문에, 불쾌감과 불행을 유발하는 대리인Agent을 사회의 죄악으로 여기고 그들을 쓰러트리기 위해 노력하고 있습니다. 저 하나만을 위해 쓰러트리려고 힘쓰고 있는 게 아닙니다. 천하를 위해, 천자天子(여기서는 덴노[천황]를 가리키는 것으로 추정-역주)를 위해, 사회 전체를 위해 쓰러트리려 합니다. 도쿄를 떠나면 제가 쓰러트리려 하는 것들이 증가할 우려가 있기에, 지금 같은 상태가 지속되는 한 저는 도의상 절대 도쿄를 떠날 수 없습니다. 이만 줄입니다.

하야시바라林原(당시 오카다岡田) 고조耕三에게 보낸 편지

　답장으로 다시 보내네. 내가 삶보다 죽음을 택하겠다는 소리를 두 번이나 연달아 말할 생각은 아니었네만, 무심코 나도 모르게 그런 말이 나와버렸군. 하지만 그건 거짓말도 농담도 아닐세. 내가 죽으면 모두 내 관 앞에서 만세를 외쳐주길 진심으로 바라고 있지. 나는 의식이 삶의 전부라고 생각하지만, 그 의식이 나의 전부라고는 생각지 않네. 죽은 후에도 나는 존재하지. 심지어 죽은 후에야 비로소 본래의 나로 되돌아갈 수 있다고 생각한다네. 나는 적어도 아직까지 자살을 좋아하지 않네. 아마도 나는 내 명만큼 다 살고 가겠지. 그리고 살아있는 동안에는 여느 인간처럼 내가 가지고 태어난 약점을 발휘하겠지. 내가 그것을 삶이라고 생각하기 때문이네. 나는 삶의 고통을 혐오하는 동시에 억지로 삶에서 죽음으로 향하는 지독한 고통을 가장 혐오하네. 때문에, 자살은 하고 싶지 않아. 아울러 내가 죽음을 택했던 이유는 비관 때문이 아니라 염세관 때문일세. 비관과 염세관의 차이를 자네도 잘 알겠지. 이 점에 관해 굳이 다른 사람을 설득할 마음이 없네. 즉, 자네 같은 사람을 내 힘으로 설득해 내 의견

에 동의하게끔 만드는 것을 좋아하지 않아. 하지만 자네가 자네 나름대로 충분히 생각하고 판단해서 나와 같은 결론에 이른 것이라면 그건 어쩔 수 없는 일이지. 나는 자네의 편지를 보고 딱히 놀라지도 않았지만 기쁘지도 않았네. 오히려 슬펐지. 자네처럼 젊은 사람이 그런 생각을 하다니 참으로 가엾게 생각되네. 하지만 자네가 나처럼 죽음을 인간이 귀착하는 가장 행복한 상태라고 납득하고 있다면 가엾지도 슬프지도 않네. 오히려 기쁜 일이지. (후략)

1915년(다이쇼 4년) 7월(?) 《야마토신문大和新聞》에 보낸 편지

삼가 아룁니다. 저는 전후 일본인의 각오 등에 대해 생각해본 적이 없습니다. 일본인 입장에서 보자면 전후든 전전이든 같은 태도, 같은 각오로 나아간다면 그것으로 충분하지 않을까요.

전쟁의 영향은 물론 다양한 방면에 나타나겠지요. 특히 군사와 밀접한 관계가 있는 비행기, 잠항정(속도가 빠른 소형 잠수함-역주), 무선 전신 등에는 눈부신 개혁이 일어날지도 모릅니다. 하지만 그것이 과연 일본에 어떤 영향을

끼칠까요. 아시는 바와 같이 가난하고 사람이 없다면 설령 외국에서 어떤 발명이 이루어진다 해도 아무런 소용이 없지 않을까요. 한두 시대나 뒤늦게 뒤쫓는 것밖에 달리 길이 없음을 아는 마당에, 새삼스럽게 각오가 어떻다느니 하는 요란스러운 표현을 사용하는 것 자체가 제게는 이미 이상하다고 여겨집니다.

굳이 그러지 않아도 일본인은 새로운 것을 보면 금방 달려들 기세입니다. 이것은 새롭기 때문이라기보다는 새로운 것을 자신이 알고 있다는 사실을 세상에 널리 알리고 싶어 하는 정신에서 대부분 기인하는 것 같습니다. 조금이라도 시기가 지나면 금방 모르는 체하거나, 또 다른 새로운 홍보를 위한 씨앗을 주우러 다니는 것이 그 증거라고 할 수 있습니다.

오이켄, 베르그송, 타고르, 이런 이름은 이미 식상할 정도로 들었습니다. 케베르 씨를 만났더니, 오이켄이나 베르그송 모두 좋은 저자이겠지만 아침부터 밤까지 그렇게 계속 말하면 곤란하다며 웃더군요. 영구히 계속 언급하면 좋겠지만, 자기 자랑을 하는 동안만 그들의 이름을 들먹거리고 그다음에는 영락한 옛 친구를 보고도 못 본 척하는 것처럼 지나쳐 버리기 때문에 마음가짐부터가 이미 바람직하지 않습니다.

일전에 어느 친구가 와서 말하기를, 일본인은 새롭기
만 하면 뭐든지 달려들려고 하는 국민이라는 것입니다.
맞는 말입니다. 그러나 그들이 달려들고 싶어 하는 것은
수입품으로 한정된 것 같습니다. 직접 만든 것이라면 아
무리 좋은 것이 있어도 굳이 손을 대지 않기 때문에 참으
로 희한합니다. 제 친구가 만든 어떤 과학적인 저서는 물
론 전력을 쏟아부어 쓴 저서는 아니지만, 분야가 새로운
만큼 서양인에 대한 참고가 될 정도로 새로운 사실이든
연구가 상당히 포함되어있습니다. 하지만 그것을 출판
한 출판사는 1천 부를 인쇄해 겨우 400부밖에는 팔 수 없
었습니다.

만사가 이러하니 전후의 각오니 뭐니 하며 입으로만
말해본들, 아무 소용도 없는 짓이지 않을까 싶습니다. 그
저 지식인이 때와 장소에 따라 가능한 만큼의 일을 불평
없이 일본을 위해 할 수 있다면 그것으로 충분하겠지요.
전전이든 전후든 구분할 필요가 없습니다. 설령 있다손
치더라도 어떻게 할 방법이 없는 마당에 도리가 없지 않
겠습니까. 만약 각오라고 말할 수 있는 각오가 필요하다
면 일본은 위험하다고만 생각하고, 그것을 첫 번째의 각

오로 삼고 있으면 틀림이 없을 것입니다.

거듭 왕림해주신 것에 대해 뭔가 드려야 하지 않을까 생각되어 급히 여기까지 썼습니다. 이상.

1916년(다이쇼 5년) 8월 2일 구메 마사오久米正雄·
아쿠타가와 류노스케芥川龍之介에게 보낸 편지

두 분에게서 엽서가 왔기에 의욕적으로 이 편지를 씁니다. 나는 여전히 오전 중에는 『명암』을 쓰고 있습니다. 고통, 쾌락, 기계적 감정, 이 세 가지가 뒤섞인 심정입니다. 생각보다 날이 서늘해 우선 다행입니다. 하지만 그런 글을 매일 1백 회 가까이 쓰다 보니 무척 세속적이 된 심정이 들어 사나흘 전부터는 오후 일과로 한시를 짓고 있습니다. 하루에 한 수 정도인데 칠언율시입니다. 잘 안 되는군요. 하다가 싫어지면 바로 접어버리니 몇 수나 지을 수 있을지 모르겠습니다. 여러분의 편지에 보니 석인石印 운운하는 내용이 있었기에 하나 짓고 싶어져서 칠언절구로 만들어보았습니다. 그걸 보여드리지요. 구메 씨는 전혀 흥미가 없을지도 모르지만, 아쿠타가와 씨는 시를 쓰신다니 여기다 적겠습니다.

尋仙未向碧山行.

住在人間足道情.

明暗双双三万字.

撫摩石印自由成.

선仙을 찾거늘 아직 벽산碧山 향해 가지도 못한 채

(신선의 경지를 향하지 않고)

살아 인간 세상에 있거늘 도정道情이 가득하니

(인간 세상에 살아도 탈속의 심정은 차고 넘쳐)

명암쌍쌍 3만 자

(명과 암을 자아내는 장편소설을 쓰고 있다)

석인 어루만지며 자유로이 완성되네

(돌 도장을 어루만지는 사이에 자연스레 완성되어간다)

(구두점을 찍은 이유는 글자만으로는 음미하기 어려워서입니다. '명암

쌍쌍明暗双双'은 선종에서 사용하는 숙어입니다. '3만 자'는 큰 의미가 없

는 숫자입니다. 원고지로 계산하면 신문 1회분이 1천 8백 자 정도 되지

요. 그러니 백 회라고 보고 가늠해보면 18만 자가 됩니다. 명암쌍쌍 18만

자라고 하면 글자 수가 너무 많아 평측[음운의 높낮이-역주]에 문제가 생

기기 때문에 어쩔 수 없이 3만 자라고만 적었습니다. 마지막 구에 나온

'자유로이 완성되네自由成'라는 부분은 약간 자화자찬 같지만, 이것도 자연스러운 흐름상 어쩔 수 없는 대목으로 양해해주시길 바랍니다.)

이치노미야―の宮라는 곳에 시다志田라는 박사가 있습니다. 산을 싸게 매입해 거기서 살고 있습니다. 경치가 좋은 곳이긴 하지만 이왕 은둔할 거라면 그 정도로는 약합니다. 좀 더 경치가 좋지 않다면 굳이 시골에 틀어박힐 이유가 없지요.

공부하고 있습니까? 글은 쓰고 있습니까? 두 사람은 새로운 시대의 작가가 될 생각이겠지요? 나도 그런 생각으로 두 사람의 앞날을 기대하고 있습니다. 부디 훌륭한 사람이 되어주세요. 하지만 너무 조바심을 낼 필요는 없습니다. 그저 소처럼 초연하게(넉살 좋게) 나아가는 자세가 중요합니다. 문단에 좀 더 기분 좋고 유쾌한 분위기가 유입되었으면 합니다. 그리고 무턱대고 외래어에 납작 엎드리는 버릇은 버렸으면 합니다. 이건 두 사람도 공감하시겠지요.

오늘부터 매미가 울기 시작하네요. 머지않아 가을이 오려나 봅니다.

나는 이렇게 긴 편지를 그저 쓰고 있습니다. 이대로 한

없이 이어지다가 어쩌면 저물지 않을 것만 같은 긴긴 하루를 보냈다는 증거로 쓰고 있습니다. 그런 심경 속에 있는 나 자신을 두 사람에게 소개하기 위해 쓰고 있습니다. 그리고 그 마음가짐을 스스로 음미해보기 위해 쓰고 있습니다. 날은 깁니다. 사방은 매미 소리로 가득합니다. 이상입니다.

해설

미요시 유키오三好行雄

　나쓰메 소세키는 두말할 것도 없이 메이지 시대 작가 중에서 가장 고도로 서양화된 지식인 작가 중 한 사람이다. 몸소 체험한 서양의 근대에 대해 그 누구보다도 폭넓은 이해를 보여주었다. 서양을 이념으로 하는 일본의 근대화에 대해서도, 어쩔 수 없는 사실로 긍정적으로 평가했지만, 그와 동시에 문명개화로 촉발된 근대화 프로세스의 한계를 통찰하며 근대화의 물결에 휩쓸려버린 일본인의 운명에 대해서도 깊은 관심을 숨기지 않았다. 서양 문명을 받아들임으로써 일본인의 생활과 심정으로부터 무엇이 상실되었는지도 간파하고 있었다. 때문에, 동시대 문명에 대한 다양한 형태의 명석한 비판이 소세키 문학의 중요한 주제일 수 있었다.

　이 책은 소설 이외의 영역에서 소세키의 문명 비판과 관련된 발언을 선별해서 모아놓은 것이다. 「현대 일본의 개화」나 「나의 개인주의」 등 공적인 자리에서 행해진 저명한 강연이나 평론 이외에 편지(서간)·일기·단편斷片 등 사적인 글에서도 일부를 뽑아 수록했다. 발언한 순서대로 배열해놓지는 않았지만, 소세키의 육성을 가장 잘 떠올리게 하는 내용이다. 아울러 순수한 문명론만이 아니라 인생론·존재론 등과 관련된 내용도 수록했다. 소세키가 행한 문명 비판의 밑바탕에 내재된 것을 엿보게 해주는 값진 자료라고 생각했기 때문이다.

*

소세키는 1900년(메이지 33년), 문부성으로부터 런던 유학을 명받는다. 명목은 '영어연구'였으며 제1회 국비유학생 자격이었다. 귀국 후에는 외국인 교사 라프카디오 헌Lafcadio Hearn(고이즈미 야쿠모小泉八雲)이 담당했던 문학대학 영문학 강의를 담당하기로 예정되어 있었다. 소세키는 드디어 영문학자로서 엘리트 코스를 밟아가려고 하고 있었다. 그러나 한편으로는 일본인이 지닌 문학적 센스로 영문학을 정확히 향수할 수 있을지, 수년에 걸쳐 내적으로 품고 있던 의문 때문에 고뇌하고 있었다. 동양의 풍토와 문학적 전통에 바탕을 둔 일본인의 미의식이나 감수성을 지닌 채, 이와는 완전히 이질적인 문화권에 뿌리 내린 영문학을 과연 이해할 수 있을까. 영문학 연구의 근본과 관련된 아포리아Aporia다. 한학을 좋아하던 소년으로 성장해 한적을 통해 문학을 배웠던 소세키 입장에서, 도저히 피할 수 없는 심각한 문제였다. 훗날 문과대학에서 행했던 강의『문학론文學論』(1907년[메이지 40년]간행)의 서문에 의하면 소세키가 이 아포리아를 처음으로 자각하고 나서 '영문학에 기만당한 것 같은 불안감'에 휩싸였던 것은 대학을 졸업하고 '서편의 마쓰야마松山에 부임한' 전후였다고 한다. 비슷한 시기에 난생처음으로 격렬한 신경쇠약이 소세키를 덮친다. 불안감과 신경쇠약에 시달리며 소세키는 영국행 배에 올랐다. 하지만 아포리아는 쉽사리 해결되지 않았다.『문학론』서문에서 소세키는 다음과 같이 단언하기에 이른다.

"한편으로 생각할 때, 나는 한문 서적(한적)에 관해 그다지 기초가 탄탄한 상태가 아니었는데도 충분히 이것을 음미할 수 있다고 자신한다. 한편 영어와 관련된 내 지식이 물론 깊다고는 할 수 없으나, 한문 서적에 대한 그것에는 결코 뒤진다고도 생각되지 않는다. 학력이 비슷한 정도라도 호오好惡의 감정이 이토록 갈리는 것은 양자의 성질이 그만큼 다르기 때문일 것이다. 바꿔말하면 한학에서 말하는 문학과 영어에서 말하는 문학은 도저히 같은 정의로 한데 묶을 수 없는 이질적인 형태일 수밖에 없다."

이질적인 문학 풍토에서 성장한 한학과 영문학은 각각에 내재하는 문학성 자체가 이질적이라고 단언한 것이다. 만약 그렇다면 일본인 입장에서 영문학은 연구자의 능력과 무관하게 항상 이해 불능의 부분을 계속 남긴다는 말이 될 것이다. 때문에, 귀국 후 문과대학에서 행한 최초의 강의를 이른바 '이해불능의 영역을 모색해보는 시도'로 시작하지 않을 수 없었다. 강의에서 소세키는 이렇게 말하고 있다. "우리 일본인이 어느 정도까지 서양문학을 이해할 수 있고, 어느 정도부터 이해 범위 바깥인지를 음미해보고 싶습니다. 서양 문학에 대해 일반적인 내용을 습득한 일본인의 대표로 나쓰메라는 한 인간을 설정해놓고, 예를 들어 영국의 문학 안에서 몇 부분을 뽑아 음미해보고 싶습니다." 현대적 관점에서 봤을 때, 영문학에 대한 소세키의 이해는 지극히 투철했다는 것이 전반적인 평이다. 깊이 통달한 상태였기에 더더욱 양쪽의 차이를 제대로 꿰뚫어볼 수 있었다는 말일지도 모른다. 소세키는 우선 이렇게 처절한 형태로 서양과 일본(동양)의 넘어서기 어려운 거리를 실감했다.

「나의 개인주의」(1914년[다이쇼 3년])라는 유명한 강연에서도 영국 유학 전후를 회상하며 영문학과 계속 관계하면서 견딜 수밖에 없었던 내면적 '공허'나 '불쾌하면서 애매하고 막연한 어떤 것'에 대해 말하고 있다. 자질의 근거(한학=동양)와 달리 서양의 수용을 강요당했던 메이지 지식인의 숙명이었다. 동시에 서양과 동양의 거리에 눈을 질끈 감은 채, 맹목적으로 서양화·근대화를 서두르는 우스꽝스러움과 위험성에 대해서도 소세키는 정확하게 통찰하고 있다. 「나의 개인주의」에서는 서양인을 따라 '덩달아 날뛰는' 일본인이나 '무턱대고 외국어를 들먹이며 의기양양해 하는 사내'가 자타 모두 비판을 당하며, 영국인의 노비가 아닌, '독립된 한 사람의 일본인'으로서의 자율적 입장 즉 '자기 본위'의 발견이 언급되고 있다.

'자기 본위'는 '자기 자신이 주인이고 타인은 손님이라는 신념'에서, 우선은 타인 본위에 대항하는 개인주의의 자각이라고 할 수 있다. 서구적 근대 이념과 일맥상통하는 측면도 부정할 수 없다. 그러나 영문학자인 소세키 입장에서 자기 본위의 발견은 서양의 학설을 도용하지 않기 위해 일본인으로서의 식견을 확립하는, 이른바 서양과 마주하는 거점의 발견이었던 것이다. 만약 그렇다면 여기서 말하는 '자기'는 '자아'라는, 서양풍의 형이상적인 관념으로는 이루 다 포괄할 수 없는 개념일 것이다. "저는 이 '자기 본위'라는 말을 포착하게 된 후 무척 강해졌습니다. '그들은 뭐지'라며 그들에 대해서도 당당한 기개가 생겨났습니다"라고 소세키는 말하고 있는데, 실제로는 그리 단순하지 않아서 '그들은 뭐지'라는 기개 자체는 동양과 서양, 일본인과 서양인의 모순·분열의 자각과 표리일체였던 것이다.

귀국 직전인 1902년(메이지 35년) 11월 하순, 소세키는 절친한 벗인 마사오카 시키正岡子規의 부고를 듣게 되었다. 같은 해 12월 1일 자로 다카하마 교시에게 보낸 편지는 그 부고에 대한 답장이다. 생전의 추억을 써달라는 의뢰를 거절한 소세키는 대신 추억의 마음을 담아 하이쿠를 지어 보낸다.

서양 옷 입고 가을 장례 행렬도 따르지 못해

筒袖や秋の柩にしたがはず

그대를 위해 피울 향 하나 없이 저무는 가을

手向くべき線香もなくて暮の秋

원문에 보이는 '筒袖'는 양복을 말한다. 머나먼 이국땅에서 이국의 풍속을 따르고 있는 소세키는, 쓸쓸하고 적막한 가을날 친구를 떠나보내며, 그 장례 행렬로부터 멀리 떨어진 곳에 있는 자신을 복잡한 감개 속에서 응시하고 있다. 홀로 벗의 죽음을 애도하려고 해도 애당초 런던에 망자에게 바칠 향을 구할 방법이 있을 리 없다.

귀뚜라미여 옛날 그리워하며 돌아가려나
きりぎりすの昔を忍び帰るべし

귀뚜라미는 풀 사이에 숨어 울어대는 벌레다. 마사오카 시키의 젊은 시절의 한시 문집『나나쿠사슈七艸集』가 상기되고 있다. 대학 예비문 시절, 시키와 소세키의 친교는 한시문을 통해 시작되었다. 이후 단카短歌와 하이쿠 등 전통 문예와 계속 관계했던 시키와, 한학을 버리고 영문학을 배워 런던에까지 오게 된 소세키, 그들 사이의 거리는 그대로, 소세키 스스로 내면적으로 끌어안고 있던 한학과 영문학, 동양과 서양과의 거리였다. "일본어로 쓰면 서양말이 불쑥불쑥 튀어나와 버려 그런 낭패가 없지. 그런가 하면 서양말로 쓰는 건 그것대로 또 힘들어서 다시 일본어로 돌아가고 싶어지니, 이러지도 저러지도 못하는 물건이 되어버렸네"라는 대목도 보인다. 사태는 전혀 바뀌지 않은 것처럼 보이지만 자기 본위를 고집함으로써 서양과 일본과의 거리가 한층 선명해진 것은 분명했다. 소세키의 자기 본위는 자연스럽게 문명 비판의 도약대가 된다.

1901년(메이지 34년) 3월 16일자 '일기'에서 소세키는, "일본은 30년 전에 눈을 떴다고 한다. 하지만 경종 소리에 급히 튀어 오르듯 일어났다. ……일본은 진정으로 눈을 뜨지 않으면 안 된다"라고 쓰고 있다. 메이지유신 이후 서구화에 계속 쫓기고 있던 현상에 대한 지적이다. 훗날 「현대 일본의 개화」(1911년, 메이지 44년)에서 외발적인 문명의 허황됨을 날카롭게 비판하게 된 인식의 발단이었다. 런던에서 소세키는 "진정으로 서양인을 경탄하게 만들 수 있을지 모르겠다.…… 그저 묵묵히 해나가야 한다"라고 생각하고 있었다(「일기」, 1901년[메이지 34년] 1월 25일자). 3월 21일 '일기'에서도 다음과 같은 대목이 보인다.

"……스스로 우쭐대지 말지어다. 스스로 단념하지 말지어다. 소처럼 묵묵히 하라. 닭처럼 부지런히 하라. 마음을 겸허히 하고 큰소리를 내지 말라. 진지하게 숙고하라. 성실하게 말하라. 진지하게 행하라. ……"

이것은 아마도 생애 전체에 걸친 일관된 신조였다. 신경쇠약과 숙환을 견뎌내고 부조리한 현실에 초조해하면서 구축해 올린, 거대한 문학세계의 근저에 내재된 신조라고 표현해도 좋을 것이다. 세상을 떠나기 직전인 1916년(다이쇼大正 5년) 8월 21일, 구메 마사오久米正雄와 아쿠타가와 류노스케芥川龍之介에게 보낸 편지에서도 "부디 훌륭한 사람이 되어주십시오. 그러나 쓸데없이 너무 조바심을 낼 필요는 없습니다. 그저 소처럼 초연하게(넉살 좋게) 나아가는 자세가 중요합니다. 문단에 좀 더 기분 좋고 유쾌한 분위기가 유입되었으면 합니다. 그리고 무턱대고 외래어에 납작 엎드리는 버릇을 버렸으면 합니다"라고 썼던 소세키였다.

조금 더 영국 유학 시절의 발언을 되짚어보면, 1901년(메이지 34년) 4월경으로 추정되는 '단편'에서도 소세키는 "수백 년 동안 이어진 풍습이나 관습을 하루아침에 내던지고 전혀 유감스럽게 생각하지 않는" 일본의 서양 모방을 비판하며, 좀처럼 융화되기 어려운 동서양의 이질성에 새삼 주목하고 있다. 아울러 "돈에 힘이 있음을 알았음"으로 시작되는 '단편'의 일절은, 근대문명이 초래한 금전 논리와 '덕의'의 모순이라는 인식의 맹아를 보여주고 있다. 이 역시 훗날 소세키 고유의 사상으로 성장해간다. 아울러 "자유주의는 질서를 파괴하고 혼란스럽게 만듦"이라는 한 행도 있었다. 근대 사상에 잠재된 독성에 대한 지적이다. 소세키는 결코 자유주의나 개인주의를 시대를 대표하는 새로운 사상으로 인정하지 않았던 것은 아니다. 오히려 소세키는 근대 일본에서 가장 총명한 자유인이었으며, 타자에게 얽매이지 않는 독립적 개인으로서의 자아를 지닌 인간이었다. 때문에 '임금의 위광威光'을 부정하고 '천자의 위광에 맹종하는' 어리석음에 대해 이야기하고 있는 것이다(『단편』, 1905년[메이지 38년], 1906년[메이지 39년]). 때문에 행계노行啓能나 메이지 덴노(천황)의 중환에 대해 언급한 「일기」(1912년[메이지 45년] 5[6?]월 10일, 같은 해 7월 20일)에 황족과 당국자에 대한 거침없이 솔직한 비판이 포함되어있는 것이다. "메이지의 사업은 이제야 비로소 궤도에 오른 듯하다"(『단편』, 1906년[메이지 39년])라고 쓴 적도 있는 소세키는 미래에 기대하고 있으며, 근대의 모든 것에 절망하고 있었던 것도 아니다.

동시에 개인주의나 자유주의가 가져다줄 폐해에 대해서도 소세키는 역시 총명했다. "자유와 독립과 그 자신으로 충만한 현대"에 입각하면서도 동시에 그로 인해 견디지 않으면 안 될 고독과 적막함에 대해서도 알고 있었던 것이다(『마음こころ』).

　……그들은 자유를 주장하며 개인주의를 주장하며 개성의 독립과 발전을 주장하고 있으므로 그 결과, 세상이 생각보다 갑갑하고 좀처럼 자유롭게 움직일 수 없다는 사실을 발견하는 동시에 이 경향을 한없이 확대시키지 않으면 자기 의지의 자유를 매우 해칠 수 있다. 백척간두에 앉는다. 한 걸음 나아가면 고통이다. 한 걸음을 나아가면 모든 것이 끝난다.

"자의식의 결과는 신경쇠약을 유발시킨다. 신경쇠약은 20세기가 공유하는 병이다"라고도 지적했고, "현대 문명의 폐해는 탐정도 아니고 도둑도 아닌 사람에게 탐정 수준의, 도둑 수준의 자각심을 요구하는 것에 있다"라고도 언급했다. 1905년(메이지 38년)·1906년(메이지 39년)의 「단편」에서 거듭 반복해서 언급되고 있는 이런 종류의 개인

주의 비판은 『나는 고양이로소이다』나 『풀베개草枕』에서
도 다른 모습으로 드러나고 있다.

영국 유학 시절부터 귀국 후에 걸쳐, 편지나 일기·단
편 등에 보이는 이상과 같은 짤막한 표현들은 말 그대로
인식의 편린을 보여주는 것에 불과하지만, 그런 것들은
이윽고 소세키 문학의 중요한 축이 되어 철저한 문명 비
판의 골격을 형성한 맹아였다. 결국 런던에서의 소세키
의 상념이 영문학 연구의 틀을 뛰어넘어 일본의 근대 그
자체를 향해 모색을 시작했음을 확인할 수 있다. 「런던
소식」(1901년[메이지 34년])은 "이쪽에 오고 나서……많은 것
들을 보고 들을 때마다 일본의 장래라는 문제가 계속 머
릿속에 맴도네"라는 감상으로 시작되고 있다. 때문에,
다시 일본인의 허황됨과 공허함을 탄식하며 자신의 노
란 얼굴, "인간이라고는 생각되지 않는 색(인간임을 회피하
는 색)"에 대한 생각을 떨쳐버릴 수 없는 것이다. 후지시로
데이스케藤代禎輔에게 보낸 편지(1901년[메이지 34년] 6월 19일
자, 본서 미수록)에서도 "요즘엔 영문학자가 되는 것은 어리
석은 짓이라는 생각이 드네. 뭔가 다른 사람을 위해서나
나라를 위해서 할 수 있는 일이 있지 않을까 막연히 생각
하고 있네"라고 써 보내고 있다. 이때 소세키의 염두에

있었던 '나라'는 어쩔 수 없이 선택한 근대화의 시행착오를 반복하면서 자신을 런던에까지 파견한 "아직 세상에 익숙해지지 못한 아이ein unerfahrener knabe"(모리 오가이森鷗外)였던 것이다. "나라를 위해"라고 소세키가 말했을 때, 거기에는 일본의 근대화에 참가한 지식인으로서의 사명감이 꿈틀거리고 있다. 동시에 "영문학자가 되는" 것은 유학생으로서의 그에게 부여된 막중한 책무이자 사명이었다. 소세키의 영문학 연구는 이리하여 문학이라는 한정된 영역을 뛰어넘어 근대화의 원리 또는 프로그램과도 관련된 모티브로 성장해간다. 1902년(메이지 35년) 3월 15일, 나카네 시게카즈中根重一에게 보낸 편지에서 언급된 연구 구상은 "세계를 어떻게 봐야 할지에서 시작해, 인생을 어떻게 해석해야 할지의 문제로" 이어간다는, 요컨대 세계관과 인생관 등 이른바 인식론과 존재론의 확립에서 시작해, 개화=근대화의 원리와 구조에 대해 고찰하면서 문학과의 상관관계를 명확히 한다는 거시적 과제였다. 일본의 근대화 프로그램에 영문학자로서 어떻게 관여해야 할지, 그 처절한 자문이 근저에 내재되어있음은 물론이다. "제가 봐도 지나치게 대담한 이론이라 어이가 없으나"라고 스스로 말하고 있는 것처럼 무모한 허풍에 지나지 않았다고도 말할 수 있을 것이다. 그러나 런던의 안개에 갇혀있던 소세키에게, 그것은 영문학 연구의 자기 본위와 근대화의 자기 본위의 접점을 추구하는 처절한 바램이었다. 『문학론』에서 그 의도가 좌절되었을 때, 소세키는 문학 연구를 "학리적이고 유용하지 않은 글"(『문학론』「서문」)로 간주하면서 창작에 의해 현실과 대치하는 소설가로 변신하게 된다.

그 외에 초기의 글 중에는 『인생人生』(1896년[메이지 29년])이 "광기"나 "예측할 수 없는 변고"에 대해 언급하며 "인생의 진상은 반쯤은 이 꿈속에서 은연중에 나타나는 것"이라는 자각을 말하고 있다는 점에서 주목된다. 상常과 변變이라는 사고방식도 소세키의 내면에서 오랫동안 지속되었다. 『유리문 안에서』(1915년[다이쇼 4년])에서는 "모든 사람의 내면 깊숙이에는 내가 모르는, 혹은 본인조차 미처 알아차리지 못하는 '계속 중'의 어떤 것이 얼마든지 잠재되어있는 게 아닐까"라고 쓰고 있다. "우리는 각자가 자기의 꿈을 꾸는 동안 제조한 폭탄을 제각각 품고 있으며, 결국엔 모두들 죽음이라는 저 멀리로 담소를 나누며 걸어가고 있는 게 아닐는지"(30)(단행본 『유리문 안에서』의 본문 번호를 의미함. 이 책에서는 그중 일부가 발췌 수록되어 있다-역주)라고도 말한다. 소세키에게 뼈아팠던 것은 "계속 중의 것"을 "폭발" 즉 '예측할 수 없는 변고'에 의하지 않고는 자각할 수 없었던 인간 인식의 한계였다. 일상성이 보여주는 거짓된 평온함이, 눈에 보이지 않는 실재와 그 폭발의 위험성을 전제로 가까스로 유지된다는 철학은, 말할 것도 없이 『한눈팔기道草』나 『명암明暗』을 이루는 기조 중 하나다.

*

소세키의 수많은 문명론의 백미는 역시 「현대 일본의 개화」일 것이다. 1911년(메이지 44년)에 '오사카아사히신문사'가 간사이関西 지방에서 기획한 연속 강연의 일환으로 8월 15일에 와카야마에서 행했던 강연이다. 마찬가지로 「내용과 형식」은 8월 17일에 사카이에서, 「문예와 도덕」은 8월 18일에 오사카에서 행한 강연이다. 이 연속 강연은 '슈젠사(슈젠지) 대환'(탕치조차 효험이 없어 슈젠사(슈젠지)로부터 귀경 후 곧바로 입원 치료, 한때 매우 위독했음-역주) 이후 첫 번째로 시도한 일이었으며 생사의 명암을 체험한 소세키 사상의 총괄이자 새로운 작가 활동의 방향성을 미리 보여주는 이정표였다. 그중에서도 「현대 일본의 개화」는 소세키 사상의 핵심을 보여주는 것으로, 특히 중요한 의미를 지닌다.

"서양의 개화(즉 일반적인 개화)는 내발적이고 일본 현대의 개화는 외발적이라는 것"이라는 내용이 논지의 출발점이며 또한 동시대 문명의 왜곡됨을 명확히 하는 근거이기도 하다. "지금까지 내발적으로 발전해왔던 것이 갑자기 자기 본위의 능력을 상실하고 외부에서 무리하게 강요당하며 어쩔 수 없이 그런 식으로 해나가지 않으면 꼼짝을 못하는 상태가 된 것"이라는 소세키의 인식은 근대 일본의 비운을 정확하게 간파하고 있다. 그렇다고 해도 메이지 초입이라는 시기의 일본에 또 다른 선택지가 있을 수 있었다는 생각은 아니었다.

「동양미술도보」(1910년, 메이지 43년)은 근대 지식인에 대한 풍자를 자조어린 말투로 다음과 같이 묘사한다.

내 머리를 지배하고 미래의 나의 일에 영향을 끼치는 것은 애석하게도 내 조상이 선사한 과거가 아니라, 오히려 나와는 다른 인종이 바다 저편에서 가져다주었던 사상이다. 어느 날 나는 내 서재에 앉아 사방에 꽂혀 있는 책장을 바라보았다. 그 안을 가득 메우고 있는 금박으로 된 이름이 하나같이 서양어라는 사실을 깨닫고 깜짝 놀란 적이 있다. 지금까지는 다양한 빛깔의 눈부심 속에 다소나마 의기양양해 있었는데, 문득 정신을 차리고 보니 이런 것들은 모두 외국인들이 작성한 사상을 파란색이나 빨간색 표지로 철해 완성시킨 책들에 불과했다. 단순히 그런 것들을 소유하고 있다는 점에서 약간 부자라는 생각이 들었는데, 알고 보니 그것은 부모의 유산을 물려받아 부유해진 것이 아니라 남의 집 양자로 들어가 낯선 이에게 얻게 된 재산이었다. 이것을 이용할 수 있는 것이 양자의 권리일지는 모르겠으나, 이런 것들의 은혜를 입는 것은 당당한 한 사내로서 지나치게 무개념하다는 생각이 들었다. 그러자 사방에 온갖 책들이 쌓여 있음에도 심정적으로 매우 위축되었다.

문명의 은혜를 입으면서도 생존의 고통은 여전히 경감되지 않는다는 "개화가 낳은 엄청난 패러독스"는 개화를 고발하는 소세키의 배리背理, 역설이기도 하다. 외발적 문명에 대한 비판은 다름 아닌 고도의 서양화를 자기에게 과제로 부여하고, 근대화의 실현에 일조하려던 소세키 자신을 베어버리는 양날의 칼이었다. 비판은 항상 자기 자신에게로 수렴된다. 하지만 서재에 꽂힌 책들에 박힌 금박 문자를 도저히 면할 길 없는 사실로 인정하지 않을 수 없는 이상, 소세키에게 되돌아갈 길은 보이지 않는다.

소세키는 「현대 일본의 개화」에서 일본의 근대화가 서양처럼 내발적일 수 있었던, 혹은 내발적일 수 있는 가능성에 대해 전혀 언급하고 있지 않다. 뿐만 아니라, 외압으로 시작된 일본의 근대가 과연 내발적으로 용케 전환할 수 있을지에 대해, 즉 일본의 근대에 대한 유효한 처방전에 대해서도 전혀 자신의 의견을 분명히 밝히지 않고 있다.

일본 현대의 개화를 지배하고 있는 물결은 서양의 조류이며, 그 물결을 건너는 일본인은 서양인이 아니기 때문에 새로운 물결이 밀려들 때마다 자신이 그 속에서 더부살이(식객) 신세를 면치 못하고 있으며 그 때문에 눈치를 보고 있다는 기분이 듭니다.

"더부살이(식객)"라는 단어에는 아무런 망설임도 없다. 「동양미술도보」는 양자의 비유로 서양과의 관계를 말했지만 양자에게는 적어도 돌아갈 곳이 있다. 그러나 더부살이 신세인 식객에게는 돌아갈 수 있는 곳조차 없다. 동양의 전통은 단절되고 서양의 전통과도 일체화할 수 없다는 형태로 문화의 골짜기에 매달린 메이지 시대 지식인의 비유로서도 유효하다.

『문학론』의 서문에서 소세키는 런던에서의 불쾌한 2년간을 "영국 신사들 사이에서 늑대 무리에 낀 한 마리 삽살개처럼"이라고 쓰고 있다. 귀국한 삽살개는 개화라는 현 상태에 초조해하며 더부살이 식객이라는 심정을 한층 심화시킨다. 「현대 일본의 개화」의 밑바닥에 흐르는 것은 어디로 쏟아내야 할지를 알 수 없는 분노와 조바심이다. 서양은 어차피 일본인이 감당할 수 있는 대상이 아니라고 소세키는 생각하고 있었을지도 모른다. 때문에 "현대 일본의 개화는 피상적이고 수박 겉핥기식 개화"라고 지적하는 소세키는, "하지만 그건 좋지 않으니 그만두라는 소리는 아닙니다"라고도 언급하고 있다. 1901년(메이지 34년)의 소세키는 "일본은 진정으로 눈을 뜨지 않으면 안 된다"라고 썼다. 하지만 10년 후의 소세키는 눈을 떠도 어찌할 도리가 없다고 생각한다. "사실 어쩔 수 없이 눈물을 삼키며 피상적으로 나아가지 않으면 안 된다는 이야기입니다"라는 인식은 냉철하다. "넘어지지 않으려고 버티"면, "한번 넘어지면 다시 일어날 수 없을 정도의 신경쇠약에 걸려 곧 숨이 넘어갈 것처럼, 당장 길바닥에서 신음해야 할지도 모릅니다. 이는 필연적 결과로서 그야말로 응당 일어날 만한 현상"이기 때문이다.

……일본의 개화는 기계적으로 변화할 수밖에 없어서 피상적인 경향으로 흘렀고, 한편으로는 그렇게 흐르지 않으려고 버텼기 때문에 신경쇠약에 걸린 꼴입니다. 만약 그렇다면 일본인은 딱하다고 해야 할지, 불쌍하다고 할지, 그야말로 언어도단의 궁지에 몰린 존재입니다. 제 결론은 그렇다는 이야기일 뿐입니다. 이렇게 하라거나, 저렇게 하라는 말이 아닙니다. 어떻게도 할 수 없고 실로 곤란하다고 탄식할 뿐입니다. 지극히 비관적인 결론입니다.

소세키의 결론은 그야말로 "그렇다는 이야기일 뿐"이다. 외발적 문명의 고발과 함께 소세키가 낮은 목소리로 이야기해주고 있는 것은, 이미 서양과 접촉해버린 일본인에 대한 진혼가다. 동시에 이 신랄한 문명론은 소세키 문학의 가장 깊숙한 곳에 끊임없이 흐르며 때로는 그 형태를 바꿔가며 다양하게 변주되는 주저음이었다.

마지막으로 이 책에 수록해야 했음에도 불구하고 생략된 문헌도 많다. 그중 하나라고 할 수 있는 「점두록点頭録」(1916년[다이쇼 5년], 신서판 전집 제21권에 수록됨)은 소세키가 세상을 떠나기 직전의 감상으로, 인생을 하나의 가상에 불과하다고 보는 무無라는 인식과, 자아의 확고한 지배를 인정하는 유有의 인식과, "이 한 형체 두 모습이라는 견해를 품고 나의 모든 생활을 1916년(다이쇼 5년)의 조류에 맡길 각오"에 대해 말하고 있다. 아울러 제1차 세계대전에 대한 감상을 이야기하기 시작하는데 건강상의 이유로 중단되었다. 그 외에 '슈젠사(슈젠지) 대환'을 회상하는 「생각나는 것들思い出す事など」(1910년[메이지 43년]~1911년[메이지 44년])이나 『초심자와 전문가素人と黒人』((1913년[다이쇼 3년])등에도 문명론적인 발언이 포함되어있다.

덧붙이자면, 「현대 일본의 개화」에 대한 해설은 과거에 저술한 『감상일본현대문학5·나쓰메 소세키鑑賞日本現代文学5·夏目漱石』(가도카와쇼텐角川書店)에 수록된 그것과 약간의 중복이 있음을 밝혀둔다.

옮긴이 후기

"그리워하는데도 한 번 만나고는 못 만나게 되기도 하고, 일생을 못 잊으면서도 아니 만나고 살기도 한다"는 피천득의 「인연」이라는 수필의 후반부에 나오는 문장이다. 이어지는 문장 역시 오랫동안 기억 속에 각인시켜 두었던 문장이었다. "아사코와 나는 세 번 만났다. 세 번째는 아니 만났어야 좋았을 것이다." 느닷없이 수필 이야기를 꺼내고 있는 이유는 번역 작업에 임하는 동안 몇 번인가 이 수필이 떠올랐기 때문이다. 실은 개인적으로 이 책은 『강상중과 함께 읽는 나쓰메 소세키』 『나쓰메 소세키 평전』에 이어 나쓰메 소세키와 관련된 세 번째 번역 작업이었다. 하지만 피천득의 「인연」과 달리, "나쓰메 소세키와 나는 세 번 만났다. 세 번째는 특히, 안 만났으면 큰일 날 뻔했다"로 마무리될 것 같다.

『강상중과 함께 읽는 나쓰메 소세키』의 옮긴이 후기에서는 중년의 나이가 가져다준 선물, 나쓰메 소세키에 대한 발견과 그 신비로움에 관해 썼던 기억이 난다. 『나쓰메 소세키 평전』의 후기에서는 "최근 몇 달간 나쓰메 소세키와 거의 '살림을 차린' 수준으로 그에게 푹 빠져있었다"라는 표현도 썼다. 옮긴이 후기엔 보통 번역이 끝난 후의 솔직한 심정이 그대로 담기기 마련인데, 『나쓰메 소세키 평전』 후기에 왜 그런 표현을 썼는지, 어째서 '살림을 차린'이라는 표현이 불쑥 튀어나와 버렸는지 내내 궁금했다. 그런데 이번에 바야흐로 세 번째 번역 작업을 하면서 막연하게나마 그 이유를 짐작할 수 있었다.

다른 책들도 종종 그런 경우가 있지만, 특히 '나쓰메 소세키' 관련 작품들과 함께 시간을 보내고 있으면 세상에 오로지 단둘이, 작가와 단둘이 있다는 착각에 빠지곤 한다. 이는 나쓰메 소세키가 세상에 무관심하다거나 지극히 개인적인 세계에만 몰입해있다는 뜻이 전혀 아니다. 오히려 소세키가 펼쳐 보여주는 세계가 시간적으로든 공간적으로든 매우 거대해 한없이 넓은 세상을 품고 있기 때문이라고 해야 할지도 모르겠다. 물론 그와 동시에 내면에 대한 농밀한 응시와 치열함을 놓치지 않고 있기에 '유리문 안으로' 들어가 함께 세상을 바라보고 있다는 느낌이 드는 건지도 모른다. 세 번째 번역인 만큼, 앞선 책들에서 의아하게 생각되던 몇 가지가 이해되면서, 그야말로 나쓰메 소세키와 관련된 '방바닥만 한 퍼즐'을 맞추고 있는 기분이 들었다.

당연한 이야기지만 작가는 응당 작품으로 평가받아야 한다. 예컨대 최근 에이케이커뮤니케이션즈에서 출간된 『문학이란 무엇인가』(구와바라 다케오 지음/김수희 옮김)를 통해서도 알 수 있듯이, 『안나 카레니나』를 쓴 사람은 분명 톨스토이지만, 작품은 이미 작가의 의도를 뛰어넘어 자율적으로 살아가는 생명체다. 소세키의 작품 역시 소세키의 자식(?)임이 틀림없지만 이미 세상에 태어난 이상, 자신의 삶을 살아갈 것이다. 때문에, 실은 소세키의 작품을 읽더라도 인간 소세키에게 지나치게 머물러서는 안 될지도 모른다. 그런데도 나는 소세키와 소세키의 작품을 종종 분리하지 못하고 있었다.

생각해보면 이는 필시 나쓰메 소세키의 거대한 족적 때문일 것이다. 주지하는 바와 같이 소세키는 근대 일본을 대표하는 국민 작가로서 고도의 문학적 달성에 이루어냈지만, 그와 동시에 문명개화기를 대표하는 굴지의 지식인이자 영문학자였다. 그리고 이 책은 근대화의 물결 속에서 고뇌하던 나쓰메 소세키의 저명한 강연들과 평론, 편지글, 일기, 단편 등 인간 소세키를 육성을 들려주는 소중한 자료들을 모아놓은 묵직한 문명 비판론집이다. 연구자나 평론가로서의 면모를 유감없이 드러내고 있다는 점에서 인간 나쓰메 소세키를 물씬 느끼게 해준다.

소세키와 관련된 저서들의 역자인 동시에 가장 열렬한 독자 중 한 사람으로서, 번역 작업 내내 즐겁고 행복했다.『나쓰메 소세키 평전』을 번역했을 때와는 달리, 이번엔 '살림을 차렸다'기 보다는 함께 산책하고 커피를 마시고 이야기를 나누었던 것 같다. 103세라는 나이 차를 극복하고 그의 '유리문 안으로' 들어가 밤이 깊어질 때까지 화로를 앞에 두고 긴긴 이야기를 나누고 싶었다. 나의 뺨도 분명 붉게 달아올랐을 것이다.

옮긴이 김수희

IWANAMI 066

나쓰메 소세키, 문명을 논하다

초판 1쇄 인쇄 2021년 8월 10일
초판 1쇄 발행 2021년 8월 15일

엮음 : 미요시 유키오
번역 : 김수희

펴낸이 : 이동섭
편집 : 이민규
책임편집 : 조세진
디자인 : 조세연
표지 디자인 : 공중정원
영업·마케팅 : 송정환, 조정훈
e-BOOK : 홍인표, 최정수, 서찬웅, 심민섭, 김은혜
관리 : 이윤미

㈜에이케이커뮤니케이션즈
등록 1996년 7월 9일(제302-1996-00026호)
주소 : 04002 서울 마포구 동교로 17안길 28, 2층
TEL : 02-702-7963~5   FAX : 02-702-7988
http://www.amusementkorea.co.kr

ISBN 979-11-274-4646-8 04830
ISBN 979-11-7024-600-8 04080 (세트)

SOSEKI BUNMEI RONSHU
Ed by Yukio Miyoshi
Copyright ©1986, 2004 by Humiko Miyoshi
Originally published in 1986 by Iwanami Shoten, Publishers, Tokyo.
This Korean print edition published 2021
by AK Communications, Inc., Seoul
by arrangement with Iwanami Shoten, Publishers, Tokyo

이와나미岩波 시리즈

001 이와나미 신서의 역사

가노 마사나오 지음 | 기미정 옮김 | 11,800원

일본 지성의 요람, 이와나미 신서!
1938년 창간되어 오늘날까지 일본 최고의 지식 교양서 시리즈로 사랑
받고 있는 이와나미 신서. 이와나미 신서의 사상·학문적 성과의 발
자취를 더듬어본다.

002 논문 잘 쓰는 법

시미즈 이쿠타로 지음 | 김수희 옮김 | 8,900원

이와나미 시리즈의 밀리언셀러!
저자의 오랜 집필 경험을 바탕으로 글의 시작과 전개, 마무리까지,
각 단계에서 염두에 두어야 할 필수사항에 대해 효과적이고 실천적
인 조언이 담겨 있다.

003 자유와 규율 -영국의 사립학교 생활-

이케다 기요시 지음 | 김수희 옮김 | 8,900원

자유와 규율의 진정한 의미를 고찰!
학생 시절을 퍼블릭 스쿨에서 보낸 저자가 자신의 체험을 바탕으로,
엄격한 규율 속에서 자유의 정신을 훌륭하게 배양하는 영국의 교육
에 대해 말한다.

004 외국어 잘 하는 법

지노 에이이치 지음 | 김수희 옮김 | 8,900원

외국어 습득을 위한 확실한 길을 제시!!
사전·학습서를 고르는 법, 발음·어휘·회화를 익히는 법, 문법의 재
미 등 학습을 위한 요령을 저자의 체험과 외국어 달인들의 지혜를
바탕으로 이야기한다.

005 일본병 -장기 쇠퇴의 다이내믹스-

가네코 마사루, 고다마 다쓰히코 지음 | 김준 옮김 | 8,900원

일본의 사회·문화·정치적 쇠퇴, 일본병!
장기 불황, 실업자 증가, 연금제도 파탄, 저출산·고령화의 진행, 격차와 빈곤의 가속화 등의 「일본병」에 대해 낱낱이 파헤친다.

006 강상중과 함께 읽는 나쓰메 소세키

강상중 지음 | 김수희 옮김 | 8,900원

나쓰메 소세키의 작품 세계를 통찰!
오랫동안 나쓰메 소세키 작품을 음미해온 강상중의 탁월한 해석을 통해 나쓰메 소세키의 대표작들 면면에 담긴 깊은 속뜻을 알기 쉽게 전해준다.

007 잉카의 세계를 알다

기무라 히데오, 다카노 준 지음 | 남지연 옮김 | 8,900원

위대한 「잉카 제국」의 흔적을 좇다!
잉카 문명의 탄생과 찬란했던 전성기의 역사, 그리고 신비에 싸여 있는 유적 등 잉카의 매력을 풍부한 사진과 함께 소개한다.

008 수학 공부법

도야마 히라쿠 지음 | 박미정 옮김 | 8,900원

수학의 개념을 바로잡는 참신한 교육법!
수학의 토대라 할 수 있는 양·수·집합과 논리·공간 및 도형·변수와 함수에 대해 그 근본 원리를 깨우칠 수 있도록 새로운 관점에서 접근해본다.

009 우주론 입문 -탄생에서 미래로-

사토 가쓰히코 지음 | 김효진 옮김 | 8,900원

물리학과 천체 관측의 파란만장한 역사!
일본 우주론의 일인자가 치열한 우주 이론과 관측의 최전선을 전망하고 우주와 인류의 먼 미래를 고찰하며 인류의 기원과 미래상을 살펴본다.

010 우경화하는 일본 정치

나카노 고이치 지음 | 김수희 옮김 | 8,900원

일본 정치의 현주소를 읽는다!
일본 정치의 우경화가 어떻게 전개되어왔으며, 우경화를 통해 달성하려는 목적은 무엇인가. 일본 우경화의 전모를 낱낱이 밝힌다.

011 악이란 무엇인가

나카지마 요시미치 지음 | 박미정 옮김 | 8,900원

악에 대한 새로운 깨달음!

인간의 근본악을 추구하는 칸트 윤리학을 철저하게 파고든다. 선한 행위 속에 어떻게 악이 녹아들어 있는지 냉철한 철학적 고찰을 해본다.

012 포스트 자본주의 -과학 · 인간 · 사회의 미래-

히로이 요시노리 지음 | 박제이 옮김 | 8,900원

포스트 자본주의의 미래상을 고찰!

오늘날 「성숙 · 정체화」라는 새로운 사회상이 부각되고 있다. 자본주의 · 사회주의 · 생태학이 교차하는 미래 사회상을 선명하게 그려본다.

013 인간 시황제

쓰루마 가즈유키 지음 | 김경호 옮김 | 8,900원

새롭게 밝혀지는 시황제의 50년 생애!

시황제의 출생과 꿈, 통일 과정, 제국의 종언에 이르기까지 그 일생을 생생하게 살펴본다. 기존의 폭군상이 아닌 한 인간으로서의 시황제를 조명해본다.

014 콤플렉스

가와이 하야오 지음 | 위정훈 옮김 | 8,900원

콤플렉스를 마주하는 방법!

「콤플렉스」는 오늘날 탐험의 가능성으로 가득 찬 미답의 영역, 우리들의 내계, 무의식의 또 다른 이름이다. 융의 심리학을 토대로 인간의 심층을 파헤친다.

015 배움이란 무엇인가

이마이 무쓰미 지음 | 김수희 옮김 | 8,900원

'좋은 배움'을 위한 새로운 지식관!

마음과 뇌 안에서의 지식의 존재 양식 및 습득 방식, 기억이나 사고의 방식에 대한 인지과학의 성과를 바탕으로 배움의 구조를 알아본다.

016 프랑스 혁명 -역사의 변혁을 이룬 극약-

지즈카 다다미 지음 | 남지연 옮김 | 8,900원

프랑스 혁명의 빛과 어둠!

프랑스 혁명은 왜 그토록 막대한 희생을 필요로 하였을까. 시대를 살아가던 사람들의 고뇌와 처절한 발자취를 더듬어가며 그 역사적 의미를 고찰한다.

017 철학을 사용하는 법

와시다 기요카즈 지음 | 김진희 옮김 | 8,900원

철학적 사유의 새로운 지평!

숨 막히는 상황의 연속인 오늘날, 우리는 철학을 인생에 어떻게 '사용'하면 좋을까? '지성의 폐활량'을 기르기 위한 실천적 방법을 제시한다.

018 르포 트럼프 왕국 -어째서 트럼프인가-

가나리 류이치 지음 | 김진희 옮김 | 8,900원

또 하나의 미국을 가다!

뉴욕 등 대도시에서는 알 수 없는 트럼프 인기의 원인을 파헤친다. 애팔래치아산맥 너머, 트럼프를 지지하는 사람들의 목소리를 가감 없이 수록했다.

019 사이토 다카시의 교육력 -어떻게 가르칠 것인가-

사이토 다카시 지음 | 남지연 옮김 | 8,900원

창조적 교육의 원리와 요령!

배움의 장을 향상심 넘치는 분위기로 이끌기 위해 필요한 것은 가르치는 사람의 교육력이다. 그 교육력 단련을 위한 방법을 제시한다.

020 원전 프로파간다 -안전신화의 불편한 진실-

혼마 류 지음 | 박제이 옮김 | 8,900원

원전 확대를 위한 프로파간다!

언론과 광고대행사 등이 전개해온 원전 프로파간다의 구조와 역사를 파헤치며 높은 경각심을 일깨운다. 원전에 대해서, 어디까지 진실인가.

021 허블 -우주의 심연을 관측하다-

이에 마사노리 지음 | 김효진 옮김 | 8,900원

허블의 파란만장한 일대기!

아인슈타인을 비롯한 동시대 과학자들과 이루어낸 허블의 영광과 좌절의 생애를 조명한다! 허블의 연구 성과와 인간적인 면모를 살펴볼 수 있다.

022 한자 -기원과 그 배경-

시라카와 시즈카 지음 | 심경호 옮김 | 9,800원

한자의 기원과 발달 과정!

중국 고대인의 생활이나 문화, 신화 및 문자학적 성과를 바탕으로, 한자의 성장과 그 의미를 생생하게 들여다본다.

023 지적 생산의 기술

우메사오 다다오 지음 | 김욱 옮김 | 8,900원

지적 생산을 위한 기술을 체계화!

지적인 정보 생산을 위해 저자가 연구자로서 스스로 고안하고 동료들과 교류하며 터득한 여러 연구 비법의 정수를 체계적으로 소개한다.

024 조세 피난처 -달아나는 세금-

시가 사쿠라 지음 | 김효진 옮김 | 8,900원

조세 피난처를 둘러싼 어둠의 내막!

시민의 눈이 닿지 않는 장소에서 세 부담의 공평성을 해치는 온갖 악행이 벌어진다. 그 조세 피난처의 실태를 철저하게 고발한다.

025 고사성어를 알면 중국사가 보인다

이나미 리쓰코 지음 | 이동철, 박은회 옮김 | 9,800원

고사성어에 담긴 장대한 중국사!

다양한 고사성어를 소개하며 그 탄생 배경인 중국사의 흐름을 더듬어본다. 중국사의 명장면 속에서 피어난 고사성어들이 깊은 울림을 전해준다.

026 수면장애와 우울증

시미즈 데쓰오 지음 | 김수회 옮김 | 8,900원

우울증의 신호인 수면장애!

우울증의 조짐이나 증상을 수면장애와 관련지어 밝혀낸다. 우울증을 예방하기 위한 수면 개선이나 숙면법 등을 상세히 소개한다.

027 아이의 사회력

가도와키 아쓰시 지음 | 김수회 옮김 | 8,900원

아이들의 행복한 성장을 위한 교육법!

아이들 사이에서 타인에 대한 관심이 사라져가고 있다. 이에 「사람과 사람이 이어지고, 사회를 만들어나가는 힘」으로 「사회력」을 제시한다.

028 쑨원 -근대화의 기로-

후카마치 히데오 지음 | 박제이 옮김 | 9,800원

독재 지향의 민주주의자 쑨원!

쑨원, 그 남자가 꿈꾸었던 것은 민주인가, 독재인가? 신해혁명으로 중화민국을 탄생시킨 희대의 트릭스터 쑨원의 못다 이룬 꿈을 알아본다.

029 중국사가 낳은 천재들

이나미 리쓰코 지음 | 이동철, 박은희 옮김 | 8,900원

중국 역사를 빛낸 56인의 천재들!
중국사를 빛낸 걸출한 재능과 독특한 캐릭터의 인물들을 연대순으로 살펴본다. 그들은 어떻게 중국사를 움직였는가?!

030 마르틴 루터 -성서에 생애를 바친 개혁자-

도쿠젠 요시카즈 지음 | 김진희 옮김 | 8,900원

성서의 '말'이 가리키는 진리를 추구하다!
성서의 '말'을 민중이 가슴으로 이해할 수 있도록 평생을 설파하며 종교개혁을 주도한 루터의 감동적인 여정이 펼쳐진다.

031 고민의 정체

가야마 리카 지음 | 김수희 옮김 | 8,900원

현대인의 고민을 깊게 들여다본다!
우리 인생에 밀접하게 연관된 다양한 요즘 고민들의 실례를 들며, 그 심층을 살펴본다. 고민을 고민으로 만들지 않을 방법에 대한 힌트를 얻을 수 있을 것이다.

032 나쓰메 소세키 평전

도가와 신스케 지음 | 김수희 옮김 | 9,800원

일본의 대문호 나쓰메 소세키!
나쓰메 소세키의 작품들이 오늘날에도 여전히 사람들의 마음을 매료시키는 이유는 무엇인가? 이 평전을 통해 나쓰메 소세키의 일생을 깊이 이해하게 되면서 그 답을 찾을 수 있을 것이다.

033 이슬람문화

이즈쓰 도시히코 지음 | 조영렬 옮김 | 8,900원

이슬람학의 세계적 권위가 들려주는 이야기!
거대한 이슬람 세계 구조를 지탱하는 종교·문화적 밑바탕을 파고들며, 이슬람 세계의 현실이 어떻게 움직이는지 이해한다.

034 아인슈타인의 생각

사토 후미타카 지음 | 김효진 옮김 | 8,900원

물리학계에 엄청난 파장을 몰고 왔던 인물!
아인슈타인의 일생과 생각을 따라가보며 그가 개척한 우주의 새로운 지식에 대해 살펴본다.

035 음악의 기초

아쿠타가와 야스시 지음 | 김수회 옮김 | 9,800원

음악을 더욱 깊게 즐길 수 있다!
작곡가인 저자가 풍부한 경험을 바탕으로 음악의 기초에 대해 설명하는 특별한 음악 입문서이다.

036 우주와 별 이야기

하타나카 다케오 지음 | 김세원 옮김 | 9,800원

거대한 우주의 신비와 아름다움!
수많은 별들을 빛의 밝기, 거리, 구조 등을 다양한 시점에서 해석하고 분류해 거대한 우주 진화의 비밀을 파헤쳐본다.

037 과학의 방법

나카야 우키치로 지음 | 김수회 옮김 | 9,800원

과학의 본질을 꿰뚫어본 과학론의 명저!
자연의 심오함과 과학의 한계를 명확히 짚어보며 과학이 오늘날의 모습으로 성장해온 궤도를 사유해본다.

038 교토

하야시야 다쓰사부로 지음 | 김효진 옮김 | 10,800원

일본 역사학자의 진짜 교토 이야기!
천년 고도 교토의 발전사를 그 태동부터 지역을 중심으로 되돌아보며, 교토의 역사와 전통, 의의를 알아본다.

039 다윈의 생애

야스기 류이치 지음 | 박제이 옮김 | 9,800원

다윈의 진솔한 모습을 담은 평전!
진화론을 향한 청년 다윈의 삶의 여정을 그려내며, 위대한 과학자가 걸어온 인간적인 발전을 보여준다.

040 일본 과학기술 총력전

야마모토 요시타카 지음 | 서의동 옮김 | 10,800원

구로후네에서 후쿠시마 원전까지!
메이지 시대 이후 「과학기술 총력전 체제」가 이끌어온 근대 일본 150년. 그 역사의 명암을 되돌아본다.

041 밥 딜런

유아사 마나부 지음 | 김수희 옮김 | 11,000원

시대를 노래했던 밥 딜런의 인생 이야기!
수많은 명곡으로 사람들을 매료시키면서도 항상 사람들의 이해를
초월해버린 밥 딜런. 그 인생의 발자취와 작품들의 궤적을 하나하나
짚어본다.

042 감자로 보는 세계사

야마모토 노리오 지음 | 김효진 옮김 | 9,800원

인류 역사와 문명에 기여해온 감자!
감자가 걸어온 역사를 돌아보며, 미래에 감자가 어떤 역할을 할 수
있는지, 그 가능성도 아울러 살펴본다.

043 중국 5대 소설 삼국지연의 · 서유기 편

이나미 리쓰코 지음 | 장원철 옮김 | 10,800원

중국 고전소설의 매력을 재발견하다!
중국 5대 소설로 꼽히는 고전 명작 『삼국지연의』와 『서유기』를 중국
문학의 전문가가 흥미롭게 안내한다.

044 99세 하루 한마디

무노 다케지 지음 | 김진희 옮김 | 10,800원

99세 저널리스트의 인생 통찰!
저자는 인생의 진리와 역사적 증언들을 짧은 문장들로 가슴 깊이 우
리에게 전한다.

045 불교입문

사이구사 미쓰요시 지음 | 이동철 옮김 | 11,800원

불교 사상의 전개와 그 진정한 의미!
붓다의 포교 활동과 사상의 변천을 서양 사상과의 비교로 알아보고,
나아가 불교 전개 양상을 그려본다.

046 중국 5대 소설 수호전 · 금병매 · 홍루몽 편

이나미 리쓰코 지음 | 장원철 옮김 | 11,800원

중국 5대 소설의 방대한 세계를 안내하다!
「수호전」, 「금병매」, 「홍루몽」 이 세 작품이 지니는 상호 불가분의 인
과관계에 주목하면서, 서사란 무엇인지에 대해서도 고찰해본다.

047 로마 산책

가와시마 히데아키 지음 | 김효진 옮김 | 11,800원

'영원의 도시' 로마의 역사와 문화!
일본 이탈리아 문학 연구의 일인자가 로마의 거리마다 담긴 흥미롭고 오랜 이야기를 들려준다. 로마만의 색다른 낭만과 묘미를 좇는 특별한 로마 인문 여행.

048 카레로 보는 인도 문화

가라시마 노보루 지음 | 김진희 옮김 | 13,800원

인도 요리를 테마로 풀어내는 인도 문화론!
인도 역사 연구의 일인자가 카레라이스의 기원을 찾으며, 각지의 특색 넘치는 요리를 맛보고, 역사와 문화 이야기를 들려준다. 인도 각 고장의 버라이어티한 아름다운 요리 사진도 다수 수록하였다.

049 애덤 스미스

다카시마 젠야 지음 | 김동환 옮김 | 11,800원

우리가 몰랐던 애덤 스미스의 진짜 얼굴
애덤 스미스의 전모를 살펴보며 그가 추구한 사상의 본뜻을 이해하고, 근대화를 향한 투쟁의 여정을 들여다본다

050 프리덤, 어떻게 자유로 번역되었는가

야나부 아키라 지음 | 김옥희 옮김 | 12,800원

근대 서양 개념어의 번역사
「사회」, 「개인」, 「근대」, 「미」, 「연애」, 「존재」, 「자연」, 「권리」, 「자유」, 「그, 그녀」 등 10가지의 번역어들에 대해 실증적인 자료를 토대로 성립 과정을 날카롭게 추적한다.

051 농경은 어떻게 시작되었는가

나카오 사스케 지음 | 김효진 옮김 | 12,800원

농경은 인류 문화의 근원!
벼를 비롯해 보리, 감자, 잡곡, 콩, 차 등 인간의 생활과 떼려야 뗄 수 없는 재배 식물의 기원을 공개한다.

052 말과 국가

다나카 가쓰히코 지음 | 김수희 옮김 | 12,800원

언어 형성 과정을 고찰하다!
국가의 사회와 정치가 언어 형성 과정에 어떠한 영향을 미치는지, 그 복잡한 양상을 날카롭고 알기 쉽게 설명한다.

053 헤이세이(平成) 일본의 잃어버린 30년

요시미 슌야 지음 | 서의동 옮김 | 13,800원

일본 최신 사정 설명서!
거품 경제 붕괴, 후쿠시마 원전사고, 가전왕국의 쇠락 등 헤이세이의
좌절을 한 권의 책 속에 건축한 '헤이세이 실패 박물관'.

054 미야모토 무사시 -병법의 구도자-

우오즈미 다카시 지음 | 김수희 옮김 | 13,800원

미야모토 무사시의 실상!
무사시의 삶의 궤적을 더듬어보는 동시에, 지극히 합리적이면서도
구체적으로 기술된 그의 사상을 『오륜서』를 중심으로 정독해본다.

055 만요슈 선집

사이토 모키치 지음 | 김수희 옮김 | 14,800원

시대를 넘어 사랑받는 만요슈 걸작선!
『만요슈』작품 중 빼어난 걸작들을 엄선하여, 간결하면서도 세심한
해설을 덧붙여 한 권의 책으로 엮어낸 『만요슈』에센스집.

056 주자학과 양명학

시마다 겐지 지음 | 김석근 옮김 | 13,800원

같으면서도 달랐던 두 가지 시선!
중국의 신유학은 인간을 어떻게 이해하려 했는가? 동아시아 사상사
에서 빼놓을 수 없는 주자학과 양명학의 역사적 역할을 분명히 밝혀
본다.

057 메이지 유신

다나카 아키라 지음 | 김정희 옮김 | 12,800원

일본의 개항부터 근대적 개혁까지!
메이지 유신 당시의 역사적 사건들을 깊이 파고들며 메이지 유신이
가지는 명과 암의 성격을 다양한 사료를 통해서 분석한다.

058 쉽게 따라하는 행동경제학

오타케 후미오 지음 | 김동환 옮김 | 12,800원

행동경제학을 제대로 사용하는 방법!
보다 좋은 의사결정과 행동을 이끌어내는 지혜와 궁리가 바로 넛지
(nudge)이며, 이러한 넛지를 설계하고 응용하는 방법을 소개한다.

059 독소전쟁 -모든 것을 파멸시킨 2차 세계대전 최대의 전투-

오키 다케시 지음 | 박삼헌 옮김 | 13,800원

인류역사상 최악의 전쟁인 독소전쟁!
2차 세계대전 승리의 향방을 결정지은 독소전쟁을 정치, 외교, 경제,
리더의 세계관 등 다양한 측면에서 살펴본다.

060 문학이란 무엇인가

구와바라 다케오 지음 | 김수희 옮김 | 12,800원

뛰어난 문학작품은 우리를 변혁시킨다!
날카로운 통찰력으로 바람직한 문학의 모습과 향유 방법에 관한 문
학 독자들이 던지는 질문에 명쾌한 해답을 제시한다.

061 우키요에

오쿠보 준이치 지음 | 이연식 옮김 | 15,800원

전 세계 화가들을 단숨에 매료시킨 우키요에!
우키요에의 역사, 기법, 제작 방식부터 대표 작품, 화가에 이르기까
지 우키요에의 모든 것을 다양한 도판 70여 장과 함께 살펴본다.

062 한무제

요시카와 고지로 지음 | 장원철 옮김 | 13,800원

중국 역사상 가장 찬란했던 시대!
적극적 성격의 영명한 전제군주였던 무제. 그가 살았던 시대를 생동
감 있는 표현과 핍진한 묘사로 현재에 되살려낸다.

063 동시대 일본 소설을 만나러 가다

사이토 미나코 지음 | 김정희 옮김 | 14,800원

생생한 일본 문학의 흐름을 총망라!
급변하는 현대 일본 사회를 관통하는 다양한 시대 정신이 어떻게 문
학 작품에 나타났는지 시대별로 살핌으로써 이 책은 동시대 문학의
존재 의미란 무엇인지 선명하게 보여준다.

064 인도철학강의

아카마쓰 아키히코 지음 | 권서용 옮김 | 13,800원

열 개의 강의로 인도철학을 쉽게 이해한다!
세계의 성립, 존재와 인식, 물질과 정신, 그리고 언어 자체에 관한 깊
은 사색의 궤적을 살펴, 난해한 인도철학의 재미와 넓이를 향한 지적
자극을 충족시킨다!

065 무한과 연속

도야마 히라쿠 지음 | 위정훈 옮김 | 12,800원

흥미진진한 현대수학으로의 여행!
하루가 다르게 새로운 기술이 쏟아지는 지금, 과학의 시대를 뒷받침
하는 학문으로서 현대수학을 복잡한 수식 없이 친절하게 설명하는
개념서!